유학경림 ❶

幼學瓊林

고즈윈은 좋은책을 읽는 독자를 섬깁니다.
당신을 닮은 좋은책 — 고즈윈

유학경림 幼學瓊林 ❶

명明 정등길程登吉(撰) · 청淸 추성맥鄒聖脈(注)
임동석 역주

1판 1쇄 발행 | 2005. 7. 25.

발행처 | 고즈윈
발행인 | 고세규
신고번호 | 제313-2004-00095호
신고일자 | 2004. 4. 21.
(121-819) 서울특별시 마포구 동교동 200-19번지 501호
편집팀 02)325-5676 팩시밀리 02)333-5980

값은 표지에 있습니다.
ISBN 89-91319-35-1
      89-91319-34-3 (전2권)
고즈윈은 항상 책을 읽는 독자의 기쁨을 생각합니다.
고즈윈은 좋은책이 독자에게 행복을 전한다고 믿습니다.

유학경림 ❶

幼學瓊林

명明 정등길程登吉(撰) · 청淸 추성맥鄒聖脈(注)

임동석 역주

고즈윈
God'sWin

　근년에 역자는 명대 격언서와 몽학서 중에 가장 중요하고 훌륭하다고 널리 알려진 《명심보감 明心寶鑑》, 《채근담 菜根譚》, 《증광현문 增廣賢文》을 역주하는 작업을 마치면서 매우 신기한 행복감에 젖어 있었다. 나이 들어 이들 처세 명언집을 새롭게 샅샅이 파고들면서 "그래, 맞아!" 하고 감탄이 절로 나올 때가 한두 번이 아니었고, 나아가 구절마다 문장마다 바로 나를 두고 하는 말임을 절감했기 때문이었다. 나도 모르게 공부한 보람이 이런 것이려니 생각하였지만, 실상은 그것조차 사치요 거만이었다.

　춘추시대 거백옥 蘧伯玉이라는 사람은 공자도 무척 칭찬한 인물이었는데, 그는 나이 쉰이 되어서야 마흔아홉까지의 삶이 그릇되었음을 알게 되었다고 스스로 후회하였다. 그런데 내 나이 망륙望六이 훨씬 넘었는데도 이제껏 제 잘난 줄 알며, '나는 그렇게 못되게 살지 않았어'라고 독선을 부린 엊그제를 생각하니 부끄럽기 그지없고, 나아가 깨닫지 못하고 살아온 자신이 그믐밤에 촛불 하나 들고 어두운 산길을 헤맨 것임을 자인할 줄 몰랐다는 것이 더욱 안타깝게 느껴질 뿐이다.

　물론 이 《유학경림幼學瓊林》이라는 책은 문학서가 아니다. 더구나 역사서도 아니며 아름다운 작품을 담은 책도 아니다. 그저 어린아이가 익혀야 할 필수적인 상식이라는 뜻을 가진 하찮은 책일지도 모른다. 더 간단히 말하자면 고대 봉건적 사회인 명대 중국의 전통적인 몽학서에 불과하다. 그럼에도 나는 또다시 이 책을 역주하면서 앞서 말한 다른 책을 작업할 때처럼 무한한 기쁨을 느끼고, 또 다른 발견에 스스로를 돌이켜보는 고마운 기회를 갖게 되었다. 그것은 지혜의 바다에 풍덩 빠지고, 지식의 숲 속을 실컷 헤맨 느낌이었다. '학해무애學海無涯'의 순박한 감동이 기대보다 더 크게 내게 다가왔다.

　하늘의 섭리와 땅의 이치, 우주의 생성과 만물의 순환, 그리고 삼라만상森羅萬象의 인간을 위한 명칭과 인류의 정도正道는 도리어 사회화된 규범어일 뿐, 실제는 그저 생활 그 자체임을 깨달았다. 앉아서 천 리를 보고, 서서는 만 리를 보며, 누워 상상하면 천 년을 꿰뚫고, 굽어 내려다보면 만 년을 직시할 수 있는 어린아이의 발견의 기쁨, 그런 것이 《유학경림》 안에 들어 있었다.

　물건을 닫을 때는 왼손으로 해야 한다. 그래야 그보다 큰 힘의 오른손으로 풀 수 있다. 마찬가지로 내 가슴의 문을 잠글 때는 어린아이의 힘으로 해야 하리라. 그래야 어른의 힘으로 풀 수 있다. 나아가 이 삶의 소중한 인연을 어쩔 수 없이 닫아야 한다면 내 가장 약한 눈물로 닫으리라. 그래야 다시 풀 때 시원한 함박웃음으로 열지 않겠는가?

이 천지자연에 내가 해준 것이 무엇이 있다고 계절은 나에게 때마다 꽃을 보여주고 구름을 얹어주며 바람으로 옷깃을 흔들어주고, 아니 매서운 추위를 주고 견딜 수 없는 폭풍우까지 선사해 주는가? 산길 능선을 걷도록 해주고 더덕과 삽주뿌리를 알게 해주고, 잔설 속의 산동박으로 환희를 만들어 가슴에 부어주고 진달래로 선녀의 옷자락을 만들어 눈 안 가득 하늘거리는 치졸한 시상을 떠올리도록 해주는가?

이렇게 건강하고 아름다운 세상을 뜬눈으로 보게 해주었던 많은 고마움이 내가 살아가면서 갚아야 할 빚이 아닐까 하고 부담스러워해 본 적이 있다. 그리고 새로이 을유년을 맞이해 새해 아침에는 이렇게 기원해 보았다.

금년 한 해는
꿈대로 살았더니 꿈이 이루어졌다는 한 해.

성공 못지않은 성취감으로 행복한 한 해.

왠지 소유의 개념을 벗어난 것 같은 기쁨의 한 해.

'인생난득人生難得'의 아름다운 가치를 터득한 한 해.

웃음이 가득한 저금통장을 가진 한 해.

가족과 주위가 서로 아름다운 자랑을 들어주는 한 해.

백 원짜리 동전에 누구의 그림이 있더라 처음 발견한 한 해.

금낭화 꽃이 이렇게 아름다울까 감탄하는 한 해.

노래방에서 노래가 왠지 잘되는 한 해.

아름다운 동심의 소박한 지식이 담긴 《유학경림》은 무한하고 고차원적인 학술 못지않게, 지식도 행복도 꿈도 사랑도 아주 작은 어린아이의 눈에 보이는 세계와 같은 것임을 터득할 수 있게 해주는 책이다. 역자는 읽는 이들에게 그 작은 기쁨을 주면 그것으로 족하겠다는 소박한 바람으로 책을 다시 꾸며 내놓는다. 《유학경림》은 작은 지식의 확인도 때로는 '감동'이라는 말로 표현되는 값진 책이기 때문이다.

2005 을유년 닭띠 해 음력 정월 인일人日

苗浦 林東錫 負郭齋에서 林東錫 적음

1. 이 책은《유학고사경림幼學故事瓊林》(明 程登吉 原著, 群樂 龍飛改編, 上下 2冊. 簡體 活字本. 復旦大學出版社, 1988, 上海)을 저본으로 하였다.

2. 원문原文 다음에 이어지는 증문增文도 연결하여 전체를 1326연으로 나누어 완역상주完譯詳註하였다.

3. 〈복단대본復旦大本〉(1988)은 모두 일련번호를 부여하여 1537연을 싣고 있으나 실제로는 14연이 누락되어 있고, 속증續增 225연은 현대인 비유용費有容이 추가한 것으로, 이를 원문에서 제외할 경우 모두 1326연이 된다. 여기에 모두 일련번호를 부여하여 전체를 주석하였다.

4. 한편 속증續增(총 225연)은 매 항목 끝에 그 원문을 제시하여 참고로 활용할 수 있도록 하였다.

5. 백화본으로《신역유학경림新譯幼學瓊林》(臺灣 三民書局 馬自毅 注譯, 陳滿銘 校閱, 2003, 臺北)이 있어 매우 유익한 참고가 되었음을 밝힌다.

6. 그 외에《유학경림幼學瓊林》(岳麓書社, 1989, 長沙),《유학백화구해幼學白話句解》(華聯出版社, 1975, 臺北),《유학경림幼學瓊林》(葉玉麟 註解, 大夏出版社, 1982, 臺南),《유학경림幼學瓊林》(陝西旅遊出版社, 2003) 등이 있으나 일부는 어린이용으로 재편집하거나

초록하여 내용의 일부만 다룬 것, 만화로 재구성한 것 등으로 그 형식이 다양하며 체제와 내용이 매우 상이한 것도 있다.

7. 본 역주는 원문을 대련으로 정리하여 싣고 이를 해석하였으며 이어서 그에 관련된 주석은 우선 추성맥鄒聖脈의 주를 근거로 하였다. 일부는 출처와 내용에 오류가 있고 문자의 오자, 탈자가 있어 이를 일일이 원전과 대조하여 밝혔으며, 본인이 각 원전들을 검색하여 부연하거나 새로운 출전을 근거로 하여 교체하거나 추가한 내용도 있다.

8. 한편 추씨 주석은 원전의 내용을 축약, 혹은 문장을 변형하여 실은 것이 많아, 일부는 그 원의 해석이 명료하여 이를 그대로 활용하였으나 일부는 본인이 다시 원전을 찾아 원래대로 제시하여 정확도를 높이고자 하였다.

9. 원문이 판본마다 다를 경우 〈복단대본〉을 근거로 하되 그 내용을 주에서 밝혔다.

10. 출전은 가능하면 모두 밝혀 근거를 제시하고 그 내용을 알 수 있도록 다시 설명하였으며, 주석에서 내용과 분량이 많아 그 원문을 모두 실을 수 없을 경우, 해석의 괄호 안에 중요한 구절을 한문 원문을 넣어 원의原義와의 대조에 도움이 되도록 하였다.

참고문헌

※ 이 책의 역주에 참고한 주요 문헌은 다음과 같다.

• 《幼學故事瓊林》(上 · 下) 明 程登吉(撰) 淸 鄒聖脈(增補) 復旦大學出版社, 1988, 上海.

• 《幼學瓊林》明 程登吉(撰) 淸 鄒聖脈(增補) 岳麓書社, 1989, 長沙.

• 《幼學瓊林》明 程登吉(編) 陝西旅游出版社, 2002, 西安.

• 《幼學白話句解》明 程允升(撰著) 黃錫山(箋註) 葉玉麟(譯解) 華聯出版社, 1975, 臺北.

• 《幼學瓊林》(華一兒童啓蒙文學) 華一書局, 1988, 臺北.

• 《新譯幼學瓊林》馬自毅(註譯) 三民書局, 2003, 臺北.

• 《幼學瓊林》葉玉麟(註解) 大夏出版社, 1982, 臺南.

• 《十三經注疏》·《二十五史》·《新編諸子集成》·《太平御覽》·《太平廣記》·《初學記》·《藝文類聚》·《百子全書》·《世說新語》·《搜神記》·《說苑》·《新序》·《列女傳》·《韓詩外傳》·《戰國策》·《文選》·《四書集註》·《歷代名畫記》·《唐才子傳》·《全唐詩》·《酉陽雜俎》·《蒙求》·《潛夫論》·《增廣賢文》·《菜根譚》·《穆天子傳》·《齊民要術》·《貞觀政要》·《十八史略》·《拾遺記》·《高士傳》·《神仙傳》·《列仙傳》·《五燈會元》·《法苑珠林》·《博物志》·《西京雜記》·《荊楚歲時記》·《晏子春秋》·《顏氏家訓》·《國語》·《竹書紀年》·《山海經》·《水經注》·《國語》.

• 기타 공구서는 생략.

《유학경림幼學瓊林》의 책 이름에서 '유학幼學'은 당연히 어린이를 상대로 한 교육과 학습이라는 뜻이며, '경림瓊林'은 두 가지로 풀이해 볼 수 있다. 첫째는 일반적인 풀이대로 '주옥瓊 같은 내용을 모음林'이라는 뜻이며, 다른 하나는 송宋 태종太宗(조광의趙匡義)이 경림원瓊林苑(궁궐 화원花苑 이름)에서 당시 과거의 진사과에 합격자들을 불러 잔치를 열어주었던 경림사연瓊林賜宴의 고사와 관련이 있다.(본 책 1051 참조) 즉 학동들로 하여금 '열심히 공부하여 경림원瓊林宴에서와 같이 금방金榜에 그 이름이 오르는 영광을 얻도록 노력하기를 면려한다'는 뜻을 은연중에 나타낸 것이다. 물론 현대 간체자로 '경瓊'과 '경琼'이 같아 현재 중국에서 출판되는 책은 《유학경림幼學琼林》으로 표기되고 있다.

중국의 그 많은 교재 중에 지금도 어린이용 교재로 사용되는 몽학교재蒙學教材 중에 대표적인 것이 바로 《현문賢文(증광현문增廣賢文)》과 《유학경림幼學瓊林》이다. 지금의 이름은 '동몽교재'이지만 일반인에게 더욱 중요한 학습 교재이자 독서 교재로 그 위치를 차지하고 있다. 즉 현대 교육이 발전하면서 '동몽'이란 개념은 사라졌으나 중국 고유의 정서와 학술, 문화와 상식 그리고 역사와 그 속에 숙성되어 내려온 풍습과 삶의 형태에 대한 아주 적절한 통속적인 내용을 담은 교재로 이만한 것이 없다고 인정하기 때문이다.

그 때문에 중국에는 "증광增廣(현문賢文)을 읽고 나야 능히 남과 대화를 할 수 있고, 유학幼學(경림瓊林)을 읽고 나야 천하를 활보할 수 있다讀了增廣會說話, 讀了幼學走天下"라는 말이 있게 된 것이다.

이 책의 초기 원저 당시 이름은 《유학수지幼學須知》, 혹 《성어고成語考》, 《고사심원故事尋源》이었다 하며 명대 경태景泰(1450~1456) 연간에 정등길程登吉(자는 允升, 允昇, 西昌人)이라는 사람이 처음 편찬한 것으로 알려져 있다. 혹 같은 시기의 《오륜전비중효기五倫全備忠孝記》를 쓴 구준邱濬(1418~1495)이 편찬한 것이 아닌가 하는 의견도 있으나 확증된 것은 아니다.

그 뒤 청나라 건륭乾隆(1736~1795) 연간에 추성맥鄒聖脈(鄒聖脉)이라는 사람이 증보하고 다시 주석을 가한 후 이름을 《유학고사경림幼學故事瓊林》이라 하였으며, 지금 이 계통의 판본이 널리 전해지고 있다.

그런데 다시 이 책이 민간에 널리 퍼져 초학용으로 보편화되자 신해혁명辛亥革命(1911) 뒤 비유용費有容이라는 사람이 속증續增(225연)을 덧붙여 낸 〈속주본續註本〉과 영포손葉浦蓀이라는 자가 증본增本에 더하여 '재증再增' 한 〈재증본再增本〉 등이 출현하였다. 그러나 이는 원편에 비해 문장에 손색이 있고 더욱이 소위 신지식을 위주로 한 것이어서 그다지 널리 보급되지는 못했다. 이를테면 비씨費氏의 속증은 현대 지식을 초학자에게 일러주기 위해 "亞歐非

澳美, 辨各洲之名稱; 黃白紅黑棕, 別全球之人種(아시아, 유럽, 아프리카, 오세아니아, 아메리카 등 각 주의 명칭을 변별하고, 황, 백, 홍, 흑, 종의 피부색에 의한 전 지구의 인종을 구별한다)”등의 내용을 담고 있었는데, 이러한 내용은 당시 이미 서구식 학교제도의 교재와 교과서에서 볼 수 있는 과학적이며 현대적 내용이었다. 따라서 사람들은 이 책이 전통적인《유학경림》의 내용에 비해 너무 앞서간 개념을 담고 있다고 여겼던 것이다. 그리고 엽씨葉氏의 ‘재증’은 중국 고대 인물과 고사를 위주로 하였으나 그 문체와 내용이 정등길이나 추성맥의 원서에 비해 저열하고 조악한 것으로 평가되고 있었다. 이 때문에 흔히 추성맥이 증보와 주석을 가한《유학고사경림》이 널리 보급되어 지금도 이 판본이 기본적인 유학의 교재로 알려져 있는 것이다.

이 책은 성어와 전고典故를 운에 맞추어 어린아이들이 이해하고 외우기 쉽도록 편집되어 있다. 그러면서도 원래의 고사는 압축하여 역사 속의 내용을 알지 않고는 이해할 수 없게 했다. 이 책은 실제 엄청나게 많은 이야기를 직접 찾아보지 않거나 주석이 없이는 매우 학습하기 어려운 면이 없지 않다. 게다가 광범위한 제재, 이를테면 천문지리天文地理, 고금역사古今歷史, 혼인가취婚姻嫁娶, 관혼상제冠婚喪祭, 풍속예의風俗禮儀, 가정의례家庭儀禮, 생로병사生老病死, 종교미신宗敎迷信, 절령세시節令歲時, 의식주행衣食住行, 제작기예製作技藝, 인륜도덕人倫道德, 칭위호칭稱謂呼稱, 신화전설神話傳說, 조수초목鳥獸草木, 남녀상애男女相愛, 물명고사物名故事, 문물제도文物制度, 문무백관文武百官, 민간속설民間俗說 등 다루지 않은 것이 없어 그야말로 호한무제浩澣無際하며 "와간우주臥看宇宙, 행주만리行走萬里"의 또 다른 세계를 보여주고 있어 초학용이라기보다 중국 전통 상식의 보고요, 백과사전이라 볼 수 있다. 양에 있어서도 실제 1,500여 대련對聯이지만 각 연이 두 문장이며 매 문장마다 한두 개씩의 고사를 압축하여 제시하고 있어 실제 고사성어는 그 두 배가 훨씬 넘는 3,000여 가지라고 볼 수 있다.

이 책이 명대에 이루어져 그 내용이 당시 봉건사회의 고정관념을 벗어나지 못하고 있지만 그럼에도 지금까지 이렇게 큰 반향을 일으키고 있는 것은 수천 년 역사 속의 지혜와 상식을 압축한 정화精華요, 수많은 중국인의 정서를 고스란히 담고 있는 보화寶貨의 창고 역할을 톡톡히 해내고 있기 때문일 것이다. 책의 내용이 긍정적이며 인간이 태어나 사회의 일원으로 살아가면서 갖추어야 할 상식과 품덕을 강조하고 있다는 점과, 시대가 바뀌어도 인간의 기본적인 수양과 인의도덕은 변할 수 없다는 대원칙을 대변하고 있기 때문이라는 점은 두말할 나위도 없다.

이 책의 전하는 것은 거의 광서光緖 14년(1888)에 《유학고사경림》이라는 제목 아래 역사제왕기歷代帝王紀, 교접칭위交接稱謂, 물류별명物類別名, 와래척독往來尺牘 등을 부록으로 하여 출간한 소위 〈광서본光緖本〉을 기초로 하고 있다. 따라서 초간본 내용은 구체적으로 알 수 없으나 추성맥이 건륭 25년(1760)에 기오산방寄傲山房에서 쓴 서문에 의하면 "汰舊註之支離, 易新詮之確當"이라 하여 이미 주석이 있었으나, 너무 오류가 심하고 지리멸렬하여 새롭게 확정적으로 교정과 증보를 더하였음을 밝히고 있다. 그러나 추씨의 주 역시 오류와 탈자, 오자가 있다. 이는 그 많은 양을 일일이 찾아 정리하면서 생긴 것이며, 나아가 원문을 작성하면서 재료로 삼은 제재의 일부가 전혀 편벽된 속서俗書, 구전 일화, 재인용의 과정에서 잘못 이해한 부분 등에서 택한 것이어서 실제 일부는 그 출전이나 원전을 찾을 길이 없었던 것도 있었기 때문이었으리라 여겨진다.

13경과 25사는 물론 제자백가의 책들과 개인 문집, 지방지, 가승家乘 등 경사자집과 속서까지의 그 많은 책 중에 어느 부분, 어느 내용을 근거로 한 것인지 모두 밝혀낸다고 하는 것은 개인 한 사람의 작업으로는 불가능하며 나아가 알려진 책이 아닌 경우 그 원전을 찾아 대조하고 밝히기란 심히 어려웠을 것이다.

한편 처음 《유학수지》로 명명되었던 초기통행본은 정씨, 추씨의 원본과 차이가 있고 편목도 다르다. 이에 대한 계통은 지금도 전하고 있으며 이에 대해서는 황석산黃錫山이 전주箋註를 단 것으로 우선 천체를 4권 34편으로 하여 천문天文, 지여地輿, 시서時序, 통계統系, 조정朝廷, 상유相猷(이상 1권), 장략將略, 과제科第, 문계文階, 무질武秩, 부자父子, 형제兄弟, 부부夫婦, 사우師友, 혼인婚姻, 외척外戚(이상 2권), 열녀列女, 인사人事, 연치年齒, 제작制作, 문사文史, 예술藝術, 빈부貧富, 송옥訟獄, 흉상凶喪(이상 3권), 석도釋道, 신체身體, 궁실宮室, 기용器用, 의식衣飾, 음식飮食, 진보珍寶, 화목花木, 조수鳥

獸(이상 4권)로 되어 있다. 그에 비해 이 책은 '西昌程允升先生作, 黃錫山箋註'로 되어 있어 그 전통을 그대로 잇되 새롭게 재창작 하였음을 말한 것이다. (전원룡錢元龍 원서原序 참조)

한편 이 책의 저작, 주석, 서발에 관련된 인물들 즉, 정등길, 추성 맥, 황석산, 전원룡, 비유용, 엽포손 등에 대해서는 거의 알려진 것 이 없음은 앞서 설명한 대로 일반적인 몽학서 찬자의 경우와 같다.
즉, 중국은 현대적 학교 제도가 있기 전에는 사숙私塾이나 가정 에서, 혹은 동네에 작은 모임 형식의 기초 교육 제도가 있었다. 이 곳에서는 지금처럼 과목이 분화된 것도 아니고 제도적 교사가 있 었던 것도 아니다.
따라서 교재도 그저 중국 고대부터 전통적으로 전해온 교양과 수양修養, 처세處世 잠언箴言, 혹은 인륜도덕人倫道德이나 제도, 사 회, 역사 등을 혼합한 내용을 그 교육 목적이나 상황에 맞게 재편 집하거나 수집, 정리한 통속적인 것이 대부분이었다. 따라서 이러 한 교재는 대부분 작자나 편집자, 편찬자가 알려져 있지 않거나, 이름이 전해져온다 해도 그 생애를 구체적으로 알기 어려운 경우 가 허다하며, 그러한 책은 아동교육이나 한학의 기초교재로 매우 중요함에도 대학자들의 주목을 받지 못하는 경우가 대부분이다.
이를테면 우리에게 널리 알려진 명대《명심보감明心寶鑑》이 '범 립본范立本의 찬저撰著'로 되어 있고,《증광현문》이 '석과산인碩果 山人이 증보하고 주희도周希陶가 산정했다' 하며,《채근담菜根譚》이 '홍자성洪自誠(홍응명洪應明)이 지은 것'으로 알려져 있지만 구체적으로 그 인물에 대한 충분한 자료가 남아 있지 않은 원리와 같다.

물론 아동용이요 초학용 교재라는 한계 때문에 일부는 내용의 오류기 있을 수 있고, 근거가 미흡하기도 하며, 제재의 출전은 통속적이다. 심지어 민간 전설이나 편벽된 자료 등을 활용함으로써 학술적 가치는 낮을 수밖에 없다. 더구나 편집자가 권위 있는 학자도 아니요 지방의 이름 없는 교사, 또는 교육종사자로 자신이 터득한 교육 철학이나 교육 활동에서 얻은 경험을 바탕으로 교육 효과를 극대화하기 위한 관점에서 편집하거나 저술한 자료이므로 전문학자들에게 그다지 토론거리가 되거나 연구대상이 되지 않았음은 당연하다. 그럼에도 이러한 교재가 민간에 널리 퍼지기 시작하면 그 파급효과는 상당히 커질 수밖에 없으며 특히 이러한 교재가 외국으로 전수된 경우 그 내용의 평이성과 정도의 수월성으로 인해 아주 널리 일반에게 중시되는 경우가 종종 나타난다. 그 예가 바로 우리에게 익히 알려진 많은 몽학서들이다.

《천자문千字文》,《창할편蒼頡篇》,《급취편急就篇》,《권학勸學》,《발몽기發蒙記》,《계몽기啓蒙記》,《삼자경三字經》,《사자소학四字小學》,《백가성百家姓》,《동몽훈童蒙訓》,《소의외전少儀外傳》,《성리자훈性理字訓》,《십칠사몽구十七史蒙求》,《서고천문叙古千文》,《사학제요史學提要》,《역대몽구歷代蒙求》,《훈몽시訓蒙詩》,《소학시례小學詩禮》,《성율계몽聲律啓蒙》,《현문賢文》 등 일부는 중국에서 지금도 학계보다는 일반의 몽학서로 그 위치를 누리고 있으며 이것이 한국이나 일

본, 베트남 등에 전수되어 지금도 그 인지도를 그대로 유지하고 있는 경우가 많다.

즉 우리나라 근대 교육 이전에 《천자문》, 《계몽편啓蒙篇》, 《소학小學》, 《십팔사략十八史略》, 《명심보감》, 《고문진보古文眞寶》 등의 교재가 지금껏 유행하는 예가 그것이며 나아가 우리 스스로 《동몽선습童蒙先習》, 《훈몽자회訓蒙字會》 등을 편찬하여 활용한 예와 같다.

이 책의 이름은 '어린이를 위한' 것으로 되어 있지만 실제로는 우리 어른들이 곁에 두고 읽고 익혀야 할 백과사전이자 삶의 지침서요, 학문의 참고서다. 다만 당시 어린이 교육과정에서 필수교재로 삼았고 교육제도에 과목 분화가 없어 그저 책명을 그렇게 붙였을 뿐이다.

역사상 오랜 기간 동안 중국과 교류하고 한자 문화권에서 함께 발전해 온 우리의 문화 속에서 우리가 그들과 공유하고 있는 것은 한두 가지가 아니다. 따라서 지금 우리의 풍속과 일상생활에 쓰고 있는 많은 어휘나 그 개념이 이 책을 통해 밝혀질 수 있고 그 근원을 궁구해 볼 수 있다.

우선 목록에서 볼 수 있듯이 천지, 자연, 지리, 역사, 가정, 사회, 국가, 인간관계, 경제활동, 관혼상제 등 일생에 걸쳐 꼭 필요한 모든 것을 고르게 분목分目을 삼아, 사람이 태어나 살아가면서 폭넓게 필수적으로 알고 활용해야 할 개념을 아주 외우기 쉽도록 대구對句와 압운을 넣어 정리해 놓았다.

옛 어린이는 외우도록 함이 우선이었다. 지금 이해만을 위주로 하는 서양 교육의 개념은 그 어떤 과목에도 일률적으로 통한다거나 이상적인 방법이 아님을 금방 알 수 있다. "어릴 때 외워 입에 붙은 개념은 죽을 때까지 간다"고 안지추顔之推는 《안씨가훈顔氏家訓》에서 역설하였다. 과목에 따라서는 외워야 활용할 수 있는 것이 얼마든지 있다. 중국의 교육은 사실 이러한 과목이 더 많았다. 게다가 중국어는 운이 발달한 언어로서 이에 적합하기까지 했다. 이러한 취지에서 문장이 대구와 압운으로 정리된 것이다.

이 책을 들여다보면 하나의 개념이나 사실을 어떻게 이렇게 정확하게 짧은 문장으로 정리할 수 있을까 하고 놀라움을 금치 못한다.

우선 각 사물의 이치와 고사, 역사, 내력은 물론 과거 기록을 그대로 찾아 익히도록 했으며 우리가 알고 있는 많은 이칭과 명칭의 유래가 바로 이런 것이구나 하고 감탄을 자아내게 한다. 게다가 지식을 늘려주고 정확도를 키워주며 바른 언어생활과 바른 사회생활을 영위해 나갈 수 있도록 되어 있다.

우리나라 학자들도 이 책을 그야말로 백과사전식 참고서로 충분히 활용할 수 있을 것이다. 특히 어린이의 한자공부, 한문공부에는 물론 인격형성과 사물판별의 두뇌형성에 아주 적합한 이상적인 교재라 할 수 있다. 게다가 모든 구절은 그 근거 원전이 있어 언어의 고증은 물론 고사의 출처를 밝히는 데에도 귀중한 자료가 되고 있다.

《幼學》一書, 西昌程允升先生作也. 門分類別, 比事屬辭, 經史子集, 紛披腕下. 如入五都之市, 百貨充牣, 挾所求而來者, 無弗如其意以去. 重以錫山黃君爲之箋註, 句索其解, 字求其故. 又不啻溯方流以窮玉水, 沿員折而討璿源也. 余垂髫時, 嘗受而讀之. 越今周甲, 偶於家塾檢孫輩課本, 如遇故人. 獨惜焉馬陶陰, 習訛承謬, 漫漶處墨如蝕鏡, 蓋風行之日久矣. 昔陶靖節讀書不求甚解, 能得其意也. 童子非其人, 聰明方啓, 枵然一無所有, 若居室然, 銖銖寸寸, 必待漸積. 以是書方之劉略·班藝·虞志·荀錄·固幾等東郭之於南都, 而自童蒙得之, 已稱速富, 若任其乖舛錯略, 致相沿習, 據爲先入, 微特蹲鴟之惠, 弄璋之賀. 異時必形諸贈答; 卽此苟簡溷沌之心. 已非父兄所以訓子弟也. 因不揣譾陋, 猥加釐定, 閒亦略爲補綴, 分三十四部, 彙成四卷, 亟付梓人, 公諸同好. 惟不忍令西昌·錫山兩先生嘉惠後學之苦心, 一誤再誤, 伊於胡底. 夫三豕渡河, 得卜氏子始正其說; 而金根一言, 爲嗤百世人之識見相越, 豈不遠哉! 是書之誤, 余得而正之矣; 余之誤不自知, 倘更有正余之所正, 幷正余之所未及正, 俾不致貽誤於無窮, 固後學之幸, 亦余之幸也. 余且引領跂之!

　　乾隆丁丑年(1757)壬寅月 錢元龍 恕齋題

欣逢至治, 擢取鴻才, 時藝之外, 兼命賦詩, 使非典籍先悉於胸中, 未有揮毫不窘於腕下者. 然華子之《類賦》·姚氏之《類林》, 卷帙浩繁, 艱於記憶, 惟程允昇先生《幼學》一書, 誠多士饋貧之糧, 而制科度津之筏也. 但碎金積玉, 原屬無多, 則摘艷熏香, 應增未備, 庶幾文人足供驅使. 奈

坊刻所補, 殊不雅馴, 在老成能知去取, 固詡續貂; 若初學未識從違, 反
云全璧, 一經習染, 俗不可醫, 即用鍼砭, 難痊痼疾矣. 爰採彙書, 各增編
末. 文必絶佳, 片箋片玉; 語期可誦, 一字一溓; 幷汰舊注之支離, 易新詮
之確當, 詳所當詳而不厭其繁, 略所當略而不嫌其簡, 務歸明晳, 一閱了
然, 如藍田之琬琰, 元圃之琳瑯, 能令見者寶之, 各欲私爲秘枕, 因顏之
曰『瓊林』. 覽是書者, 其以余言爲不謬否?

時乾隆二十五年(1760)歲在庚辰仲春上浣. 霧閣鄒聖脈梧岡氏書於寄
傲山房.

- 한편 이《유학경림幼學瓊林》(明 程允升 原著, 淸 鄒聖脈 增補)의 청대 판본은 지금
  중국 북경北京 국가도서관國家圖書館(北京市 海淀區) 마이크로필름문헌열람실
  (縮微文獻閱覽室)에 소장되어 있다.

1. 『幼學瓊林』의 청대 판본은 『新增
幼學考查故事瓊林』 (明　程允升
原著, 淸 鄒聖脈 增補)으로 되어 있
으며 지금 중국 北京 國家圖書館(北
京市 海淀區) 마이크로필름문헌열
람실(縮微文獻閱覽室)에 소장되어
있다. 淸 乾隆 25년(1760) 庚辰 仲
春 上원 으로 되어있으며 奇傲山房
에서 판각한 것으로 되어있다.

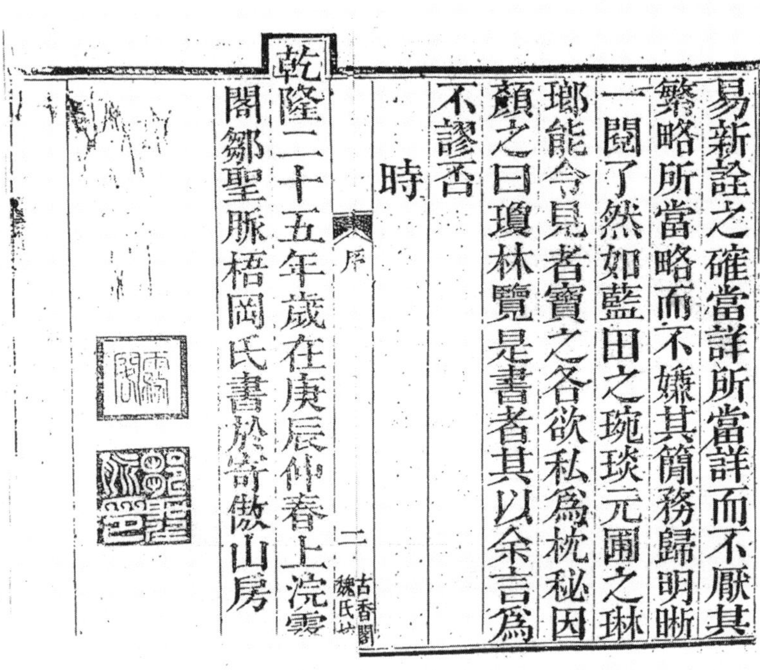

易新詮之確當詳所當詳而不厭其
繁略所當略而不嫌其簡務歸明晰
一閱了然如藍田之琬琰元圃之琳
瑯能令見者寶之各欲私爲枕秘因
顏之曰瓊林覽是書者其以余言爲
不謬否

時

乾隆二十五年歲在庚辰仲春上浣霙
閣鄒聖脈梧岡氏書於寄傲山房

2. 『新增幼學故事瓊林』 서문 일부

新增幼學故事瓊林卷之一

西昌　程允升先生原本
霧閣鄒聖脉　梧岡氏增補
　　　　　清溪謝梅林硯儕氏
男　鄒可庭涉園氏　仝恭訂

新增文十一聯

天文

混沌〔音渾〕初開，乾坤始奠。氣之輕清上浮者為天，氣之重濁下凝者為地。天地與人謂之三才，日月五星謂之七政。日為眾陽之宗，月乃太陰之象。虹〔音洪〕名螮蝀，乃天地之淫氣；月裏蟾蜍〔音蟾餘〕，是月魄之精光。風欲起而石燕飛，天將雨而商羊舞。旋風名為羊角，閃電號曰雷鞭。

歷代帝王總紀

三皇紀〔史記以天地人為三皇，通鑑以宓羲神農黃帝為五帝〕

盤古氏　天皇氏　地皇氏　人皇氏
有巢氏　燧人氏

太昊伏羲氏

五帝紀〔史記以伏羲神農黃帝堯舜為五帝，通鑑以少昊顓頊高辛堯舜為五帝〕

炎帝神農氏

古香閣　魏氏校

3. 『新增幼學故事瓊林』본문 및 夾註 일부

2권 차례

1. 천문 天文

본 장은 하늘의 이치, 기상과 자연 변화, 해, 달, 별과 그에 관계된 신화,
전설 등에 관한 상식과 고사를 간결하게 제시하고 설명한 것이다. (총 43연)

1

'혼돈混沌'이 처음 열리니, '건곤乾坤'이 비로소 제자리를 잡았다.

混沌初開, 乾坤始奠.

【混沌】 천지가 분화되기 전의 카오스(Chaos) 상태. 疊韻連綿語. 원기를 가리키며 음양이 미분화한 상태. 전설상 盤古氏 전에 천지는 미분하여 혼돈상태였으며 계란과 같았다 함.

【乾坤】 오행이나 음양가 등 초기 우주분화를 두고 말할 때의 하늘(천)과 땅(지). 混沌(一元, 無極, 太極)이 갈려 陰陽, 兩儀, 乾坤, 天地 등의 이분법 세계로 분화함을 뜻함.

【奠】 자리를 잡음. 기준을 잡음. 터를 정함.

2

기氣 중에 가볍고 맑은 것은 위로 떠올라 하늘이 되었고, 기 중에 무겁고 탁한 것은 아래로 뭉쳐 땅이 되었다.

氣之輕淸上浮者爲天, 氣之重濁下凝者爲地.

【氣】 우주 만물의 기본 元氣. 鄒聖脈 주에《說文》을 인용하여 "天地者, 陰陽之府也. 天統開於子, 輕淸之氣, 一萬八百年, 浮而爲天. 天之精華, 凝結而爲日月星辰; 地統開於丑, 重濁之氣, 一萬八百年, 凝而爲地. 地之靈氣, 融結爲山川河岳"이라 함.

3

해와 달 그리고 금, 목, 수, 화, 토, 오성五星을 '칠정七政'이라
하고,

하늘과 땅, 그리고 사람을 '삼재三才'라 한다.

日月五星, 謂之七政;
天地與人, 謂之三才.

【五星】金木水火土. 태양계의 별들을 중심으로 고대 만물의 분류와 생성, 순환 등을 논
한 이론.
【七政】日月에 五星을 더하여 정치의 근본 이치로 삼았음. (《史記》五帝本紀 裴駰集解)
【三才】天地人. 우주 만물의 주체. (《周易》繫辭傳(下))

4

해는 중양衆陽의 으뜸이요, 달은 태음太陰의 상象이다.

日爲衆陽之宗, 月乃太陰之象.

【衆陽】모든 양이 다 모인 것. 太陽과 같음. 太極에서 兩儀(음양)로, 이 '양의'가 다시 四
象(太陽, 少陽, 太陰, 少陰)으로 분화된다고 여겼음.
【太陰】음 중의 가장 원초적인 것. 皇甫謐의 《年曆》에 "日者, 衆陽之宗; 月者, 群陰之
宗"이라 함. 鄒聖脈 주에 《天文志》를 인용하여 "日爲太陽之精, 主生養恩德, 人君之象
也; 月乃太陰之精, 以之配日, 女后之象也"라 함.

5

무지개는 이름이 '체동螮蝀'이니 천지의 음기이다.

달 속에는 '섬서蟾蜍'가 있으니 이는 월백月魄의 정광精光이다.

虹名螮蝀, 乃天地之淫氣;

月裏蟾蜍, 是月魄之精光.

【螮蝀】무지개의 다른 이름. (《爾雅》釋天) 고대인은 무지개가 작은 벌레가 모여 이루어진 것으로 여겨 글자에 虫을 붙인 것임. 雙聲語.

【蟾蜍】두꺼비. 고대 有窮后羿의 妻 姮娥(嫦娥)가 西王母의 仙桃를 훔쳐먹고 달로 도망하여 두꺼비가 되었다 함. 雙聲連綿語의 물명. (《後漢書》天文志 劉昭 주)

【月魄】달의 다른 이름.

6

바람이 불고자 하면 석연石燕이 날고, 장차 비가 오고자 하면

상양商羊이 춤을 춘다.

風欲起而石燕飛, 天將雨而商羊舞.

【石燕】전설에 零陵山에 돌 형상의 제비가 많았다고 함. 이 제비는 비바람이 불기 시작하면 일제히 날아올랐다가 비바람이 그치면 다시 돌로 변한다고 함. (《水經注》湘水) 鄒聖脈 주에 《地理志》를 인용하여 "零陵山多石燕, 遇風雨, 起而群飛, 雨止仍復爲石"이라 하였음.

【商羊】새 이름. 齊나라에 다리 하나인 새가 있어 궁중에 날아 모이자 임금이 孔子에게

이 새를 알아오도록 하였음. 공자는 이에 "이 새는 이름이 상양이다. 비가 오기 시작하면 어린아이가 한 발로 서서 '하늘이 장차 큰비를 내리려 함에 상양이 춤을 춘다'라 노래하였으니 제나라에 큰비가 올 것이다(天將大雨, 商羊鼓舞, 今齊有之, 將大雨矣)"라 하였다 함. 《孔子家語》辨政篇) 疊韻語.

7

돌개바람을 '양각羊角'이라 하고, 번쩍이는 번개를 '뇌편雷鞭'이라 한다.

旋風名爲羊角, 閃電號曰雷鞭.

【羊角】 회오리바람의 다른 이름. 양의 뿔이 휘말리는 모습을 연상한 것임.
【雷鞭】 번개의 다른 이름. 우레의 채찍이라는 뜻. 鄒聖脈 주에 《淮南子》를 인용하여 "雷以電爲鞭. 電光照處, 謂之 '列缺'. 陰氣凝聚, 陽在內不得出, 則奮擊而爲雷霆, 電乃陰陽激躍與雷同氣, 發而爲光"이라 함.

8

'청녀靑女'는 서리의 신이요, '소아素娥'는 달의 다른 이름이다.

靑女乃霜之神, 素娥則月之號.

【靑女】 서리와 눈을 관장하는 여신. 《淮南子》原道訓에 "秋三月, 靑女乃出, 以降霜雪"

이라 함.

【素娥】항아(嫦娥, 姮娥)를 일컫는 말. (5 주 참조)

9

　우레에서 지극히 빠른 귀신을 '율령律令'이라 하고, 우레 중에
수레를 미는 여신을 '아향阿香'이라 한다.

　雷部至捷之鬼曰律令, 雷部推車之女曰阿香.

【雷部】우레를 관장하는 하늘의 사신.

【律令】周 穆王 때의 사람으로 무척 빨리 달리던 사람. 죽어서 하늘의 심부름하는 귀신
이 되었다 함. (《搜神記》)

【阿香】하늘의 雷部에서 수레를 미는 여신. (《續搜神記》) 義興의 周氏 성의 어떤 남자가
여행 중에 날이 저물어 성 밖에서 자게 되었는데 어떤 여인이 나타나 함께 자기를 청하였
다 함. 그런데 二更쯤에 밖에서 어떤 어린아이가 "阿香, 官에서 수레를 밀어야 한다고 부
르십니다(阿香, 官喚汝推車)"라 하여 불려 갔다 함. 그가 곧 하늘나라 수레를 미는 '아
향'이었다 함. (鄒聖脈 주)

10

　운사雲師는 '풍륭豊隆'이라 하고, 설신雪神은 '등륙滕六'이라
한다.

雲師系是豐隆, 雪神乃是滕六.

【雲師】구름을 관장하는 신. (張衡〈思玄賦〉)
【豐隆】운사의 구체적인 이름. (《離騷》王逸 주)
【滕六】눈을 관장하는 신. (《幽怪錄》)

11

'홀화欻火'와 '사선謝仙'은 모두가 뇌화雷火를 관장하고,
'비렴飛廉'과 '기백箕伯'은 모두가 바람의 신이다.

欻火·謝仙, 俱掌雷火;

飛廉·箕伯, 悉是風神.

【欻火】번쩍이는 불빛. 혹은 불꽃을 관장하는 신. (《論衡》雷虛)
【謝仙】雷部에서 우레와 불꽃을 관장하는 신의 이름. (集古錄)
【飛廉】고대의 풍신 이름.
【箕伯】북두칠성을 관장하는 신이면서 동시에 바람도 다스린다 함. (〈思玄賦〉李善 주)

12

'열결列缺'은 우레의 신이며, '망서望舒'는 달을 끌고 가는 마부
이다.

列缺乃電之神, 望舒是月之御.

【列缺】번개의 신. 하늘을 찢듯이 한다 하여 붙여진 이름. (《楚辭》遠游 주 및 7 주 참조)
【望舒】달 신(月神)의 수레를 미는 마부. (《離騷》 주)

13

‘감림甘霖’, ‘감주甘澍’는 모두가 때맞추어 내리는 비를 가리
키며,
‘현궁玄穹’, ‘피창彼蒼’이란 모두가 하늘을 일컫는 말이다.

甘霖 · 甘澍 俱指時雨;
玄穹 · 彼蒼, 悉稱上天.

【甘霖, 甘澍】비가 풍성히 내림을 표현하는 말. 鄒聖脈 주에 《爾雅》를 인용하여 “三日
以上曰霖, 久旱而雨曰甘霖, 久雨不止曰愁霖. 時雨滋生萬物曰甘澍, 與雪雜下曰霰”
이라 함.
【玄穹】현묘한 穹蒼, 즉 하늘의 다른 말.
【彼蒼】역시 하늘을 가리키는 말. 《詩經》에 “彼蒼者天”이라 함.

14

눈꽃이 여섯 모로 휘날리면 풍년을 일러주는 징조요, 해가 이미
장대 세 개 높이만큼 올라오면 이를 ‘시안時晏’이라 한다.

雪花飛六出, 先兆豐年;

日上已三竿, 乃云時晏.

【六出】 강남의 속담에 "江南三尺雪, 人道十年豐"이리 함. 꽃은 대체로 서의 다섯 잎인데 눈이 육각인 것은 꽃이 陽이며 눈이 陰이기 때문이라 함. (鄒聖脈 주)
【時晏】 시절이 편안함을 표현한 말. 풍년에 대비하여 쓴 말.

15

축蜀 땅의 개가 해를 보고 짖는다는 것은 사람의 견문이 매우 짧음을 비유하는 것이요,

오吳 땅의 소가 달을 보고 헐떡이는 것은 사람이 지나치게 두려워함을 비웃는 것이다.

蜀犬吠日, 比人所見甚稀;

吳牛喘月, 笑人畏懼過甚.

【蜀犬吠日】 蜀 땅은 산이 많아 해를 보기 어려워 이에 해가 나타나면 개가 짖는다 함. (柳宗元〈答韋中立論師道書〉)
【吳牛喘月】 吳나라 소는 더위를 타서 달을 보고도 해인 줄 알고 헐떡거림. 《世說新語》言語篇에 "滿奮畏風, 在晉武帝坐; 北窓作琉璃屛風, 實密似疎, 奮有難色. 帝笑之. 奮答曰: '臣猶吳牛, 見月而喘.'"라 함.

16

간절하게 바라기는 마치 가뭄에 구름과 무지개를 보고 있는 것
과 같고,

은혜가 깊으면 마치 비와 이슬의 고마움을 느끼는 것과 같다.

望切者, 若雲霓之望;

恩深者, 如雨露之恩.

【望切】간절하게 기다림. 《孟子》梁惠王(下)에 "民望之, 若大旱之望雲霓也"라 함.

17

'삼성參星'과 '상성商星' 두 별은 그 출몰을 서로 볼 수 없고,

견우와 직녀 두 별자리는 오직 칠석에만 한 번 상봉한다.

參商二星, 其出沒不相見;

牛女兩宿, 惟七夕一相逢.

【參商】둘 모두 별 이름으로 28宿의 하나. 參星은 서쪽, 商星은 동쪽으로 두 별을 동시
에 볼 수 없음. 서로 아주 멀리 떨어져 있음을 비유함. (《左傳》昭公 元年 및 379 참조)
옛날 高辛氏의 두 아들 閼伯과 아우 實沈이 서로 반목하여 싸움을 그치지 않자 고신씨
가 알백은 商(商星分野) 땅에, 그리고 실침은 大夏(參星分野)로 옮겨 각각 상성과 삼성
을 주관하도록 아주 멀리 흩어져 서로 만날 수 없게 하였다 함. (943 참조) 杜甫의 〈贈衛
八處士〉詩에 "人生不相見, 動如參與商. 今夕復何夕, 共此燈燭光. 少長能幾時, 鬢髮

各已長. …… 夜雨剪春韭, 新炊間黃粱. 主稱會面難, 一擧累十觴"이라 함.
【牛女】牽牛와 織女의 두 별. 7월 7일 까치와 까마귀가 다리를 놓아 견우와 직녀가 은하를 건너 만나게 한다 함. (《詩經》小雅 大東) 이 전설은 南朝 梁나라 殷芸의 《小說》에 비교적 완전하게 기록되었음. 한편 鄒聖脈의 주에 《續齊諧記》를 인용하여 "天河之東有織女, 天帝之孫也. 勤習女工, 容貌不暇整理, 帝憐其獨處, 許嫁河西牽牛郎. 嫁後, 竟廢女工. 帝怒, 令仍歸河東, 惟七夕一相會"라 함. (421 참조)

18

후예后羿의 처는 월궁으로 달아나 항아嫦娥가 되었고,
부열傳說은 죽어 그 혼이 기미箕尾에 매달려 있다.

后羿妻, 奔月宮而爲嫦娥;
傳說死, 其精神托于箕尾.

【后羿】고대 활의 명수로 알려진 인물. 하늘에 9개의 해가 나타나자 8개를 쏘아 없앴다 함. 그의 아내 嫦娥가 西王母가 후예에게 준 선도를 훔쳐먹고 달로 도망하였다 함. (《淮南子》覽冥訓 高誘 주)
【傳說】殷나라 때의 재상, 노예 출신. 그가 죽어 혼이 箕星와 尾星의 중간에 머물렀다 함. 그래서 중신의 죽음을 "騎箕尾"라 표현함. 鄒聖脈 주에 《莊子》大宗師를 인용하여 "傳說乘東維, 騎箕尾, 而比於列星. 蓋言傳說死後精神跨於箕尾二星之間也"라 함.

19

'별을 이고 달을 머리에 인다'는 말은 일찍 일어나 밤늦도록 열

심히 쫓아다니며 일한다는 뜻이요,

'비로 목욕하고 바람으로 빗질한다'는 것은 밖에서 노고를 다함을 말한다.

披星戴月, 謂早夜之奔馳;
沐雨櫛風, 謂風塵之勞苦.

【披星戴月】몸에 별빛을 둘러치고 머리에는 달빛을 이고 다님. 새벽별, 저녁달을 뜻함. (《東游記》一)

【沐雨櫛風】'櫛風沐雨'라고도 하며 비바람을 무릅쓰고 다니며 열심을 다함을 뜻함. (《莊子》天下篇)

20

사물이란 뜻을 가지고 있는 것이 아니니 '마치 구름이 아무 생각 없이 솟아나도다'라는 것과 같다라 하고,

은혜는 가히 널리 펴야 하나니 이를 일러 '봄볕도 다리가 있다'라는 것이다.

事非有意, 譬如雲出無心;
恩可遍施, 乃曰陽春有脚.

【無心】陶淵明〈歸去來辭〉에 '雲無心而出岫'라 함. (533, 614, 793 참조)

【陽春有脚】唐나라 宋璟이 재상이 되어 선정을 베풀자 사람들이 그를 일러 有脚陽春이라 하였다. 《開元天寶遺事》 봄볕은 다리가 있어 그 어느 곳이나 찾아다니며 모든 생물에게 화기를 쐬게 해준다는 뜻.

21

남에게 먹여주어 공경을 다할 때 '감히 헌폭獻曝을 바치는 근심입니다'라 하고,

남의 힘을 빌려 어려운 일을 해결할 경우 '모두가 해를 되돌릴 힘의 덕분입니다'라고 한다.

饋物致敬, 曰敢效獻曝之憂;

托人轉移, 曰全賴回天之力.

【獻曝之憂】옛날 宋나라 어떤 가난한 농부가 봄볕이 너무 좋아 이를 임금에게 알려 쐬면 좋을 것이라 한 고사에서 유래됨. 뒤에 음식물 등을 남에게 선물할 때 스스로 낮추어 하는 말로 쓰임. 《列子》楊朱篇에 "昔者宋國有田夫, 常衣緼黂, 僅以過冬. 暨春東作, 自曝於日, 不知天下有廣廈隩室, 綿纊狐貉. 顧謂其妻曰: '負日之暄, 人莫之者; 以獻吾君, 將有重賞.' 里之富室告之曰: '昔人有美戎菽, 甘枲莖芹萍子者, 對鄉豪稱之. 鄉豪取而嘗之, 蜇於口, 慘於腹, 衆哂而怨之. 其人大慙. 子, 此類也.'"라 함.
【回天之力】춘추시대 楚나라 魯陽公이 韓나라와 한창 전투를 벌이고 있는 중에, 그만 해가 저물어 해를 창으로 끌어당기자 해가 三舍(군대의 사흘 행군거리)쯤 되돌아왔다는 고사에서 유래됨. 《淮南子》覽冥訓) 뒤에 이러한 힘을 回天之力이라 함. 《後漢書》梁統傳)《博物志》(7)에 "魯陽公與韓戰酣而日暮, 援戈麾之, 日反三舍"라 함.

22

죽음에서 구해준 은혜에 감사하는 것을 '재조再造'라 하고,
다시 살려준 덕을 칭송함을 '이천二天'이라 한다.

感救死之恩, 曰再造;
頌再生之德, 曰二天.

【再造】다시 살아남. 再生과 같음.《宋書》王僧達傳에 "再造之恩, 不可忘屬"이라 함.
【二天】지극히 어려울 때 나서서 도와주는 또 다른 하늘이라는 뜻. 東漢 때 蘇章이 冀州
刺史였을 때 친구가 마침 淸河太守로 많은 부정을 저지르고 있어 이를 다스리려 나섰다.
그러자 청하태수가 술상을 마련해 놓고 "사람들은 하늘이 하나인데 나는 둘이다(人皆有
一天, 我獨有二天)"라 하면서 눈감아줄 것을 요청하자. 소장이 "오늘의 술자리는 사사로
운 우정이다. 그러나 내일의 할 일은 공법을 시행하는 날이다(今日飮酒, 私恩也; 明日按
事, 公法也)"라 하면서 태연히 술을 마시고 이튿날 법대로 처리했다. 이에 그 주위의 모
든 사람들이 숙연하게 여겼다 함. (《後漢書》蘇章傳)

23

세력이 쉽게 사라짐은 빙산과 같고, 일이 서로 다르기는 하늘과
땅과 같다.

勢易盡者若氷山, 事相懸者如天壤.

【氷山】唐 玄宗 때 楊國忠이 양귀비의 총애에 힘입어 재상이 되자 많은 사람들이 그에

게 빌붙었다. 이에 어떤 사람이 張彖이라는 선비에게 그를 찾아가 벼슬자리를 구해보도록 권하자 장단은 "그대들은 양국충을 태산이라고 여기지만 나는 그를 빙산이라고 보고 있다. 만약 뜨거운 태양이 떠오르면 그대들이 말하는 그 믿는 바를 잃고 말 것이 아닌가?(君輩以楊右相爲泰山; 吾以爲氷山耳. 若皎日出, 君輩得無失所恃乎)"라 하였다 함. (《開元天寶遺事》)

24

'신성晨星'은 현인이 요락寥落함을 일컫는 것이요, '뇌동雷同'이란 남의 말에 똑같이 따라함을 이른다.

晨星謂賢人寥落, 雷同謂言語相符.

【晨星】曉星과 같음. 새벽에는 별이 적어 희소함을 뜻함.
【寥落】희소함. 현인은 세상에 많지 않음을 말함. 謝朓의 〈京路夜發〉詩에 "曉星正寥落"이라 함.
【雷同】우레 소리는 모두가 비슷함. (《禮記》 曲禮(上)) 자신의 독특한 견해가 없이 남을 따라함을 말함. 附和雷同과 같음.

25

마음에 지나치게 많이 염려하는 것은 기杞나라 사람이 하늘 무너질까 걱정한 것과 무엇이 다르겠으며,

일에 힘을 헤아리지 않는 것은 과보夸父가 해를 쫓아간 것과 다름이 없다.

心多過慮, 何異杞人憂天;

事不量力, 不殊夸父追日.

【杞人憂天】옛날 杞나라 사람이 하늘이 무너질까 염려한 고사. 杞憂와 같음. 《列子》天
瑞篇에 "杞國有人憂天地崩墜, 身亡所寄, 廢寢食者; 又有憂彼之所憂者, 因往曉之,
曰: ‘天積氣耳, 亡處亡氣. 若屈伸呼吸, 終日在天中行止, 奈何憂崩墜乎?’ 其人曰:
‘天果積氣, 日月星宿, 不當墜耶?’ 曉之者曰: ‘日月星宿, 亦積氣中之有光耀者; 只使
墜, 亦不能有所中傷.’"라 함.

【夸父追日】夸父逐日과 같음. 옛날 전설상에 夸父라는 거인이 해가 어디까지 가는지 알
아보겠다고 나서서 해를 쫓다가 갈증으로 죽었다는 고사. 《列子》湯問篇에 "夸父不量
力, 欲追日影, 逐之於隅谷之際. 渴欲得飮, 赴飮河渭. 河渭不足, 將走北飮大澤. 未至,
道渴而死. 棄其杖, 尸膏肉所浸, 生鄧林. 鄧林彌廣數千里焉"이라 함. (40 참조)

26

여름날 해와 같아 가히 두려운 것은 조돈趙盾을 두고 한 말이요,

겨울 햇볕과 같아 가히 사랑스러운 것은 조최趙衰를 두고 한 말
이다.

如夏日之可畏, 是謂趙盾;

如冬日之可愛, 是謂趙衰.

【趙盾 · 趙衰】춘추시대 晉나라 대부 趙衰와 趙盾 부자는 서로 성격이 달라 아버지 조
최는 너무 엄하고 거만하기가 여름 해와 같았고 아들 조돈은 봄볕과 같아 온화하고 남을

배려하는 능력이 있었음. 뒤에 많은 사람들이 조돈에게 모여들었으며 그 후손이 趙나라
를 일으킴. (《左傳》文公 7년) 한편 《十八史略》(1)에 "春秋時, 有趙夙者, 事晉, 夙生成
子衰, 衰生宣子盾, 人曰:'趙衰冬日之日也, 趙盾夏日之日也. 冬日可愛, 夏日可畏.'"
라 함.

27

   제齊나라 부인 하나가 원한을 머금자 삼 년 동안 비가 내리지 않
았고,
   추연鄒衍이 옥에 갇히자 유월에 서리가 흩날렸다.

   齊婦含冤, 三年不雨;
   鄒衍下獄, 六月飛霜.

【齊婦】漢나라 때 東海郡(당시 齊 땅에 속함)에 선량한 며느리가 있어 홀로 시어머니를
극진히 모셨으나 시어머니가 그 딱함을 보다 못해 스스로 죽자 시누이가 이를 며느리가
죽였다고 모함하여 죽임을 당하였음. 그러자 그 지역에 삼 년 동안 비가 내리지 않았다고
함. (《漢書》于定國傳)《搜神記》(11)에 "漢時, 東海孝婦, 養姑甚謹. 姑曰:'婦養我勤
苦. 我已老, 何惜餘年, 久累年少!'遂自縊死. 其女告官云:'婦殺我母.'官收繫之, 拷
掠毒治. 孝婦不堪苦楚, 自誣服之. 時于公爲獄吏, 曰:'此婦養姑十餘年, 以孝聞徹, 必
不殺也.'太守不聽. 于公爭不得理, 抱其獄詞, 哭於府而去. 自後郡中枯旱, 三年不雨.
後太守至, 于公曰:'孝婦不當死, 前太守枉殺之, 咎當在此.'太守卽時身祭孝婦冢, 因
表其墓. 天立雨, 歲大熟. 長老傳曰:'孝婦名周靑. 靑將死, 車載十丈竹竿, 以懸五旛.
立誓於衆曰:靑若有罪, 願殺, 血當順下;靑若枉死, 血當逆流. 旣行刑已, 其血靑黃,
緣旛竹而上標, 又緣旛而下云.'"이라 하였으며, 이 이야기는 《說苑》貴德篇,《法苑珠
林》62,《藝文類聚》100 (炎異部 旱),《太平御覽》415·646 (王歆《孝子傳》) 등에도
전재되어 있음.

【鄒衍】전국시대 학자 鄒衍(騶衍으로도 씀)이 燕 昭王을 도와 큰 업적을 남겼으나 아들 惠王이 간신의 참언을 믿고 추연을 옥에 가둠. 추연이 하늘을 향해 울자 6월 여름인데 서리가 내렸다 함. (《初學記》 天部)

28

아버지의 원수는 하늘을 함께 일 수 없고, 아들 된 도리란 모름지기 시간을 아껴 어버이를 모시는 것이다.

父仇不共戴天, 子道須當愛日.

【不共戴天】 不俱戴天과 같음. 하늘을 함께 이고 살 수 없는 원수. 《禮記》 曲禮(上)에 "父之讎, 弗與共戴天. 兄弟之讎不反兵. 交遊之讎不同國. 四郊多壘, 此卿大夫之辱也. 地廣大, 荒而不治, 此亦士之辱也"라 함.
【愛日】 시간을 아낌. 세월이 가는 것을 안타깝게 여김. 흔히 孝道를 일컫는 말로 쓰임. 鄒聖脈 주에 揚子 《法言》을 인용하여 "事父母自知不足者, 其舜乎! 不可得而久者, 事親之謂也. 故曰: '孝子愛日.'"이라 함.

29

태평성대의 백성들은 밝은 하늘 밝은 햇빛 아래 마음 놓고 즐기며 살아가는 것이요,
태평성대의 천자는 하늘이 경성景星과 경운慶雲의 상서로움을 불러 보여준다.

盛世黎民, 嬉游于光天化日之下;

太平天子, 上召夫景星慶雲之祥.

【黎民】 머리가 검은 일반 백성. 백성의 다른 말.

【景星】 상서로운 별. 德星이라고도 하며 천자가 백성을 잘 다스릴 때에야 나타난다 함. 《文子》精誠篇)

【慶雲】 오색을 띤 彩雲. 왕의 덕치가 이루어지면 나타난다 함. (《漢書》天文志) 鄒聖脈 주에 《潛夫論》을 인용하여 "化國之日舒以長, 亂國之日促以短. 舜時, 景星見, 慶雲生. 王者德敎無私, 則景星見; 王者德合於山陵, 則慶雲生"이라 하였으나 지금의 《잠부론》에는 이 구절이 없음.

30

하夏나라 때 우禹 임금이 자리에 오르자 하늘이 금을 비처럼 내려주었고,

춘추시대《효경孝經》이 완성되자 붉은 무지개가 옥으로 변하였다.

夏時大禹在位, 上天雨金;

春秋孝經旣成, 赤虹化玉.

【禹】 夏나라 개국군주로 禹 임금이 9년 가뭄의 치수를 끝내고 왕위에 오르자 하늘에서 3일 동안 금을 내려주고 다시 사흘은 쌀을 비처럼 내려주었다 함. (《竹書紀年》) 鄒聖脈 주에 《史記》를 인용하여 "大禹平治水土, 功齊天地, 是時天雨金三日, 雨稻三日三夜"라 하였으나 지금의 《사기》에는 이 구절이 없음.

【孝經】 孔子가 《春秋》와 《孝經》을 완성하고 하늘에 고하자 하늘이 무지개를 내려주었으

며 이것이 黃玉으로 변하였다 함. 《搜神記》(8)에 "孔子修《春秋》, 制《孝經》, 旣成, 齋戒, 向北辰而拜, 告備於天. 天乃洪鬱起白霧, 摩地, 赤虹自上而下, 化爲黃玉, 長三尺, 上有刻文. 孔子跪受而讀之, 曰:'寶文出, 劉季握. 卯金刀, 在軫北. 字禾子, 天下服.'"이라 함. 한편 《효경》은 孝에 관한 기록을 모은 것으로 공자의 門人이 지은 것. 지금은 13경에 열입되어 있음.

31

　'기箕'라는 별은 바람을 좋아하고 '필畢'이라는 별은 비를 좋아한다. 이는 서인들의 바람과 욕망이 같지 않음을 비유한 것이다.
　바람은 호랑이를 따라 일어나고 구름은 용을 좇아 생겨난다. 이는 임금과 신하는 우연히 만남이 아님을 비유한다.

　箕好風, 畢好雨, 比庶人願欲不同;
　風從虎, 雲從龍, 比君臣會合不偶.

【箕·畢】箕星은 바람을 주관하고 畢星은 비를 주관함. 《尚書》洪範에 "庶民惟星, 星有好風, 星有好雨"라 함.

【風從虎, 雲從龍】《周易》乾卦 文言傳에 "風從虎, 雲從龍, 聖人作而萬物睹"라 하여 사물은 서로 감응하여 따르고 좇음을 뜻함.

32

　비와 볕이 그 때에 맞게 일어나면 이는 아름다운 징조요,

하늘과 땅이 서로 태평함을 나누니 이를 일러 성세盛世라 한다.

雨暘時若, 繫是休徵;
天地交泰, 斯稱盛世.

【休徵】 아름다운 징조. 《書經》 洪範에 "曰休徵, 曰肅, 時雨若"라 함.
【交泰】 하늘과 땅이 서로 통하여 크게 태평함. 《周易》 泰卦에 "天地交, 泰"라 하고 그 象辭에 "泰, 天地交而萬物通焉"이라 함.

33

'대환大圜'은 하늘을 부르는 호號요, '양덕陽德'은 해를 두고 칭하는 말이다.

大圜乃天之號, 陽德爲日之稱.

【大圜】 하늘의 다른 이름. 大圓이라고도 함. 《楚辭》 天問에 "圜有九重, 孰營度之?" 라 함.
【陽德】 태양의 다른 이름. 謝莊의 〈月賦〉에 "日以陽德, 月以陰靈"이라 함.

34

탁록涿鹿의 들에 피어난 구름을 보고 그 문채에 따라 수레 덮개를 만들고,

백량대柏梁臺의 이슬을 받아 한漢 무제武帝는 장수를 기원하였다.

涿鹿野中之雲, 彩分華蓋;
柏梁臺上之露, 潤湋金莖.

【涿鹿】고대 黃帝가 涿鹿의 들에서 蚩尤와 싸워 물리칠 때 오색 구름이 나타나 꽃이 되어 황제를 덮음. 이에 그 모양을 본떠 수레의 덮개 무늬로 삼았다 함. (崔豹《古今注》輿服) 한편 鄒聖脈 주에 《史記》를 인용하여 "黃帝與蚩尤戰於涿鹿之野, 有五色雲氣, 金枝玉葉, 結花葩之象, 覆于帝上, 因作花蓋"라 하였으나 지금의 《사기》에는 이 구절이 없음.
【柏梁臺】漢 武帝가 柏梁臺라는 누대를 지으면서 구리기둥을 써서 그 위에 신선의 손 모양 형상을 하여 이슬을 받도록 하였으며 이를 옥 가루에 타서 마셔 장수를 기원하였다 함. (漢武帝起柏梁臺, 作金莖, 上有仙人掌, 擎銅盤承露, 和玉屑以飮之) 班固〈西都賦〉에 "抗仙掌以承露, 擢雙立之金莖"이라 함. 金莖은 구리기둥(銅柱)을 뜻함.

35

효자가 얼마나 마음 아픈지를 알고자 하면 새벽 서리를 맨발로 걸어보라.

매번 장엄한 군대가 위세 좋아함을 드러내니 늦은 봄눈이 저절로 녹아버리는 것과 같도다.

欲知孝子傷心, 晨霜踐履;

每見雄軍喜氣, 晚雪銷融.

【晨霜踐履】 고대 周나라 때 尹吉輔는 후처의 참언을 믿고 그 효성이 지극힌 아들 伯奇를 내쫓았음. 이에 백기는 새벽에 맨발로 서리를 밟으며 거문고를 탔음. 이 노래를 〈履霜操〉라 함. (《初學記》에 인용된 《琴操》)

【晚雪銷融】 唐나라 章孝標가 당시 李紳이 淮南節度使였을 때 봄눈이 오는 날, 그의 잔치에 참가하였었다. 장효표가 詩로 이름이 나 있음을 안 이신이 종이를 가져오도록 하여 시를 지어보도록 하였음. 이에 장효표는 즉시 허락하고 붓을 들어 단번에 한 수를 완성하였음. "육각형의 꽃이 날아 곳곳에 펄펄, 창문에는 붙고 계단 위 찬가지 것은 쓸어가버리네. 부잣집 문 앞은 저녁이 되도록 한 자도 쌓이지 않으니, 이는 모두 귀하가 삼군을 다스릴 때의 희기를 녹였기 때문이라(六出花飛處處飄, 黏窗拂砌上寒條, 朱門到晚難盈尺, 盡是三軍喜氣消)." 이신은 크게 기뻐하여 이를 主文, 즉 考試官에게 추천해 주었다 함. (《唐才子傳》 卷6)

36

후한後漢 때 정공鄭公의 나뭇짐에 바람이 불어 쉽게 나르게 하고, 어사 안진경顏眞卿의 바른 판결에 가뭄에 단비가 천지를 흠뻑 적셔주었다.

鄭公風, 一往一來;

御史雨, 旣霑旣足.

【鄭公】 後漢 때 鄭弘이 어릴 때 나뭇짐을 팔아 생계를 이을 때 신선이 아침에는 그가 북

쪽 산으로 가기 쉽도록 남풍을 불어주고 저녁에는 그 나뭇짐을 지고 남쪽으로 오기 쉽도록 북풍을 불어 밀어주었다 함. 지금도 이 바람을 鄭公風이라 함. (《後漢書》鄭弘傳) 鄒聖脈 주에 孔煜의 《會稽錄》을 인용하여 "射的山南有白鶴山, 此鶴爲仙人取箭, 鄭弘嘗採薪於此. 得一遺箭, 頃有人來覓, 弘還之. 問所欲, 乃曰: '患若耶溪, 載薪爲難, 願旦南風, 暮北風.' 後果然, 今如故, 呼爲 '鄭公風.'"이라 함.

【御史】唐나라 顔眞卿(유명한 서예가)이 어사 벼슬을 할 때 平原郡에 억울한 사건이 벌어져 제대로 판결을 하지 못하자 안진경이 출행하여 이를 바르게 판결함. 그러자 당시 가뭄 끝에 큰비가 내렸다 하며 지금도 이때 내리는 비를 御史雨라 함. (《舊唐書》顔眞卿傳)

37

붉은 우레가 북두성을 감싸자 부보附寶가 잉태하여 황제를 낳았고, 흰 무지개가 해를 뚫으니 형가荊軻가 노래를 불렀다.

赤電繞樞而附寶孕, 白虹貫日而荊軻歌.

【附寶】黃帝의 어머니. 붉은색 번개가 북두칠성을 감싸는 것을 보고 24개월 만에 황제를 낳았다고 함. 《帝王世紀》에 "黃帝之母附寶, 見電光繞北斗樞星, 感之而孕, 二十四月而生帝, 日角龍顔"이라 함.

【荊軻】전국 말 자객. 燕나라 太子 丹이 그를 시켜 秦始皇을 죽이도록 하자 그 임무를 수행하고자 떠나면서 易水에서 "風蕭蕭兮易水寒, 壯士一去兮不復還"이라는 노래를 부르며 전별식을 할 때 흰색의 무지개가 해를 뚫었다(진시황의 죽음을 뜻함) 함. (《史記》刺客列傳 ·《戰國策》燕策)

38

태자나 서자의 이름은 별의 전후에 따라 나뉜 것이며,

가뭄이 들고 홍수가 지는 해의 점은 우레의 자웅으로 변별한다.

太子庶子之名, 星分前後;

旱年潦年之占, 雷辨雌雄.

【星分】 고대 하늘의 三星 중에 가운데 별은 天子星, 앞에 있는 별은 太子星, 뒤에 있는
별은 庶子星으로 하였음. (《晉書》 天文志)

【潦年】 홍수가 많이 나는 해.

【雷辨】 춘추시대 晉나라 師曠(장님의 樂官, 소리 변별에 뛰어났음)이 점을 치면서 우레
소리로 자웅을 가려 변별했으며 이로써 가뭄과 홍수의 해를 구별했다 함. 한편 《太平御
覽》(天部, 雷)에 "우레가 처음 시작될 때 소리가 格格한 것은 雄雷이며 이는 旱氣를 가
지고 있다. 그리고 우레 소리가 依依한 것은 雌雷로 水氣를 머금고 있다(電之初發, 其
音格格霹靂者, 乃雄雷, 旱氣; 其音依依不大霹靂者, 乃雌雷, 水氣)"라 하였다.

39

중태성中台星은 정내鼎鼐를 담당하고, 동벽성東壁星은 문서를 관
장한다.

中台爲鼎鼐之司, 東壁是圖書之府.

【中台】 中台星. 三台星의 하나로 그중 가운데에 있으며 조정의 公卿宰輔를 상징함. (《晉

書》天文志)

【鼎鼐】둘 모두 三足兩耳의 큰솥으로 음식의 五味를 잘 조절하여 조리하듯이 나라를 다스린다는 뜻으로 재상을 상징하는 말로 쓰였음.

【東壁】별 이름. 천하의 도서를 관장하는 별로 천자의 도서관을 흔히 東壁이라 함. (《晉書》天文志) 한편 唐 張說의 詩에 "東壁圖書府, 西園翰墨林"이라 하였음.

40

노양魯陽이 전투 중에 날이 저물어 지는 해를 되돌리자 해가 창 끝을 따라 되돌아왔고,

제갈량諸葛亮이 신기한 무기로 동풍에게 제사를 지내자 바람이 큰 깃발 아래를 휘돌았다.

魯陽苦戰揮西日, 日返戈頭;

諸葛神機祭東風, 風回纛下.

【魯陽】楚나라 平王의 손자인 司馬子期의 아들 魯陽文子. 魯陽 땅에 봉해져 魯陽公이라고도 함. 韓나라와의 전투에서 해가 기울자 그가 창으로 해를 끌어 해가 넘어가지 않도록 했다 함. (《淮南子》覽冥訓, 《博物志》 및 21 참조)

【諸葛】諸葛亮을 가리킴. 그가 曹操 군사를 화전으로 공격하려 했으나 바람이 불지 않자 누대에 올라 제사를 지내니 동풍이 불고 모든 깃발이 펄럭였다 함. (《三國演義》 49회)

41

속석束晳이 정신을 모으면 삼 일 큰비를 내리게 할 수 있었고,

장해張楷가 도술을 부리면 능히 오 리 안을 안개로 덮을 수 있었다.

　　束先生精神畢至, 可禱三日之霖;

　　張道士法術頗神, 能作五里之霧.

【束晳】 束晳이 신통력이 있어 가뭄에 기도하여 사흘 흡족한 비가 내렸다 함. 속석은 晉나라 때 학자이며 정치인으로 〈汲叢古書〉 정리에 이름을 남겼음. 《晉書》 束晳傳)

【張楷】 後漢 때 張楷(자는 公超)는 도인으로 신통력을 부릴 줄 알아 능히 5리를 안개로 뒤덮을 수 있었다 함. 《後漢書》 張楷傳)

42

아이들은 해를 두고 쟁반만 할 때와 가장 뜨거울 때가 가깝다고 다투었고,

말 잘하는 자가 하늘을 논함에 머리도 있고 발도 있다고 하였다.

　　兒童爭日, 如盤如湯;

　　辯士論天, 有頭有足.

【爭日】 孔子가 길에서 다투는 아이를 보았더니 한 아이는 해가 뜰 때 쟁반처럼 가장 커 보이는 것으로 보아 그때가 가장 가깝다고 하였고, 다른 아이는 중천에 떴을 때 가장 뜨거운 것으로 보아 그때가 가장 가깝다고 하면서 공자에게 이를 묻자 공자가 대답을 하지 못했다 함. 《列子》 湯問篇에 "孔子東游, 見兩小兒辯鬪. 問其故. 一兒曰: '我以日始出時去人近, 而日中時遠也.' 一兒: '以日初出遠, 而日中時近也.' 一兒曰: '日初出大如車蓋; 及日中, 則如盤盂: 此不爲遠者小而近者大乎?' 一兒曰: '日初出滄滄涼; 及其

日中如探湯; 此不爲近者熱而遠者凉乎?’ 孔子不能決也. 兩小兒笑曰: ‘孰爲汝多知乎?’”라 함.

【辯士】삼국시대 蜀나라 변사 秦宓이라는 자는 능히 변론에 뛰어났음. 그가 吳나라 사신과 하늘에 관한 문제를 토론하면서 “하늘은 머리와 다리가 있는 것인가?”라고 묻자 그는 “《詩經》 大雅 皇矣篇에 ‘乃眷四顧’라 하였으니 하늘에는 머리가 있으며 이는 서쪽이다. 그리고 小雅 白華篇에 ‘天步艱難’이라 하였으니 이는 하늘에 다리가 있다는 뜻이다”라고 변론하였음. (《三國志》蜀志 秦宓傳)

43

달이 필성畢星을 따라 돌면 비가 올 징조요, 패성孛星이 빛을 발하면 화재가 나게 된다.

月離畢而雨候將徵, 星孛辰而火災乃見.

【畢星】별 이름. 고대 사람들은 필성은 비를 좋아하는 별로써 달의 궤도가 빌성에 접근하면 비가 내릴 징조로 보았음. 《詩經》小雅 漸漸之石에 “月離於畢, 俾滂沱矣”라 함.
【孛星】彗星의 다른 이름. 《左傳》昭公 17년에 孛星이 빛을 발하자 당시 申須라는 자가 제후에게 장차 큰 화재가 날 것임을 예측하였고, 과연 이듬해 5월 宋, 衛, 陳, 鄭 등의 나라에 큰 화재가 발생하였다는 기록이 있음.

참고〈天地〉편 ‘續增’ 10聯

- 人文進化, 天象益明.
- 六合所包, 皆爲積氣; 兩儀所造, 莫非自然.

- 日爲恒星，隔地乃暗；月亦圓體，背日見虧．
- 月掩日曰日食，地掩月曰月食．
- 水金土木諸星，爲太陽系之環繞；雲霧雨露諸象，皆水蒸氣所化成．
- 雨結爲冰，小成霰，大成雹；汽遇驟冷，高爲雪，下爲霜．
- 冷熱二氣相鼓蕩，則生風，劇者爲颶；陰陽二氣相搏激，則發電，響
  即成雷．
- 日光透雨，彩暈如環，謂之虹；星芒燭天，尾形如帚，謂之彗．
- 天河乃星群之簇聚，霞光亦日色所映成．
- 昔之占驗憑諸虛，謂與人事相應；今之推步證諸實，見爲天象之常．

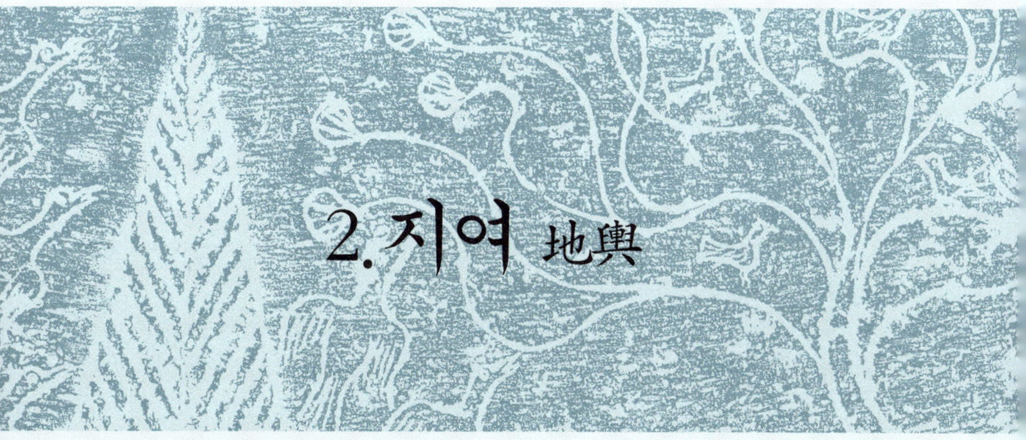

2. 지여 地輿

본 장은 땅의 구분과 생김, 명산 대천에 대한 신화 전설과 명칭, 그리고 역대 각 나라의 위치 등에 관한 상식과 고사를 간결하게 제시하고 설명한 것이다. (총 47연)

44

황제黃帝가 분야分野를 나누어 비로소 도읍이 나누어졌고,

하우夏禹가 물을 다스려 처음으로 산천이 제자리를 잡게 되었다.

黃帝畫野, 始分都邑;

夏禹治水, 初奠山川.

【黃帝】중국 민족의 시조로 받드는 고대 임금. 각종 제도와 물건을 만들어 인류를 문명으로 진입하게 하였다고 믿는 인물.

【分野】땅을 구획하여 나라나 경계를 나눔을 뜻함. 《漢書》 地理志에 黃帝가 천하를 나누어 백 리씩 나라를 만 개로 하였고, 토지의 구분을 八家를 一井으로 삼되, 一井을 隣, 三隣을 里, 五里를 邑, 十邑을 都, 十都를 師, 十師를 州로 정하였다 함.

鄒聖脈의 주에 "黃帝畫野分土, 得百里之國萬區, 遂經土設井, 立步制畝, 使八家爲井, 井開四道, 而分八宅. 井爲一隣, 隣三爲朋, 朋三爲里, 里五爲邑, 邑十爲都, 都十爲師, 師十爲州"라 함.

【夏禹】고대 夏나라 개국군주. 당시 홍수가 범람하자 그의 아버지 鯀은 堵截法(물을 막아 흐르지 못하게 하는 방법)으로 治水에 실패를 하였지만 舜임금에 禹를 시켜 임무를 맡기자 그는 疏導法(물을 소통시켜 흐르게 함)으로 물을 다스려 천하의 수재를 해결했다 함. 鄒聖脈 주에 《管子》를 인용하여 "洪水橫流, 不辨區域, 禹自冀之西, 分爲豫荊雍梁; 冀之東, 分爲兗靑徐揚, 爲九州之地. 定其山之高者, 與其川之大者, 以爲之紀綱也"라 함.

45

우주의 강산은 바꿀 수 없는 것이지만 고금의 사물 명칭은 각각

다르다.

宇宙之江山不改, 古今之稱謂各殊.

【宇宙】《淮南子》 주에는 上下四方을 宇라 하고 古往今來를 宙라 한다 하여 시간과 공간을 통합하여 이르는 말. 그러나 당시 連綿語로 天地萬物의 총칭을 뜻함.
【稱謂】 사물에 대한 명칭. 鄒聖脈 주에 "上下四方曰宇, 古往今來曰宙. 謂宇宙之江山雖不改移, 但古今之稱說, 其名不一也"라 함.

46

북경北京은 원래 유연幽燕에 속하던 곳으로 금대金臺는 그 다른 이름이다.

남경南京은 원래 건업建業으로 금릉金陵은 이의 별명이다.

北京原屬幽燕, 金臺是其異號;
南京原爲建業, 金陵又是別名.

【幽燕】幽州는 원래 고대 九州의 하나. 지금의 北京, 河北, 遼寧省 일대. 燕은 전국시대 燕나라 땅이었음을 말함. 金臺는 北京의 다른 이름.
鄒聖脈의 주에 《附職方紀略》을 인용하여 "北京古遼東地, 號三韓, 今曰北直, 別號金臺. 古燕冀地, 令九府二十州, 百二十縣. 首府順天, 別號燕山, 乃禹貢冀州之域, 周曰幽州, 漢曰燕國"이라 함.
【建業】 지금의 南京시로 東漢 末 孫權이 근거지로 삼았으며 東晋과 南朝(宋, 齊, 梁, 陳)시대에 이곳을 도읍으로 삼았었음. 金陵은 남경의 다른 이름.
추성맥 주에 "南京, 金曰江南, 號金陵. 古徐揚地, 令十四府, 十七州, 九十六縣, 首府

江寧, 別號建康, 乃禹貢揚州之域. 楚威王以其地有王氣, 特埋金以鎭之, 故名金陵. 自京口徙都於此, 曰建業"이라 함.

47

절강浙江은 무림武林의 구역으로 원래 월越나라 땅이었다.

강서江西는 예장군豫章郡으로 달리 오고吳皐라고도 한다.

浙江是武林之區, 原爲越國;

江西是豫章之郡, 又曰吳皐.

【武林】지금의 杭州를 가리킴. 원래 항주에는 虎林山이 있어 虎林이라 불렸으나 唐 太祖(李虎)의 이름을 휘하여 武林으로 바꿈. 南宋이 이곳을 臨安府라 하여 도읍으로 삼았었음.

【豫章】豫章은 漢 高祖가 설치했던 郡 이름. 治所는 南昌. 지금의 江西省 省都이며 이곳을 예장이라 불렀음. 吳皐는 강서성의 별칭.

48

복건성福建省은 민중閩中에 속하며, 호광湖廣의 지명은 삼초三楚였다.

福建省屬閩中, 湖廣地名三楚.

【閩中】秦나라 때 세웠던 郡 이름으로 治所는 冶縣(지금의 福州市). 閩은 福建省의 약칭.

【湖廣】고대 행정구역. 隋代에 지금의 湖南, 湖北, 廣西, 廣東, 貴州를 아우르던 지역. 치소는 지금의 武昌.

【三楚】진한시대에 옛 楚나라 땅을 東楚, 西楚, 南楚로 나누어 분할하였으며 이를 함께 일러 三楚라 하였음.

49

동로東魯, 서로西魯는 곧 산동山東, 산서山西의 구분이요,

동월東粵, 서월西粵은 곧 광동廣東, 광서廣西의 지역이다.

東魯·西魯, 卽山東 山西之分;

東粵·西粵, 乃廣東 廣西之域.

【東魯】산동 지역에 대한 별칭. 지금은 齊魯라 부름.

【西魯】산서 지역에 대한 별칭.

【粵】지금의 廣東과 廣西 지역은 고대 百粵이라는 민족의 땅이었음.

50

하남河南은 화하華夏의 가운데에 있어 그 때문에 중주中州라 부른다.

섬서陝西는 장안長安의 땅으로 원래 진秦나라 경내였다.

河南在華夏之中, 故曰中州;
陝西卽長安之地, 原爲秦境.

【河南】 중국의 고대 민족 중 가장 문명민족을 華夏라 하였으며 九州 중 가운데 위치하여 中州라 불렀으며 中原, 혹 中國이라 하였음.
【陝西】 秦나라의 영토가 있던 곳으로 그 도읍(咸陽)이 唐나라 때 長安이었으며 많은 朝代가 그곳을 수도로 삼았음.

51

사천四川은 서촉西蜀이며, 운남雲南은 고대 전滇이라는 곳이다.

四川爲西蜀, 雲南爲古滇.

【四川】 지금의 成都를 중심으로 한 지역. 고대 蜀國의 땅이었으며 秦나라에게 합병됨.
【雲南】 지금의 雲南省 滇池라는 곳이 중심이었으며 滇國이 있었음. 漢 武帝 때 漢나라에 귀속됨.

52

귀주貴州는 만방蠻方에 가까워 자고로 검지黔地라 불렀다.

貴州省近蠻方, 自古名爲黔地.

【貴州】貴州省은 南蠻 지역과 인접해 있으며 고래로 黔이라 불렀음. 秦나라 때 黔中郡을 설치하였음.

53

동악東嶽은 태산泰山이며 서악西嶽은 화산華山, 남악南嶽은 형산衡山이며 북악北嶽은 항산恒山이요, 중악中嶽은 숭산崇山으로 이것이 천하의 오악五嶽이다.

요주饒州의 파양호都陽湖와 악주岳州의 청초호靑草湖, 윤주潤州의 단양호丹陽湖, 악주鄂州의 동정호洞庭湖, 소주蘇州의 태호太湖, 이것이 천하의 오호五湖이다.

東嶽泰山, 西嶽華山, 南嶽衡山, 北嶽恒山, 中嶽嵩山, 此爲天下之五嶽;

饒州之都陽, 岳州之靑草, 潤州之丹陽, 鄂州之洞庭, 蘇州之太湖, 此爲天下之五湖.

【五嶽】고대 제왕이 숭배하여 제사를 지내던 산으로 漢 宣帝 때에는 泰山을 東嶽, 華山(陝西省)을 西嶽, 天柱山(霍山, 安徽省)을 南嶽, 恒山(河北省)을 北嶽, 嵩山(河南省)을 中嶽으로 삼았었음. 그러나 隋代에는 衡山(湖南省)을 남악으로 고쳤으며 明代에는 恒山(山西省)을 북악으로 하였음.
【五湖】중국의 큰 다섯 호수.

54

‘금성탕지金城湯池’는 성지城池의 공고함을 두고 하는 말이요,
‘여산대하礪山帶河’는 곧 봉건封建의 맹세를 이르는 것이다.

金城湯池, 謂城池之鞏固;

礪山帶河, 乃封建之誓盟.

【金城湯池】쇠붙이처럼 견고한 성과 성 둘레의 끓는 물 같은 해자가 있어 함락시킬 수
없는 방어를 뜻함. (《漢書》蒯通傳 주)
【礪山帶河】漢 高祖가 공신 및 후손에게 分封하면서 "황하가 줄어 띠만큼 작아지고 태
산이 숫돌처럼 닳아 없어지도록, 국가가 창성하고 자손만대까지 이어지리라(黃河如帶,
泰山若礪, 國以永存, 爰及苗裔)"라 서약한 데서 비롯된 성어임. (《漢書》高惠高后文功
臣表序)

55

황제가 사는 곳을 ‘경사京師’라 하며 고향을 ‘자리梓里’라 한다.

帝都曰京師, 故鄕曰梓里.

【京師】皇帝가 거하는 곳. 《公羊傳》桓公 9년에 "京師者, 天子之居也. 京者何? 大也;
師者何? 衆也"라 함.
【梓里】고대 집 주위에 뽕나무와 梓(가래나무, 혹 개오동나무)를 심어 양잠과 가구 재료
로 사용한 데서 고향을 뜻하는 말로 전화됨. 따라서 고향을 ‘桑梓’라고도 함. (977 참조)

봉래蓬萊와 약수弱水는 오직 날아다니는 신선神仙이나 건널 수
있는 곳이요,
방호산方壺山과 원교산員嶠山은 선인仙人들이 사는 곳이다.

蓬萊·弱水, 惟飛仙可渡;
方壺·員嶠, 乃仙子所居.

【蓬萊】 고대 신선이 산다는 三神(蓬萊, 方丈, 瀛洲)의 하나. 《十洲記》에 "蓬萊山對東海
之東北岸, 周回五千里, 外別有圓海繞山. 圓海水正黑, 而謂之冥海也. 無風而洪波百
丈, 不可得往來, 唯飛仙有能到其處耳"라 함.
【弱水】 부력이 없어 깃털이나 개자 씨조차 뜨지 못하기 때문에 배로도 건널 수 없다는 전
설상의 물. 그 위치에 대하여는 여러 가지 설이 있음. 鄒聖脈 주에 "西海之山, 有水無
力, 不能負芥, 故日弱水"라 함.
【方壺·員嶠】 고대 신선이 산다는 산 이름. 《列子》 湯問篇에 渤海 동쪽에 岱輿, 員嶠,
方壺, 瀛洲, 蓬萊 다섯 산이 있어 신선들이 산다고 하였음.
한편 鄒聖脈의 주에 《拾遺記》를 인용하여 "渤海東有大壑, 中有五山, 岱輿, 員嶠, 方
壺, 瀛州, 蓬萊. 臺觀皆金玉, 所居皆仙聖也"라 함.

'창해상전滄海桑田'은 세상일의 많은 변화를 두고 하는 말이요,
'하청해안河淸海晏'은 천하의 승평昇平을 일러주는 말이다.

滄海桑田, 謂世事之多變;

河淸海晏, 兆天下之昇平.

【滄海桑田】桑田碧海와 같음. 葛洪의 《神仙傳》에 麻姑가 자신은 바다가 세 번이나 변하여 뽕나무밭이 되는 것을 보았다고 한 말에서 비롯되었음. 鄒聖脈 주에 《韻府》를 인용하여 "海上三老人相遇問年, 一曰: '吾憶少時, 與盤古有中外.' 一曰: '滄海變桑田, 吾輒下一籌, 今已滿十屋矣.' 一曰: '吾師食蟠桃, 棄其核子於昆侖之下, 今與昆侖相齊.'"라 함.

【河淸海晏】黃河의 물이 맑아지고 바다에 파도가 없으면 천하가 태평할 징조라 하였음. 전설에 漢 高祖(劉邦)가 태어나던 해 한 번 황하가 맑았었다 함. 鄒聖脈 주에 "秦莊襄王三年甲寅, 黃河淸, 是年生漢高祖於豊沛"라 함.

【昇平】천하가 태평함을 일컫는 말.

58

물의 신을 '풍이馮夷'라 하며, 또는 '양후陽侯' 라고도 한다.
불의 신은 '축융祝融' 이라 하며, 또는 '회록回祿' 이라고도 한다.

水神曰馮夷, 又曰陽侯;
火神曰祝融, 又曰回祿.

【馮夷】물의 신의 다른 이름. 《博物志》(卷7)에 "馮夷, 華陰潼鄕人也, 得道成水仙, 是爲河伯. 豈道同哉? 仙人乘龍虎, 水神乘魚龍. 其行恍惚, 萬里如室"이라 하였으며, 《搜神記》卷4에는 "宋時, 弘農馮夷, 華陰潼鄕隄首人也. 以八月上庚日渡河, 溺死. 天帝署爲河伯"이라 함. 鄒聖脈 주에 《설문》을 인용하여 "軒轅子馮夷爲水官, 死爲水神, 曰水夷, 又曰無夷"라 함.

【陽侯】원래는 파도의 신(波神). 고대 陽陵國의 侯였으며 죄를 얻자 물에 빠져 자살하여
파도의 신이 되었다 함. (《淮南子》覽冥訓 高誘 주, 《楚辭》九章 哀郢 주)
【祝融】고대 불의 신(火神). 炎帝(혹 黃帝)의 후손으로 共工氏가 이 축융과 싸워 이기지
못하자 不周山을 들이받아 하늘이 무너졌다 함. (《山海經》海內經, 海外南經 등)
【回祿】역시 불의 신으로 이름은 吳回. 일설에 축융의 아우, 혹 축융 자신의 다른 이름이
라고도 함. (《左傳》昭公 18년 참조)

59

바다의 신을 '해약海若'이라 하며 해안海眼을 '미려尾閭'라 한다.

海神曰海若, 海眼曰眉閭.

【海若】바다의 신(海神)의 이름. 《楚辭 · 遠遊》에 "令海若舞馮夷"라 함. 鄒聖脈 주에
《博物志》를 인용하여 "天地四方, 皆海水相通, 地在中, 蓋無幾也. 故海曰百谷王, 神曰
海若"이라 함.
【海眼】바닷물이 끝없이 빨려 들어가는 구멍. 《金華子》(南唐 劉崇遠)에 어떤 사람이 땅
을 파다가 동전을 발견하고 이를 꺼내었으나 끝없이 계속 나오더니 중간에 돌덩이가 있
어 그 위에 "이곳은 해안이다. 돈으로 눌러놓은 곳이다(此是海眼, 以錢鎭之)"라 쓰여 있
어 놀라 다시 그 구멍을 메웠다는 전설이 있음.
【尾閭】전설상 모든 바닷물이 모여들어 새어 들어가는 곳. (《文選》嵇康 養生論 주) 한
편 鄒聖脈의 주에 《十州記》를 인용하여 "海中沃焦山卽尾閭, 一石方圓四萬里, 海水悉
從其下而泄"이라 함.

60

남의 포용을 바랄 때 '해함海涵'이라 표현하며,

남의 은택에 감사할 때는 '하윤河潤'이라 한다.

望人包容, 曰海涵;
　謝人恩澤, 曰河潤.

───────────

【海涵】 바다처럼 온갖 물을 모두 수용함을 비유한 것. 海納百川의 의미와 같음.
【河潤】 하수가 끊임없이 흘러 대지를 적시며 만물을 이롭게 함을 비유한 것. 《莊子》列禦
寇에 "河潤九里, 澤及三族"이라 함.

61

아무것에도 얽매임이 없는 자를 '강호산인江湖散人'이라 하며,
호기를 부림에 자신 있는 자를 '호해지사湖海之士'라 한다.

無繫累者, 曰江湖散人;
　負豪氣者, 曰湖海之士.

───────────

【江湖散人】 세상에 구속을 받지 않고 자유로운 사람을 뜻함. 唐나라 陸龜蒙(자는 魯望)
은 작은 배 한 척에 책과 茶具, 筆床, 낚시 도구를 싣고 자연을 벗 삼아 살아 사람들이
그를 江湖散人이라 불렀음.
【湖海之士】 도량이 크고 뜻이 높은 사람을 뜻함.

62

집의 크기가 어떠니 농토가 어떠니 하는 것은 큰 뜻이 없음이요,
하늘을 휘젓고 땅을 들춰보겠다는 것이 곧 기이한 재주이다.

問舍求田, 原無大志;
掀天揭地, 方是奇才.

【問舍求田】 집이나 농토, 재산 등을 화제로 삼는 것.

63

허공에 기대어 일을 하겠다는 것을 일러 '평지풍파平地風波'라
하고,
홀로 서서 옮길 수 없도록 함을 일러 '중류지주中流砥柱'라 한다.

憑空起事, 謂之平地風波;
獨立不移, 謂之中流砥柱.

【砥柱】 黃河의 가운데에 솟아난 섬으로 河南省 三門峽 동쪽에 있음. 《文苑》에 "昌谷縣
海中, 有砥柱屹立中流, 望之如人拱立"이라 함.

64

‘흑자黑子’, ‘탄환彈丸’은 지극히 작은 읍邑을 말하는 것이요,
‘인후咽喉’, ‘우비右臂’는 모두가 아주 중요한 요충지를 두고 하
는 말이다.

黑子 · 彈丸, 漫言至小之邑;
咽喉 · 右臂, 皆言要害之區.

【黑子 · 彈丸】黑子는 얼굴의 점. 탄환은 총알. 모두 아주 작음을 비유함. 庾信의 〈哀江
南賦〉에 “地惟黑子, 城猶彈丸”이라 함.
【咽喉 · 右臂】목구멍과 오른쪽 팔. 모두 전략상 중요한 요새나 중요한 지역을 말함. 《戰國
策》秦策에 “韓, 天下之咽喉”라 하였고, 趙策에는 “齊獻魚鹽之地, 此斷趙之右臂也”라 함.

65

홀로 서서 지탱하기 어려운 경우를 ‘나무 하나가 어찌 큰 건물
을 지탱하리요’라고 하고,
영웅이 자신을 믿는 것을 ‘한 덩어리의 진흙으로도 함곡관函谷
關을 봉쇄할 수 있다’라고 한다.

獨立難持, 曰一木焉能支大廈;
英雄自恃, 曰丸泥亦可封函關.

【大廈】아주 큰 건물. 《文中子》事君에 "大廈將顚, 非一木所支也"라 함.

【丸泥】총알 크기의 아주 작은 진흙 덩어리.

【函關】函谷關을 뜻함. 《後漢書》隗囂傳에 외효의 부장 王元이 외효에게 "元以一丸泥
爲大王東封函谷關"이라 하였음.

66

일에서 먼저 실패하고 나중에 성공했을 경우 이를 '동우東隅에
서 잃은 것을 상유桑楡에서 되찾는다'라 하고,

일이 장차 성취되어 끝맺음에 그치게 되면 '산을 만듦에 아홉
길이 된다 해도 한 삼태기 모자라 모든 공功이 물거품이 된다'라고
한다.

事先敗而後成, 曰失之東隅, 收之桑楡;
事將成而終止, 曰爲山九仞, 功虧一簣.

【東隅·桑楡】東隅는 해가 뜨는 동쪽 귀퉁이. 桑楡는 해가 져서 들어간다는 서쪽 끝을
가리킴. 東漢 光 武帝가 馮異에게 준 글에 "始雖垂翼回溪, 終當奮翼澠池. 可謂失之
東隅, 收之桑楡"라 함.

【功虧一簣】한 삼태기만 더 부으면 완성될 것을 하지 않고 중지함. 《論語》子罕篇에 "子
曰: '譬如爲山, 未成一簣, 止, 吾止也. 譬如平地, 雖覆一簣, 進, 吾往也'"라 하였음. 鄒
聖脈 주에 《書經》을 인용하여 "不矜細行, 終累大德, 爲山九仞, 功虧一簣"라 함.

67

'이려측해以蠡測海'란 사람의 보는 눈이 좁음을 비유한 것이요,
'정위함석精衛啣石'이란 사람의 헛된 노력을 비유한 것이다.

以蠡測海, 喩人之見小;
精衛啣石, 比人之徒勞.

【以蠡測海】蠡는 작은 표주박을 뜻함.《三國志》魏志 王修傳의 고사. 작은 바가지로 바닷물을 측량함.《漢書》東方朔傳에 "以管窺天, 以蠡測海"라 함.

【精衛啣石】고대 炎帝의 딸 여와가 동해에 놀이 갔다가 익사하자 그 혼백이 精衛라는 새가 되어 서쪽의 돌과 나무를 물어 끝없이 동해 바다에 던져 메우려 함.
《博物志》卷3에 "有鳥如烏, 文首, 白喙, 赤足, 名曰精衛. 昔赤帝之女名女媧, 往游於東海, 溺死而不返, 其神化爲精衛. 故精衛常取西山之木石, 以塡東海"라 하였으며《山海經》北山經에는 "又北二百里, 曰發鳩之山, 其上多柘木. 有鳥焉, 其狀如烏, 文首‧白喙‧赤足, 名曰精衛, 其鳴自詨 是炎帝之少女名曰女娃, 女娃游于東海, 溺而不返, 故爲精衛, 常銜西山之木石, 以堙于東海. 漳水出焉, 東流注于河"라 하였고《太平廣記》463에는 "有鳥如烏, 文首‧白喙‧赤足, 名曰精衛, 昔赤帝之女名女娃, 往遊於東海, 溺死而不返, 其神化爲精衛. 故精衛常取西山之木石, 以塡東海"라 하였다.

68

'발섭跋涉'이란 가는 길이 어려움을 일컫는 것이요,
'강장康莊'이란 갈 길이 평탄함을 말하는 표현이다.

跋涉, 謂行路艱難;

康莊, 謂道途平坦.

【跋涉】물을 건너며 실제로 어려움을 헤쳐나감. 《詩經》鄘風 載馳에 "大夫跋涉, 我心則憂"라 함.
【康莊】사통팔달의 도로. 평탄한 길. 《爾雅》釋宮에 "五達謂之康, 六達謂之莊"이라 함.

69

돌밭 땅을 '불모지지不毛之地'라 하고, 아름다운 농토를 '고유지전膏腴之田'이라 한다.

磽地曰不毛之地, 美田曰膏腴之田.

【磽地】돌밭. 돌이 많아 농토를 쓸 수 없는 땅. 鄒聖脈 주에 〈賈山詩〉를 인용하여 "地之磽者, 雖有善種, 不能生焉"이라 함.
【膏腴】기름. 膏腴之田은 기름져 오곡이 잘되는 토지를 뜻함. 〈出師表〉에 "張瑀內殖貨財, 及富貴買田地四百頃, 皆通涇渭灌漑極膏腴"라 함.

70

물건을 얻었으나 쓸모가 없을 경우 이를 '마치 돌밭을 얻은 경우'라 말하고,

학문을 닦아 대성大成을 거두었을 경우 이를 '도안道岸에 이르

렀다' 라고 한다.

得物無所用, 曰如獲石田;
爲學已大成, 曰誕登道岸.

【誕登道岸】誕은 발어사. 道岸은 피안. 불교용어로 彼岸, 菩提岸과 같음. 깨달음의 경지에 오름을 뜻함. (陳汝元 《金蓮記》湖賞) 한편 沈鯨의 《雙珠記》元宵燈宴에 "道岸先登, 天街思陟"이라 함.

71

치수淄水와 민수澠水의 물맛은 변별해야 하고, 경수涇水와 위수渭水는 맑고 탁함도 구분해야 한다.

淄澠之滋味可辨, 涇渭之淸濁當分.

【淄澠】齊(지금의 山東)에 있는 물 이름으로 각기 그 맛이 다르다 함. 옛날 미각에 뛰어났던 易牙는 이 물의 맛을 변별해 내었다 함. 《列子》仲尼篇에 "口將爽者, 先辨淄澠"라 하였고 說符篇에는 "孔子曰: 淄澠之合, 易牙嘗而知之"라 하였음.
【涇渭】涇水는 陝西省 중부에서 발원하여 甘肅을 거쳐 渭水로 흘러드는 물로 맑은 淸水이며, 위수는 黃河의 지류로 황토고원을 거쳐 흐르는 濁水로 그 청탁이 분명히 구분됨. 《詩經》邶風 谷風에 "涇以渭濁"이라 하였고, 《毛詩傳》에는 "涇渭相入, 以淸濁異"라 함.

72

필수泌水의 물을 마시되 가난을 즐기면서 은거하여 벼슬을 구하지 아니하고,

동산東山에 높이 누워 버슬을 사양하며 자신의 편안함을 구하도다.

泌水樂飢, 隱居不仕;

東山高臥, 謝職求安.

【泌水】河南의 물 이름. 《詩經》陳風 衡門에 "泌之洋洋, 可以樂飢"라 하여 벼슬을 하지 아니하고 가난을 즐김을 뜻함.

【東山】東晋 때 謝安은 젊어 재능이 있어 나라에서 벼슬을 권유하였으나 會稽山의 東山에 은거하여 山水와 文籍을 벗하여 살았음. 뒤에 東山은 은거의 뜻으로 널리 쓰임. (《晉書》謝安傳, 《世說新語》)

【謝職求安】다른 판본에는 "淸節可風"으로 되어 있음.

73

성인聖人이 나타나면 흙탕물의 황하黃河가 맑아지고, 태수太守가 청렴하면 월석越石이 드러난다.

聖人出則黃河淸, 太守廉則越石見.

【黃河淸】黃河는 맑아질 수 없으나 聖人이 나타나면 맑아진다고 믿었음. 《易乾鑿度》에

“聖人受命, 瑞應先見於河, 河水先淸”이라 하였고, 《文選》李康의 〈運命論〉에 “夫黃河
淸而聖人生”이라 함.

【越石】 지금의 福州 남쪽에 있는 越王石이라는 바위로 안개에 가려 잘 보이지 않으나,
태수로서 청렴할 경우 그 바위가 보인다고 함. 南朝 宋나라 虞愿이 晉安太守로 재직할
때 節儉愛民하여 그는 그 바위를 뚜렷이 보았다고 함. (《南齊書》虞愿傳)

74

아름다운 풍속을 ‘이인里仁’이라 하고, 악한 풍속을 ‘호향互鄕’
이라 한다.

美俗曰仁里, 惡俗曰互鄕.

【里仁】 《論語》의 구절을 두고 이른 말. 《논어》里仁篇에 “里仁爲美. 擇不處仁, 焉得
知?”라 함.

【互鄕】 역시 《논어》의 구절을 두고 이른 말. 《논어》述而篇에 “互鄕難與言, 童子見, 門
人惑. 子曰: ‘與其進也, 不與其退也, 唯何甚? 人潔己以進, 與其潔也, 不保其往也’”
라 함. 향은 행정단위로 5백가를 하나의 ‘鄕’으로 하였음.

75

마을 이름이 ‘승모勝母’라 하여 증자曾子는 들어가지 않았고,
읍 이름이 ‘조가朝歌’라 하여 묵적墨翟은 수레를 돌렸다.

里名勝母, 曾子不入;

邑號朝歌, 墨翟回車.

【勝母】'어머니보다 낫다, 혹은 어머니를 이긴다'는 풀이가 되는 마을 이름. 《史記》 魯仲連鄒陽傳에 曾子가 길을 가다가 勝母라는 마을 이름을 보고 그 마을에 들어가지 않았다고 함.

【曾子】 曾參. 公子의 제자로 효성으로 이름을 날렸던 인물. 《孝經》을 傳述한 것으로 알려짐.

【朝歌】'아침에 노래를 부르다'의 뜻. 墨子는 자신의 주장 중에 음악도 거부하였으므로(非樂) 이러한 이름의 마을에는 들어가지 않음. 이 고사는 《水經注》 淇水에 실려 있음. 그 밖에 이상 勝母朝歌에 대한 기록은 《說苑》, 《新序》, 《顔氏家訓》, 《新論》(劉晝) 등에 아주 널리 실려 있다.

【墨翟】 전국시대 宋나라 사람으로 墨家學派의 領袖. 이름은 墨翟. 非攻, 非樂, 節用, 尚賢 등의 학설을 폈으며 兼愛主義를 주창한 학자. 鄒聖脈 주에 《子華子》를 인용하여 "水名盜泉, 尼父不飮; 邑號朝歌, 顔回不舍' 里名勝母, 曾子還輒; 亭名柏人, 漢高宵遁. 以其名害義也"라 함.

76.

흙덩이를 두드리며 노래함은 요堯임금의 백성이 자득함을 말한 것이요,

밭두둑을 양보하며 농사지었음은 문왕文王의 백성이 서로 추천한 것이다.

擊壤而歌, 堯帝黎民之自得;
讓畔而耕, 文王百姓之相推.

【擊壤】擊壤歌. 堯임금 때 백성들이 임금의 덕을 모를 정도로 태평성대를 구가함을 상징한 노래. 《十八史略》卷1에 "有老人, 含哺鼓腹, 擊壤而歌曰: '日出而作, 日入而息. 鑿井而飮, 畊田而食, 帝力何有於我哉!'"라 함. (769 참조)

【讓畔】虞芮質正의 고사를 뜻함. 虞나라와 芮나라가 서로 농토 경계를 두고 다투다가 文王의 어짊을 듣고 해결을 부탁하러 周나라에 들렀다가 그 백성이 밭의 경계를 서로 양보함을 보고 부끄럽게 여겨 되돌아갔다는 고사.

《史記》五帝本紀에 "西伯陰行善, 諸侯皆來決平. 於是虞芮之人有獄不能決, 乃如周. 入界, 耕者皆讓畔, 民俗皆讓長. 虞芮之人未見西伯, 皆慙, 相謂曰: '吾所爭, 周人所恥, 何往爲, 祇取辱耳.' 遂還, 俱讓而去. 諸侯聞之, 曰 '西伯蓋受命之君'"이라 하였으며, 《十八史略》卷1에 "虞芮爭田, 不能決. 乃如周, 入界見畊者皆遜畔, 民俗皆讓長. 二人慙, 相謂曰: '吾所爭周人所恥.' 乃不見西伯而還, 俱讓其田不取"라 하였음.

77

비장방費長房은 '축지법縮地法'을 알고 있었고, 진시황秦始皇은 '편석법鞭石法'을 알고 있었다.

費長房有縮地之方, 秦始皇有鞭石之法.

【費長房】東漢 때의 方士. 그는 縮地法을 익혀 천 리 거리도 금방 닿을 수 있었다 함. (《神仙傳》壺公)

【秦始皇】전국시대를 마감하여 六國을 統一한 임금. 嬴政.

【鞭石法】秦始皇이 바다를 건너 해가 뜨는 곳을 가보고 싶어하자 어떤 신인이 돌을 채찍질하여 다리를 놓아주었다는 전설이 있음. (《三齊略記》)

78

요堯임금 때는 구 년의 수재가 있었고, 탕湯임금 때는 칠 년의
가뭄이 있었다.

堯有九年之水患, 湯有七年之旱災.

【九年】 堯(고대 唐나라 군주)임금 때 천하에 홍수가 나서 鯀(舜임금의 아버지)에게 治水
를 맡겼으나 이를 해결하지 못하였음. (《史記》夏本紀)

【七年】 湯(고대 商나라 군주)임금 때 천하에 7년 동안 가뭄이 들자 몸소 桑林의 들에 나
가 자신이 희생하겠다고 빌자 큰비가 내렸다 함. (《淮南子》主術篇). 한편 《十八史略》卷
1에 "大旱七年, 太史占之, 曰:‘當以人禱.’ 湯曰:‘吾所爲請者, 民也. 若必以人禱, 吾
請自當.’ 遂齋戒剪爪斷髮, 素車白馬, 身嬰白茅, 以身爲犧牲, 禱于桑林之野, 以六事
自責曰:‘政不節歟? 民失職歟? 宮室崇歟? 女謁盛歟? 苞苴行歟 讒夫昌歟?’ 言未
已, 大雨數千里"라 함.

79

상앙商鞅이 어질지 못하면서 천맥阡陌 제도를 시작하였고, 하걸
夏桀이 무도하게 굴자 이수伊水와 낙수洛水가 말라버렸다.

商鞅不仁而阡陌開, 夏桀無道而伊·洛竭.

【商鞅】 衛鞅, 公孫鞅, 商君으로도 불리며 전국시대 衛나라 사람으로 秦나라에 들어가
孝公을 섬겨 재상이 되었으며 변법을 실시, 五家作統法, 連坐法 등 가혹한 형법으로 진

나라를 강하게 하였으나 끝내 죄를 짓고 車裂刑에 처해진 인물. 《商君書》가 있으며 《史記》 商君列傳에 자세한 기록이 있음. (668, 1304 참조)
【阡陌】농토의 가로세로 경계와 면적을 뜻함. 여기서는 농지개혁 등 혁신적인 변법을 가리킴.
【夏桀】夏나라 마지막 임금이 桀王. 폭군으로 알려짐. 商湯에게 망함.
【伊洛】伊水와 洛水. 모두 河南 洛陽 근처의 강물 이름. 《國語》 周語에 "昔而洛竭而夏亡"이라 함. 鄒聖脈 주에 《老子》를 인용하여 "伊洛竭而夏亡, 河竭而商亡. 今川源塞, 塞必竭. 夫國必依山川, 山崩川竭, 滅亡之徵也"라 함. (지금의 《老子》에는 없음)

80

'도불습유道不拾遺'는 윗사람이 선정善政을 베풀었기 때문이요,
'해불양파海不揚波'로 중국에 성인聖人이 있음을 알게 되었다.

道不拾遺, 由在上者善政;
海不揚波, 知中國有聖人.

【道不拾遺】길에 물건이 떨어져 있어도 주워가지 않음. 《史記》 商君列傳에 "行之十年, 秦民大悅, 道不拾遺, 山無盜賊"이라 함.
【海不揚波】바다에 파도가 일지 않음. 周나라 成王 때 周公이 천하에 선정을 베풀자 越裳氏가 중국에 聖人이 있기 때문이라 여겨 조공을 왔던 고사에서 비롯됨.
《韓詩外傳》 卷5에 "越裳氏重九譯而至, 獻白稚於周公: '道路悠遠, 山川幽深, 恐使人之未達也, 故重譯而來.' 周公曰: '吾何以見賜也?' 譯曰: '吾受命國之黃髮曰:「久矣! 天之不迅風疾雨也, 海不波溢也, 三年於玆矣. 意者, 中國殆有聖人, 盍往朝之?」於是來也.' 周公乃敬求其所以來"라 하였으며, 《十八史略》(卷1)에 "交趾南有越裳氏, 重三譯而來, 獻白雉, 曰: '吾受命國之黃耇, 天無烈風淫雨, 海不揚波, 三年矣. 意者中國有聖

人乎?' 周公歸之王, 薦于宗廟, 使者迷歸路, 周公錫以軿車五乘, 皆爲指南之制. 使者
載之, 由扶南林邑海際, 朞年而至國. 故指南車常爲先導, 示服遠人而正四方"이라 함.
【新增】

81

'신주神州'는 '적현赤縣'이라 하며, 변방의 땅을 '궁려穹廬'라
한다.

神州曰赤縣, 邊地曰穹廬.

【神州】 전국시대 齊나라 陰陽家 鄒衍의 지리 이론으로 천하는 81分野으로 그중에 중국
은 赤縣 神州에 해당하며 중국 전체는 다시 9分(9州)으로 이루어졌다는 주장. 鄒聖脈
주에 《地興志》를 인용하여 "昆侖東南方五千里, 曰神州, 中有和美鄕, 帝王之宅, 聖人
所居"라 함.
【穹廬】 유목민족의 둥그런 형태의 집을 가리키는 말로 중국 변방의 이민족을 통칭하는
뜻으로 쓰였음.

82

'백로주白鷺洲'는 물 가운데의 삼각주로, 오吳나라 옛 모습의 장
려함을 읊은 것이요,

'금우로金牛路'는 다섯 장정이 길을 닦아 인도하자 촉蜀 땅이 텅 비어 망하게 되었음을 말한 것이다.

白鷺洲, 二水中分吳壯麗;
金牛路, 五丁鑿破蜀空虛.

【白鷺洲】 이는 長江(지금의 南京 西門 밖)에 있는 강 가운데의 섬으로 이곳이 옛 吳나라 땅으로 화려했던 시절을 읊은 李白의 〈登金陵鳳凰臺〉 "三山半落靑天外, 二水中分白鷺洲"의 구절을 말함.
【金牛路】 전국시대 秦 惠王이 蜀을 정벌하고 싶었으나 길이 없었다. 이에 다섯 마리 소의 형상을 만들어 그 꼬리에 금을 달아 이를 촉왕에게 헌사코자 한다고 하였다. 촉왕이 이에 속아 다섯 장정으로 하여금 길을 닦도록 하여 결국 촉을 벌할 수 있었다고 한다. (《水經注》 沔水, 《史記》 秦世家) 그 때문에 〈詠史詩〉에 "五丁不鑿金牛路, 秦惠何由得併吞?"이라는 구절이 있게 되었다 한다.

83

폭포가 고갯마루에 매달렸음을 '푸른 창공이 그 흰 비단을 늘어뜨린 것'이라 표현하였고,
군산君山이 호수에 비춘 비취 모습을 '수정 쟁반에 청라靑螺를 안고 있다'라 읊은 것이다.

瀑布嶺頭懸, 蒼碧空中垂白練;
君山湖內翠, 水晶盤裏擁靑螺.

【瀑布】 이는 李白의 〈望廬山瀑布〉 "日照香爐生紫煙, 遙看瀑布掛前川. 飛流直下三千尺, 疑是銀河落九天"의 구절을 말한 것임.

【君山】 이는 洞庭湖에 있는 산 이름. 舜임금의 아내 湘君이 놀던 산이라 하여 이름이 붙여졌으며 湘山, 洞庭山이라고도 함. 이 구절은 唐代 劉禹錫의 〈望洞庭〉 "湖光秋月兩相和, 潭面無風鏡未磨. 遙望洞庭山水色, 白銀盤裏一靑螺"라 한 것을 풀이한 것. 靑螺는 푸른색의 소라 살색을 뜻함.

84

드넓은 오강吳江의 험함을 두고 '하늘이 내린 참호'라 하였고,
가물가물 진령秦嶺의 그 높음을 두고 '땅의 힘줄'이라 하였다.

浩蕩吳江, 險稱天塹;
嵯峨秦嶺, 高謂坤維.

【吳江】 長江. 이를 天塹이라 한 것은 隋나라 군대가 장강을 건너고자 할 때 陳나라 孔範이 "長江天塹, 古來限隔, 虜軍豈能飛渡?"라 한 말에서 유래되었음. (《南史》 孔範傳)

【秦嶺】 중국 북쪽 岷山, 終南山, 華山, 嵩山, 太白山을 잇는 큰 산맥의 여러 고개들. 이는 땅의 힘줄처럼 크고 웅대하여 쉽게 넘을 수 없음을 뜻함.

85

눈발 휘날리는 혜산鞋山의 모습을 보고 보무步武를 깨끗이 씻고,
채운彩雲이 싸고 있는 필산筆山은 현란한 문장을 뿜어내도다.

雪浪湧鞋山, 洗淸步武;

彩雲籠筆岫, 絢出文章.

【鞋山】鄱陽湖 물 가운데에 있는 산. 신발처럼 생겨 얻은 이름.

【步武】원래 걸음걸이를 뜻하나 여기서는 눈 위에 남은 남의 발자국을 따라감을 뜻함. 따라서 "洗淸步武"는 남을 따라 흉내내지 않겠다는 뜻.

한편 이 구절은 宋代 어떤 이의 詩〈詠鞋山〉"飛瓊乘醉出天閣, 墜下弓鞋千古存. 若使當年添一隻, 雪花浪裏浴雙鴛"에서 유래되었음.

【筆岫】筆山. 붓끝처럼 뾰죽한 산봉우리가 있으며 지금의 河北省에 있음. 그 산을 보면 좋은 문장을 짓고 싶다는 뜻을 말한 것임. 송대〈詠筆山〉"紫霧凝成應濡墨, 彩雲籠處便生花. 一天星斗晴光岫, 絢出文章自一家"의 시를 말한 것임.

86

'금곡원金谷園'에는 꽃과 풀이 모두 갖추어져 있었고,

'평천장平泉莊'에는 목석이 모두가 기이한 것들이었다.

金谷園中, 花卉俱備;

平泉莊上, 木石皆奇.

【金谷園】晉나라 때 천하 부호로 이름난 石崇의 정원. 온갖 기이한 것을 모두 갖추어놓았었다 함. 석숭의《金谷園序》,《晉書》石崇傳,《世說新語》등.

【平泉莊】唐나라 재상 李德裕의 장원. 역시 온갖 호화를 다 부려 장려하게 꾸몄었다 함. (《極譚錄》李相國宅 참조)

87

계곡 여울이 세다 해도 '호비탄虎臂灘' 여울만 못하며,
길이 아무리 험하다 해도 '양장羊腸'만큼 심하지는 않으리라.

灘之凶, 無如虎臂;
路之險, 莫若羊腸.

【虎臂灘】지금의 四川省 奉節縣 남쪽 강물이며 천하 급류로 알려져 있음. 漢代 楊亮
이 益州刺史로 있을 때 이곳을 지나다 배가 뒤집혀 죽어 使君灘이라고도 함. (《水經注》
江水)
【羊腸】太行山의 羊腸坂. 양의 창자처럼 굽어 흔히 九折羊腸이라 함. 曹操의 〈苦寒行〉
에 "北上太行山, 艱哉何巍巍. 羊腸坂詰屈, 車輪爲之摧"라 함.

88

'연수청람煙樹晴嵐'은 소상瀟湘의 모습을 가장 잘 표현한 것이요,
'무향문리武鄕文里'는 한중군漢中郡을 심하게 자랑한 것이다.

煙樹晴嵐, 瀟湘可紀;
武鄕文里, 漢郡堪誇.

【煙樹晴嵐】瀟湘八景을 표현한 것으로 "山市晴嵐, 漁村落照, 江天暮雪, 煙寺晚鐘, 平
沙落雁, 遠浦歸帆, 瀟湘野雨, 洞庭秋月"이라 한 것을 두고 한 말. (《夢溪筆談》 17)
【武鄕文里】《南史》 胡諧之傳에 실려 있는 고사로 範伯年이라는 사람이 宋 明帝와 廣
州의 貪泉이라는 지명을 화제로 이야기하다가 명제가 "그대 고향에는 이런 물이 있는

가?"라 묻자 "저희 고향 漢中에는 文川, 武鄉, 廉泉, 讓水 등의 지명이 있습니다"라 하
였다. 이에 왕이 "그대 고향은 어디인가?(卿之居何在)"라 묻자 이번에는 "염양의 사이입
니다(在廉讓之間)"라고 대답하였다 함.

89

'칠리탄七里灘'은 엄광嚴光이 낙원으로 여겼던 곳이요, '구절판
九折坂'은 왕양王陽이 꺼려 하던 험한 길이다.

七里灘是嚴光樂地, 九折坂乃王陽畏途.

【七里灘】浙江 富春江가의 여울로 東漢 會稽 餘姚사람 嚴光이 낚시하며 은거했던 곳.
엄광(뒤에 遵으로 바꿈)은 자가 子陵이며 일찍이 劉秀와 동문이었으나 유수가 황제(동한
첫 임금 光武帝)가 되자 이름을 고치고 富春山에 은거한 인물. (《後漢書》逸民傳 및
532, 620 참조)
【九折坂】四川에 있는 험한 산길. 漢나라 때 王陽이 益州刺史로 있을 때 이 길을 가려
다가 너무 험한 것을 보고 되돌아오자 그 후임 王尊이 이곳에 이르러 "이곳이 왕양이 꺼
려했던 길이 아니냐?(此非王陽所畏途耶)"고 묻고는 마부에게 그대로 수레를 몰게 하여
통과하여 공무를 집행했다 함. 이에 뒷사람들이 왕양은 '효자'라 여겼고, 왕준은 '충신'
이라 여겼다. (《漢書》王尊傳)

90

장군이 나가 싸우는 곳이 '안문雁門'과 '자새紫塞'라는 곳이요,

신선들이 즐겨 노니는 곳이 '현포산玄圃山'과 '낭풍산閬風山'이
라는 곳이다.

將軍征戰之場, 雁門 · 紫塞;
仙子遨遊之境, 玄圃 · 閬風.

【雁門 · 紫塞】雁門은 雁門關. 지금의 山西省에 있는 요새. 紫塞는 秦나라 때 축조한 만
리장성을 뜻함. 흙빛이 자주색이어서 부른 이름. (崔豹《古今注》都邑)
【玄圃 · 閬風】신화 속의 崑崙山에 있다는 신선들이 사는 산 이름. (《水經注》河水)

참고 〈地輿〉편 '續增' 8聯

- 管仲作地員篇, 德黎剙地動說.
- 地球有東半西半之分, 地體有自轉公轉之別.
- 兩極在南北, 赤道平分; 五帶有寒溫, 熱帶中亘.
- 亞歐非澳美, 辨各洲之名稱; 黃白紅黑棕, 別全球之人種.
- 世界輿圖, 直經橫緯; 中華氣候, 南熱北寒.
- 昆侖爲萬山之總系, 其勢最高; 長江爲群湖入尾閭, 厥流最大.
- 地近火山, 岩石分崩則地震; 湖應溯望, 日月并吸則潮高.
- 要之神皐沃壤, 物産素饒; 際此海禁大開, 交通乃盛.

3. 세시 歲時

본 장은 일 년 열두 달의 명절과 세시, 그리고 연유와 행사 등 우리나라와
도 연관 있는 아주 유익한 내용을 담고 있으며, 절기에 관한 신화, 전설 등
의 상식과 고사를 간결하게 제시하고 설명한 것이다. (총 49연)

91

폭죽 터지는 소리에 옛것이 제거되고, 도부桃符를 걸어놓은 집집마다 다시 새해가 시작된다.

爆竹一聲除舊, 桃符萬戶更新.

【爆竹】 중국은 신년맞이 풍속으로 섣달 그믐날 밤 자정에 폭죽을 터뜨려 묵은 舊惡을 모두 쫓고 새해를 맞음. 옛날 李畋이라는 사람은 이웃 仲叟의 집이 山魈라는 귀신에게 시달림을 당한다는 것을 알고 그 집 마당에서 아침저녁으로 폭죽을 터뜨리도록 하자 귀신이 놀라 사라졌다 하며, 이것이 풍속이 되었다 함. (《異聞錄》)
【桃符】 역시 새해맞이 풍속으로 고대부터 복숭아나무 판에 神荼와 鬱壘라는 두 신의 형상을 그려 문에 걸었으며 이것이 변하여 지금은 門聯을 써서 붙임. (《風俗通》, 《荊楚歲時記》, 林東錫 〈聯語考〉 등 및 1184 참조)
한편 宋 王安石의 〈元日〉 詩에 "爆竹聲中一歲除, 春風送暖入屠蘇. 千門萬戶瞳瞳日, 總把新桃換舊符"라 함. 鄒聖脈의 주에 《山海經》을 인용하여 "東海度朔山大桃樹, 蟠曲三千里, 其卑枝向東北曰鬼門. 萬鬼出入也. 有二神, 曰神荼, 曰鬱壘, 主領鬼之害人者, 執以飼虎, 黃帝法而象之, 乃用桃板畫二神於門上, 以御凶鬼"라 함.

92

'이단履端'은 새해 첫날의 아침이요,
'인일人日'은 새해 첫 달의 7일로 영험한 아침이다.

履端, 是初一元旦;
人日, 是初七靈辰.

【履端】신발의 끝. 처음 새날 새 걸음을 시작함을 뜻함. 새해 첫날(元旦)을 일컫는 말. 張華의 〈食擧東西廂樂〉에 "履端承元吉"이라 함.

【人日】음력 정월 7일을 가리킴. 東方朔의 《占歲時書》에 "天地初開, 一日鷄, 二日狗, 三日豬, 四日羊, 五日牛, 六日馬, 七日人, 八日穀"이라 하여 천지가 생기면서 제7일에 사람이 생겨났다고 함. 따라서 이날을 영험한 날로 여겨 중국 풍속에는 七寶羹을 먹으며 비단으로 인형을 만들어 병풍에 걸거나 부녀자들의 머리에 꽂아 복을 빌기도 함.

93

원일에 임금에게 '초화송椒花頌'을 올려 나이가 높아짐을 축하하는 것이요,

원일에 '도소주屠蘇酒'를 대접하면 모든 질병을 없앨 수 있는 것이다.

元日獻君以椒花頌, 爲祝遐齡;

元日飮人以屠蘇酒, 可除癘疫.

【椒花頌】정월 초하루에 임금에게 〈椒花頌〉이라는 頌歌로 長壽를 축원함. 晉나라 때 劉臻의 처 陳氏가 처음 바쳤다 함. 《晉書》 列女傳 劉臻妻陳氏傳에 가사 "旋穹周廻, 三朝肇建. 靑陽散輝, 澄景載煥. 標美靈葩, 爰採爰獻. 聖容映之, 永壽於萬"가 전함.

【屠蘇酒】정월 초하루에 한 해의 역질을 없애기 위해 마시는 술.《荊楚歲時記》元日에 "長幼悉正衣冠, 以次拜賀, 進椒柏酒飮桃湯, 進屠蘇酒‧膠牙餳"이라 함. 蘇屠는 일종의 약초인 활엽식물. 唐代 孫思邈이 매년 이 약초로 술을 담궈 除夕과 원일에 이웃에게 나누어주어 한 해의 질병이 없도록 한 데서 유래되었다 함.

94

새해를 일러 '왕춘王春'이라 하고,
이미 묵은해를 '객세客歲'라 한다.

新歲曰王春, 去年曰客歲.

【王春】《春秋》의 첫 구절 "元年春, 王正月"이라 한 데서 생긴 말.
【客歲】이미 손님처럼 떠나간 해라는 뜻.

95

나무에 등불 밝혀 은색 꽃이 아름다움은 원소절元宵節 등불의 휘
황함을 가리키는 것이요,
성교星橋 철문이 열림은 원석元夕의 금오위金吾衛에서 백성의 출
입을 막지 않음을 말한다.

火樹銀花合, 指元宵燈火之輝煌;
星橋鐵鎖開, 謂元夕金吾之不禁.

【元宵】정월 대보름. 元夕이라고도 함. 이날은 등을 들고 遊行하면서 즐김. 唐 睿宗이 원
석에 燈樹를 만들어 높이가 20장이며 5만 개의 燃燈을 달아 이를 火樹라 하였다 함.
【星橋】등불이 비쳐 다리에 별이 떨어져 쌓인 것 같은 풍경.
【金吾】金吾衛. 수도를 방비하는 임무를 맡은 관청. 이 원소절 전후 사흘간은 수도의 다
리와 성문을 개방하여 누구나 통행할 수 있었음. 한편 이 구절은 唐 蘇道味의 詩〈正月

十五日夜〉"火樹銀花合, 星橋鐵鎖開. 暗塵隨馬去, 明月逐人來. 遊妓皆穠李, 行歌盡
落梅. 金吾不禁夜, 玉漏莫相催"을 두고 한 것임.

96

이월 초하루가 '중화절中和節'이요, 삼월 삼일은 '상사진上巳辰'
이다.

二月朔爲中和節, 三月三爲上巳辰.

【中和節】唐代 재상 李泌이 2월 초하루를 中和節로 삼아 이날 민간은 春酒로 제사를
지내어 풍년을 빌고, 백관은 農書를 바쳐 농사가 시작됨을 알리도록 할 것을 제의하여 德
宗의 허락을 받았다 함. (《舊唐書》 李泌傳)
【上巳辰】고대에는 3월 上旬의 첫 巳日을 上巳節로 삼아 민간에서는 踏靑과 禊事를 실
시하여 냇가에 나가 묵은 때를 씻으며 겨울을 완전히 벗어났음을 축하하였음. 그 뒤 三月
三日로 날짜가 정해져 굳어졌음. (《後漢書》 禮儀志(上), 王羲之〈蘭亭序〉 참조) 한편 고
대 중국의 日, 月, 年의 계산은 주로 干支, 즉 十干(甲乙丙丁戊己庚辛壬癸)과 十二支
(子丑寅卯辰巳午未申酉戌亥)의 배합으로 하였음.

97

동지 후 106일째가 '청명淸明'이요, 입춘 지나 다섯째 무일이
'춘사春社'이다.

冬至百六是淸明, 立春五戊爲春社.

【淸明】24절기 중에 양력 4월 초에 해당하는 날. 고대 이 날짜의 계산을 동지로부터 106일째로 정했음. (《燕京歲時記》) 한편 중국은 고대 二十四節氣에 의해 오늘날 양력과 같은 절기를 만들어 농사와 太陽曆에 맞추도록 하였음. 이십사절기는 "立春, 雨水, 驚蟄, 春分, 淸明, 穀雨, 立夏, 小滿, 芒種, 夏至, 小暑, 大暑, 立秋, 處暑, 白露, 秋分, 寒露, 霜降, 立冬, 小雪, 大雪, 冬至, 小寒, 大寒"으로 15일 정도의 간격으로 되어 있음. 唐 杜牧의 〈淸明〉詩에 "淸明時節雨紛紛, 路上行人欲斷魂. 借問酒家何處有, 牧童遙指杏花村"이라 함.

【春社】고대에 봄가을로 土地神에게 제사를 지내던 풍습으로 立春 후 다섯 번째 戊日을 春社, 立秋 후 다섯 번째 무일을 秋社로 하였음.

98

'한식절寒食節'은 청명 하루 전이요, '초복初伏'은 하지의 세 번째 경일庚日이다.

寒食節是淸明前一日, 初伏日是夏至第三庚.

【寒食】춘추시대 晉 文公의 어진 신하 介子推가 벼슬을 받지 못한 채 綿山에서 불에 타 죽은 넋을 기려 이날은 불을 피우지 않도록 함. 대체로 4월 초에 해당하며 청명 하루 전이 됨. (蔡邕 《琴操》 卷下)

한편 《十八史略》 卷1에 "後世至文公, 霸諸侯. 文公名重耳, 獻公之次子也. 獻公嬖於驪姬, 殺太子申生, 而伐重耳於蒲. 重耳出奔, 十九年而後反國. 嘗餒於曹, 介子推割股以食之. 及歸賞從亡者, 狐偃·趙衰·顚頡·魏犨, 而不及子推. 子推之從者, 懸書宮門

日: '有龍矯矯, 頃失其所. 五蛇從之, 周流天下. 龍饑乏食, 一蛇刲股. 龍返於淵, 安其
壤土. 四蛇入穴, 皆有處處. 一蛇無穴, 號于中野.' 公曰: '噫! 寡人之過也.' 使人求之,
不得. 隱綿上山中, 焚其山, 子推死焉. 後人爲之寒食. 文公環綿上田封之, 號曰介山"
이라 함. (631 참조)

【初伏】한여름이지만 이미 가을(金氣) 기운이 시작되어 五行 중의 금기가 엎드리려 숨어
기다리기 시작하는 날이라는 뜻이며 夏至 後 세 번째 庚日을 初伏, 네 번째 경일을 中
伏, 그리고 입추 후 첫 번째 경일을 末伏으로 하여 삼복(三伏)으로 나누어져 있음. (《太平
御覽》時序部 伏日)

99

사월은 '맥추麥秋'요, 단오는 '포절蒲節'이다.

四月乃是麥秋, 端午卻爲蒲節.

【麥秋】초여름 보리가 익어 수확하는 계절. (《禮記》月令)
【端午】음력 5월 5일.
【蒲節】단옷날에 중국에서는 菖蒲를 잘게 썰어 술에 담궈 역질을 예방하는 의식으로 마
셨음. (《事物原始》)

100

유월 육일을 '천황절天貺節'이라 하고,
오월 오일은 '천중절天中節'이라 부른다.

六月六日, 節名天貺;

五月五日, 節號天中.

【天貺】 전설에 宋 眞宗 大中 祥符 4년(1011) 6월 6일 天書가 내려와 이날을 기념하기 위하여 조칙을 내려 天貺節로 삼았다 함. (《宋史》眞宗紀 三)

【天中】 단오의 별칭. 특히 이날 正午를 天中으로 여겨 부른 이름. (《提要錄》) 다른 판본에는 이 구절이 "五月五日, 序屆天中"으로 되어 있음.

101

단양端陽(단오) 날에 배 젓기는 굴원屈原이 물에 빠져 죽은 것을 애도하는 것이요,

중구절重九節 높은 산에 올라감은 환경桓景이 재난 피했던 일을 따라 하는 것이다.

端陽競渡, 弔屈原之溺水;

重九登高, 效桓景之避災.

【端陽】 단오의 별칭.

【屈原】 전국시대 楚나라 신하이며 〈楚辭〉, 〈漁父辭〉 등 남방문학의 많은 작품을 남긴 시인. 懷王의 어리석음을 간했으나 들어주지 않자 汨羅水에 빠져 죽음. 이날이 5월 5일이며 백성들이 그의 죽음을 애도하여 강에 粽子(찹쌀밥을 대나무 잎으로 싸서 묶은 것)를 던져 물고기로 하여금 그의 시신을 해치지 않도록 하며 그의 시신을 찾고자 배를 타고 달려갔다는 것에 유래하여 지금도 중국 남방에서는 단옷날 종자를 먹으며 龍船(龍舟) 대회

를 하는 풍습이 널리 행해지고 있음. 《荊楚歲時記》 및 482, 616, 670, 752 참조)

【重九】 陽數인 九가 두 번 겹친 9월 9일 즉 重陽節을 가리킴. 東漢 때 桓景이 費長房에게 도술을 배울 때 어느 날 비장방이 환경에게 9월 9일 큰 재앙이 내릴 것이라 하여 그가 일러준 방법대로 비단 주머니를 만들어 수유 꽃을 넣어 팔에 묶고 높은 산에 올라 국화주를 마셔 재앙을 피했다 함. 이것이 유래가 되어 중양절에는 그 뒤 수유를 머리에 꽂고 높은 산에 올라 국화주를 마시며 하루를 보내는 풍속이 생겼음. 《續齊諧記》 唐 王維의 〈九月九日憶山東兄弟〉에 "獨在異鄕爲異客, 每逢佳節倍思親. 遙知兄弟登高處, 遍揷茱萸少一人"이라 함.

102

입춘과 입추의 사일 후 다섯 번째 무일戊日에는 닭과 돼지를 잡아 사일社日 잔치를 열어 가는 곳마다 술로써 귀밝기를 바란다.

칠석七夕의 견우와 직녀는 은하를 건너니 집집마다 바늘 귀 꿰기를 연습한다.

五戊雞豚宴社, 處處飮治聾之酒;

七夕牛女渡河, 家家穿乞巧之鍼.

【五戊】 春社와 秋社의 社日을 말함. 입춘과 입추 후 다섯 번째 사일을 가리킴. 이날은 닭과 돼지를 잡아 잔치를 벌임. 韓愈의 〈南溪始泛〉 詩에 "願爲同社人, 雞豚宴春秋"라 함.

【治聾酒】 이날에 마시는 술은 귀를 밝게 한다는 습속이 있음. 李濤의 〈社日寄李文公〉 시에 "杜翁今日沒精神, 爲乞治聾酒一瓶"이라 함.

【七夕】 이날은 견우와 직녀가 만나는 날로 부녀자들은 길쌈과 바느질을 익히기 위하여 집집마다 뜰에 탁자를 놓고 달빛만으로 바늘을 꿰는 행사를 함. 《荊楚歲時記》)

《西京雜記》卷1에 "漢彩女常以七月七日穿七孔針於開襟樓, 俱以習之"라 하였으며,
《天寶遺事》에 "唐宮中每遇七夕, 宮女各執九孔針, 五色線, 向月穿之, 過者爲得巧"
라 함.

103

중추절 달 밝으니 명황明皇을 모셔 달나라 궁궐을 유람시키고,

구월 바람이 높으니 맹가孟嘉의 모자가 용산龍山까지 날아가 떨
어졌다.

中秋月朗, 明皇親遊於月殿;

九月風高, 孟嘉落帽於龍山.

【明皇】楊貴妃와 연애고사로 유명한 唐나라 玄宗. 당시 羅公遠이라는 方士가 도술을
부려 이날 지팡이로 다리를 만들어 명황이 月宮을 유람하고 돌아올 수 있게 했다 함.
(《楊太眞外傳》, 《異聞錄》)
【落帽】9월 9일 重陽節에 東晉 때 孟嘉라는 자가 桓溫을 모시고 龍山에 놀이 갔다가
바람에 모자가 날아갔다고 함. 이에 落帽가 중양절을 뜻하는 말로 쓰이기 시작했다 함.
(《晉書》)

104

진秦나라 사람들은 세밑에 신에게 제사 지내는 것을 납臘이라
하였다. 그 때문에 지금에 이르도록 십이월을 납월이라 한다.

진시황秦始皇 당년에 자신의 이름으로 정政을 휘하였다. 그 때문에 지금에 이르도록 정월을 정征으로 발음한다.

秦人歲終祭神曰臘, 故至今以十二月爲臘;
始皇當年御諱曰政, 故至今讀正月爲征.

【臘】원래 12월에 지내던 제사 이름(臘祭). 그 뒤 12월을 지칭하는 말로 굳어짐. (《新唐書》曆志 二) 그러나 이 구절이 다른 판본에는 "漢人蜡祭曰臘, 故稱十二月爲臘"이라 하여 다름. 이 제사를 원래 夏나라는 嘉平, 殷나라는 淸祀, 周나라는 蜡, 秦나라는 臘이라 불렀으며 漢나라는 진나라 풍습을 이은 것임.
【政】秦始皇의 이름이 嬴政이었으며 고대 왕이나 부친의 이름을 避諱하여 이 때문에 正月에 정(正, 政)을 쓸 수 없어 征月이라 함. (《書言故事》10)

105

동방東方의 신을 '구망句芒'이라 하며 팔괘八卦 중 '진震'을 타고 다니며 봄을 관장한다.
갑을甲乙은 오행으로 목木에 속하며 목은 봄에 왕성해지고 그 색깔은 청靑이다. 그러므로 봄 신을 '청제靑帝'라 한다.

東方之神曰句芒, 乘震而司春.
甲乙屬木, 木則旺於春, 其色靑, 故春帝曰靑帝.

【句芒】東方을 관장하는 신. 원래 少皞氏의 후손이며 人面鳥身의 형상으로 동방(木德,

靑色, 春, 震)을 다스린다 함. (《山海經》海外東經, 《呂氏春秋》孟春)
【木】五行으로 甲乙, 春, 靑色, 震에 해당함.
【靑帝】동방 木德으로 왕이 된 제왕. 즉 太昊 伏羲氏가 이에 해당함. (《禮記》月令, 《周禮》天官 太宰)

106

남방南方의 신을 '축융祝融'이라 하며 이離에 거하며 여름을 관장한다.

병정丙丁은 화火에 속하며 화는 여름에 왕성하며 그 색은 적赤이다. 그러므로 여름 신을 '적제赤帝'라 부른다.

南方之神曰祝融, 居離而司夏.

丙丁屬火, 火則旺於夏, 其色赤, 故夏帝曰赤帝.

【祝融】南方을 관장하는 신. 炎帝의 후손이며 獸身人面의 형상으로 남방(火, 赤色, 夏, 離)을 다스린다 함. (《山海經》海外南經, 《淮南子》)
【火】五行으로 丙丁, 夏, 赤色, 離에 해당함.
【赤帝】남방 火德으로 왕이 된 제왕. 즉 炎帝 神農氏가 이에 해당함. (《淮南子》時則)

107

서방西方의 신을 욕수蓐收라 하며 태兑에 해당하고 가을을 관장한다.

경신庚辛은 금金에 속하며 금은 가을에 왕성하고 그 색깔은 백白
이다. 그러므로 가을 신을 '백제白帝'라 부른다.

西方之神曰蓐收, 當兌而司秋.

庚辛屬金, 金則旺於秋, 其色白, 故秋帝曰白帝.

【蓐收】西方을 관장하는 신. 少昊의 叔(혹 소호의 아들)이며 서방(金, 白色, 秋, 兌)을 다
스린다 함. (《山海經》 海外西經, 《國語》 晉語)
【金】五行으로 庚辛, 秋, 白色, 兌에 해당함.
【白帝】서방 金德으로 왕이 된 제왕. 즉 少昊가 이에 해당함. (《山海經》, 《周禮》)

108

북방北方의 신을 '현명玄冥'이라 하며 감坎을 타고 겨울을 관장
한다.

임계壬癸는 수水에 속하며 수는 겨울에 왕성하고 그 색깔은 흑黑
이다. 그러므로 겨울 신을 '흑제黑帝'라 부른다.

北方之神曰玄冥, 乘坎而司冬.

壬癸屬水, 水則旺於冬, 其色黑, 故冬帝曰黑帝.

【玄冥】北方을 관장하는 신. 雨師라고도 하며 북방(水, 黑色, 冬, 坎方)을 다스린다 함.
(《風俗通》 祀典)

【水】五行으로 壬癸, 冬, 黑色, 坎方에 해당함.

【黑帝】북방 水德으로 왕이 된 제왕, 즉 顓頊氏가 이에 해당함. (《潛夫論》五德志)

109

중앙中央은 무기戊己로 토土에 속하며 그 색깔은 황黃이다. 그러므로 중앙의 제왕을 '황제黃帝'라 부른다.

中央戊己屬土, 其色黃, 故中央帝曰黃帝.

【中央】五行으로 土(黃色)에 해당하며 사방을 모두 관장함.

【黃帝】황색을 상징하며 中央에 처하여 중국을 상징함. 黃帝 軒轅氏는 중국 민족의 시조로 추앙받음. (《淮南子》天文)

110

하짓날에 하나의 음이 생성된다. 이 까닭으로 하늘이 점점 짧아진다.

동지에 하나의 양이 생성된다. 이 까닭으로 일귀日晷가 비로소 길어지기 시작한다.

夏至一陰生, 是以天時漸短;

冬至一陽生, 是以日晷初長.

【日晷】 해의 길이. 해의 그림자를 뜻함.

111

동지에 이르면 갈대 태운 재가 흩날리고 입추가 되면 오동잎이
떨어지기 시작한다.

冬至到而葭灰飛, 立秋至而梧葉落.

【葭灰飛】 고대 동짓날 바람이 통하지 않는 밀실에서 갈대 껍질을 태운 재로 六律에 맞게
대롱을 책상에 올려놓은 다음 어느 율에 재가 흩날리는가를 보고 절기를 예측했다 함.
(《後漢書》 律曆志)
【梧葉落】 입추 날이 되어야 처음으로 오동잎이 떨어진다 함. 《廣群芳譜》 木譜 六, 桐에
"立秋之日, 如某時立秋, 至期一葉先墜, 故云: 梧桐一葉落, 天下盡知秋"라 하였음.

112

상현달은 달의 반이 둥글어지는 것으로 초여드레, 초아흐레가
이때이다.
하현달은 달의 반이 기울어지는 것으로 스무 이틀, 스무 사흘이
이때이다.

上弦謂月圓其半, 係初八 · 九;
下弦謂月缺其半, 係廿二 · 三.

113

달빛이 모두 다함을 일러 '회晦'라 하고 30일을 부르는 이름이다.

달빛이 다시 살아남을 '삭朔'이라 하며 초하루를 부르는 이름이다.

달과 해가 마주함을 일러 '망望'이라 하며 보름날을 부르는 명칭이다.

月光都盡謂之晦, 三十日之名;
月光復蘇謂之朔, 初一日之號;
月與日對謂之望, 十五日之稱.

【晦】그믐.《說文解字》에 "晦, 月盡也"라 함.
【朔】초하루.《說文解字》에 "朔, 月一日始蘇也"라 함.
【望】보름날.《釋名》에 "望, 月滿之名也, 日月遙相望也"라 함.

114

초하루를 '사백死魄'이라 하며 초이틀을 '방사백旁死魄'이라 하고 초사흘을 '재생명哉生明'이라 하며 열엿새를 '시생백始生魄'이라 한다.

初一是死魄, 初二旁死魄, 初三哉生明, 十六始生魄.

【死魄】魄은 초하루처럼 거의 달빛이 없음을 일컫는 말.

【旁死魄】초이틀을 일컫는 말로 역시 달빛이 거의 없음.

【哉生明】哉는 纔(才)와 같음. '겨우 밝음이 생겨나다'의 뜻으로 초사흘을 가리킴.

【始生魄】열엿새를 가리키는 말로 옅은 빛으로 변하기 시작함을 뜻함.

(이상 모두 《書經》 武成篇)

115

'익일翌日', '힐조詰朝'는 모두 그 다음 날을 말하는 것이요,

'곡단穀旦', '길단吉旦'은 모두가 좋은 아침을 말하는 것이다.

翌日 · 詰朝, 皆言明日;

穀旦 · 吉旦, 悉是良辰.

【翌日, 詰朝】翌과 詰은 모두 來日(明日)의 '밝다'의 뜻. 《漢書》武帝紀, 《左傳》僖公 28년)

【穀旦, 吉旦】모두 아주 맑고 좋은 날을 뜻하며 吉日을 가리키는 말로 대신 쓰임. 《詩經》陳風 東門之枌)

116

‘편상片晌’이란 짧은 시간을 뜻하는 것이요 ‘일훈日曛’이란 해가 저물어감을 말한다.

片晌卽謂片時, 日曛乃云日暮.

【片晌】 정오 때의 짧은 시간을 가리킴.
【日曛】 해가 지고 나서의 餘光. 저녁의 시간.

117

‘주석疇昔’, ‘낭자曩者’는 모두 지나간 날을 일컫는 것이요,
‘여명黎明’, ‘매상昧爽’은 모두가 곧 날이 새는 때를 말하는 것이다.

疇昔 · 曩者, 俱前日之謂;
黎明 · 昧爽, 皆將曙之時.

【疇昔】 지나간 시간, 과거 지난날을 뜻함. 曩者도 같음.
【昧爽】 날이 새기 시작할 때의 희미한 상태를 뜻함.

118

한 달에는 ‘삼완三浣’이 있으니 초순 열흘을 ‘상완上浣’이라 하고, 중순 열흘을 ‘중완中浣’이라 하며, 하순 열흘을 ‘하완下浣’이라 한다.

배움에는 족히 이용할 세 가지 여유가 있으니 밤이란 하루의 남은 시간이요, 겨울은 한 해의 남은 시간이며, 비 오는 날은 맑은 날의 남은 시간이다.

月有三浣: 初旬十日爲上浣, 中旬十日爲中浣, 下旬十日爲下浣;
學足三餘: 夜者日之餘, 冬者歲之餘, 雨者晴之餘.

【浣】澣과 같음. 唐나라 때 제도에 관리들이 열흘에 한 번씩 쉬면서 목욕하고 몸을 씻음을 말하는 것으로 뒤에 열흘을 대신하는 말로 쓰였음. (《丹鉛總錄》時序, 三澣)

【餘】생업이 아무리 바빠도 학업을 할 수 있는 시간을 말함. 삼국시대 魏나라 董遇가 한 말로 어떤 이가 공부할 시간이 없다고 하자 그는 “學者當以三餘: 夜者日之餘, 冬者歲之餘, 雨者晴之餘”라 함. (《三國志》魏志 王肅傳 裴松之 주)

119

술수를 써서 남을 어리석게 하는 것을 일러 ‘조삼모사朝三暮四’라 하고,

배움을 구하여 자꾸 더해지도록 함을 ‘일취월장日就月將’이라 한다.

以術愚人, 曰朝三暮四;
爲學求益, 曰日就月將.

【朝三暮四】《列子》黃帝篇과 《莊子》齊物篇에 실려 있는 고사. 宋나라 어떤 이가 원숭이를 키우면서 아침에 넷, 저녁에 셋 분량의 도토리를 주겠다고 한 데서 비롯됨. 《열자》에 "宋有狙公者, 愛狙; 養之成羣, 能解狙之意; 狙亦得公之心. 損其家口, 充狙之欲. 俄而匱焉, 將限其食, 恐衆狙之不馴於己也, 先誑之曰: '與若芧, 朝三而暮四, 足乎?' 衆狙皆起而怒. 俄而曰: '與若芧, 朝四而暮三, 足乎?' 衆狙皆伏而喜"라 함.
【日就月將】학업이 날로 진전됨을 말함. 《詩經》周頌 敬之篇의 구절.

120

등불을 밝혀 아침을 잊고 낮이나 밤이나 열심히 공부하라.
낮을 밤으로 여겨 새벽과 저녁이 뒤바뀔 정도로 열심을 다하라.

焚膏繼晷, 日夜辛勤;
俾晝作夜, 晨昏顚倒.

【焚膏繼晷】등불의 기름을 태워 날이 밝도록 공부함. 韓愈의 〈進學解〉에 "焚膏油以繼晷, 恒兀兀以窮年"이라 함.
【俾晝作夜】《詩經》大雅 蕩에 "式號式呼, 俾晝作夜"라 함.

121

　스스로 이룬 것이 없음을 부끄러워함을 일러 '세월만 헛되이 보냈다' 라고 하고,

　남과 더불어 토론함에 '춥고 더운지 안부나 묻는 일은 적게 하라' 라 한다.

　自愧無成, 曰虛延歲月 ;

　與人共語, 曰少敍寒暄.

【虛延】 세월을 허송함.

【寒暄】 차고 따뜻함. 날씨, 즉 안부를 물음. 《漢武內傳》

122

　가히 미워할 것은 인정의 차고 따뜻함이요,

　가히 싫어할 것은 세태의 덥고 차가움이다.

　可憎者, 人情冷暖 ;

　可厭者, 世態炎涼.

【冷暖, 炎涼】 인정을 비유함.

123

주周나라 말기에는 추운 해가 없었다. 이 때문에 동주東周가 나
약해진 것이다.

진秦나라가 망할 무렵에는 따뜻한 해가 없었다. 이는 영씨嬴氏가
포악하게 굴었기 때문이다.

周末無寒年, 因東周之懦弱;

秦亡無燠歲, 由嬴氏之凶殘.

【東周】西周가 망하고 平王이 洛陽에 다시 나라를 세운 때를 말하며 이때부터 春秋戰
國의 혼란기가 시작됨.

【燠歲】날씨가 따뜻함.

【嬴氏】秦始皇을 가리킴. 그의 성명이 嬴政이었음. 이상의 구절은 《漢書》五行志에 "周
失之舒, 秦失之急, 故周衰無寒歲, 秦亡無燠年"이라 한 데서 비롯됨.

124

세 개의 태성泰星이 평온함을 '태평泰平'이라 하고, 시절이 조화
를 이룸을 '옥촉玉燭'이라 한다.

泰階星平曰泰平, 時序調和曰玉燭.

【泰平】三台星 6개의 별이 모두 평온한 자리를 차지한 상태. 인신하여 천하가 태평함을
뜻함. 고대 삼태성의 윗자리 별 2개는 천자를, 중간의 두 별은 제후와 경대부를, 그리고 아

래 두 별은 일반 서민을 상징하였으며 이 여섯 별이 평정하면 천하가 태평한 것이요, 사선
으로 자리를 나타내면 천하에 혼란이 일어난다고 믿었음. (《晉書》天文志 및 167 참조)
【玉燭】고대 신화에 天帝가 鍾山의 신 燭龍에게 입에 玉燭(옥으로 된 촛불)을 물고 천국
의 문을 비추도록 하였는데 그 빛이 밝으면 계절과 날씨가 순조로우며 어두우면 가뭄과
홍수가 일어난다고 믿었음. (《山海經》大荒北經) 힌편 《爾雅》釋大에 "四氣和調謂之玉
燭"이라 함.

125

곡식이 제대로 되지 않은 해를 '기근饑饉의 해'라 하고, 풍년을
이룬 해를 '대유大有의 해'라 한다.

歲歉曰饑饉之歲, 年豐曰大有之年.

【饑饉】곡식이 제대로 익지 않음을 饑라 하고, 채소 등이 제대로 되지 않음을 饉이라 한
다 함. (《詩經》大雅 雲漢) 그러나 '饑饉'은 雙聲連綿語임.
【大有】풍년을 일컫는 말. 唐 太宗 때 풍년이 들어 쌀 한 말이 一文이었고 문을 걸지 않
고 살았으며 여행자는 식량을 지니고 다니지 않아도 되었다 함.

126

당唐 덕종德宗 때 흉년이 들어 술 빚을 곡식이 없었음에도 어떤
취한 자가 나타나자 이를 풍년의 길조라 여겼고,
양梁 혜왕惠王의 흉년에는 들에 버려진 굶어 죽은 시신이 너무

가련하였다.

    唐德宗之饑年, 醉人爲瑞;
    梁惠王之凶歲, 野莩堪憐.

【唐德宗】唐나라 때 기근이 들어 술을 빚을 곡식이 없었는데 마침 거리에 술이 취한 자가 나타나자 이것이 오히려 풍년이 될 상서로움이라 여겼음. 《唐書》
【梁惠王】孟子가 梁 惠王에게 흉년이 들어 굶어 죽은 시신이 있는데도 곡식을 풀어 구제하지 않고 있다고 힐난하였음. 《孟子》梁惠王(上)에 "塗有餓莩而不知發"이라 함.

127

  풍년에는 옥이 귀함을 받지만 흉년에는 곡식만큼 귀한 것이 없으니 인품을 이에 비유하여 훌륭한가의 여부를 알고,
  땔감은 계수나무처럼 값진 것이요 음식은 옥처럼 귀중한 것이니 땔감과 곡식이 값비쌈을 말하는 것이다.

    豐年玉, 荒年穀, 言人品之可珍;
    薪如桂, 食如玉, 言薪米之騰貴.

【豐年玉】풍년에는 옥이 귀하게 여김을 받지만 흉년에는 곡식이 가장 소중함. 《世說新語》賞譽篇에 "世稱'庾文康爲豐年玉, 穉恭爲荒年穀' 庾家論云: '是文康稱恭爲荒年穀, 庾長仁爲豐年玉.'"이라 함.
【薪如桂】비싼 계수나무를 땔감으로 함. 《戰國策》楚策(3)에 "蘇秦曰: '楚國之食貴於

玉, 薪貴於桂, 謁者難得見如鬼, 王難得見如天帝. 今令臣食玉炊桂, 因鬼見帝.'"라 함.

128

봄에 기도하며 가을에는 수확을 감사드림은 농부로서 늘 가져야 할 법이요,

늦게 자고 일찍 일어나 열심히 함은 우리들이 부지런히 해야 할 의무이다.

春祈秋報, 農夫之常規;

夜寐夙興, 吾人之勤事.

【春祈秋報】《詩經》周頌 載芟의 序에 있는 말.

【夜寐夙興】늦게 자고 일찍 일어남.《詩經》小雅 小宛의 구절.

129

젊은 날의 시간은 다시 오지 않으니 우리들은 모름지기 시간을 아껴야 한다.

해와 달은 쉽게 가는 것이니 지사는 일찍 일어나 바른 자세로 아침을 기다린다.

韶華不再, 吾輩須當惜陰;

日月其除, 志士正宜待旦.

【韶華】젊은 날. 唐 李賀의 〈嘲少年〉詩에 "莫道韶華鎭長在, 髮白面皺專相待"라 함.
【日月其除】시간은 사람을 기다려주지 않음. 《詩經》唐風 蟋蟀의 구절.
【待旦】날이 밝으면 일을 하고자 기다림. 부지런함을 말함. 《書經》太甲(相)에 "先生昧爽不顯, 坐以待旦"이라 함.

130

춥고 더움이 차례로 바뀌나니, 시간은 중첩되어 운행한다.

寒暑代遷, 居諸疊運.

【居諸】시간을 뜻함. 《詩經》邶風 日月에 "日居月諸"라 함. 韓愈의 〈符讀書城南〉詩에 "豈不旦夕念, 爲爾惜居諸"라 함. 疊韻語임.

131

가을이면 추위를 막을 옷을 내려줌은 자고로 하나의 풍속이었다.
삼월에 답청踏靑을 할 신발을 올림은 지금도 변함이 없이 이어
온다.

九秋授禦寒之服, 自古已然;

三月上踏靑之鞋, 於今不改.

【九秋】가을을 가리킴. 이때 밖에 있는 친척의 추위를 걱정하여 옷을 전해주었음. 《詩經》 豳風 七月에 "七月流火, 九月授衣"라 함.
【踏靑】옛날 청명절에 교외로 나들이를 나감. 孟浩然의 〈大堤行〉에 "歲歲春草生, 踏靑 二三月"이라 함.

132

‘감귤 두 개와 한 말 술’이란 봄놀이를 아름답게 표현하는 것이요,

‘세 사람 그림자를 함께 함’이란 홀로 밤에 술 마시는 풍취를 읊은 것이다.

雙柑斗酒, 雅稱春遊;

對影三人, 僅堪夜飮.

【雙柑斗酒】봄놀이를 표현하는 말. 戴顒이라는 사람이 귤 2개와 술 한 말을 가지고 봄놀이를 나서서 동풍을 타고 흩날리는 버들 솜을 따라 꾀꼬리 우는 소리를 들으며 봄 정취를 만끽했다는 고사(《高隱外書》)에 의해 생긴 말.
【對影三人】홀로 술을 마시는 정취를 뜻함. 李白의 〈月下獨酌〉 詩에 "花間一壺酒, 獨酌無相親. 擧杯邀明月, 對影成三人"이라 함.

133

오월에 고립된 군대를 이끌고 노수瀘水를 건넘에 촉蜀나라 승상 제갈량의 충정을 어디에 비기리오?

상원에 한밤중에 곤륜관을 탈취하니 적청狄靑 장군의 병법이 훌륭하였도다.

五月孤軍渡瀘水, 蜀丞相何等忠勤;

上元三敲奪崑崙, 狄將軍更多妙算.

【五月】 諸葛亮의 〈前出師表〉의 구절. "受命以來, 夙夜憂慮, 恐付託不效, 以傷先帝之明. 故五月渡瀘, 深入不毛"라 하였으며 瀘水는 사천성 남부에 있는 물로 이곳을 지나 남쪽으로 원정을 갔음을 뜻함.

【上元】 宋代 狄靑이 廣西를 진수할 때 적장 儂智高가 崑崙關을 막고 있었다. 마침 元宵節(上元節, 정월 대보름)이어서 적청은 賓州에 이르러 큰 잔치를 열어 적이 공격이 없으리라 안심하도록 한 다음 孫元規에게 잔치를 이끌도록 하고 자신은 병을 핑계로 안으로 들어갔다. 그리고 한밤중(三鼓, 三更)에 몰래 나서서 곤륜관을 점령하였다. 이튿날 새벽 다른 사람들이 아침까지 술을 마시고 있을 때 군졸이 나타나 "삼경쯤에 적청 장군이 곤륜관을 점령하였다"고 보고하였다 한다. (《宋名臣言行錄》)

134

이월에 나비 잡는 놀이는 가히 봄을 즐기는 놀이요,

원정元正에 닭을 잡아 아침을 차림은 반드시 이어가야 할 풍속이다.

二月撲蝶之會, 洵可樂焉;
元正磔雞之朝, 必有取爾.

【撲蝶】 고대 長安의 풍습으로 음력 2월 부녀자들이 나비를 잡으며 봄을 즐겼으며 이를 撲蝶會라 함. (《誠齋詩話》)

【磔雞】 닭을 잡아 이를 분리하여 제사를 지내는 것. 晉나라 때 사람들이 정월 초하루에 반드시 닭과 양을 잡는 풍습이 있었다. 이에 어떤 사람이 伏滔라는 사람에게 그 연유를 묻자 그는 "정월은 토기가 상승하여 초목이 싹이 트기 시작한다. 그런데 양은 풀을 먹고 닭은 오곡을 쫀다. 따라서 닭과 양을 잡아 초목의 생기를 도와주기 위한 것이다(正月土氣上昇, 草木萌發, 羊吃百草, 雞啄五穀, 鼓而殺雞宰羊, 以助生氣)"라 하였다. (《裴氏新語》)

135

오질吳質은 참외를 띄워놓고 더위를 피하면서 연못에서 한여름 석 달을 가을로 여긴 것이요,

갈선葛仙은 불을 토하여 추위를 쫓으면서 추운 오두막에서 겨울 석 달도 따뜻하게 여겼다.

吳質浮瓜避暑, 陂塘九夏爲秋;
葛仙吐火驅寒, 戶牖三冬亦暖.

【吳質】 삼국 魏나라 때 문인(177~230). 그는 참외를 깎아 그 거품을 못에 띄워놓고 친구를 불러 여름을 시원하게 넘겼다 함. 魏文帝(曹丕)의 〈與吳質書〉에 "浮甘瓜於淸泉, 沈朱李于寒水"라 함.

【葛仙】 葛玄(164~244). 역시 삼국시대 도인으로 太極仙翁으로도 불림. 그는 겨울에 손

님을 불러놓고 입으로 불을 토하여 방 안을 따뜻하게 하는 도술을 부렸다 함. 《神仙傳》

136

호방하게 시를 읊은 스님은 밤에 달을 보고 시를 지어 종을 치고,
당唐 현종玄宗이 꽃 감상을 할 때 고력사高力士가 북을 쳐서 음악
을 들려주어 꽃 피기를 재촉하였다.

豪吟釋子, 夜敲詠月之鐘;
勝賞君王, 春擊催花之鼓.

【豪吟釋子】僧 如滿가 〈詠月〉詩 "團團離海角, 漸漸出雲衢. 此夜一輪滿, 淸光何處
無"를 짓고 신이 나서 밤중에 종을 크게 울렸다 함.

【勝賞君王】唐 玄宗이 二月(초봄)에 꽃구경을 하고 싶어 高力士에게 羯鼓라는 북을 가
지고 오도록 하여 누대에 올라 마음껏 북을 치게 하면서 〈春光好〉라는 음악을 연주토록
하였더니 과연 버드나무와 살구꽃이 봉오리를 피우기 시작하였다 함. 《開元天寶遺事》

137

한漢 무제武帝가 맑은 가을 분수에 놀이 가서 노래를 불러 이것
이 '추풍사秋風詞'가 되었고,
상사일에 난정蘭亭에서 시회詩會를 한 것을 기록한 것이 왕희지
王羲之의 글씨가 되었다.

清秋汾水, 歌傳漢武之詞;

上巳蘭亭, 事記右軍之蹟.

【汾水】漢 武帝가 가을에 汾水(물 이름)에 가서 〈秋風辭〉"秋風起兮白雲飛, 草木黃落
兮雁南歸"를 읊어 이것이 역사에 오래 남게 된 노래였음을 말함. (《文選》秋風辭 序)
【蘭亭】東晉 때 王羲之가 삼월 삼짇날 蘭亭에서 禊事와 詩會를 할 때 그 문집의 서문
〈蘭亭序〉를 짓고 붓으로 써서 명품이 되었음을 말함. 왕희지(303~361, 혹 321~379)는
서예가이자 중국 최고의 書聖으로 右軍將軍을 역임하여 王右軍으로도 불림. 蘭亭은 지
금의 浙江省 紹興에 있는 정자 이름. (《晉書》王羲之傳) 〈난정서〉에 "永和九年歲在癸
丑暮春之初, 會于會稽山陰之蘭亭, 修禊事也"라 함.

138

송宋 무제武帝의 수양공주壽陽公主의 인일人日에 있었던 일화로
인해 여인들이 매화 화장을 따라 흉내내었다.

어느 가을 사상謝尙이 배를 띄워 우저산牛渚山 아래의 채석기采石
磯에서 놀 때 원굉袁宏도 배를 타고 놀이 온 것을 보고 그 배에 올
라 피리를 불며 함께 놀았던 풍류가 있다.

人日臥含章簷下, 壽陽試學梅妝;

中秋過牛渚磯頭, 謝尙細吹竹笛.

【人日】남조 宋 武帝의 딸 壽陽公主가 정월 人日(7일)에 含章殿 처마에 누워 매화가
얼굴에 떨어져 오색으로 변하게 하여 아름다운 모습의 화장으로 삼았다 하며 궁중에서

이를 흉내내는 일이 있었다 함. 이를 梅花妝이라 함. (《太平御覽》 970에 인용된 宋書)

【中秋】 어느 가을 謝尙(308~357, 東晋 때 인물, 豫州刺史를 지냄)이 牛渚山 아래 采石磯라는 강가에 뱃놀이를 갔더니 마침 袁宏도 배를 타고 나와 시흥에 겨워하는 모습을 보고 그 배에 올라 피리를 불며 함께 즐겼다고 함. (《續晉陽秋》)

139

구준寇準이 춘색이 아름다움을 느낀 것은 진실로 즐거운 일이요,
구양수歐陽修의 '추성부秋聲賦'는 처연함을 어찌 그리 잘 표현했던고?

寇公春色時, 眞可喜也;
歐子秋聲賦, 何其凄然?

【寇準】 北宋 때의 정치가(961~1023). 재상을 지냈으며 거란의 침공을 막아낸 공로로 萊國公에 봉해짐. 시호는 忠愍. 그의 〈江南春〉 詞에 "波渺渺, 柳依依. 孤村芳草遠, 斜日杏花飛. 輕煙淡靄靑山外, 却有人家懸酒旗"라 함. (215, 458, 509, 585, 659, 727, 808 참조)

【歐子】 歐陽修(1007~1072). 북송의 문학가. 唐宋八大家의 하나이며 古文運動의 영수. 자는 永叔, 호는 醉翁, 六一居士. 그의 〈秋聲賦〉에 "秋之爲狀也, 其色慘淡, 煙霏雲斂; 其容淸明, 天高日晶; 其氣凜冽, 砭人肌骨; 其意蕭條, 山川寂寥"라 가을을 표현하였음.

- 中曆肇于軒轅, 西曆源于羅馬.
- 七政齊而璣衡傳, 六儀符而測驗準.
- 月繞地球, 凡二十九日有奇而一周, 陰曆準之 ; 地球饒日, 凡三百六
  十五日有奇而一周, 陽曆準之.
- 一朝一夕, 由地球自轉而成 ; 二至二分, 因地球公轉而異.
- 元旦爲春節, 端午爲夏節, 中秋爲秋節, 冬至爲冬節, 是節序之新規 ;
  積秒則成分, 積分則成刻, 積刻則成時, 積時則成日, 是時光之計數.
- 七日遇星期, 號稱日曜 ; 五區定時準, 藉辨異差.
- 行夏正, 所以順農時 ; 從西曆, 所以便統計.

4. 조정 朝廷

본 장은 고대 황실의 근원과 명칭, 그리고 천명과 왕도 사상, 황제의 친족에 대한 유래와 훌륭한 군주의 치적, 왕들의 언행과 후비, 문물제도까지 일화와 고사를 제시하여 설명하고 있다. (총 26연)

140

삼황을 '황皇'이라 하고 오제를 '제帝'라 한다.

三皇爲皇, 五帝爲帝.

【三皇】고대 신화 속의 임금. (《周禮》春官) 흔히 天皇, 地皇, 人皇을 들기도 하며 그 설은 여러 가지가 있음. (伏羲, 女媧. 神農. 혹은 燧人, 伏羲, 神農. 또는 伏羲, 神農, 祝融. 伏羲, 神農, 共工. 伏羲, 神農, 黃帝)

【五帝】역시 고대 임금들로 설이 여러 가지임. (《大戴禮記》五帝德) 흔히 黃帝, 顓頊, 帝嚳, 堯, 舜을 들고 있으며 그 외에 太皥伏羲氏, 炎帝神農氏, 黃帝軒轅氏, 少皥金天氏, 顓頊高陽氏를 들기도 하고 少皥, 顓頊, 帝嚳, 堯, 舜을, 또는 伏羲, 神農, 黃帝, 堯, 舜을 들기도 함.

141

덕으로 인을 실행하는 것을 '왕도王道'라 하고, 힘으로 인을 가장하는 것을 '패도覇道'라 한다.

以德行仁者王, 以力假仁者覇.

【王】王道 정치를 뜻함. 孟子는 三代(夏殷周)의 정치를 이상으로 여겼으며 이를 왕도 정치로 보았음.

【覇】覇道 정치. 춘추오패의 정치. 힘으로 남을 제압하는 것을 뜻함. 이상의 구절은 《孟子》公孫丑(上)에 실려 있음.

142

천자天子는 천하의 주인이요,

제후諸侯는 일국의 임금이다.

天子, 天下之主;

諸侯, 一國之君.

【天子】 봉건제도에서의 共主.

【諸侯】 봉건제도에서 혈족과 공신에게 땅을 봉하여 제후국으로 삼았으며, 그 임금을 君 (公侯伯子男)이라 불렀음.

143

천하 누구나 관직을 할 수 있음에 이에 어진 이에게 왕위를 양보하는 것이요,

천하를 자신의 집안으로 여겼으니 이는 그 자식에게 왕위를 전달한 것이다.

官天下, 乃以位讓賢;

家天下, 是以位傳子.

【讓賢】 어질고 능력 있는 자에게 천하를 물려줌. 선양을 말하며 흔히 公天下(官天下)의 시대를 가리킴. 堯, 舜, 禹까지가 이에 해당함.

【傳子】천하의 임금 자리를 자식(자손)에게 이어줌. 이를 흔히 家天下(官天下)라 하며 禹임금 이후는 이러한 방법으로 전위되었음. 宋 眞宗이 李仲容에게 官家의 구분을 묻자 이중용이 "五帝官天下, 三王家天下, 兼五帝三王之德, 故曰官家"라 함. 《湘山野錄》

144

폐하는 천자天子를 높여 칭하는 것이요,

전하는 높고 존경하는 번속藩屬을 칭하는 것이다.

陛下, 尊稱天子;

殿下, 尊重宗藩.

【陛下】天子에게만 붙이는 칭호. 신하가 자신을 천자의 계단 아래에 있는 자(陛下者)로 낮추어 부른 데서 비롯됨. 東漢 蔡邕 《獨斷》卷上에 "群臣與天子言, 不敢指斥天子, 故呼在陛下者而告之, 固卑達尊之意"라 함.

【殿下】漢代 이후에 太子나 親王에게 붙이던 존칭. 唐代 이후에는 태자와 皇太后, 皇后에게만 사용하였음.

145

황제가 즉위함을 '용비龍飛'라 하고, 신하가 임금을 뵘을 '호배虎拜'라 한다.

皇帝卽位曰龍飛, 人臣覲君曰虎拜.

【龍飛】《周易》乾卦 九五의 爻辭에 "龍飛在天, 利見大人"이라 하여 제왕의 즉위를 뜻함.

【虎拜】 원래 《詩經》大雅 江漢의 "虎拜稽首, 天子萬年"의 구절로 召穆公의 이름이 虎였으며 戰功이 있어 周 宣王이 상을 내리자 그가 머리를 조아리며 감사를 표했다 함. 이에 의해 신하가 임금을 뵙는 것을 虎拜라 함.

146

황제의 말을 '윤음綸音'이라 하고,
황후의 명령을 '의지懿旨'라 한다.

皇帝之言, 謂之綸音;
皇后之命, 乃稱懿旨.

【綸音】《禮記》緇衣에 "王言如絲, 其出如綸"이라 하여 황제의 조칙이나 말을 일컫는 뜻으로 널리 쓰임. (798 참조)

【懿旨】 황태후나 황후의 조칙.《西廂記諸宮調》卷3에 처음 보임.

147

'초방椒房'은 황후가 거하는 곳이요, '풍신楓宸'은 임금이 자리하는 곳이다.

椒房是皇后所居, 楓宸乃人君所涖.

【椒房】漢代 后妃들이 거하던 궁전. 진흙에 花椒를 섞어 벽을 발라 온기와 향기를 내도
록 하였으며 아울러 多産을 상징하기도 함. (《漢書》 車千秋傳 顔師古 주) 한편 白居易
의 〈長恨歌〉에 "梨園弟子白髮新, 椒房阿監靑蛾老"라 함.
【楓宸】한대 황제가 거하던 궁궐. 흔히 궁궐 앞에 풍수를 심어 이렇게 부르게 됨. (王安石
〈賀正表〉)

148

천자天子는 존숭의 대상이므로 '원수元首'라 칭하고,
신하와 이웃은 보익하는 것이니 '고굉股肱'이라 부른다.

天子尊崇, 故稱元首;
臣隣輔翼, 故曰股肱.

【元首】국가의 최고 영도자. (《書經》 益稷篇)
【股肱】다리와 팔. 팔다리처럼 중요한 보필이라는 뜻. (《書經》 益稷篇)

149

용의 혈족, 인의 각이란 모두가 종번宗藩을 칭송하는 표현이요,
임금의 혈족, 나라의 다음 세대는 모두 태자太子라 부른다.

龍之種 · 麟之角, 俱譽宗藩;
君之儲 · 國之貳, 皆稱太子.

【龍之種】용의 존재와 같은 귀한 혈족이라는 뜻.《隋書》房陵王勇傳에 "天生龍種"이라 함.

【麟之角】황실은 기린의 뿔처럼 귀한 존재라는 뜻.《詩經》周南 麟之趾에 "麟之角, 振振公族"이라 함.

【儲‧貳】임금 자리를 계승할 사람을 두고 이른 말. 儲와 貳는 모두 副의 뜻. (《事物異名錄》卷8)

150

황제의 아들이 사는 곳이 청궁靑宮이요, 황제의 도장이 옥새玉璽이다.

帝子爰立靑宮, 帝印乃是玉璽.

【靑宮】靑은 東方을 가리킨다. 이에 따라 太子의 東宮을 靑宮이라고도 함.《周易》說卦에 "震爲長男, 爲東方"이라 함. (于仲文〈侍宴東宮應令〉주)

【玉璽】黃帝 專用의 도장을 옥으로 만들어 이를 玉璽라 하며 국가 傳位와 결재의 상징으로 여김. 三代에는 옥새가 없었으며 秦始皇 때 蘭田에서 옥을 얻어 이를 李斯가 篆書으로 "受命于天, 旣壽永昌"이라 새겼다 함. (《史記》秦始皇本紀)

151

종실의 파별은 '천황天潢'으로 퍼져 늘어났고,
제왕의 족보는 '옥첩玉牒'이라 한다.

宗室之派, 演於天潢;

帝胄之譜, 名爲玉牒.

【天潢】 황제로부터 분파된 동성의 혈족을 말함. 天池 즉 天潢에서 支派를 이루었다는 뜻. 庾信의 〈周大將軍義興公蕭太墓誌銘〉에 "派別天潢, 支分若木"이라 함.
【玉牒】 황제의 족보는 옥으로 만들어 이를 '옥첩'이라 함. (《宋史》 職官志 四)

152

심수心宿 별자리 앞에 있는 별이 빛남을 함께 태자太子로 여겨 천추千秋를 축하하였고,

한漢 무제武帝가 신하들과 숭산嵩山에 올랐을 때 신령이 영험한 소리가 들리자 모두들 천자를 향해 세 번 '만세萬歲'를 불렀다.

前星耀彩, 共祝太子以千秋;

嵩嶽效靈, 三呼天子以萬歲.

【前星】 고대 28수 중 心宿의 세 별은 황실을 상징하는 것으로 그중 앞의 것은 太子, 가운데 별은 천자, 뒤의 것은 庶子를 나타내는 것이라 여겼음. (《史記》 天官書)
【嵩嶽】 漢 武帝가 嵩山에 올랐을 때 영험한 소리가 들리자 신하들이 세 번 '만세'를 외쳤다 함. (《史記》 封禪書)

153

'신기대보神器大寶'는 모두 황제의 지위를 두고 하는 말이요,

'비빈잉장妃嬪媵嬙'은 모두가 궁궐의 여자들을 두고 이르는 말
이다.

神器大寶, 皆言帝位;

妃嬪媵嬙, 總是宮娥.

【神器大寶】《周易》繫辭(下)에 "聖人之大寶曰位"라 하였고, 《漢書》敘傳(上)에 "神器
有命"이라 함.

【妃嬪媵嬙】妃는 왕의 正妻. 周代 이후로 왕의 후궁에 여러 가지 명칭을 두어 嬪, 嬙 등
이 있었음. 媵은 원래 여자가 시집갈 때 따라가는 종으로 媵臣과 媵婢로 구분하였음.

154

강후姜后는 비녀를 벗고 죄를 기다려 세상이 그를 '철후哲后'라
칭하고,

마후馬后는 연복練服으로 검소함을 제창하여 모두가 '현비賢妃'
로 추앙한다.

姜后脫簪而待罪, 世稱哲后;

馬后練服以鳴儉, 共仰賢妃.

【姜后】周 宣王의 王后. 주 선왕이 색에 빠져 정사를 돌보지 않자 자신의 비녀를 뽑고

후궁에서 간언한 것으로 유명함. 《列女傳》(2)에 "周宣姜后者, 齊侯之女也. 賢而有德.
事非禮不言, 行非禮不動. 宣王嘗早臥晏起, 后夫人不出房, 姜后脫簪珥, 待罪於永巷,
使其傅母通言於王曰: '妾不才, 妾之淫心見矣, 至使君王失禮而晏朝, 以見君王樂色
而忘德也. 夫苟樂色, 必好奢窮欲, 亂之所興也. 原亂之興, 從婢子起, 敢請婢子之罪.'
王曰: '寡人不德, 實自生過, 非夫人之罪也.' 遂復姜后. 而勤於政事: 早朝晏退, 卒成
中興之名"이라 함. 哲后는 명철한 后妃라는 뜻.
【馬后】馬援의 딸로 漢 明帝의 황후가 됨. 《後漢書》馬皇后紀에 그는 거친 練服(비단
옷)을 입어 천하가 사치를 부리지 않도록 하였음. 賢妃는 어진 후비라는 뜻.

155

요堯임금이 하늘의 덕을 그대로 실천하여 드디어 화華 땅에서
세 가지로 축하를 하였고,

한漢 명제明帝가 태자太子였을 때 악관樂官이 태자의 덕을 기리
는 음악을 지어 소해少海와 같은 덕이 있도록 하였다.

唐放勳德配昊天, 遂動華封之三祝;

漢太子恩覃少海, 乃興樂府之四歌.

【唐放勳】堯임금의 시대를 唐堯라 하며 요는 陶唐氏로 이름이 放勳이었음.
【三祝】요임금이 華 땅을 巡狩할 때 그곳 신하가 세 가지로 축수하여 "願聖人多福, 多
壽, 多男子"라 함. (《莊子》天地篇, 《十八史略》卷1)
【漢太子】漢 明帝가 太子였을 때 樂官이 〈日重光〉, 〈月重輪〉, 〈星重輝〉, 〈海重潤〉의
四章을 지어 태자의 덕을 칭송함. (《漢書》明帝本紀)
【恩覃】은택이 널리 퍼짐을 뜻함.

【少海】 태자를 비유하여 지칭한 것. 《海錄碎事》에 "天子爲大海, 太子爲少海"라 함.

156

덕은 삼무三無를 받들고, 공은 구유九有를 편안히 한다.

德奉三無, 功安九有.

【三無】 하늘은 사사로이 덮어줌이 없고, 땅은 사사로이 싣고 있는 것이 없으며, 일월은 사사로이 비춤이 없음(天無私覆, 地無私載, 日月無私照). (《禮記》 孔子閑居)
【九有】 九州. 중국 천하를 뜻함. (《詩經》 商頌 玄鳥)

157

송宋 태조太祖가 진교역陳橋驛에 이르러 병변이 일어났을 때 이날 해가 두 겹으로 나타났고,

용릉舂陵에서 광무제光武帝가 태어날 때 벼가 아홉 이삭이 한 포기에서 피어났다.

陳橋驛軍兵欲變, 獨日重輪;
舂陵城聖哲挺生, 一禾九穗.

【陳橋驛】宋 太祖 趙匡胤이 황제가 되기 전에 後周의 장군으로 北漢과 遼의 남하를
막겠다고 陳橋驛에 이르렀을 때 신하들이 그에게 黃袍를 입히면서 황제로 옹립하여 송
나라가 건국된 사건(960년). 이날 태양이 두 겹의 바퀴 모습이었다 함. (《續資治通鑑長
編》宋太祖紀 및 300, 567, 739, 1026 참조)
【春陵城】劉秀가 春陵에서 태어나던 해 벼 한 포기에 9개의 이삭이 달렸으며 그의 아버
지가 이를 길조로 여겨 이름을 유수로 지었다 함. 이가 東漢(後漢)의 첫 임금 光武帝임.
(《東觀漢記》帝紀 世祖光武黃帝)
【聖哲】광 무제 유수를 가리킴.

158

한漢나라 때 상서로움이 모여들어 궁궐에서 누웠던 버드나무가
일어나 가지를 틔우고,

송宋나라 조정에는 왕의 어머니 자리에 영지靈芝가 잎을 피우는
상서로움을 보여주었다.

祥鍾漢代, 禁中臥柳生枝;

瑞謁宋廷, 榻下靈芝生葉.

【祥鍾】'상서로움이 모여들다'의 뜻. 鍾은 동사로 '집중되다'의 뜻.
【臥柳生枝】漢 昭帝 때 御花園의 쓰러진 버드나무가 갑자기 일어나 가지와 잎이 생겼
으며 그 잎을 벌레가 갉아 "公孫病已立"(公孫은 漢, 病已는 宣帝의 이름)이라 나타났다
함. (《漢書》五行志)
【靈芝生葉】宋 仁宗(趙禎)의 어머니 자리에 42개의 잎이 달린 靈芝가 자라났다고 하며
뒤에 인종은 42년간 재위하여 천하를 다스렸다 함. (邵伯溫《邵氏聞見後錄》)

159

우禹임금은 여러 악기를 달아놓고 백성들로 하여금 그에 맞게
울리도록 하였으니 이는 천고千古를 두고 하우夏禹가 선善을 좋아
함을 앙망하게 된 것이요,

주周 문왕文王은 스스로 몸의 치장을 풀고 버선 끈을 묶어 어진
이를 배려하였으니 만년을 두고 서백西伯(문왕文王)이 어진 이를
존경함을 흠모하게 된 것이다.

設鼓懸鐘, 千古仰夏王之樂善;

釋旄結襪, 萬年欽西伯之尊賢.

【設鼓懸鐘】夏禹는 鐘, 鼓, 鐸, 磬, 鞀 등의 악기를 달아놓고 백성들로 하여금 각기 자신
의 심정이나 호소하고 싶은 바를 그에 맞게 치도록 하였다. 이로써 백성의 사정을 살펴
훌륭한 정치를 베풀었다 함. 《鬻子》에 "敎以義者擊鐘, 啓以憂者擊磬, 論以道者擊鼓,
告以事者振鐸, 有訟獄者搖鞀"라 함.
【釋旄結襪】周 文王(西伯)이 崇나라를 칠 때 몸의 장식을 모두 풀어버리고(상징적으로
자신이 모든 고통을 다한다는 뜻) 버선의 끈을 묶어 출정하여 훌륭한 신하들로 하여금 자
신을 돕느라 고통을 당하지 않도록 배려(존중)했다 함. 《韓非子》 旄는 원래 깃발 끝에
매는 장식. 여기서는 무왕의 몸치장 수식을 뜻함.

160

천명天命의 귀속될 바를 믿었기에 삼왕三王과 오제五帝는 그 행
동 방법이 달랐으며,

사람들이 좋아하고 추대함을 알았기에 도道를 최고로 삼고 인仁
을 실천했던 것이다.

信天命攸歸, 馳王驟帝;
知人心愛載, 冠道履仁.

【馳王驟帝】三皇은 걸음이 느렸고 五帝는 걸음이 빨랐으며 三王은 달렸고 五霸는 사람
을 놀라게 하였다는 말로 각기 세상을 다스리는 방법이 달라 완급에 차이가 있었음을 뜻
함. 《白虎通》에 "三皇步, 五帝驟, 三王馳, 五霸驚"이라 함.
【冠道履仁】道를 최고의 높은 경지로 삼고 仁은 반드시 실천해야 할 덕목으로 여김을 뜻
함. (韓愈 〈除崔群戶部侍郎制〉) 王充의 《論衡》에 "人君冠道德, 履純仁"이라 함.

161

요堯임금의 마음 씀은 어린아이와 부녀자를 불쌍히 여김이었고,
무왕武王의 포악함을 침에는 재물과 여색에 대하여는 전혀 청렴
하였다.

帝堯用心, 哀孺子又哀婦人;
武王伐暴, 廉貨財還廉女色.

【帝堯】堯임금을 가리킴. 舜이 요에게 마음을 어떻게 써야 할지를 묻자 요는 "어린아이
와 과부 홀아비를 긍휼히 여기며 빈부를 가리지 않고 불쌍히 여겨야 한다"라 하였음. (《莊
子》天道)
【武王】周나라 武王이 상을 치고 나서 그 궁중의 재물을 보고 원래 주인에게 되돌려 줄

것이며, 후궁을 보고 각기 자신의 집으로 돌아가도록 해주었다는 고사. (《帝王世紀》)

162

궁궐 여인들에게 아름다운 옷을 입지 못하도록 하여 당唐 현종
玄宗은 비단 짜는 공방工房이 일거리가 없도록 하였으며,

백성이 양식이 넉넉하도록 하고자 후주後周의 세종世宗은 농부
의 모습을 그린 누각을 세웠다.

六宮無麗服, 玄宗罷織錦之坊;

萬姓有餘糧, 周祖建繪農之閣.

【玄宗】唐 玄宗이 즉위 초에 검소함을 제창하여 궁궐의 모든 여인들에게 비단 옷을 입지
못하도록 하였으며 이로 인해 궁궐 내의 비단 짜는 工房에서 할 일이 없게 되었다 함.
(《唐書》卷2 地輿 주)
【周祖】五代의 後周의 世宗(柴榮)이 농잠을 장려하고자 農夫와 潛女의 모습을 그린 누
각을 세웠다 함. (《舊五代史》周書 世宗本紀)

163

송宋나라 인종仁宗은 음식에 욕심을 줄여 게 요리를 물리도록 하
였고,

진晉 무제武帝는 소박함을 숭상하여 가죽 외투를 불살라버렸다.

仁宗味淡而撤蟹, 晉武尙樸而焚裘.

【撤蟹】宋 仁宗(趙楨)이 게를 즐겼는데 28마리의 요리를 보고 얼마나 돈이 들었는가를 묻다 무려 2만 8천냥이라는 대답을 듣고 너무 사치스럽다 여겨 물리도록 하였다 함. (邵伯溫《邵氏聞見後錄》)

【焚裘】晉 武帝(司馬炎)는 소박함을 숭상하여 정거라는 신하가 비싼 털로 만든 진귀한 외투를 바치자 이를 태워버리고 궁중에서 이러한 옷을 입지 못하도록 함. (《晉書》武帝本紀)

164

한漢나라 문제文帝는 육형肉刑을 없애 어짊이 법 밖에까지 널리 퍼지도록 하였고,

주周 무왕武王은 보옥을 고루 나누어 주어 은혜가 종실과 제후에게 넘쳐나게 하였다.

漢文除肉刑, 仁昭法外;

周武分寶玉, 恩溢倫中.

【肉刑】身體에 직접 危害를 가하는 가혹한 형벌(五刑). 옛날에는 象刑(상징적으로 형벌을 내림)만 있었으며 뒤에 肉刑이 자행되어 오다가 漢나라 文帝(劉恒) 때에 이를 폐지함. (《史記》文帝本紀)

【寶玉】周 武王이 궁궐의 보옥을 모두 종실과 제후들에게 나누어 주어 고루 가질 수 있도록 함. (《書經》旅獒)

【倫中】종실과 제후를 가리킴.

다시금 알겠도다. 당唐 태종太宗의 성공을 찬송하여 바쳤으니 '칠덕무七德舞'로 찬양함이요,

또한 한漢 고조高祖의 법령의 반포를 앙보하였으니 그것은 바로 법은 줄여 세 가지만 행한다는 것이었다.

更知唐主頌成功, 舞揚七德;

且仰漢高頒令典, 約法三章.

【七德】唐 太宗이 즉위한 후 魏徵 등 신하들이 〈秦王破陳樂〉(일명 〈七德舞〉)라는 음악을 만들어 바쳤다 함. 七德은 禁暴, 戢兵, 保大, 定功, 安民, 和衆, 豐財를 가리킴. (《新唐書》 禮樂志)

【約法三章】漢 高祖 劉邦이 관중(秦나라 咸陽)을 점령한 후 法治라는 虐政에 시달렸던 백성들에게 법은 오직 "殺人者死, 傷人者及盜抵罪"의 세 가지만 실행한다고 선포한 것. (《史記》 高祖本紀)

참고 〈朝廷〉편 '續增' 4聯

- 版圖如故, 政治更新.
- 古稱君主蒞事之所, 曰朝廷; 今稱中央行政之區, 曰政府.
- 立憲國家之制度, 分權爲三: 曰立法權, 曰司法權, 曰行政權; 共和政府之組織, 成制不一: 曰總統制, 曰內閣制, 曰委員制.
- 政爲衆人之事, 故政權屬諸國民; 治爲管理衆人之事, 故治權授諸政府.

5. 문신 文臣

본 장은 천자를 보좌하는 문신들의 유래와 직책, 그리고 육부의 설치와
임무, 관장하는 업무, 품계와 활동 등을 설명하고 있으며 아울러 역대 훌륭
한 문신들의 일화와 고사 등을 재미있게 다루고 있다. (총 53연)

166

제왕은 진震방에서 나와 이離방으로 가는 상이요, 대신은 보천
욕일補天浴日의 공이 있어야 한다.

帝王有出震向離之象, 大臣有補天浴日之功.

【出震向離】《周易》에서 震은 東方(木, 春)을 뜻하며 離는 南方(火, 夏)를 뜻하는 것으로
점차 그 왕성함이 높아간다는 뜻. 《주역》說卦에 "帝出乎震, 相見乎離"라 함.

【補天浴日】하늘도 부족함이 있고 해도 때가 있다고 여겨 신하로서 임금의 부족함과 과
실을 바로잡아야 한다는 뜻. 《宋史》趙鼎傳에 趙鼎의 상소문에 "張浚出使川陝, 國勢百
倍於今, 浚有補天浴日之功, 陛下有礪山帶河之誓, 臣君相信, 古今無二"라 함.

167

삼공三公은 삼태성三台星에 맞추어 응한 것이요, 낭관郎官은 열수
列宿에 응하여 맞춘 것이다.

三公上應三台, 朗官上應列宿.

【三台星】三台星의 별자리는 모두 6개의 별이 있으며 三公의 상징이라 함. 《晉書》天文
志에 "三台六星, 兩兩而居. 一曰天柱, 三公之位也. 在人曰三公, 在天曰三台"라 함.
(124 참조)

【列宿】하늘의 별자리(28宿)는 모두 郎官의 각기 맡은 업무를 상징한다고 여겼음. (《後漢
書》明帝紀)

168

재상의 위치는 태현台鉉에 맞추어져 있고, 이부吏部는 전형銓衡의 일을 관장한다.

宰相位居台鉉, 吏部職掌銓衡.

【台鉉】台鼎과 같음. 鉉은 台와 같은 뜻임. 고대 鼎은 三足兩耳의 모습으로 삼공(台)과 좌우 재상을 상징함.
【銓衡】원래는 度量衡 기구 이름. 뒤에 사람을 뽑아 알맞은 자리에 배치함을 뜻함. 이는 吏部에서 관장하였음.

169

이부는 천관天官으로 대총재大冢宰요, 호부는 지관地官으로 대사도大司徒이다.

吏部天官大冢宰, 戶部地官大司徒.

【吏部】중국 고대 관직을 6부로 나누어 이부를 天官이라 하였으며 오늘날의 총무부와 같음. 총수가 대총재였음. (《周禮》)
【戶部】역시 六官의 하나로 토지와 호구 등을 관장함. 地官이며 총수는 大司徒.

170

예부는 춘관春官으로 대종백大宗伯이요, 병부는 하관夏官으로 대사마大司馬이다.

禮部春官大宗伯, 兵部夏官大司馬.

【禮部】 典章과 儀典 등을 관장함. 春官이라 하며 총수는 大宗伯.
【兵部】 군사와 국방을 담당함. 夏官이라 하며 총수는 大司馬.

171

형부는 추관秋官으로 대사구大司寇요, 공부는 동관冬官으로 대사공大司空이다.

刑部秋官大司寇, 工部冬官大司空.

【刑部】 법 집행을 관장함. 秋官으로 불렸으며 총수는 大司寇.
【工部】 工程과 각종 물건의 제작을 담당하며 冬官이라 부름. 총수는 大司空. 지금 전하는 《周禮》에는 이 〈동관〉이 없고 〈考工記〉로 대체되어 있음.

172

사헌司憲, 중승中丞은 도어사都御史를 부르는 칭호요,

내한內翰, 학사學士는 한림원翰林院을 칭하는 것이다.

司憲 · 中丞, 都御史之號;

內翰 · 學士, 翰林院之稱.

【都御史】漢代 이후로 감독과 규찰을 맡은 관직. 明代에는 이에 해당하는 직책으로 巡按都御史라 하였으며 大司憲, 大中丞이 있었음.
【翰林院】唐나라 초기에 처음 생겼으며 文辭와 製述 등의 업무를 관장하였음.

173

천사天使는 행인行人을 높이 부르는 이름이요,
사성司成은 좨주祭酒를 높이 부르는 칭호이다.

天使, 譽稱行人;

司成, 尊稱祭酒.

【行人】고대 외교관을 지칭하는 관직이었으며 大行人과 小行人의 구별이 있었음. 天使는 天子의 심부름꾼이라는 뜻.
【祭酒】國子監(지금의 국립대학)의 총수. 옛사람들의 飮酒禮에 이를 존경하여 제일 먼저 제사에 나서서 술을 올린 데서 유래된 명칭. ‘좨주’로 읽음. 《通典》職官 九)

174

도당都堂을 칭하여 대무대大撫臺라 하고, 순안巡按을 일러 대주사
大柱史라 한다.

稱都堂曰大撫臺, 稱巡按爲大柱史.

【都堂】明代 각 衙署의 長官을 堂官이라 불렀으며 그 외 都察院長官都御史, 副都御
史, 僉都御史, 外省 파견의 總督, 巡撫 등을 총칭하여 都堂이라 불렀음. 《稱謂錄》都
堂) 한편 이를 달리 撫臺(大撫臺)라고도 칭하였음. (王世貞 《觚不觚錄》)

【巡按】明代 大司憲이나 大中丞을 말하며 이를 大柱史라고도 함. 이는 고대 柱下史와
같음. 주하사는 御殿의 기둥 아래에서 언제나 임금의 명을 기다리고 있는 직책이라는 뜻.
(《史記》 張丞相列傳 司馬貞 索隱)

175

방백方伯과 번후藩侯는 좌우에서 정치를 펴는 자들의 칭호요,
헌대憲臺와 염헌廉憲은 형벌을 살펴 안찰하는 직책의 칭호이다.

方伯 · 藩侯, 左右布政之號;
憲臺 · 廉憲, 提刑按察之稱.

【方伯 · 藩侯】원래 諸侯 중의 領袖를 뜻하며 明 · 淸代는 布政使의 별칭으로 쓰임. 布
政은 明代 전국을 13개의 행정구역으로 나누어 布政使司를 두었음. 藩侯 역시 같음. 藩
臺, 藩司의 제도가 있어 포정사의 별칭이었음. (801 참조)

【憲臺 · 廉憲】按察使의 별칭. 提刑按察使는 관직 이름. 각 省의 형법과 옥사를 관장함.

176

종사宗師를 칭하여 대문형大文衡이라 하고, 부사副使를 칭하여 대
헌부大憲副라 한다.

宗師稱爲大文衡, 副使稱爲大憲副.

【宗師】 종실의 자제를 가르치는 관직. 뒤에 과거와 고시 등을 담당하는 일까지 업무가 넓
어짐. 이의 총관을 大文衡이라 함.
【副使】 廉憲의 副使라는 뜻. 달리 大經略, 大中憲이라고도 함.

177

군후郡侯, 방백邦伯은 지부知府의 이름을 높이 부르는 것이요,
군승郡丞, 이후貳侯는 동지同知를 자랑스럽게 부를 때 쓰는 말
이다.

郡侯·邦伯, 知府名尊;
郡丞·貳侯, 同知譽美.

【郡侯·邦伯】 郡制에서 지금의 郡守와 같음. 달리 知府라고도 함.
【郡丞·貳侯】 매 군마다 하나의 郡丞을 두었고 그 부사로 貳侯를 두었음. 이를 同知라 함.

178

군재郡宰, 별가別駕는 통판通判을 지칭하는 것이요,

사리司理, 치사廌史는 추관推官을 찬미하여 부르는 것이다.

郡宰 · 別駕, 乃稱通判;

司理 · 廌史, 贊美推官.

【通判】 여러 州에서 州府長官의 아래 직급으로 農田, 水利, 運輸를 담당함. 군에는 郡宰, 別駕가 이를 담당하여 함께 칭한 것.

【推官】 관찰사나 절도사 아래 직급으로 전문적으로 형벌의 형량을 판별하여 보좌하는 직책. 司理와 廌史는 구체적인 직책 이름.

【廌史】 廌는 豸와 같으며 고대 獬豸라는 상상의 동물로 능히 사람의 잘못을 판별하는 짐승이었다 함. 이에 유래하여 法이라는 글자가 만들어졌음.

179

자사刺史와 주목州牧은 지주知州를 부르는 두 가지 이름이요,

치사廌史, 대간臺諫은 지현知縣을 높이 여겨 부르는 칭호이다.

刺史 · 州牧, 乃知州之兩號;

廌史 · 臺諫, 卽知縣之尊稱.

【刺史 · 州牧】 각 州의 지방 장관. 지주를 뜻함.

【廌史·臺諫】각 縣에서 형벌의 형량을 맡은 관직. 廌史는 앞 장 주 참조. 臺諫은 어사의 별칭. 知縣은 각 현의 최고책임자.

180

향환鄕宦을 향신鄕紳이라 하고, 농관農官을 전준田畯이라 한다.

鄕宦曰鄕紳, 農官是田畯.

【鄕宦】각 鄕의 관리. 이를 鄕紳이라 하며 약간의 학식이 있는 자를 뜻함.
【田畯】周나라의 제도로 농잠을 독려 관장하는 직책. 향은 고대 행정단위로 5백 가를 하나의 '향'으로 하였음.

181

균좌鈞座, 태좌台座는 모두가 사환仕宦을 부르는 이름이며,
장하帳下, 휘하麾下는 모두가 무관武官을 높여 부르는 이름이다.

鈞座·台座, 皆稱仕宦;
帳下·麾下, 幷美武官.

【仕宦】벼슬하는 자를 통칭하여 부르는 말. 鈞座의 鈞은 도량형의 균형을 맞춘다는 뜻이며 台座의 台는 三台星을 가리키며 三足兩耳의 鼎立으로 치우침이 없음을 뜻하는 말로

모두가 벼슬하는 자를 상징적으로 일컫는 말임.

【武官】帳下와 麾下는 모두 군대의 장막과 깃발을 뜻하여 武職에 종사하는 자를 상징하여 일컫는 말.

182

질관秩官은 이미 구품九品으로 나뉘어 있고, 명부命婦에는 역시 칠계七階가 있다.

秩官旣分九品, 命婦亦有七階.

【秩官】관직의 급수. 모두 九品이 있었으며 매 品마다 正과 從이 있어 총 18급이었음.

【命婦】여인들에 대한 예에 맞춘 직급과 칭호로 모두 7급(品)이 있었음. 다음 장은 이에 대한 구체적인 品級임.

183

일품을 부인夫人이라 하고, 이품도 부인이라 하며, 삼품은 숙인淑人이라 하고, 사품을 공인恭人이라 하며, 오품을 의인宜人이라 하고, 육품을 안인安人이라 하며, 칠품을 유인孺人이라 한다.

一品曰夫人, 二品亦夫人, 三品曰淑人, 四品曰恭人, 五品曰宜人, 六品曰安人, 七品曰孺人.

184

부인이 봉을 받는 것을 '금화고金花誥'라 하며,

장원하여 급히 일러줌을 '자니봉紫泥封'이라 한다.

婦人受封, 曰金花誥;

狀元報捷, 曰紫泥封.

【金花誥】唐代 조정에서 부인을 봉할 때 金花羅紙를 사용하여 비단 彩緞과 湯沐邑을 하사하였음. (《唐明皇退朝錄》)

【紫泥封】당대 進士에 장원급제하면 금가루를 뿌린 보랏빛 종이의 帖報에 적어 급보로 통고하였음. (《開元天寶遺事》 喜信)

185

당唐 현종玄宗은 재상을 임명할 때 그 이름을 적은 종이를 금 항아리로 덮어놓고 태자에게 맞추어보도록 하였고, 송宋 진종眞宗은 간언하는 신하에게 구슬을 입에 물고 있도록 하였다.

唐玄宗以金甌覆宰相之名, 宋眞宗以美珠箝諫臣之口.

【唐玄宗】唐 玄宗이 재상을 정한 후 이를 금 항아리로 덮어둔 채 태자를 불러 알아맞히도록 하여 태자의 사람을 볼 줄 아는 능력을 키웠다 함. (《新唐書》 崔琳傳)

【宋眞宗】宋 眞宗이 泰山에 封禪을 행하고자 할 때 王旦이 이는 백성을 노고롭게 하고 경비를 낭비하는 것이라 간언을 하려 하자 이를 미리 안 진종이 그에게 구슬을 내려 더 이상 입을 떼지 못하도록 함. (《宋史》 王旦傳)

186

금마金馬, 옥당玉堂이라 함은 한림翰林의 성가를 부러워하여 칭하는 것이요,

주번朱幡, 조개皂蓋라 함은 군수郡守의 위의를 우러러 부르는 것이다.

金馬 · 玉堂, 羨翰林之聲價;
朱幡 · 皂蓋, 仰郡守之威儀.

【金馬 · 玉堂】金馬는 金馬門으로 未央宮에 있음. 漢 武帝가 大宛에서 좋은 말을 구해 오자 이의 형상을 구리로 만들어 그 문에 세웠음. 금마문은 원래 문관이 이곳에 대기하다가 임금의 질문에 顧問이 되어 응하는 위치. 《史記》滑稽列傳) 玉堂은 侍中이 거하는 자리로 宋 太宗이 '玉堂之署'라는 사액을 내려 翰林院이 '옥당'이라는 이름을 얻게 되었다 함. 《宋史》蘇易簡傳) 한림원은 임금의 문서, 제술을 담당하는 기관. (800 참조)
【朱幡 · 皂蓋】朱幡은 郡守의 의장용 붉은 깃발. 皂蓋는 검은색의 수레 차양막 덮개. 《漢官儀》)

187

태보台輔를 '자각명공紫閣明公'이라 하고, 지부知府를 '황당태수黃堂太守'라 한다.

台輔曰紫閣明公, 知府曰黃堂太守.

【台輔】中書省의 재상을 가리킴. (《後漢書》張奮傳) 台는 三台星을 상징함. (前出) 唐 開元 때 中書省을 紫微省이라 하고 그 우두머리 中書令을 紫微令이라 한 데서 紫閣이라 함. (《琵琶記》官媒議婚)

【黃堂太守】太守가 업무를 보는 正堂은 노란색으로 되어 있어 일컫는 말. (《靖康緗素雜記》)

188

부윤府尹은 녹이 이 천 석이요, 태수가 타는 말을 '오화총五花驄'이라 한다.

府尹之祿二千石, 太守之馬五花驄.

【府尹】서울의 장관. 漢代 長安을 관장하던 京兆尹에 대칭하여 쓴 말. 봉록이 2천 석이었음. (《後漢書》百官志)

【五花驄】다섯 가지 문채가 나는 말. 혹은 태수의 수레는 다섯 말이며 각기 그 색깔이 다름에서 유래된 말.

189

'하늘을 대신하여 순수巡狩한다'는 것은 순안巡按을 칭찬하는 말이며,

'해를 가리켜 높이 떴다' 함은 관료될 자를 미리 축하하는 말이다.

代天巡狩, 贊稱巡按;

指日高陞, 預賀官僚.

【巡狩】天子가 영토를 돌아다니며 정치를 살피는 일. 이를 뒤에 巡按이라 하였음.

【高陞】관료가 됨, 혹은 승진을 축하하는 말.

190

처음 부임하여 이르는 것을 '하거下車'라 하고, 벼슬을 그만둠을 고하는 것을 '해조解組'라 한다.

初到任曰下車, 告致仕曰解組.

【下車】수레에서 내려 일을 시작함.

【解組】組는 인수, 즉 관인을 꿴 끈으로 이를 풀어놓음을 말함. 관직을 그만둠을 뜻함. (《唐詩紀事》賀知章)

191

번원藩垣, 병한屛翰은 방백方伯의 고대의 제후국과 같은 뜻이요, 묵수墨綬, 동장銅章은 영윤令尹의 고대 자작, 남작의 작위의 나라와 같다.

藩垣·屏翰, 方伯猶古諸侯之國;

墨綬·銅章, 令尹卽古子男之邦.

【藩垣·屏翰】《詩經》大雅 板에 "价人維藩, 大師維垣, 大邦維屏, 大宗維翰"에서 비롯된 말로 울타리나 병풍처럼 막고 보위해 줌을 뜻함.

【墨綬·銅章】검은색 印綬와 구리 도장. 고대 子爵, 男爵의 지방장관이 쓰던 관인을 뜻함. (《漢官儀》)

192

태감太監은 엄문閹門의 금령을 관장한다. 그 때문에 '엄환閹宦'이라 부른다.

조정의 신하는 모두가 홀笏을 허리띠 사이에 세워 끼우고 명을 기다린다. 그러므로 이를 '진신搢紳'이라 한다.

太監掌閹門之禁令, 故名閹宦;

朝臣皆搢笏於紳間, 故曰搢紳.

【閹宦】閹(奄)은 궁문을 지키던 看守로 太監이라 불렀음.

【搢紳】고대 조정의 신하들은 모두 笏을 허리띠(紳)에 꽂고(搢) 임금의 명을 기다렸음.

193

소하蕭何와 조삼曹參은 한漢 고조高祖의 재상으로 일찍이 도필리
刀筆吏였고,

급암汲黯은 한漢 무제武帝의 재상으로 참된 사직의 신하였다.

蕭曹相漢高, 曾爲刀筆吏;

汲黯相漢武, 眞是社稷臣.

【蕭·曹】漢代 蕭何와 曹參. 漢 高祖(劉邦)를 따라 성공하기 전에는 아주 낮은 벼슬을
하고 있었음.《漢書》蕭何曹參傳에 "蕭何, 曹參皆起秦刀筆吏"라 함. 刀筆吏는 문서를
관장하던 小吏로 고대 竹簡에 글씨를 썼으며 잘못 썼을 경우 이를 깎아내고 다시 쓰는
작업이므로 '도필리'라 하였음.
【汲黯】한 武帝 때의 名臣으로 淮陽太守, 東海太守 등을 지냈으며 무제는 그를 칭찬
하여 '社稷臣'이라 하였음. (《史記》汲黯列傳)

194

소백召伯이 문왕文王의 정치를 널리 펴면서 일찍이 감당나무 아
래에서 정사를 돌보자 뒷사람들이 그가 남긴 사랑을 그리워하여
차마 그 나무를 베지 못하였다.

공명孔明이 왕을 보좌하는 재능이 있어 일찍이 오두막에 은거함
에 선주先主가 그 이름을 사모하여 이에 세 번이나 그 오두막집을
찾았다.

召伯布文王之政, 嘗舍甘棠之下, 後人思其遺愛, 不忍伐其樹;

孔明有王佐之才, 嘗隱草廬之中, 先主慕其芳名, 乃三顧其廬.

【召伯】召公 奭. 周 武王의 혈족으로 西周 초기 선정을 베풀어 甘棠나무 고사를 남긴 인물. 《詩經》召南 甘棠의 詩는 이를 읊은 것임.

【孔明】諸葛亮(184~234). 삼국 蜀漢의 명신. 劉備(161~223)를 도와 천하 평정을 꿈꾸었던 정략가이자 무인. '臥龍先生', '三顧草廬', '出師表' 등의 많은 일화와 문장을 남겼으며 武侯로 추존됨. (《三國志》蜀志 諸葛武侯傳) '先主'는 유비를 가리킴.

195

'어두참정魚頭參政'이란 노종도魯宗道의 성격이 물고기 뼈처럼 강직함을 말함이요,

'반식재상伴食宰相'이란 노회신盧懷愼이 스스로 능력 없음을 겸손히 여김을 뜻함이다.

魚頭參政, 魯宗道秉性骨鯁;

伴食宰相, 盧懷愼居位無能.

【魯宗道】北宋의 정치가(966~1029). 성씨 魯는 '魚+日'로 되어 있으며 물고기 머리뼈처럼 곧고 굳센 정치를 했다는 뜻을 가지고 있음. (《宋史》魯宗道傳 및 822 참조)

【盧懷愼】唐代 정치가. 玄宗 開元 초에 姚崇과 함께 재상의 직을 수행하면서 스스로 재능이 요숭만 못하다 여겨 모든 일에 요숭의 의견을 존중하여 불화가 없도록 하였음. 이로 인해 '밥이나 따라 먹은 재상'이란 칭호로 불렸음. (《舊唐書》盧懷愼傳)

196

왕덕용王德用은 사람들이 그를 '흑왕상공黑王相公'이라 칭하였고,
조청헌趙淸獻은 세상이 그를 '철면어사鐵面御史'라 불렀다.

王德用, 人稱黑王相公;

趙淸獻, 世號鐵面御史.

【王德用】北宋의 군사가(980~1058). 많은 전공을 세우면서도 부하를 위무하여 그 위엄
이 대단했다 함. (《宋史》王德用傳)

【趙淸獻】趙抃(1008~1084). 북송의 명신으로 궁궐의 일을 탄핵하면서 전혀 거리낌이
없었다 함. 시호는 淸獻. (《宋史》趙抃傳)

197

한漢나라 유관劉寬은 백성을 책함에 부들 채찍으로 때려 치욕을
보일 뿐이었고,
항중산項仲山은 스스로 청렴하여 위수 물을 말에게 먹이고 그 값
으로 돈을 물에 던졌다.

漢劉寬責民, 蒲鞭示辱;

項仲山潔己, 飮馬投錢.

【劉寬】東漢의 경학가이며 관리(120~185). 그가 南陽太守였을 때 백성이 죄를 지으면

갈대로 만든 채찍으로 때리는 정도로 벌을 주었음. (《後漢書》劉寬傳)
【項仲山】安陵 사람으로 너무 청렴하여 매번 위수에서 말에게 물을 먹일 때 그 값으로 三錢을 던져 넣었다 함. (《三輔決錄》, 《世說》)

198

이선감李善感이 직언에 거리낌이 없어 사람들이 다투어 그를 '명봉조양鳴鳳朝陽'이라 칭하였고,

한漢나라 때 장강張綱은 탄핵이 사사로움이 없어 직접 '시랑이 길에 나돌아다닌다豺狼當道'고 질책하였다.

李善感直言不諱, 競稱鳴鳳朝陽;

漢張綱彈劾無私, 直斥豺狼當道.

【李善感】唐 高宗 때 인물로 고종이 嵩山에 봉선을 행하려 하자 극력 상소한 것으로 유명함. 당시 사람들이 그를 '鳴鳳朝陽'이라 하여 매우 만나보기 어려운 존재로 여겼음. (《新唐書》韓瑗傳) '조양'은 《詩經》"鳳凰鳴矣, 于彼高崗; 梧桐生矣, 于彼朝陽"을 뜻함.
【張綱】東漢 사람(98~143)으로 順帝 때 어사를 지냈으며 郡縣을 순무하면서 범법을 저지른 자를 豺狼이라 표현했으며 대장군 梁冀 형제를 감히 탄핵하여 조정을 놀라게 함. (《後漢書》張綱傳)

199

백성들은 등후鄧侯의 정치를 좋아하여 그를 붙잡았지만 머물지

않았고,

사람들이 사령謝令의 탐욕에 혐의를 두어 그를 밀어내도 가지
않았다.

民愛鄧侯之政, 挽之不留;
人嫌謝令之貪, 推之不去.

【鄧侯】東眞 때의 鄧攸(?~326). 吳郡太守를 지냈으며 매우 청렴하여 그가 퇴임할 때
군민들이 그가 떠나는 배를 잡고 만류하였다 함. 그 때문에 당시 "統知打五鼓, 鷄鳴天欲
曙. 鄧侯挽不留, 謝令推不去"라는 민요를 불렀다 함. (《晉書》良吏 鄧攸傳)
【謝令】鄧侯의 전임으로 오군태수를 지낸 인물. 군민이 그를 밀어냈으나 떠나지 않았다 함.

200

염범廉范이 촉군의 태수太守가 되자 백성들은 '오고五袴'의 노래
를 불렀고,

장감張堪이 어양태수漁陽太守가 되자 보리가 한 줄기에 두 이삭
이 열렸다.

廉范守蜀郡, 民歌五袴;
張堪守漁陽, 麥穗兩歧.

【廉范】東漢 章帝 때의 인물. 자는 叔度. 그가 蜀郡太守였을 때 당시 화재를 방비한다

는 이유로 밤에 불을 사용하지 못하게 하던 제도를 바꾸어, 다시 물을 준비하여 화재예방에 힘쓸 것을 제창함. 이로 인해 백성들이 "廉叔度, 來何暮. 不禁火, 民安作, 昔無襦, 今五袴"라 하여 밤에 다섯 겹의 바지를 입은 듯이 따뜻한 밤을 보낼 수 있었다고 노래하였음. (《後漢書》廉范傳)

【張堪】 동한의 관리로 漁陽太守였을 때 勸農에 힘쓰며 흉노를 막아 "桑無附枝, 麥穗兩歧"라 노래하였다 함. (《後漢書》張堪傳)

201

노공魯恭이 중모中牟의 현령이 되었을 때 뽕나무 아래 새끼 치는 꿩을 잡지 않을 정도였고,

곽급郭伋이 병주태수幷州太守였으며 뒤에 그곳을 다시 지나게 되자 아이들이 죽마를 타고 그를 환영하였다.

魯恭爲中牟令, 桑下有馴雉之異;

郭伋爲幷州守, 兒童有竹馬之迎.

【魯恭】 東漢 魯恭이 中牟 땅의 현령이 되어 인정을 베풀자 메뚜기 재해가 나도 그 땅에는 들어오지 않았으며 아이들도 뽕나무 아래 노는 꿩을 잡지 않았다고 함. (《後漢書》魯恭傳)

【郭伋】 동한 때 인물로 幷州太守를 지냈으며 뒤에 다시 그곳을 지나게 되자 아이들이 죽마를 타고 나와 그를 환영했다 함. (《後漢書》郭伋傳)

202

선우자준鮮于子駿은 백성을 편안히 하니 한 지역의 복성福星으로 그칠 자가 아니요,

사마온공司馬溫公은 진정 모든 집안의 살아 있는 부처처럼 복을 주는 인물이로다.

鮮于子駿, 寧非一路福星;
司馬溫公, 眞是萬家生佛.

【鮮于子駿】北宋의 鮮于侁, 자는 子駿. 京中轉運使를 지냈으며 司馬光이 그를 칭찬하여 "以侁之賢, 不宜使居外. 顧齊魯之區, 凋殘已甚, 須侁往救之, 此一路福星也"라 함.
【一路福星】路는 宋代 행정구역으로 지금의 省과 같음. 福星은 복을 주는 별.
【司馬溫公】사마광(1019~1086). 북송의 정치가이자 사학가. 자는 君實이며 溫國公에 봉해짐. 《資治通鑑》을 저술함. 王安石의 신법을 폐지하였으며 恩情을 베풀어 그가 죽었을 때 사방 사람들이 모두 집집마다 그의 얼굴을 그려 걸어놓고 제사를 받들었다 함. 이로 인해 그를 살아 있는 부처라 칭하게 됨. (《宋史》司馬光傳)

203

난봉鸞鳳은 탱자나무 가시에 깃들지 아니하나니 구향仇香이 주부主簿가 됨을 부러워함이요,

하양河陽에 두루 복숭아꽃이 뒤덮었으니 이는 반악潘岳이 현관이었을 때 심은 것이다.

鸞鳳不棲枳棘, 羨仇香之爲主簿;

河陽遍種桃花, 乃潘岳之爲縣官.

【仇香】東漢 때 인물. 그가 蒲亭의 亭長이었을 때 같은 고을의 陳元이 불효함을 보고 이를 깨우쳐 효자가 되게 하였음. 당시 읍령 王渙이 이를 듣고 그를 主簿로 발탁하였고 仇香은 그때의 봉록으로 진원을 太學에 보내어 성공하게 함. 이에 감동하여 당시 "枳棘 非鸞鳳所棲"라 함. (《後漢書》循吏 仇賢傳)

【潘岳】西晉의 문인이며 관리(?~300). 자는 安仁. 奇才로 이름이 났으며 河陽太守였을 때 백성들이 세금을 내지 못하자 대신 복숭아나무를 심어 그것으로 대신하도록 하였음. 그가 임기를 마치고 떠날 때 고을 전체가 복숭아꽃으로 가득하여 '花縣'이라 부르게 되었다 함. (《晉書》潘岳傳 및 477, 572, 802 참조)

204

유곤劉昆이 강릉태수江陵太守였을 때 바람을 돌려 화재를 막았다고 한다.

공수龔遂가 발해태수渤海太守였을 때 백성들로 하여금 칼을 팔아 소를 사도록 하였다.

劉昆宰江陵, 昔日反風滅火;

龔遂守渤海, 令民賣刀買牛.

【劉昆】東漢 때의 관리(?~57). 그가 江陵令이 되었을 때 화재가 나자 불을 향해 절을 하면서 바람이 다른 곳으로 불게 하여 큰 화를 면하였다 함. (《後漢書》儒林 劉昆傳)

【龔遂】西漢 宣帝 때의 관리(?~B.C.62). 그가 渤海太守였을 때 기근과 도적이 심하게 발호하자 창고를 열고 이를 나누어 주면서 농사를 독려하고 도적들에게는 칼을 팔아 소를 사도록 하였음. (《漢書》循吏 龔遂傳)

205

이들은 모두가 덕정德政으로 가히 노래할 만하니, 이 때문에 아름다운 이름이 기록되어 있는 것이다.

此皆德政可歌, 是以令名攸著.

【令名】 아름다운 이름.

206

태수를 칭하여 '자마紫馬'라 하고, 읍재邑宰(읍장)가 다스리는 땅을 '뇌봉雷封'이라 한다.

太守稱爲紫馬, 邑宰地號雷封.

【紫馬】 東晉의 謝靈運이 永嘉太守일 때 紫色馬를 타고 다녀 그 뒤로 太守를 紫馬라

부르게 되었음. 杜甫의 〈山寺〉詩에 "使君騎紫馬, 捧擁從西來"라 함.

【雷封】 고대 漢 縣(邑)의 관할구역은 백 리를 넘지 않았으며 이는 우레 소리가 들리는 곳까지를 뜻하였음. 《初學記》

207

괴위槐位와 극원棘垣은 삼공三公과 고경孤卿의 직급이 다름을 뜻하는 것이요,

능관棱官과 긴직緊職은 습유拾遺와 어사御史의 달리 부르는 명칭이다.

槐位 · 棘垣, 三公及孤卿異秩;

棱官 · 緊職, 拾遺與御史別稱.

【槐位 · 棘垣】 고대 군신들이 근무하는 위치는 각기 달라 나무(괴나무, 가시나무)를 심어 구분하였음. 《周禮》 秋官 朝士에 "朝士掌建邦外朝之法. 面三槐, 三公位焉; 左九棘, 孤卿大夫位焉, 群士在其後; 右九棘, 公侯伯子男位焉, 群吏在其後"라 함. 孤卿은 모두 관직 이름.

【棱官 · 緊職】 諫官(拾遺)은 棱角처럼 날카로워야 한다는 뜻. 棱은 稜과 같음. 이에 따라 諫官을 棱官이라 하였음. 《漢官儀》 한편 御史는 門下省과 中書省에 매우 긴요한 직책이어서 緊職이라 불렀음.

208

급사給事를 석랑夕郎이라 하며, 황문黃門은 황제의 칙령을 관리
하는 직책이다.

한림翰林은 선액仙掖이라 하며 자금궁紫禁宮은 장상의 임면장을
선포하는 곳이다.

給事謂之夕郎, 黃門批敕;

翰林名爲仙掖, 紫禁宣麻.

【夕郎】給事 벼슬은 저녁 때 들면서 靑瑣門에 배례를 한다고 하여 이를 夕郎이라 한다
함. 《漢官儀》에 "日暮入, 對靑瑣門拜, 謂之夕郎"이라 함.

【黃門】 원래 임금 거처에 가장 가까운 문에 위치하여 임금의 조서와 칙령 등을 정리하고
자문하는 일을 맡았으며 그 문의 색이 노란색으로 되어 있어서 붙은 이름임.

【仙掖】翰林院은 청빈하여 이를 仙掖(신선 세계의 掖門)으로 부른다 함. (《東軒事錄》)

【紫禁宣麻】紫禁은 紫微星의 담장으로 황제가 거하는 禁宮을 뜻함. 宣麻는 唐代 將相
을 임명할 때 흰 삼으로 만든 종이에 임명장을 써서 선포하였으므로 흔히 임면장을 '선
마'라 함. (《唐會要》)

209

포경飽卿과 수경睡卿은 각기 그 이름을 서로 구별한 것이요,
전부銓部와 사부祠部는 그 정사를 구분하는 바가 있기 때문이다.

飽卿 · 睡卿, 名號自別;

銓部·祠部, 政事攸分.

【飽卿·睡卿】光祿寺는 황제의 음식을 관장하던 곳으로 이를 飽卿이라 하였으며, 鴻臚寺는 조정의 祭儀와 외교 賓客의 숙식 등 宴儀를 관장하던 곳으로 睡卿이라 하였음.
【銓部·祠部】隋代에 六部의 명칭을 바꾸어 吏部를 銓部, 禮部를 祠部, 戶部를 版部, 兵部를 武部, 刑部를 憲部, 工部를 起部라 한 적이 있음. (《隋書》百官志)

210

풍속이 아름다워지고 교화가 이루어지자 윤옹귀尹翁歸는 자신이 다스리던 촉군蜀郡으로 가고 싶어하였고,

이름이 높고 명망이 중하니 급암汲長孺은 회양淮陽을 누워 다스려도 되었다.

俗美化醇, 尹翁歸去思蜀郡;
名高望重, 汲長孺臥治淮陽.

【尹翁歸】西漢의 관리(?~B.C.62)로 宣帝 때 엄정한 정치를 폄.
【蜀郡】이는 尹翁歸의 고사가 아니라 文翁의 일을 착각한 것. 문옹이 景帝 때 蜀郡太守가 되어 그곳의 풍속을 크게 교화시켰다 함. (《漢書》循吏傳)
【汲長孺】汲黯을 가리킴. (前出) 그가 東海太守가 되었을 때 병이 많아 순시를 하지 않고 관청 내에 누워 있었지만 고을이 잘 다스려졌다 함. 이에 武帝가 그를 "臥而治之"라 하여 淮陽太守로 삼으려 하였으나 사직함. (《漢書》汲黯傳)

211

장준張浚은 임금이 하늘을 날 때 날개로 삼겠다고 신임하였고,

　이하李賀는 시를 잘 지어 한유韓愈가 그를 상서로운 세상의 아름다운 구슬이라 칭찬하였다.

　張魏公作沖天羽翼, 李長吉爲瑞世瓊瑤.

【張魏公】宋代 張浚. 황제가 그를 심히 아껴 그를 불러 "一飛沖天의 일을 함에 그대를 날개로 삼겠다(朕將有爲, 正欲一飛沖天, 而無羽翼, 卿爲留意, 朕當專任用)"라고 하여 크게 신임했다 함. (《宋史》張浚傳)

【李長吉】唐代 시인 李賀(790~816). 시에 뛰어나 韓愈가 그를 "盛世之瓊瑤也"라 칭찬함.

212

선비로 이름이 높아 앙모를 받았던 이는 한漢나라의 두 사람 포씨鮑氏가 있었고,

　백성들이 선정을 노래한 것으로는 강동의 세 사람 잠씨岑氏가 소문이 있었다.

　士仰直聲, 漢世喜多二鮑;

　民歌善政, 江東聞有三岑.

【二鮑】鮑永과 鮑恢를 가리킴. 둘 모두 漢代 뛰어난 御史. (《漢書》鮑永傳)

【三岑】唐나라 때 岑羲(金壇令), 岑仲翔(長州令), 岑仲休(漂水令)를 가리킴. 세 사람 모두 縣令을 역임하면서 큰 치적이 있어 江東 지역(지금의 長江 이남)에서 이름이 높았음. (《新唐書》岑文本傳)

213

형제로서 정치를 잘한 이로 유씨劉氏 형제가 남군南郡을 다스린 적이 있고,

부자로서 현縣을 잘 다스려 계보를 이룬 이로 부씨傅氏 부자가 산음山陰을 다스린 일이 있다.

棠棣理政多能, 劉氏兄弟守南郡;

橋梓治縣有譜, 傅家父子宰山陰.

【劉氏兄弟】南朝 때 劉之遴과 劉之亨 형제. 차례로 南郡太守를 지내어 大南郡, 小南郡으로 불렸음. 棠棣는 형제를 뜻함. (《南史》劉之遴傳)

【傅家父子】南朝 宋나라 때 傅僧祐와 傅琰 父子가 차례로 山陰縣令을 지내면서 큰 치적이 있었음. 橋梓는 喬梓로도 쓰며 부자를 일컫는 말. (《南史》傅琰傳 및 259, 1066 참조)

214

정치를 간결히 하고 형벌을 줄인 이로 강모姜謨는 '태평관부太平官府'라 불렸고,

몸을 닦아 행동을 깨끗이 한 이로 배협裴俠은 '독립사군獨立使君'이라 칭송을 받았다.

政簡刑輕, 姜謨號太平官府;
身修行潔, 裴俠稱獨立使君.

【姜謨】唐代 관리로 형벌을 가볍게 하여 당시 사람들이 "不意今日見太平官府"라 하였음. (《唐書》姜謨傳)

【裴俠】北周 때 관리로 河北太守를 지냄. 그가 입조하자 周 太祖가 "그를 따로 홀로 서 있게 하고 그와 같은 사람은 곁에 서 보라(裴俠淸愼奉公, 爲天下最, 有如俠者, 與之俱立)"고 칭찬하여 獨立使君이라 불렸음. (《北史》裴俠傳)

215

원상서袁翻의 학문은 깊고 넓어 위魏나라 두예杜預에게 부끄러울 것이 없었고,

구승상寇準의 공적이 뛰어남은 진실로 남조 송대의 사안謝安에 대신할 만하였다.

袁尙書學問深宏, 不愧魏朝杜預;
寇丞相事功彪炳, 眞爲宋代謝安.

【袁尙書】袁翻(476~528)을 가리킴. 北魏의 신하로 북위의 肅宗이 신하들 앞에서 "원번은 나에게 있어서 杜預와 같다(袁尙書, 朕之杜預)"라 하였음. (《北史》袁翻傳) 杜預는

魏末 晉初의 인물로 박학다식하여 《春秋》 등의 주석을 달았던 대학자.
【寇丞相】 寇準(961~1023)을 가리킴. 北宋의 학자이며 정치가이자 군사가. 시호는 忠愍. 거란의 침공을 막아내어 澶淵之盟에 공이 있었음. (《宋史》 寇準傳 및 139, 458, 509, 585, 659, 727, 808 참조) 謝安은 東眞 때 인물로 前秦의 침공을 막아내어 淝水之戰에 공을 세웠음. (《晉書》謝安傳)

216

희녕熙寧 연간의 세 사인舍人은 한 시대의 큰 선비였고,
경력慶曆 연간의 네 간관諫官은 진실로 천고의 훌륭한 신하였다.

熙寧三舍人, 乃一朝碩彦;
慶曆四諫士, 實千古良臣.

【熙寧】 北宋의 神宗의 연호(1068~1077). 王安石의 변법을 극력 반대하던 宋敏求, 蘇頌, 李大臨 등 세 사람이 임금의 임명을 거부하며 舍人 관직을 버렸음. 이에 당시 熙寧三舍人이라 함. (《宋史》李大臨傳)
【慶曆】 북송 仁宗의 연호(1041~1048). 당시 余靖, 歐陽修, 王素, 蔡襄 등 네 사람이 諫官으로서 임금의 과실을 극력 간언하여 慶曆四諫이라 칭함. (《東都事略》)

217

재상은 반드시 공부한 사람이어야 한다고 했으니 두가상竇可象이 아니면 누가 그런 중한 자리에 해당하겠는가?
장원급제한 여문목呂文穆은 한때 잠꾸러기라 비웃음을 샀으나

이에 최고의 이름을 차지하게 되었다.

　宰相必用讀書人, 捨竇可象誰當鼎軸;

　狀元曾是渴睡漢, 惟呂文穆乃占魁名.

【竇可象】竇儀(914~966). 五代 宋初의 인물로 자는 可象이며 後晉, 後漢, 後周 등을 섬기다가 宋나라에 들어 《建隆重定刑統》,《建隆編敕》 등을 수찬함. 송 太祖가 즉위하여 연호를 정할 때 乾德으로 하였으나 궁녀가 가진 거울의 명문을 보고 건덕(前蜀 王衍 연호로 919~925)이 이미 있었음을 알고 이를 바로잡자 태조가 감탄하며 "宰相須用讀書人"이라 함. (《宋史》 太祖本紀)

【呂文穆】北宋의 呂蒙正(944, 946~1000) 세 번에 걸쳐 재상을 지냈으며 어릴 때 "차가운 등불이 다하도록 꿈(잠)을 이루지 못하네(挑盡寒燈夢不成)"라는 시를 짓자 친구 胡旦이 비웃으며 "잠에 목마른 놈이로군(一渴睡漢耳)"이라 하였음. 이듬해 여몽정이 장원급제하여 "잠에 정신 나간 놈이 장원에 급제하였소(渴睡漢今中狀元)"라 편지를 보내자 호단이 크게 부끄러워하였다 함. (《歸田錄》)

218

누가 공의 집안에 공이 나고, 재상의 가문에 재상이 난다고 하였던고?

　誰云公種生公, 或謂相門有相?

【相門有相】이는 중국 속담 "公種生公, 相門有相", 혹은 "龍生龍, 鳳生鳳"에 대한 반문을 뜻함. 《史記》 孟嘗君列傳에 "文聞將門必有將, 相門必有相"이라 하였음.

- 官制有古今之沿革, 官規隨法令爲變遷.
- 通好各國, 有大使公使之專員; 監護僑民, 有總副領事之派遣.
- 要之官制甚繁, 更仆難數; 官規宜肅, 有過必懲.

6. 무직 武職

본 장은 국방과 국가 보위를 맡은 무관, 병법가, 전략가에 대한 내용으로 역사상 이름을 날린 장수와 그들의 행적, 일화, 고사 등에 관한 내용을 다루고 있다. (총 35연)

219

한유韓愈, 유종원柳宗元, 구양수歐陽修, 소식蘇軾은 진실로 문인으로 최고 저명한 사람들이며,

백기白起, 왕전王翦, 염파廉頗, 이목李牧은 무장으로 기이한 장수들이다.

韓·柳·歐·蘇, 固文人之最著;

起·翦·頗·牧, 乃武將之多奇.

【韓·柳·歐·蘇】韓愈(768~824, 退之), 柳宗元(773~819, 子厚), 歐陽修(1007~1072, 永叔), 蘇軾(1037~1101, 東坡)을 가리킴. 唐宋八大家 중의 대문장가들임.

【起·翦·頗·牧】白起(전국시대 秦나라 명장), 王翦(전국시대 진나라 장수), 廉頗(전국시대 趙나라 장수. 375, 529, 723, 738, 888 참조), 李牧(전국시대 조나라 장수. 《戰國策》 참조)을 가리킴.

220

범중엄范仲淹의 가슴에는 수만 군사가 갖추어져 있었고, 초楚나라 항우項羽에게는 강동의 팔천 자제가 있었다.

范仲淹胸中具數萬甲兵, 楚項羽江東有八千子弟.

【范仲淹】北宋의 정치가이며 문장가(989~1052). 자는 希文. 〈岳陽樓記〉에 "先天下之憂而憂, 後天下之樂而樂"이라 하였으며, 康定 원년(1040)에 西夏가 延州를 침범하자

그는 陝西經略安撫副使兼知延州가 되어 부임하자 곧 軍制를 개혁하고 대비를 완전하
게 서둘렀음. 이에 西夏人들이 "小范老子胸中有數萬甲兵, 不比大范老子可欺也"라 하
였다 함. (《五朝名臣言行錄》卷7 및 402, 425, 783 참조)

【項羽】 항적(B.C.231~B.C.202). 西楚霸王이 되었으나 垓下에서 마지막 패한 후 "처음
자신을 따라 나선 江東의 8천 子弟를 볼 면목이 없다" 하며 자살하였음. (《史記》項羽本
紀 및 236 참조)

221

손빈孫臏과 오기吳起는 지략이 자랑할 만하였고,

양저穰苴와 울료尉繚는 병법의 기지를 헤아리기 어려울 정도였다.

孫臏 · 吳起, 將略堪誇;

穰苴 · 尉繚, 兵機莫測.

【孫臏 · 吳起】 孫子은 전국 초 병법가. 龐涓의 미움을 받아 무릎이 잘리는 형을 받아 臏
이라 이름하였음. 《齊孫子》89권이 있었다 하나 전하지 않으며 1972년 山東 臨沂 韓墓
에서 竹簡 殘編이 발견되어 이를 《孫臏兵法》이라 함.
吳子 역시 전국시대 병법가. 《漢書》藝文志에 《吳起》48편이 기록되어 있으나 지금의
《吳子》는 후인이 정리한 것임. (《史記》孫子誤記列傳) 둘 모두 엄혹한 군사 훈련으로 유
명함.
【穰苴 · 尉繚】 司馬穰苴는 齊나라 출신으로 일찍이 晏子(晏嬰)이 齊 景公에게 "穰苴文
能附象, 武能威敵, 願君試之"라 추천을 받아 大司馬에 오름. 《司馬法》이라는 병법서를
지음. (《史記》司馬穰苴列傳)
尉繚('위료'로도 읽음)는 두 사람이 전하는데 그중 하나는 《漢書》藝文志 兵家에 《尉繚》
31편을 남긴 병법가이며, 다른 하나는 전국 말기 魏나라 유세가로 秦始皇에게 천하통일

을 유세한 인물로 《漢書》 藝文志 雜家에 《尉繚》 29편이 저록(지금은 실전)되어 있는 인물. 여기서는 전자를 가리킴.

222

강태공姜太公이 지은 '육도六韜'가 있고, 황석공黃石公은 '삼략三略'을 지었다.

姜太公有六韜, 黃石公有三略.

【姜太公】呂尙, 姜子牙, 太公望. 西周 초 武王을 도와 殷을 멸하여 그 공으로 齊나라에 봉함을 받아 시조가 된 인물. 《六韜》라는 병법서는 그가 지은 것이라 함. (《史記》 齊世家)
【黃石公】張良에게 다리 밑에서 신발을 주워오게 한 후 그 인내를 높이 사 《太公兵法》을 건네주고, 이후 '누런 바위에서 만날 사람(黃石公 자신)'에게 병법을 배우도록 한 선생님으로 전해지며 《三略》을 지은 것으로 알려짐. 혹은 강태공의 《태공병법》을 황석공이 풀어 쓴 것이라고도 함. (《隋書》 經籍志)

223

한신韓信이 군사를 거느림에는 많을수록 좋았고,

모수毛遂가 무리를 기롱하되 녹록하여 그대들은 기이함이 없다고 하였다.

韓信將兵, 多多盆善;

毛遂譏衆, 碌碌無奇.

【韓信】漢初 劉邦을 따라 큰 공을 세운 명장. 스스로 자신은 군사가 많을수록 자신 있게
부릴 수 있다고 하여 "多多益善"의 명언을 남김. 《史記》 准陰侯列傳, 《漢書》 韓信傳)
【毛遂】전국시대 趙나라 平原君의 식객으로 楚나라와의 맹약에 스스로 나서서 일을 해
결하면서 "公等碌碌, 所謂因人成事者也"라 함. 毛遂自薦의 고사를 남김. 《史記》 平原
君列傳 및 235, 706 참조)

224

대장을 '간성干城'이라 하고, 무사를 '무변武弁'이라 한다.

大將曰干城, 武士曰武弁.

【干城】방패와 성. 방어의 최고 수단. 《詩經》周南 兎置에 "糾糾武夫, 公侯干城"이라 함.
【武弁】弁은 모자를 가리킴. 무인 중의 모자, 즉 최고라는 뜻. (權德輿〈送韋行軍員外赴
河陽〉詩)

225

도독都督을 칭하여 '대진국大鎭國'이라 하고, 총병總兵을 칭하여
'대총융大總戎'이라 한다.

都督稱爲大鎭國, 總兵稱爲大總戎.

【都督】위진남북조시대의 군사최고책임자. 나라를 鎭守한다고 하여 大鎭國이라 불렸음.
【總兵】明代의 제도로 전선에 배치되었다가 전시에는 최고사령관을 맡음. 이를 大總戎
이라 불렀으며 戎은 兵, 戰의 뜻.

226

도곤都閫은 '도사都司'를 가리키는 것이요, 참융參戎은 '참장參
將'을 일컫는 말이다.

都閫卽是都司, 參戎卽是參將.

【都閫】都司의 별칭. 閫은 임시로 군문, 혹은 감옥 따위를 일컫는 말(門檻). 뒤에 이는 군
사 총지휘소를 뜻하는 말로 쓰임. (《史記》張釋之馮唐列傳)
【參戎】參將의 별칭. 참장은 明淸代 변방 군사의 통솔자였음. (《明史》職官志 五)

227

천호千戶는 '호후戶侯'를 우러러보는 것이요, 백호百戶는 '백재百
宰'를 칭하는 것이다.

千戶有戶侯之仰, 百戶有百宰之稱.

【千戶】관직명이며 軍制. 百戶 10의 군사를 거느림. (《續文獻通考》職官考 七) 이를 戶

侯라고도 하였음.

【百戶】 역시 관직명이며 군제. 120명을 거느림. 《元史》 百官志 二) 이를 百宰라고도 하였음.

228

수레로 임시 지휘소를 만든 것을 '원문轅門'이라 하고, 전공을 높이 드날려줌을 '노포露布'라 한다.

以車爲戶曰轅門, 顯揭戰功曰露布.

【轅門】 고대 天子가 순수할 때 임시로 천막을 치고 그 앞에 수레를 반원형으로 배치하여 막아 문을 삼았던 형상으로 인해 이렇게 불렀으며 뒤에 군대 임시 지휘소를 뜻하는 말로 쓰임. 《周禮》 天官 掌舍)

【露布】 露板이라고도 하며 전승보, 격문 등 긴급문서를 가리킴. 봉하지 아니한 채 전달함. 《後漢書》 李雲傳에 "露布上書"의 李賢 주에 "露布, 謂不封之也"라 함.

229

아랫사람이 윗사람을 죽이는 것을 '시弒'라 하고, 윗사람이 아랫사람을 치는 것을 '정征'이라 한다.

下殺上謂之弒, 上伐下謂之征.

【弑】 아랫사람이 윗사람을 죽이는 것. 《周易》 坤卦 文言傳에 "臣弑其君, 子弑其父"라 함.
【征】 정당한 나라가 정당하지 못한 나라를 치는 것.

230

창 끝이 서로 교차하는 것을 '대루對壘'라 하고, 강화를 구하는
것을 '구성求成'이라 한다.

交鋒爲對壘, 求和曰求成.

【對壘】 서로 맞서 싸움을 뜻함. 보루를 상대함. 《晉書》 宣帝紀에 "與之對壘百餘日"이
라 함.
【求成】 和戰을 요구함. 求和라고도 함.

231

전쟁에 승리하여 돌아오는 것을 일러 '개선凱旋'이라 하고,
전쟁에 패하여 달아나는 것을 일러 '분패奔北'라 한다.

戰勝而回, 謂之凱旋;
戰敗而走, 謂之奔北.

【凱旋】 凱는 군대에서 승리했을 때 연주하는 음악. 旋은 되돌아옴. 宋之問의 〈軍中人日

登高贈房明府〉詩에 "聞道凱旋乘騎入"이라 함.
【奔北】敗北하여 도망함. (《漢書》王尊傳)

232

임금의 한을 풀어주는 것을 '적기敵愾'라 하고, 나라의 어려움을 구제함을 '근왕勤王'이라 한다.

爲君洩恨曰敵愾, 爲國救難曰勤王.

【敵氣】함께 죽을 힘을 다해 대항하여 적을 물리침. (《左傳》文公 4년 杜預 주)
【勤王】적이 침략할 때 기병하여 임금을 도움을 뜻함. (《左傳》僖公 25년)

233

'쓸개가 깨지고 심장이 시리다'는 것은 적군이 겁을 먹은 상태를 비유함이요,
'바람소리 학 우는 소리'란 사졸이 패하여 혼백이 놀람을 표현한 말이다.

膽破心寒, 比敵人慴伏之狀;
風聲鶴唳, 驚士卒敗北之魂.

【膽破心寒】쓸개가 깨지고 심장이 시림. 宋나라 韓稚圭와 范仲淹이 西夏를 수복하겠다고 나서자 변방의 군사들이 "軍中有一韓, 西賊聞之心膽寒; 軍中有一范, 西賊聞之驚破膽"이라 노래했다 함.

【風聲鶴唳】이는 晋나라 謝玄이 前秦 苻堅의 군사를 맞아 淝水之戰에서 대패시켰을 때 전진 군사들이 바람소리, 학의 우는 소리만 듣고도 東秦의 군사가 아닌가 여겨 겁을 냈다는 데서 유래함. (《晉書》謝玄傳 및 235, 1300 참조)

234

한漢 나라 풍이馮異는 공을 논할 때면 홀로 큰 나무 아래로 피하여 자신의 공적을 자랑하지 않았고,

한 문제文帝가 일찍이 위문을 나서서 몸소 세류영細柳營에 행차했을 때 고삐를 잡고 천천히 걸어 들어갔다.

漢馮異當論功, 獨立大樹下, 不誇己績;

漢文帝嘗勞軍, 親幸細柳營, 按轡徐行.

【馮異】馮異가 劉秀를 따라 王莽을 토벌한 후 매번 논공행상을 할 때면 나무그늘로 피해 있었다 하여 당시 大樹將軍이라 불렀다 함. 東漢이 들어선 후 河陽侯에 봉해짐. (《後漢書》馮異傳)

【漢文帝】漢 文帝가 細柳營(周亞夫가 주둔하고 있는 軍營)에 위문을 가면서 미리 사자를 보내어 도착함을 알렸지만 통과시키지 않았다. 주아부는 정식보고를 받고 나서야 열어주면서 문제에게 말에서 내려 고삐를 잡고 먼지를 일으키지 않도록 하는 것이 군영에서의 규칙이라 하자 문제가 이를 따랐다 한다. (《史記》絳侯世家)

235

부견符堅은 자신의 장수와 땅이 넓음을 자랑하여 '채찍을 던지면 흐르는 강물을 끊을 수 있다'고 하였고,

모수毛遂는 스스로 재능이 있다고 주천하여 '자루에 처하게 하면 그 자루까지 빠져나왔을 것'이라 하였다.

符堅自誇將廣, 投鞭可以斷流;

毛遂自薦才奇, 處囊便當說穎.

【符堅】 오호십육국시대 前秦의 황제(338~385). 북방을 통일하여 위세를 떨쳤으나 淝水之戰에서 晉나라 謝玄에게 대패함. (晉書 載記 符堅傳 및 233, 1300 참조) 부견이 東晉을 치려 하자 아우 符融이 "진나라는 장강을 끼고 있어 지리상 불가하다"라 간언하자 부견은 "吾百萬之衆, 投鞭於江, 足斷其流, 何險之足恃?"라 함.
【毛遂】 전국시대 趙나라 平原君의 식객. 毛遂自薦, 穎脫而出, 囊中之錐의 고사를 남김. '낭중지추'는 평원군이 스스로를 추천하는 모수에게 "자루에 들어 있는 송곳은 저절로 그 끝이 삐져나오는 법"이라 하자 "나를 자루 속에 처하게 하였다면 자루까지 빠져나왔을 것"이라 대답한 것에서 유래함. (《史記》 平原君列傳 및 223, 706 참조)

236

번쾌樊噲와 한 무리가 되는 것이 부끄럽다 여긴 한신韓信은 회음후淮陰侯로 강등되었고,

강동江東의 자제를 볼 면목이 없다고 항우項羽는 고향으로 돌아가기를 부끄럽게 여겼다.

羞與噲等伍, 韓信降作淮陰;

無面見江東, 項羽羞歸故里.

【韓信】漢初의 명장. 뒤에 高祖(劉邦)에 맞서 난을 일으켰다가 淮陰侯로 강등됨. 樊噲도 역시 당시 뛰어난 장군. 《史記》淮陰侯列傳)

【項羽】項羽가 垓下에서 마지막 패할 때 자신을 따라 나섰던 江東의 8천 제자를 볼 면목이 없다며 고향으로 돌아가기를 부끄럽게 여기고 자결함. 《史記》項羽本紀에 "天之亡我, 我何渡爲! 且籍與江東子弟八千人渡江而西, 今無一人還, 縱江東父兄憐而王我, 我何面目見之? 縱彼不言, 籍獨不愧於心乎?"라 함. (220 참조)

237

한신韓信은 바짓가랑이 밑을 지나가는 치욕을 입었고, 장량張良은 던지는 신발을 다시 주워 바치는 겸손함이 있었다.

韓信受胯下之辱, 張良有進履之謙.

【韓信】韓信이 어린 시절 칼을 차고 다닐 때 어떤 상대가 그 칼로 나를 찌를 자신이 없으면 내 사타구니 아래를 기어 지나가라고 하자 한신은 한참 노려보다가 다리 아래를 기어 지나감. 《史記》淮陰侯列傳)

【張良】張良이 어린 시절 下邳에서 한 노인을 만나 새벽에 다리에서 만나기로 하였으나 매번 제 시간에 나가면 노인이 먼저 와 있었음. 이에 노인보다 일찍 나타나자 노인이 신발을 벗어 던지며 주워오도록 함. 그의 말대로 하자 가르칠 만하다고 하며 《太公兵法》을 익히도록 하였음. (《史記》留侯世家)

238

위청衛靑은 돼지를 기르던 노예였고, 번쾌樊噲는 개를 잡는 백정
의 무리였다.

衛靑爲牧豬之奴, 樊噲爲屠狗之輩.

【衛靑】漢나라 명장으로 어린 시절 돼지를 기르고 있었으며 원래 平陽公主의 家奴. 뒤
에 霍去病과 함께 여러 차례 匈奴를 토벌한 공로로 長平侯에 봉해졌으며 大將軍에 오
름. (《漢書》 衛靑傳 및 933 참조)
【樊噲】원래 개를 잡는 백정이었으나 뒤에 劉邦을 따라 기병하여 鴻門宴에서 項羽를 질
책하여 유방을 구해내었음. 舞陽侯에 봉해짐. (《史記》 樊酈滕灌列傳)

239

선비를 구함에 온전하기를 요구하지 말라. 달걀 두 개 때문에
간성의 장수를 놓치는 일이 없도록 하라.
사람을 쓰는 것은 나무를 쓰는 것과 같다. 한 촌 썩은 부위 때문
에 몇 아름이 될 재목을 버리는 일이 없도록 하라.

求士莫求全, 毋以二卵棄干城之將;
用人如用木, 毋以寸朽棄連抱之材.

【二卵】子思가 苟變을 衛侯에게 추천하자 "그는 남의 달걀 2개를 몰래 먹은 적이 있다"
며 거절하였음. 이에 자사는 "천하에 온전한 것만 구하려다 간성이 될 재목을 놓쳤다는

소문이 이웃나라에게 퍼지지 않도록 하라(以二卵棄干城之將, 此不可使聞於隣國者也)"
고 하였다 함. 《孔叢子》
【連抱】몇 사람이 껴안아야 할 정도의 큰 재목.

240

결론으로 군자는 그 몸을 작게 가질 수도 있고 크게 할 수도 있
고, 장부는 그 뜻을 능히 굽히기도 하고 펼 수도 있어야 한다.

　總之, 君子身可小可大, 丈夫志能屈能伸.

【能屈能伸】邵雍의 〈代書寄前洛陽簿陸剛叔秘校〉라는 詩에 "知行知止唯賢者, 能屈能
伸是丈夫"라 하였고, 《孟子》盡心(上)에 "古之人, 得志, 澤加於民; 不得志, 脩身見於
世. 窮則獨善其身, 達則兼善天下"라 함.

241

자고로 영웅은 너무 많아 막대기처럼 하나씩 셀 수는 없다. 장수
의 책략을 상세히 알고 싶으면 모름지기 '무경武經'을 읽어두어라.

　自古英雄難以枚擧, 欲詳將略須讀武經.

【武經】병법서의 총칭. 혹 《武經總要》라는 책이 있음. 北宋 때 관찬으로 총 40권으로 되
어 있음.

242

서경에는 '환환무사桓桓武士'라 하였고 시경에는 '교교호신矯矯虎臣'이라 하였다.

書曰桓桓武士, 詩云矯矯虎臣.

【書】《書經》牧誓에 "尙桓桓, 如虎如貔, 如熊如羆, 於商郊"라 함. 桓桓은 威武가 당당한 모습.

【詩】《詩經》魯頌 泮水에 "矯矯虎臣, 在泮獻馘"이라 함. 矯矯는 武勇이 당당한 모습.

243

'황총소년黃驄少年'은 남보다 먼저 올라 적진을 함락시켰고,
'백마장사白馬長史'는 후퇴할 때 제일 뒤에서 적의 예봉을 꺾었다.

黃驄少年, 登先陷陣;
白馬長史, 殿後摧鋒.

【黃驄少年】北周의 裴果를 가리킴. 그는 누런 말을 타고 푸른 옷을 입고 제일 앞에 나서서 적진을 함락시켜 당시 黃驄少年이라 불렸다 함. 《北史》裴果傳

【白馬長史】漢代 公孫瓚이 遼東屬國長史(관직 이름)로 항상 백마를 타고 적과 싸울 때 아군이 후퇴하는 경우 제일 뒤에서 적의 추격을 꺾어 당시 烏桓 사람들이 白馬長史가

뒤에 있을 때는 덤벼들지 않아야 한다고 하였다 함. (《後漢書》 公孫瓚傳)

【殿後】 殿은 군대가 후퇴할 때 가장 뒤에서 추격해 오는 적을 막아 호위하는 것. 《論語》 雍也篇에 "孟之反不伐, 奔而殿, 將入門, 策其馬, 曰: '非敢後也, 馬不進也.'"라 하였고, 《左傳》 哀公 11년 傳에 "師及齊師戰于郊. 右師奔; 齊人從之. 孟之側後入, 以爲殿; 抽矢策其馬, 曰: '馬不進也!'"라 함.

244

천자天子가 조장군趙將軍을 파견하니 진실로 변방을 방어할 책략을 얻게 되었고,

'길 가는 사람에게 곽거병霍去病과 비교하여 어떤가' 함은 멀고 먼 변방에서 신속히 그 공훈을 이룸을 말한 것이다.

天子遣趙將軍, 眞得禦邊之策;

路人問霍去病, 速收絶漠之勳.

【趙將軍】 漢代 趙忠國이, 당시 西羌이 침범하자 70이 넘은 나이에 나서서 출병함. (《漢書》 趙忠國傳)

【路人問霍去病】 남조 梁나라 曹景宗이 魏軍을 깨뜨리고 개선하여 梁 武帝가 光華殿에서 연회를 베풀자 조경종이 "去時兒女悲, 歸來笳鼓競. 借問行路人, 何如霍去病"이라 함. (《南史》 曹景宗傳) 霍去病(B.C.140~B.C.117)은 漢 武帝 때 명장으로 흉노를 물리친 인물. (《漢書》 霍去病傳) 絶漠은 아주 먼 북방 지역. 漠은 사막(漠北).

245

북적의 세력이 강하였지만 누사덕婁師德은 여덟 번 싸워 여덟 번 이겼고,

남방 맹획孟獲이 마음으로 항복하지 않자 제갈량諸葛亮은 일곱 번 놓아주었다가 일곱 번 다시 잡았다.

北敵勢方强, 婁師德八遇八克;

南蠻心未服, 諸葛亮七縱七擒.

【婁師德】唐나라 때 장수로 吐蕃을 정벌하러 나서서 30여 년을 고생하며 팔전팔승을 거
둠. (《新唐書》婁師德傳 및 310, 525 참조)

【諸葛亮】諸葛孔明. 七縱七擒의 고사를 말함. 그가 남방 토벌에 나서서 그곳의 영수 孟
獲을 잡았으나 그가 굴복하지 않자 7번 풀어주었다가 7번을 잡음. (《漢晉春秋》) 唐 章孝
標의 〈諸葛武侯廟〉 詩에 "七縱七擒何處在, 茅花榧葉蓋神壇"이라 함.

246

위청장군衛靑將軍이 한번 나서자 삭방(흉노)이 텅 비워, 칼에 엎
어져 죽을 각오로 한漢나라 천하의 치욕을 씻었다.

설인귀薛仁貴가 세 번 큰 싸움으로 천산天山이 평정되어 굽은 활
로 당唐나라 천하를 안정시켰다.

衛將軍一擧而朔庭空, 伏劍洗劉家日月;

薛總管三箭而天山定, 彎弓造李氏乾坤.

【衛將軍】衛靑.(前出) 漢나라 때 북쪽 흉노가 끊임없이 괴롭히자 衛靑과 霍去病 등이
나서서 이들을 토벌함. 劉家는 한나라를 말함.
【薛總管】唐나라 薛仁貴(614~683). 서북 지역을 평정하여 당나라를 안정시킴. (新唐書
薛仁貴傳) 당시의 軍中歌에 "將軍三箭定天下, 壯士長歌入漢關"이라 함. 天山은 지금
의 신장위구르자치주의 西域. 李氏는 당나라를 말함.

247

한신韓信은 나무단지를 써서 군사를 도강시켰으니 기지와 모책
은 헤아릴 수 없다.

전단田單은 화우火牛로 진지를 출발하였으니 기세의 불꽃을 당
해낼 수 없었다.

韓信用木罌渡軍, 機謀叵測;

田單以火牛出陣, 勢燄莫當.

【韓信】韓信이 魏나라를 진격할 때 나무로 만든 항아리를 타고 몰래 강을 건너 상대를
깨뜨림. (《漢書》韓信傳)
【叵測】叵는 不可의 合音字.
【田單】전국시대 齊나라가 燕나라의 침공으로 나라 전체가 무너졌을 때 田單이 일어나
서 소의 꼬리에 갈대를 매어 이에 불을 붙여 돌진하게 하여 적을 물리치고 나라를 회복
함. (《史記》田單列傳)

248

태사자太史慈는 원숭이 팔만큼 길어 활을 잘 쏘았고, 반초班超는
호랑이 머리 같은 모습의 호걸이었다.

太史慈乃猿臂英雄, 班定遠實虎頭豪傑.

【太史慈】 삼국시대 吳나라 장수. 팔이 원숭이 팔(猿臂)만큼 길어 활을 잘 쏘았으며 그 때
문에 猿臂英雄이라 불렸음. (《三國志》 吳志 太史慈傳) 漢代 李廣의 팔도 역시 '원비'
로 활을 잘 쏘아 흉노가 무서워했다 함. (918 참조)
【班定遠】 東漢의 班超(32~102). 班固의 아우이며 投筆從戎의 고사를 남긴 인물. 생김
이 虎頭燕頷의 상이어서 虎頭將軍이라 불렸음. 西域에 출정하여 그 공으로 定遠侯에
봉해짐. (《後漢書》 班超傳 및 931 참조) 반초가 젊을 때 관상가가 보고 "君虎頭燕頷, 飛
而食肉, 當封侯萬里"라 하였음.

249

힘이 강하여 무리를 넘어서니 위지공尉遲恭은 창을 피하고 다시
그 창을 빼앗을 정도였고,
담이 남을 넘어서니 장료張遼는 포위를 뚫고 나왔다가 다시 그
것을 뚫고 들어가 군사를 살려내었다.

力强邁衆, 敬德避矟而復奪矟;
膽略過人, 張遼出陣而復入陣.

【敬德】尉遲恭(585~658). 자는 敬德. 唐나라 때 玄武門 政變(당 太宗의 정변)에 참가
하여 齊王 元吉을 죽였으며 이 공로로 鄂國公에 봉해짐. 긴 창을 잘 썼으며 상대의 창을
빼앗기를 잘했다 함. 《新唐書》 尉遲敬德傳)
【張遼】삼국 魏나라 장군(169~222). 孫權과 合肥에서의 싸움에 크게 이김. 그가 포위되
었을 때 돌파대를 데리고 포위를 풀었다가 다시 남은 부하가 포위되자, 그를 뚫고 들어가
서 나머지 군사를 구출해 냈다 함. 《三國志》 魏志 張遼傳)

250

적청狄靑은 관우關羽에 비유할 만하였고, 고앙高昻은 항우項羽에
비견할 만하였다.

狄天使可例雲長, 高敖曹堪比項籍.

【狄天使】狄靑(1008~1057). 北宋의 장군. 그가 涇原을 진수할 때 사람들이 狄天使라
불렀음. 宋 仁宗이 그를 불러 만나보고자 할 때 마침 平凉에 적이 쳐들어와 이에 자신의
얼굴을 그려 인종에게 보내고 토벌에 나섬. 인종이 이를 보고 "나에게 있어서 關羽와 같
은 보필"이라 함. 《宋史》 狄靑傳) 雲長은 관우. 삼국시대 蜀漢의 장군. 《三國志》 蜀志
關羽傳)
【高敖曹】高昻(501~538). 北朝 鮮卑族의 東魏 때 장군으로 高歡을 따라 여러 차례 공
을 세움. 당시 사람들이 그를 項籍(項羽)에 비견하였음. 《北史》 高昻傳)

251

보랏빛 수염의 손권孫權은 오吳나라 군사의 뛰어남을 드날렸고,

누런 수염의 조창曹彰은 조씨 집안의 위세를 드날렸다.

紫髥會稽, 振耀吳軍武烈;

黃鬚驍騎, 奮揚曹氏威聲.

【紫髥】보랏빛 수염. 孫權(182~252). 會稽 지역을 통괄하였으며 뒤에 吳나라를 세워 삼국 정립시기를 맞음. (《三國志》吳志 吳主傳)

【黃鬚】누런 수염. 曹操의 아들 曹彰을 가리킴. 삼국 魏나라 때 북쪽 烏桓族이 침입하자 曹操가 아들 曹彰을 驍騎將軍으로 삼아 이를 막아내게 함. 그가 공을 세우고 돌아오자 "누런 수염의 이 아들이 큰일을 해냈구나"라 한 데서 유래됨. (《三國志》魏志 任城王傳)

252

아군鴉軍, 뇌군雷軍, 안자군雁子軍은 이름만 들어도 귀신도 혼백이 서늘해지고,

비장飛將, 예장銳將, 웅호장熊虎將은 초목도 그 이름을 안다.

鴉軍 · 雷軍 · 雁子軍, 鬼神褫魄;

飛將 · 銳將 · 熊虎將, 草木知名.

【鴉軍 · 雷軍 · 雁子軍】五代 李克用의 호가 李鴉兒였으며 그의 이름만 듣고도 적이 무서워하였다 함. (《舊五代史》唐莊宗本紀) 雷軍은 唐代 鄭畋이 거느리던 군대로 疾雷軍이라 불렸음. (《新唐書》鄭畋傳) 雁子軍은 五代 朱瑾이 군대를 모집, 두 마리 기러기로 뺨을 쪼게 하여 훈련시켜 이를 雁子軍이라 하였다 함. (《新五代史》雜傳七 朱漢賓)

【褫魄】간담이 서늘해지고 혼백이 겁을 먹음. '치백'으로 읽음. (張衡〈東京賦〉)

【飛將·銳將·熊虎將】唐代 單雄信을 飛將이라 불렀으며(《新唐書》單雄信傳), 역시
당대 馬璘(安史의 난을 평정)을 中興銳將이라 하였음. (《新唐書》馬璘傳) 그리고 삼국
吳나라 周瑜의 〈與孫權書〉에 "劉備以梟雄之恣, 關張爲熊虎將, 有飮馬長江之志"라
하여 關羽와 張飛를 두고 한 말.

253

'기보圻父는 왕의 손톱이나 어금니와 같다' 라 하였으니 시경詩經
의 뜻이 진실로 그 맛이 있도다.

'장군은 나라를 심장이나 등뼈와 같다' 라 했으니 이 말은 그릇
됨이 없도다.

圻父, 王之爪牙, 詩旨眞可味也;

將軍, 國之心膂, 人言其不謬乎!

【圻父】고대 관직 이름으로 畿內의 군사를 통괄함. 《詩經》小雅 圻父에 "圻父, 予王之
爪牙"라 함. 爪牙는 손톱과 어금니.
【心膂】심장과 등뼈. 매우 중요함을 뜻함. 《書經》君牙에 "今命爾予翼, 作股肱心膂"
라 함.

참고 〈武職〉편 '續增' 2聯

• 衛國惟軍, 整軍有制.
• 爲將須有智謀, 故軍事學不可不講; 行軍須有紀律, 故司令官不可
  不嚴.

7. 조손부자 祖孫父子

본 장은 직계 가족을 중심으로 인륜의 문제와 가업의 승계, 가정에서의 질서, 그리고 역대 부자, 조손들 중 뛰어난 인물들의 일화와 고사 등을 제시하여 설명하고 있다. (총 36연)

254

무엇을 일러 오륜五倫이라 하는가? 바로 군신, 부자, 부부, 형제, 붕우이다.

무엇을 일러 구족九族이라 하는가? 바로 고조, 증조, 조, 고, 자신, 아들, 손자, 증손, 현손이다.

何謂五倫? 君臣, 父子, 夫婦, 兄弟, 朋友.

何謂九族? 高, 曾, 祖, 考, 己身, 子, 孫, 曾, 玄.

【五倫】君臣有義, 父子有親, 夫婦有別, 長幼有序, 朋友有信을 가리킴. 《孟子》滕文公(上)에 "舜使契爲司徒, 敎以人倫: 君臣有義, 父子有親, 夫婦有別, 長幼有序, 朋友有信"라 함.

【九族】이에 대한 설은 여러 가지가 있음. 이곳의 내용은 《尙書》堯典이 孔安國傳에 근거한 것이며, 그 밖에 父族 4, 母族 3, 妻族 2를 九族으로 보기도 함. 《尙書正義》 한편 父를 考라 한 것은 돌아가신 아버지를 뜻함. 《爾雅》釋親에 "父曰考, 母曰妣"라 함.

255

시조를 '비조鼻祖'라 하고, 먼 후손을 '이손耳孫'이라 한다.

始祖曰鼻祖, 遠孫曰耳孫.

【鼻祖】고대 사람은 受胎하면 제일 먼저 코의 형상이 생긴다고 믿었으며 이로써 처음의 뜻을 지니게 되었음. 揚雄 《方言》 卷13에 "凡人懷胎, 鼻先受形, 故謂鼻祖"라 함.

【耳孫】먼 후손을 가리킴. 귀로 들어서 알 뿐 직접 보지는 못한 선조를 둔 사람이라는 뜻.
玄孫이라고도 함. (《漢書》惠帝紀 주)

256

부자가 함께 집안을 일으키는 것을 '긍구긍당肯構肯堂'이라 하며,
부자가 모두 어진 것을 두고 '시부시자是父是子'라 한다.

父子創造, 曰肯構肯堂;
父子俱賢, 曰是父是子.

【肯構肯堂】아버지가 집을 지을 계획을 세우면 아들은 이를 실행하여야 함.《書經》大誥
에 "若考作室, 耆底法, 厥子乃弗肯堂, 矧肯構"라 함. (805 참조)
【是父是子】그러한 아버지에 그러한 아들이라는 뜻. (《法言》孝至)

257

할아버지를 '왕부王父'라 칭하며, 아버지는 '엄군嚴君'이라 한다.

祖稱王父, 父曰嚴君.

【王父】할아버지를 뜻함. (《爾雅》釋親)
【嚴君】아버지를 뜻함.《周易》家人에 "家人有嚴君焉, 父母之謂也"라 함.

258

부모가 모두 살아계심을 일러 '춘훤椿萱이 모두 무성하다'라 하고,

자손이 모두 뛰어나 현달함을 일러 '난계蘭桂가 꽃답게 피어오른다'라 한다.

父母俱存, 謂之椿萱幷茂;
子孫發達, 謂之蘭桂騰芳.

【椿萱】椿은 아버지를 뜻함.《莊子》逍遙遊에 "上古有大椿者, 以八千歲爲春, 八千歲爲秋"라 하여 장수하여 오래 살라는 뜻을 지니고 있음. (1313 참조) 萱은 萱草, 忘憂草, 宜男草라고도 하며 원추리를 가리킴. 옛날 모친이 계신 방 뜰 앞에 이를 심었다 함. 이에 따라 어머니를 萱堂이라고 부름. (《博物志》)
【蘭桂】晉代 謝安은 子姪을 芝蘭에 비유하였고(《晉書》謝安傳,《世說新語》), 宋代 竇均은 다섯 아들이 모두 급제하자 그 친구가 이를 "靈椿一樹老, 丹桂五枝芳"이라 하여 丹桂에 비유하였음. (《宋史》竇儀傳)

259

교목橋木은 높아 우러러볼 것이니 마치 아버지의 도와 같다.
자목梓木은 낮아 내려다볼 것이니 마치 아들로서 낮춤과 같다.

橋木高而仰, 似父之道;
梓木低而俯, 如子之卑.

【橋木, 梓木】西周 때 伯禽이 아버지 周公(旦)을 뵙고자 할 때 세 번 모두 매를 맞았다. 백금이 이를 이상히 여겨 商子라는 사람에게 물었더니 그는 남산에 가서 교목과 재목을 보고 오도록 시켰다. 과연 교목은 하늘을 향해 높이 솟아 있었고 재나무는 아래로 굽혀 스스로 그 밑에 처하고 있었다. 돌아와 이를 고하자 상자는 "橋者, 父道也, 梓者, 子道也"라 하였다 함. (《尙書大傳》周傳 梓材) 橋는 喬와 같음. 키 큰 나무를 가리킴. 梓는 가래나무의 일종으로 키가 작고 굽었다 함. 이에 따라 橋梓, 喬梓는 父子를 일컫는 말로 쓰임. (213, 1066 참조)

260

바보나 귀머거리가 되지 않고는 시어머니, 시아버지가 되지 말라.

어버이를 얻어 어버이에게 순종하여야 비로소 사람 되고, 아들 될 수 있다.

不痴不聾, 不作阿家阿翁;

得親順親, 方可爲人爲子.

【阿家阿翁】시어머니와 시아버지. 家는 姑와 같음. 唐 代宗 때 郭子儀의 아들 郭曖가 昇平公主를 아내로 맞아 부마가 되었으나 부부가 불화하여 공주가 대종에게 고함. 이를 안 곽자의가 대종에게 한 말로 전함. (《資治通鑑》唐紀)
【得親順親】《孟子》離婁(上)에 "不得乎親, 不可以爲人; 不順乎親, 不可以爲子"라 함. 이상의 대구는 원래 민간 격언으로 《增廣賢文》 등에도 널리 실려 있음.

261

아버지의 허물을 덮어줌을 일러 '간고幹蠱'라 하고,
의붓자식을 기르는 것을 '명령螟蛉'이라 한다.

蓋父愆, 名爲幹蠱;
育義子, 乃曰螟蛉.

【幹蠱】《周易》蠱卦에 "幹父之蠱"라 함. 아버지의 허물을 고치도록 유도함을 뜻함.
【螟蛉】蜾蠃라는 곤충(나나니벌)은 螟蛉이라는 곤충을 잡아 자신의 유충이 이를 먹고 자
라도록 함. 옛사람은 과라가 명령이라는 곤충을 길러 이를 나나니벌로 만드는 것으로 알
았음. 《詩經》 小雅 小宛에 "螟蛉有子, 蜾蠃負之"라 함.

262

'아들을 낳으면 마땅히 손권孫權 정도는 되어야지'라 한 것은
조조曹操가 손권을 부러워한 말이요,
'아들을 낳으면 의당 이아자李存勗 같아라' 함은 주온朱溫이 이
존욱李存勗을 보고 감탄한 말이다.

生子當如孫仲謀, 曹操羨孫權之語;
生子須如李亞子, 朱溫歎存勗之詞.

【孫仲謀】孫權을 가리킴. 삼국시대 吳나라 군주. 曹操가 孫權의 군대가 매우 훈련이 잘

된 것을 보고 이 말을 했다 함. 《三國志》吳志 吳主傳)

【李亞子】李存勗(885~926, 어릴 때 亞子라 불렸음). 李克用의 아들로 五代 後唐을 건
국한 莊宗. 그가 後梁과의 전투에서 여러 번 승리를 거두자 후량 太祖 朱溫이 패배하였
음에도 감탄하여 "生子須如李亞子, 吾兒豚犬耳"라 함. 《舊五代史》唐紀)

263

콩국을 먹고 맹물을 마셔도 부모의 기쁨을 받아줌은 가난한 선
비가 어버이를 봉양하는 즐거움이요,

옳은 방향이 바로 가르침이라 하니 부친의 자식 교육은 엄해야
하는 것이다.

菽水承歡, 貧士養親之樂;
義方是訓, 父親教子之嚴.

【菽水】 매우 가난함을 비유함. 어느 날 子路가 가난한 집을 보고 "살아서는 봉양을 받지
못하고 죽어서 장례도 받지 못하는구나"라 탄식하자 이를 들은 孔子가 "콩국을 먹고 맹
물을 마셔도 그 기쁨을 다해드리면 이것이 곧 효이니라"라 하였음. 《禮記》檀弓에 "子路
曰: '傷哉貧也, 生無以爲養, 死無以爲禮也.' 孔子曰: '啜菽飲水盡其歡, 斯之謂孝; 斂
手足形, 還葬而無木享, 稱其財, 斯之謂禮.'"라 함.

【義方】 옳은 방향으로 가르침. 가정교육을 뜻함. 춘추시대 衛 莊公이 아들 州吁를 너무
사랑한 나머지 옳지 않은 짓을 해도 고쳐주지 않음을 보고 신하 石碏이 "아이는 옳은 방
향으로 가르쳐야지 사악한 행위를 하도록 두어서는 안 됩니다"라고 함. 《左傳》隱公 3
년) 한편 蔡邕의 〈司徒袁公夫人馬氏碑〉에 "義方之訓, 如川之流"라 함.

264

'기구箕裘를 이어감'은 아들이 아버지 업을 이어받는 것이요,

'선서先緒를 회복함'은 아들이 집안의 성가를 떨치는 것이다.

紹箕裘, 子承父業;

恢先緒, 子振家聲.

【箕裘】 키 만드는 일이나 갖옷 만드는 일. 부모의 직업이나 생업을 뜻함. 흔히 아버지의 직업을 이어받음을 뜻함. 《禮記》 學記에 "良冶之子, 必學爲裘; 良弓之子, 必學爲箕"라 함.

【先緒】 선조의 업적. 夏侯湛의 〈昆弟誥〉에 "以熙柔我家道, 丕隆我先緒"라 함.

265

'모든 경사가 다 갖추어진 아래'라는 것은 부모가 모두 살아계심을 말하는 것이요,

'거듭된 경사 아래'라는 것은 부모와 조부모까지 모두 살아계심을 표현한 것이다.

具慶下, 父母俱存;

重慶下, 祖父俱在.

【父母俱存】 孟子가 말한 人生三樂 중 하나인 부모가 모두 살아계심을 뜻함.

266

‘연익이모燕翼貽謀’는 후손에게 넉넉함을 남겨준 조상을 두고
표현하는 말이며,

‘극승조무克繩祖武’란 조상의 어진 업적을 잘 이어받음을 표현
한 것이다.

燕翼貽謀, 乃稱裕後之祖;

克繩祖武, 是稱象賢之孫.

【燕翼貽謀】제비가 어릴 때는 날개가 매우 약하지만 나중에는 크게 날 수 있음을 뜻함.
이 표현은 선대가 후손을 위하여 넉넉하게 계획을 짜두어 후손이 덕을 봄을 표현한 말임.
《詩經》大雅 文王有聲에 “詒厥孫謀, 以燕翼子”라 함.
【克繩祖武】조상의 업을 능히 이어받아 성공시킴을 표현한 말. 《詩經》大雅 下武의 구절.
【象賢】조상의 업적을 잘 계승하여 성취시킴. 《尚書》微子之命에 “殷王元子, 惟稽古崇
德象賢, 統承先王”이라 함.

267

남을 ‘영자令子’라 칭할 때에는 ‘인지麟趾가 상서로움을 바친
다’라 하고,

벼슬하는 자를 ‘현랑賢郎’이라 칭할 때에는 ‘봉모鳳毛가 아름다
움을 이어갔네’라 한다.

稱人有令子, 曰麟趾呈祥;

稱宦有賢郎, 曰鳳毛濟美.

【麟趾】자손이 창성함을 뜻함.《詩經》周南 麟之趾에 "麟之趾, 振振公子"라 함. 令子는 훌륭한 아들을 뜻함. 남의 아들을 높여 부르는 말.
【鳳毛】진귀하여 얻기 어려운 인재를 뜻함. (《南史》謝超宗傳)
【濟美】옛사람의 기초를 바탕으로 더욱 광대하게 성취함.《左傳》文公 18년에 "世濟其美, 不隕其名"이라 하였고 孔穎達의 疏에 "世濟其美, 後世承前世之美"라 함.

268

아버지를 죽이고 자립하였으니 수隋나라 양광楊廣에게 천성이 어디 남아 있겠는가?

아들을 죽여 임금에게 예삐 보였으니 제齊나라 역아易牙에게 사람 마음이 어디에 있겠는가?

弑父自立, 隋楊廣之天性何存;
殺子媚君, 齊易牙之人心奚在.

【楊廣】隋나라 煬帝의 이름(569~618). 그는 아버지 文帝를 죽이고 황제가 되었음. (《隋書》煬帝紀)
【易牙】춘추시대 齊 桓公의 요리사. 환공이 세상의 모든 것을 다 먹어보았으나 사람 고기는 먹어보지 못했다고 하자 역아는 자신의 아들을 죽여 요리하여 바침. (《史記》齊太公世家)

269

맛있는 것을 나누어 주며 눈으로 즐거워하니 이는 왕희지王羲之가 자손을 데리고 즐김을 말한 것이요,

문안을 받으며 오직 숫자만 확인하였으니 이는 곽자의郭子儀의 자손이 많음을 말한 것이다.

分甘以娛目, 王羲之弄孫自樂;
問安惟點頷, 郭子儀厥孫最多.

【王羲之】 東晉의 서예가. 書聖으로 불림. 그가 謝萬에게 보낸 편지에 자신은 늙어 집에서 아들을 이끌고 손자를 껴안고 맛있는 음식을 나누어 주며 天倫의 樂을 즐기고 있다고 술회하였음. 《晉書》王羲之傳)
【郭子儀】 唐나라 郭子儀(697~781)는 여덟 아들에 일곱 사위가 있었으며 손자가 너무 많아 문안 드릴 때면 구분을 하지 못하여 숫자만 확인하였다 함. 《舊唐書》 郭子儀傳)

270

곰쓸개로 환약을 지어 자식을 가르친 것은 유중영柳仲郢 어머니의 어짊이요,

색동옷을 입고 어버이를 즐겁게 해드린 것은 노래자老萊子의 효성이다.

和丸敎子, 仲郢母之賢;
戲彩娛親, 老萊子之孝.

【仲郢】唐나라 때 인물로 柳公綽의 아들. 그의 어머니 韓氏가 和熊膽으로 환을 지어 그가 밤에 공부할 때면 이를 씹어 먹으며 열심을 다하도록 하였음. (《新唐書》柳公綽傳)

【老萊子】춘추 말기 楚나라의 隱士로 蒙山에 농사지으며 효성을 다했음. 그가 72세가 되었음에도 어버이를 위해 어린아이로 분장하여 색동옷을 입고 춤을 추어 즐겁게 해드렸다 함. (《高士傳》)

271

모의毛義가 공문을 지고 즐거워한 것은 어머니가 생존해 계셨기 때문이요,

백유伯兪가 어머니의 매질이 가벼움을 보고 운 것은 어머니가 늙었음을 가슴 아파한 효성이다.

毛義捧檄, 爲親之存;

伯兪泣杖, 因母之孝.

【毛義】東漢 때 毛義라는 자는 安陽尉라는 박봉의 벼슬자리가 주어지자 그 봉록을 짊어지고 가서 살아계신 어머니를 즐겁게 해드렸다 함. 어머니가 돌아가시자 그는 내가 벼슬을 한 것은 오직 어머니를 기쁘게 해드리기 위한 것일 뿐이라 하며 사직함. (《後漢書》劉趙淳于江劉周趙傳序)

【伯兪】漢나라 때 韓伯兪라는 자는 어머니의 매질이 옛날보다 가벼운 것을 보고 이는 어머니가 늙어 힘이 없기 때문이라 하여 울었다 함. 《說苑》建本篇에 "伯兪有過, 其母笞之, 泣, 其母曰: ‘他日笞子未嘗見泣, 今泣何也?’ 對曰: ‘他日兪得罪笞嘗痛, 今母之力不能使痛, 是以泣.’"라 함.

272

자상한 어머니가 아들을 기다림이 '의문의려倚門倚閭'요,
떠돌이 아들이 어버이를 생각함이 '척호척기陟岵陟屺'이다.

慈母望子, 倚門倚閭;
遊子思親, 陟岵陟屺.

【倚門倚閭】《戰國策》齊策(6)에 王孫賈가 齊 愍王을 모실 때 어머니가 "네가 아침에
나가 늦게 돌아오면 나는 문 앞에서 기다렸고, 저녁에 나가 돌아오지 않으면 동네 어귀에
서 기다렸다(汝朝出而晚來, 則吾倚門而望; 汝暮出而不還, 則吾倚閭而望)"라 함.
【陟岵陟屺】집을 떠난 자식은 높은 곳이 있으면 올라 멀리 고향 쪽을 바라보며 부모를
그리워하게 됨을 말함.《詩經》魏風 陟岵에 "陟彼岵兮, 瞻望父兮. 陟彼屺兮, 瞻望母
兮"라 함.

273

사랑에는 차등이 있을 수 없나니 이웃집 아이도 형의 아들과 같
으니라.
나눔은 동등해야 하니 나의 아버지가 곧 너의 아버지이다.

愛無差等, 曰兄子如鄰子;
分有相同, 曰吾翁卽若翁.

【兄子如鄰子】《孟子》滕文公(上)의 내용과 같음. 원 뜻은 '형의 아들일지라도 이웃집

아이처럼 대하라' 임.

【吾翁卽若翁】 《孟子》에 "老吾老以及人之老"라 하였음. 그러나 여기서의 翁은 아버지를 뜻하는 말로 보임. 項羽가 劉邦을 滎陽에서 포위하고 유방의 아버지를 인질로 하여 "항복하지 아니하면 너의 아버지를 삶아버리겠다"고 하자 유방이 "그대와 나는 형제의 의를 맺었다. 그러니 나의 아버지가 곧 너의 아버지이다. 국물이나 똑같이 나누어 주라"라 한 데서 유래되었음.

274

장남은 집안의 주된 그릇이요, 훌륭한 아들은 그 집안을 이끌어 나갈 사람이다.

長男爲主器, 令子可克家.

【主器】 집안의 장남을 일컫는 말. 《周易》 序卦에 "主器者莫若長子"라 함.
【克家】 집안을 이끌어나갈 자제를 뜻함. 《周易》 蒙卦에 子克家라 함. 한편 唐 鄭餘慶의 아들 涵이 右補官이 되어 직언을 무서워하지 않았다. 이에 憲宗이 정여경에게 "涵, 卿之令子, 而朕之直臣也, 可更相賀"라 함.

275

아들이 그 집 문전을 빛낼 것임을 두고 '충려充閭'라 하고, 아들이 아버지보다 나을 때 이를 '과조跨竈'라 한다.

子光前曰充閭, 子過父曰跨竈.

【充閭】원래 **賈充**의 이름과 字. 晉나라 **賈逵**가 만년에 아들(**賈充**)을 낳자 "뒷날 이는 우리 집안을 가득 채울 경사가 있을 것이다. 이에 이름을 충이라 하고 자를 공려라 한다(當後有充閭之慶, 因名充, 字公閭)"라 하였음. 뒤에 이 充閭는 아들을 낳았을 때 축하하는 말로 쓰임. (《晉書》賈充傳)
【跨竈】竈는 말의 발자국 흔적. 어린 말이 늙은 말의 발자국을 뛰어넘음을 뜻함. (高士奇 《天祿識餘》) 吳崇의 〈賀生子〉詩에 "寄語王渾防跨竈, 阿戎淸賞祇須臾"라 함.

276

'이처럼 뛰어난 아이'라는 표현은 남의 아들을 부러워하는 말이요,

'나라의 그릇이 될 손안의 구슬'이란 남의 아들을 칭찬하는 말이다.

寧馨英物, 皆是羨人之兒;
國器掌珠, 悉是稱人之子.

【寧馨】晉나라 때의 口語. '이와 같은'이라는 뜻. 寧馨英物은 '이처럼 뛰어난 영물(아이)'이라는 뜻. **山濤**가 어린 **王衍**을 보고 너무 뛰어나 놀라서 "寧馨兒!"라 하였음. (《晉書》王衍傳)
【國器】나라의 보배. 나라를 다스릴 대단한 인재를 뜻함. 《漢書》韓安國傳에 "惟天子以爲國器"라 하고 **顏師古**의 주에 "國器者, 言其器用重大, 可施於國政也"라 함. '掌珠'는 손안의 구슬, 지극히 아끼는 보배 또는 아이를 뜻함.

아름답다. 자손이 많음이여, 마치 종사螽斯의 칩칩함과 같도다.

부럽도다. 호손의 창성함이여, 마치 과질瓜瓞이 끝없이 뻗어감과 같도다.

可愛者, 子孫之多, 若螽斯之蟄蟄;

堪羨者, 後人之盛, 如瓜瓞之緜緜.

【螽斯】메뚜기의 일종으로 옛사람들은 이들이 일생 99명의 아들을 둔다고 여겼음. 이에 따라 자손이 많은 자를 칭송하는 말로 쓰임. 《詩經》周南 螽斯에 "螽斯羽, 詵詵兮. 宜爾子孫, 蟄蟄兮"라 함. 蟄蟄은 매우 많이 모여 있는 모습을 나타냄.

【瓜瓞】오이 넝쿨이 계속 뻗어 자꾸 오이가 달림을 뜻함. 자손이 창성함을 축하하는 말로 쓰임. 《詩經》大雅 緜에 "緜緜瓜瓞, 民之初生, 自土沮漆"이라 함.

〈祖孫父子〉편 '增文' 12聯

278

경서를 남겨 대대로 가르침을 삼았으니 위현성韋玄成이 어진 부형이 계심을 즐거워한 것이요,

서단의 당시 명성에 왕희지王羲之는 집안의 아름다운 자제라 칭찬을 들었다.

經遺世訓, 韋玄成樂有賢父兄;

書擅時名, 王羲之卻是佳子弟.

___

【韋玄成】西漢 韋賢의 아들로 아버지가 당시 대단한 학자였으며 재상을 역임함. 아들 역시 그 학문을 이어 재상이 됨. 이에 당시 사람들이 "자식에게 황금을 상자 가득 남겨주는 것보다 경서 하나 가르침이 낫다(遺子黃金滿籯, 不如敎子一經)"라 칭하였다. (《漢書》韋賢傳)

【王羲之】東晉 때의 서예가. (前出) 그의 재질을 두고 백부 王敦이 "너야말로 우리 왕씨 집안의 아름다운 인물(汝是吾家佳子弟)"이라 칭찬하였음. (《世說新語》賞譽)

279

왕경칙王敬則은 고각鼓角을 울리는 큰 인물이 되었으니 어머니가 아들이 성공할 것이라 예견한 것이요,

두종무杜宗武는 헛되이 비단 주머니를 띠고 다닌 것이 아니니 아버지가 아들의 게으름을 타이른 것이다.

敬則應得鳴鼓角, 母覘子榮;
宗武更勿帶羅囊, 父規兒怠.

___

【敬則】王敬則(435~498). 南朝 때 인물로 어머니는 巫女, 자신은 개 백정이었으나 뒤에 宋, 齊 때 정변에 참여해 공을 세워 司空과 將軍 등의 벼슬을 지냄. 그가 어릴 때 어머니가 "너는 커서 鼓角을 울리는 큰 인물이 되리라"라고 하자 사람들이 "북이나 치고 피리나 부는 날나리꾼을 뜻하는 말이겠지"라 비웃었다. 그는 뒤에 큰 벼슬에 올라 과연 피리 불고 북치는 의장대가 맞이하는 인물이 되었다고 한다. (《南史》王敬則傳)

【宗武】杜宗武. 즉 杜甫의 아들. 두보가 아들을 위하여 지은 詩 〈示子宗武〉에 "覓句新

知津, 攤書解滿床, 試吟靑玉案, 莫帶紫羅囊"이라 하여 보랏빛 비단 주머니만 차고 다니는 헛된 학생이 되지 않기를 타일렀다.

280

송지문宋之問은 능히 아버지의 뛰어남을 나누어 이어받아 문장에 거듭된 빛을 발하였고,

적겸모狄兼謨는 할아버지의 풍모를 빛내어 차례로 그 빛이 찬란하였다.

宋之問能分父絶, 作述重光;

狄兼謨綽有祖風, 後先輝映.

【宋之問】唐代 詩人으로 沈佺期와 함께 沈宋이라 불림. 그의 아버지 宋令文은 문장, 시에 뛰어났으며 힘도 세어 三絶이라 불렸는데 그 아들 宋之問은 문장(오언시)에, 그리고 宋之悌는 용감함에, 宋之遜은 草書와 隷書에 뛰어나 각기 아버지의 장기 하나씩을 이어받았다고 함. (《舊唐書》 文苑傳 宋之問)

【狄兼謨】당대 名臣 狄仁傑의 손자. 할아버지의 풍모를 이어받아 집안을 빛냄. (舊唐書 狄兼謨傳)

281

가죽 외투를 불사르고 칼을 품고 엎어져 죽은 것은 나기생羅企生의 어머니와 왕릉王陵의 어머니가 모두 어진 이였음을 전한 것이며,

잉어가 뛰어오르고 닭을 잡아 어머니를 모신 이야기는 강시姜詩
와 모용茅容이 모두 효성이 훌륭하였음을 말한 것이다.

焚裘伏劍, 羅母與陵母俱賢;
躍鯉殺雞, 姜生與茅生并孝.

【羅母】東晉 때 羅企生의 어머니. 桓玄이 반란을 일으켜 荊州를 쳐들어오자 나기생이
이에 맞서다가 피살되자 그 어머니가 이를 듣고 "내 아들은 충신이다. 죽음에 한은 없다"
라 말하며 아들의 죽음을 담담히 여기면서 일찍이 환현이 선물했던 비싼 가죽 외투를 마
당에 꺼내놓고 불살라버렸다 함. (《晉書》忠義傳 羅企生傳)
【陵母】漢初 王陵의 어머니. 項羽가 왕릉의 어머니를 인질로 회유하자 "두 마음을 품지
말라(漢王長者, 吾兒不用因爲我而生二心)"고 몰래 사람을 아들에게 보낸 후 자살함. 이
에 왕릉은 고조(劉邦)에게 귀의하여 공을 세움. (《漢書》王陵傳)
【姜生】한나라 때 姜詩라는 자가 어머니에게 효성을 다하자 그의 집 앞에 연못이 생겨
잉어가 뛰어올라 이로써 봉양했다 함. (《後漢書》列女傳)
【茅生】後漢 때 茅容이라는 자 역시 효성이 뛰어났었음. 당시 대학자 郭泰가 그의 집을
방문했을 때 마침 닭을 잡고 있어 이를 자신을 대접하려는 것으로 알았으나 어머니에게
드리며 자신과는 나물반찬만으로 함께하는 것에 감동하여 학문을 권유해 그를 큰 학자로
키웠다 함. (《後漢書》郭泰傳 및 476, 751, 931 참조)

282

사령운謝靈運의 자손은 거의가 봉황 같은 뛰어난 존재였으니 어
찌 사사로운 자랑이겠으며,
왕승건王僧虔의 후손은 반 이상이 용과 같았으니 지나친 자랑이

아니었다.

靈運子孫多是鳳, 豈是阿私;
僧虔後嗣牛爲龍, 原非自侈.

【靈運】 남조 宋나라의 유명한 詩人 謝靈運(385~433). 山水詩에 뛰어났으며 이 謝氏
는 남조시대 대단한 명문귀족 문벌로 謝奕, 謝安, 謝尙, 謝玄, 謝石, 謝萬 등 이름을 떨
친 이가 매우 많았음. 《宋書》謝靈運傳) 蘇軾의 〈答馬忠王〉 詩에 "靈運子孫多是鳳,
荀家兄弟孰非龍"이라 함.
【僧虔】 남조 齊나라 때의 王僧虔(426~485). 같은 족벌로 王導, 王羲之 등이 있는 역시
대단한 집안이었음. 집안 교육에 엄격하여 그의 〈誡子書〉에는 "王家門中, 優者爲龍爲
鳳, 劣者爲虎爲豹, 失蔭之後, 豈龍虎之謂哉? 況吾不能爲汝蔭, 正宜各自努力耳"라
하였다. (《南齊書》王僧虔傳)

283

마원馬援은 후손 마린馬璘이 능히 그 무용을 빛내었으니 끝내 어
진 후손을 둔 것이요,
기해祁奚는 아들 기오祁午를 추천하였으니 자식도 피하지 않은
것은 실로 그 자식이 훌륭했기 때문이었다.

馬援得璘能耀武, 畢竟孫賢;
祁奚擧午不避親, 實因子肖.

【馬援】東漢의 명장(14~49). 伏波將軍으로 서역 평정에 공이 있었으며 新息侯에 봉해짐. (《後漢書》馬援傳) "大丈夫死於邊, 以馬革裹尸"라는 유명한 말을 남김. 그의 후손 唐나라 馬璘(722~777)이 조상의 이 구절을 읽고 발분하여 "令吾祖勳業墜地下乎?"라 하면서 군문에 들어가 安史의 난을 평정한 공을 세워 中興猛將으로 불렸음. (《舊唐書》馬璘傳)

【祁奚】춘추시대 晉나라 때 인물로 퇴직하면서 임금이 후임을 묻자 자신의 원수인 解狐를 추천하였으며, 해호가 죽고 나자 다시 자신의 아들 祁午를 추천하여 당시 "外擧不避仇, 內擧不避親"이라 함. 능력만을 위주로 인물을 본 것으로 널리 알려진 고사임. 《國語》晉語(7), 《說苑》 등에 널리 실려 있음.

284

촉접觸讋은 자신의 막내아들을 불쌍히 여김을 비유하여 중요한
관리로 삼아달라고 임금 태후에게 요청하였고,

소경蕭俓은 증손을 보는 것이 즐겁다고 하면서 계단 아래에서
손자가 할아버지 부르는 소리를 흉내내었다.

觸讋猶憐少子, 乞淸要於君前;

蕭俓喜見曾孫, 效傳呼於階下.

【觸讋】전국시대 인물로 趙太后가 병이 들자 자기 아들 사랑을 예로 들어 태후로 하여금 長安君을 인질로 보내어 나라를 구하도록 유세함. (《戰國策》趙策 四) 본문의 '淸要'는 지위가 높은 관리를 뜻함.

【蕭俓】唐나라 재상 蕭俓은 집을 찾아온 객에게 "我不以得相爲喜, 所幸壽考, 又見曾孫"이라 하면서 계단에 내려가 손자의 말소리를 흉내내면서 할아버지를 부르는 시늉을

하였다 함. (《舊五代史》蕭願傳)

285

왕패王霸는 일찍이 귀한 손님이 오자 부끄러움을 느꼈고, 장빙張
憑은 훌륭한 아들을 두었다는 할아버지 말씀을 '희롱한다'로 바로
잡았다.

王霸則曾慚貴客, 張憑則戲說佳兒.

【王霸】王霸가 소년 시절 令狐子伯과 친구였는데 영호자백이 楚나라 재상이 되어 그 아
들이 그 사실을 적은 편지를 가지고 왕패의 집을 찾아오자 왕패의 아들이 감히 쳐다보지
도 못했으며 왕패는 부끄러움을 느꼈다 함. (《逸民傳》)
【張憑】張蒼梧가 아들에게 "내가 너만 못하다" 하였으나 아들이 이를 알아듣지 못하였
다. 장창오가 "너는 훌륭한 아들(佳兒)을 두었다는 뜻이다"라 설명하였다. 손자 張憑은 겨
우 몇 살의 어린 나이로 "할아버지는 어찌 손자 앞에서 아들을 희롱하십니까?"라 하였다
한다. 《世說新語》排調篇에 "張蒼梧是張憑之祖, 嘗語憑父曰:'我不如汝.'憑父未解
所以. 蒼梧曰:'汝有佳兒.'憑時年數歲, 斂手曰:'阿翁, 詎宜以子戲父?'"라 함.

286

이교李嶠는 아들 일로 비웃음을 샀고, 감라甘羅는 누구나 부러워
하는 아이였다.

李嶠貽譏, 甘羅堪羨.

【李嶠】唐나라 때 재상(645～714). 李嶠의 아들과 蘇瓌(蘇瑰)의 아들이 어린 시절 황제를 뵙게 되자 그들에게 배운 것을 외우도록 하였다. 소괴의 아들이 "木從繩則正, 后從諫則聖(나무는 먹줄을 따르면 곧게 켤 수 있고, 왕은 간언을 따르면 성인이 된다)"라 하자 이교의 아들은 "斮朝涉之脛, 剖賢人之心(이는 폭군 紂가 아침에 물을 건너는 자가 어찌하여 다리가 시린가를 알아보려고 정강이를 베고, 현인은 어찌하여 간언을 하는가 하고 비간의 심장으로 도려내어 살폈다)"고 하였다. 황제는 이를 듣고 "蘇瓌有子, 李嶠無兒"라 하여 이교의 아들이 사악하게 크고 있고 여겼다. (《松窗雜錄》)

【甘羅】전국시대 秦나라 정치가. 甘茂의 손자로 기지가 있었으며 머리가 좋아 12세에 呂不韋의 가신이 되어 많은 어려운 일을 잘 해결하였음. (《史記》樗里子甘茂列傳)

287

'공의 재능이 후손에게 나타난다' 함은 먼 후손까지 이어짐을 즐거워 '운잉雲仍'이라 하고,

조상의 유지를 이어받음을 말할 때 차라리 '위태委蛻'라 표현함만 하겠는가?

公才公望, 喜說雲仍;
率祖率親, 寧云委蛻?

【公才公望】'공의 재능이 공의 후손에게서 다시 나타난 것'이라는 뜻. 남조시대 齊나라 王儉이 재상이었을 때 빈객들이 와서 몇 살밖에 되지 않은 그의 손자를 보고 "公才公望,

復在此乎"라 평함. (《南史》王晙傳)

【雲仍】 원래 8대 후손을 일컫는 말. (《爾雅》釋親)

【率祖率親】 조상의 유지를 이어받음을 말함. 《禮記》大傳에 "自仁率親, 等而上之於祖, 名曰輕"이라 함.

【委蛻】 대자연이 내려준 몸이나 껍질. 《莊子》知北遊에 "孫子非汝有, 是天地之委蛻也"라 함. 그러나 여기서는 내 몸이 후손에게 하늘의 이치대로 이어갈 것이므로 소유로 여기거나 집착하지 말라는 뜻.

288

두맹杜孟의 보전寶田은 지금도 있고, 설가薛家의 반석도 아직 남아 있다.

杜氏之寶田斯在, 薛家之磐石猶存.

【杜氏】 杜孟. 宋代 인물로 그가 太學에서 공부할 때 당시 蔡京이 전권을 휘두르자 분연히 퇴학하면서 "忠孝吾家之寶, 經史吾家之田"이라 하여 당시 그를 杜氏寶田이라 하였음. (《宋史》杜孟傳)

【薛家】 唐나라 때 薛道衡이 侍郎이 되어 매번 中書省을 드나들 때 반석 아래에서 원고를 베꼈다 함. 뒤에 그의 손자 薛元超가 역시 中書舍人이 되어 그 반석을 지날 때마다 조부를 생각했다 함. (《舊唐書》薛元超傳)

289

원숙員俶이 학문 변론에 뛰어났던 것은 이미 집안의 연원淵源이

있었기 때문이요, 양기楊奇가 권세에 굴함이 없었던 것은 가풍의
매움을 이어받았기 때문이었다.

　詞辨旣見淵源, 强項亦徵風烈.

【詞辨】 문장이나 학문의 옳고 그름을 따져 토론함. 唐나라 때 員儆이 9살에 능히 여러
사람 앞에서 문장을 토론하였는데 그는 員半千의 손자로 집안 학문 淵源이 있었기 때문
이라 함. (《新唐書》 李泌傳)
【强項】 권세에 굽히지 않음을 말함. 疊韻語. 漢代 楊震이 관리로서 여러 차례 상서를 올
리면서 굽히지 않은 것으로 유명하였으며 그 손자 楊奇 역시 이와 같아 靈帝가 "卿强項,
眞楊震子孫, 有祖風烈"이라 함. (《後漢書》 楊震傳 및 538, 674, 707 참조)

참고 〈祖孫父子〉편 '續增' 3聯

- 祖與父, 爲直系之尊親; 子若孫, 是相承之血胤.
- 謂人祖父, 曰乃祖乃父; 稱人子孫, 曰文子文孫.
- 桂子聯芳, 見燕山之家敎; 蘭孫茁秀, 瞻馬氏之淸徽.

8. 형제 兄弟

본 장은 형제간의 우애와 사랑, 심지어 갈등까지도 제재로 하여 역대 훌륭한 형제들의 일화와 본받을 점 등을 제시하고 설명하고 있다. (총 24연)

290

천하에 옳지 못한 부모란 없으며, 세상에 가장 얻기 어려운 것이 형제이다.

天下無不是底父母, 世間最難得者兄弟.

【不是底】底는 的과 같음. '~는/은'의 뜻. 이 구절은 《增廣賢文》에도 인용되어 있다.
【世間最難】北齊 때 蘇瓊이 任河太守였을 때 고을의 普明 형제가 田地를 두고 다툼이 벌어져 몇 년을 끌자 소경이 이들을 불러 "天下難得者兄弟, 易求者田地. 失兄弟, 心如何?"라 달래어 두 형제가 화해를 이루었다 함. (《北齊書》循吏傳)

291

모름지기 부모로부터 같은 혈기를 타고 난 영광이 있으니, 수족과 같은 형제의 아름다운 우애를 손상시키는 일이 없도록 하라.

須貽同氣之光, 毋傷手足之雅.

【同氣】부모의 혈기를 똑같이 타고났음을 뜻함. 형제의 다른 말. (《後漢書》東平憲王蒼傳)
【手足】형제를 뜻함.

292

‘옥곤음우玉昆金友’란 형제가 모두 어짊을 부러워함이요,

‘백훈중지伯壎仲篪’란 동기가 서로 잘 어울림을 말한 것이다.

玉昆金友, 羨兄弟之俱賢;

伯壎仲篪, 謂聲氣之相應.

【玉昆金友】형제가 모두 훌륭함을 뜻함. 남조시대 王銓과 아우 王錫이 모두 효행이 있어 당시 사람들이 “玉昆金友”라 칭찬함. (《南史》王銓傳)

【伯壎仲篪】伯은 형, 仲은 아우. 壎과 篪는 모두 악기 이름. ‘형이 훈을 불고 아우는 지를 연주하다’의 뜻으로 형제간에 우애가 아주 조화를 이룸을 말할 때 壎篪라 함. 《詩經》小雅 何人斯에 “伯氏吹壎, 仲氏吹篪”라 함.

【同氣相應】서로 잘 어울림을 말함. 《周易》乾卦에 “同聲相應, 同氣相求”라 함.

293

‘형제기흡兄弟旣翕’이란 화악花萼이 서로 빛을 비춰줌을 말하고,

‘형제연방兄弟聯芳’이란 상체棠棣가 다투어 빼어남을 말한 것이다.

兄弟旣翕, 謂之花萼相輝;

兄弟聯芳, 謂之棠棣競秀.

【兄弟旣翕】형제 사이가 매우 화합을 잘 이룸. 《詩經》小雅 常棣에 “兄弟旣翕, 和樂且

湛, 常棣之華, 鄂不韡韡. 凡今之人, 莫如兄弟"라 함. 花萼은 花鄂과 같음. 꽃과 꽃받침. 역시 형제를 비유한 것. 한편 唐 玄宗은 우애가 깊어 긴 베개와 큰 이불을 만들어 형제가 함께 자면서 그들의 침소였던 西樓를 花萼相輝라 편액을 걸었다 함. (鄒聖脈 주)
【棠棣】常棣로도 쓰며 나무 이름. 《시경》의 상체는 형제애를 다룬 詩로 흔히 형제를 뜻함.

294

어려울 때 서로 돌아봄은 척령鶺鴒이 저 들에 있음과 같고,

　수족(형제)이 분리됨은 마치 행렬을 지어 날아가던 기러기 날개가 부러짐과 같다.

　患難相顧, 似鶺鴒之在原;

　手足分離, 如雁行之折翼.

【鶺鴒】할미새. 脊令으로도 쓰며 이 새는 들판에서 홀로 높이 날아 동기를 부르느라 계속 울음을 그치지 않는다고 함. 《詩經》小雅 常棣에 "脊令在原, 兄弟急難"이라 함. (1223 참조)
【雁行】기러기는 하늘을 날면서 반드시 그 순서를 지켜 '시옷(ㅅ)'자의 대열을 이루어, 이를 두고 흔히 형제의 우애에 비유함. 《禮記》王制에 "兄之齒, 雁行"이라 함.

295

진식陳寔의 두 아들陳紀, 陳諶은 모두가 훌륭하여 할아버지 태구령이 '난제난형難弟難兄'라 칭찬하였고,

　송교宋郊와 송기宋祁는 모두 급제하여 당시 사람들이 '대송소송

大宋小宋’이라 불렀다.

　　元方·季方俱盛德, 祖太丘稱爲難弟難兄;
　　宋郊·宋祁俱中元, 當時人號爲大宋小宋.

【元方·季方】漢末 太丘令을 지냈던 陳寔의 두 아들 陳紀(元方)와 陳堪(季方)은 둘 모두 똑똑하여 우열을 가릴 수 없었다 함. 이에 그 할아버지가 "元方難爲兄, 季方難爲弟"라 하여 ‘難兄難弟’라는 성어가 생김. (《世說新語》德行) 태구령은 관직 이름으로 진식의 직책이었으나 여기서는 할아버지가 한 말로 보았음.

【宋郊·宋祁】宋祁(998~1061)가 아우이며 宋郊가 형이었는데 둘 모두 宋 天聖 2년(1024)에 과거를 보아 급제하였지만 동생이 장원을 하고 형이 차등을 하자 이들을 만나본 章憲太后가 "어찌 아우가 형 앞에 있을 수 있는가?"라며 형을 장원으로 삼음. 이 둘을 大宋, 小宋이라 하여 ‘二宋’으로 불렀으며 뒤에 관직에 올라 이름을 떨침. (《宋史》宋祁傳 및 1066 참조)

296

한漢나라 때 순숙荀淑의 아들 형제는 ‘팔룡八龍’이라는 멋진 이름을 얻었고,

당唐나라 때 하동河東의 설수薛收 형제들은 ‘삼봉三鳳’이라는 아름다운 이름으로 불렸다.

　　荀氏兄弟, 得八龍之佳譽;
　　河東伯仲, 有三鳳之美名.

【荀氏兄弟】漢나라 때 荀淑은 아들이 儉, 緄, 靖, 燾, 汪, 爽, 肅, 敷 등 여덟이 있었으며 모두 뛰어나 당시 八龍이라 불렸음. (《後漢書》荀淑傳)

【河東伯仲】唐나라 때 薛收와 종형의 아들 薛元敬, 족형 薛德音 등 세 사람은 모두 덕행과 문재가 있어 당시 河東三鳳이라 불렸음. (《舊唐書》薛收傳)

297

　관숙管叔 채숙蔡叔이 반란을 하자 이를 쳐서 없앤 것은 주공周公이 대의를 위해 혈친까지 멸한 예이며,

　적을 만나 형제가 서로 죽겠다고 다툰 것은 조효趙孝가 자신의 몸을 아우 대신 내세운 예이다.

　東征破斧, 周公大義滅親;

　遇賊爭死, 趙孝以身代弟.

【周公】周初 성인이며 文王의 아들이자 武王의 아우. 무왕이 殷을 멸하고 아우 管叔과 蔡叔을 은나라 땅으로 보내어 紂王의 아들 武庚을 감시하도록 임무를 맡겼으나 도리어 관숙과 채숙이 그들과 내통하여 반란을 일으키자 周公이 나서서 3년의 기간을 거쳐 이를 평정하고 법으로 처리함. 《詩經》豳風 破斧에 "旣破我斧, 又缺我斨, 周公東征, 四國是皇"이라 함.

【趙孝】西漢 末期 사람으로 그의 아우 趙禮가 도적에게 잡혀 도적들이 그 살을 먹겠다고 하자 조효가 찾아가 "내가 더 살이 쪘으니 나를 대신 잡아먹으라" 하여 서로 다투자 도적이 감동하여 둘 모두 풀어주었다 함. (《後漢書》趙孝傳)

298

콩을 삶음에 그 콩깍지를 때는 것은 형제간에 서로 해침을 말한
것이요,

한 말 곡식과 한 폭의 옷감은 형제간에 서로 용납하지 못함을
기롱한 것이다.

煮豆燃其, 謂其相害;

斗粟尺布, 譏其不容.

【煮豆燃其】형제간에 잔혹하게 굶음을 뜻함. 魏 文帝 曹丕가 아우 曹植을 지극히 미워
하여 "일곱 발자국을 걷는 동안 詩를 완성하지 않으면 죽이겠다"라고 하자 조식이 "煮豆
燃豆其, 豆在釜中泣. 本是同根生, 相煎何太急"이라 하여 〈七步詩〉를 지음. (《世說新
語》文學 및 786, 510, 1002, 1308 참조)
【斗粟尺布】漢 文帝 때 아우 淮南厲王 劉長이 모반을 꾀하자 문제가 이를 폐출시켜
蜀郡으로 귀양을 보냈으나 도중에 굶어 죽음. 이에 "一尺布 尙可縫; 一斗粟, 尙可舂,
兄弟二人不相容"이라는 민가가 생겼다 함. (《史記》淮南衡山列傳)

299

형제가 집안에서 싸운다는 것은 형제가 못되게 싸움을 말하는
것이요,

하늘이 내린 깃과 날개란 형제 사이에 서로 친함을 두고 한 말
이다.

兄弟鬩牆, 卽兄弟之鬪狠;

天生羽翼, 謂兄弟之相親.

【鬩牆】담장 안(집안)에서 형제간이 싸움. 《詩經》 小雅 常棣에 "형제는 집안에서는 싸우다가도 남이 모욕을 하면 함께 이를 막는다(兄弟鬩於牆, 外禦其務)"라 함.

【羽翼】깃과 날개. 唐 玄宗의 〈賜五王書〉에 "魏文帝詩云: '西山一何似, 高高殊無極, 上有兩仙童, 不飮亦不食; 賜我一丸藥, 光輝有五色, 服之三五日, 身體生羽翼.' 朕每言寧如我兄弟, 天生之羽翼乎?"라 함.

300

강굉姜肱은 장가를 들고도 큰 이불로 삼형제가 함께 잤으며, 송宋 태조太祖는 아우의 쑥뜸에 자신도 생뜸을 뜨며 고통을 나누었다.

姜家大被以同眠, 宋君灼艾而分痛.

【姜家】後漢 때 姜肱은 아우 仲海, 季江과 우애가 너무 깊어 각기 장가를 들고도 함께 큰 이불을 만들어 덮고 잤다 하여 이를 '강씨 이불(姜被)'라 하였다 함. (《後漢書》江肱 傳 및 613 참조)

【宋君】宋 太祖 趙匡胤은 아우 趙匡義와 우애가 깊어 아우가 병이 나서 쑥뜸을 뜰 때 너무 아파할까 여겨 자신도 곁에서 생뜸을 뜨며 기다려주었다 함. (《宋史》太祖本紀) 한편 《增廣賢文》에는 "骨肉相殘, 煮豆然萁; 兄弟相愛, 灼艾分痛"이라 함. (157, 567, 739, 1026 참조)

301

전씨田氏가 재물을 나누자 뜰 앞의 형수荊樹라는 나무가 갑자기 시들었고,

백이伯夷와 숙제叔齊가 나라를 양보하여 함께 수양산首陽山에서 고사리를 캐 먹었다.

田氏分財, 忽瘁庭前之荊樹;
夷齊讓國, 共採首陽之蕨薇.

【田氏分財】隋나라 때 田眞, 田廣, 田慶 삼형제가 우의가 깊었으나 재물을 나눌 때 뜰에 있는 紫荊樹라는 나무까지 나누어 갖기로 하였다. 그런데 다음 날 아침에 그 나무가 저절로 말라 죽는 것을 보고 참회를 하자 그 나무가 다시 살아 무성히 꽃을 피웠다 함. 南朝 梁 吳均의 《續齊諧記》紫荊樹에 "京兆田眞兄弟三人, 共議分財, 生貲皆平均; 惟堂前一株紫荊樹, 共議破三片, 明日就截之. 其樹卽枯死, 狀如火然. 眞往見之, 大驚, 謂諸弟曰: '樹本同株, 聞將被斫, 所以憔悴, 是人不如木也.' 因悲不自勝, 不復解樹. 樹應聲榮茂, 兄弟相感, 合財寶, 遂爲孝門"이라 함. 한편 《增廣賢文》에는 "小窗莫聽黃鸝語, 踏破荊花滿院飛"라 함.
【夷齊讓國】殷나라 말기 孤竹國의 두 형제 伯夷와 叔齊가 서로 왕위를 사양하다가 周 武王이 덕이 있다는 말을 듣고 그에게 가는 길에 그가 殷을 정벌하러 나서는 것을 보고 의롭지 못하다 여겨 首陽山에 들어가 고사리를 캐 먹다가 굶어 죽었다 함. 《史記》伯夷列傳)

302

비록 안전한 날을 보내고 있다고 하나 친구로 살아감만 같지 못하고,

사실 평범한 사람으로 형제만 한 이가 없다.

雖曰安寧之日, 不如友生;
其實凡今之人, 莫如兄弟.

【安寧之日】《詩經》小雅 常棣에 "喪亂旣平, 旣安且寧. 雖有兄弟, 不如友生. ……常棣
之花, 鄂不韡韡. 凡今之人, 莫如兄弟"라 함.
【不如友生】형제로서 싸운다면 친구로 살아가는 것만도 못함.《增廣賢文》에 "兄弟相害,
不如友生. 外御其侮, 莫如兄弟"라 함.

303

《시詩》에는 형제간에 작작綽綽한 모습을 노래하였고, 성인 공자
孔子는 형제간에 이이怡怡하게 하라고 가르쳤다.

詩歌綽綽, 聖訓怡怡.

【綽綽】관대하고 여유가 있는 모습.《詩經》小雅 角弓에 "此令兄弟, 綽綽有裕"라 함.
【怡怡】마음이 평안한 모습.《論語》子路篇에 "兄弟怡怡"라 함.

304

‘갈말호봉羯末封胡’은 모두 훌륭한 형제 넷을 칭하는 말이요,
‘제수락유醍酥酪乳’는 진기한 형제들을 일컫는 것이다.

羯末封胡, 俱稱彦秀;
醍酥酪乳, 幷屬珍奇.

【羯末封胡】晉나라 때 謝氏 집안의 네 사람의 자, 혹은 兒名. 謝韶(封), 謝朗(胡), 謝玄
(羯), 謝川(末). 이 네 사람은 모두 우수하여 당시 뛰어난 인재(彦秀)라 칭찬을 들었음.
(《晉書》謝萬傳)
【醍酥酪乳】唐나라 때 穆贊의 형제들이 모두 뛰어나 당시 사람들이 乳製品의 맛으로 이
들을 비유하였음. 穆贊은 俗忌가 적어 酪에, 穆質은 문장이 아름다워 酥에, 穆員은 醍醐
에, 그리고 穆賞은 乳腐에 비유함. (《舊唐書》穆寧傳)

305

육기陸機와 육운陸雲 형제는 낙읍洛邑에서 함께 그 이름을 떠들
썩하게 하였고,
계심季心과 계포季布는 관중關中에서 그 의기가 세상을 덮을 정
도였다.

陸機·陸雲, 名共喧於洛邑;
季心·季布, 氣幷蓋於關中.

【陸機·陸雲】 두 형제는 삼국시대 吳나라가 망하자 晉나라 洛陽으로 들어가 모두 크게
이름을 날렸음. 陸機(261~303)는 자가 士衡이며 〈文賦〉, 〈登樓賦〉 등 유명한 작품을
남김. (《晉書》 陸機傳) 陸雲(263~303)은 육기의 아우로 자는 士龍. (《晉書》 陸雲傳)
【季心·季布】 두 형제는 漢初의 인물. 楚나라 출신으로 모두 관중으로 들어가 큰 이름을
떨침. '季布一諾'의 고사를 남기기도 함. (《史記》 季布欒布列傳 및 644, 706 참조)

306

유준劉峻의 허리띠는 네모난 청색이었으며, 마량馬良의 눈썹은
흰색이었다.

劉孝標之綬方靑, 馬季常之眉本白.

【劉孝標】 남조 梁나라 때의 劉峻(458~521). 《世說新語》의 주를 단 것으로도 유명함. 일
찍이 포로가 되었다가 남쪽으로 왔으며 형제와의 이별을 슬퍼한 詩 〈家園別陽羨始興〉
에 "四鳥怨離群, 三荊悅同處. 如今腰艾綬, 東南各殊擧"라 함. (《梁書》 劉峻傳) 艾綬는
청색의 허리띠를 뜻함. 주에 거론한 그의 시를 두고 표현한 것.
【馬季常】 삼국시대 蜀漢의 인물로 馬良(187~222)을 가리킴. 자가 季常이었음. 그는 미
간에 흰 눈썹이 있었으며 형제 다섯이 모두 뛰어났으나 그중 특히 출중하여 白眉라는 고
사를 남김. (《三國志》 蜀志 馬良傳 및 570 참조)

307

문채는 송宋나라 때 미산眉山의 소식蘇軾과 소철蘇轍 형제요, 재
명은 당唐나라 때 진경위秦景暐와 진경통秦景通 형제였다.

文采則眉山軾·轍, 才名則秦氏暐·通.

【軾·轍】蘇軾과 蘇轍. 그의 아버지 蘇洵과 함께 唐宋八大家의 대문장가이며 고향이
四川 眉山이었음. (前出)
【暐·通】秦景通과 秦景暐 형제. 둘 모두 唐나라 학자로《漢書》에 정통하여 大秦君과
小秦君으로 불림. (《新唐書》儒學 秦景通傳)

308

아우를 성공시키고자 함에 허무許武가 비록 좋은 것은 다 주었
다 해도 그것이 어찌 허물이 되겠으며,

　재산을 나눔에 설포薛包는 차라리 황무지와 낡은 것을 자신이
가지면서도 편안하게 여겼다.

　欲成弟名, 雖擇肥美而何咎;
　中分財産, 寧取荒頓以爲安.

【欲成弟名】아우를 성공시키기 위하여 형이 온갖 정성을 다함을 뜻함. 後漢 때 許武라
는 자는 동생을 성공시키기 위하여 재산을 나눌 때 많은 토지와 힘센 노비를 모두 주었으
며 뒤에 다시 자신의 재산을 세 배로 늘려 이 역시 모두 동생에게 주어 성공하도록 도와
주자 이웃들이 심하다고 여겼다 함. (《後漢書》許荊傳)
【中分財産】薛包라는 사람은 재산을 나눌 때 자신은 荒田과 늙은 종, 낡은 가구만 갖고
좋은 것은 모두 아우에게 주었다 함. (《小學紺珠》)

309

'한 집안의 오동나무'란 형제가 영화로움을 말한 것이요, '천리를 달릴 어린 준마'라 하였으니 누가 그에 필적하겠는가?

一家之桐木稱榮, 千里之龍駒誰匹?

【桐木】北宋 때 韓子華 형제는 모두 재상을 지냈으며 그의 집 앞에는 모두 오동나무가 있어 당시 사람들이 "桐木韓家"라 불렀다 함. (《宋史》 韓億傳)
【龍駒】한창 건장한 준마를 말함. 陸雲이 여섯 살일 때 尙書 吳閔鴻이 그의 뛰어남을 보고 "此兒若非龍駒, 當是鳳鷄"라 칭찬하였다 함. (《晉書》 陸雲傳)

310

'상류전上留田'은 '염양강廉讓江'의 이야기에 비하면 얼마나 잘못된 것인가? 문을 걸어 잠그고 가슴을 칠 정도라면 역시 남이 얼굴에 침을 뱉어도 참고 견뎌야 한다.

上留田何如廉讓江, 閉戶撾亦當唾面受.

【上留田】원래 지명. 그곳 어떤 사람이 부모가 죽은 후 그 아우를 돌보지 않는 것을 보고 슬피 여겨 〈上留田〉이라는 노래를 지어 불렀다 함. (《古今注》 音樂)
【廉讓江】交州의 李祖仁이라는 사람의 열 명 형제는 모두 효성과 우애가 깊고 양보심이 대단하여 그들이 사는 근처의 강을 廉讓江이라 불렀다 함. (《交州記》)
【閉戶撾】문을 닫고 가슴을 침. 東漢 때 무동(繆彤) 형제 넷이 각기 장가들고 분가를 하

고 나서 소원해지자 무동이 문을 닫고 가슴을 치며 "내가 집안을 잘 다스리지 못한 죄"라고 통곡을 하였음. 아우들이 이를 듣고 다시 화목하게 되었다 함. (《後漢書》 獨行傳)

【唾面受】 唐나라 婁師德이 인내가 가장 중하다고 여겨 아우에게 남이 내 얼굴에 침을 뱉더라도 저절로 마를 때까지 참고 기다리도록 가르쳤다 함. (《新唐書》 婁師德傳 및 245, 525 참조)

311

토지를 서로 미루어 양보하였으니 한연수韓延壽의 교화를 실행하여야 함을 안 것이요,

눈물을 뿌리면서 다툼을 막은 것은 소경蘇瓊의 말이 훌륭함에 감동한 것이다.

推田相讓, 知延壽之化行;
灑淚息爭, 感蘇瓊之言厚.

【延壽】 漢나라 때 韓延壽(?~B.C.57) 東郡太守를 지냈으며 그가 高陵縣을 순시할 때 형제가 농토를 두고 소송이 벌어진 것을 보고 이는 자신의 부덕 때문이라 통한하여 문을 닫고 참회를 하자 두 형제가 잘못을 깨닫고 반대로 서로 그 토지를 양보했다 함. (《漢書》 韓延壽傳)

【蘇瓊】 北齊 때 南淸河太守를 지낸 인물. 자신의 관내에 형제간의 토지소송이 벌어지자 이들을 불러 "형제는 천하에 얻기 어려운 것이요, 토지는 쉽게 구할 수 있는 것이다. 토지를 얻고 형제를 잃는다면 무슨 이익이 되겠는가?"라고 눈물로 권유하여 화해를 이루었다 함. (《北齊書》 循吏傳)

312

송宋대 공씨 형제 셋은 이미 정립鼎立으로 추천을 받았고,
당唐대 다섯 장씨 다섯도 역시 명경과明經科에 이름을 드날렸다.

三孔旣推鼎立, 五張亦號明經.

【三孔】北宋 때 孔文仲, 孔武仲, 孔平仲 삼형제를 가르킴. 모두 文才로 이름이 나서 당시 "淸江三孔"이라 불렸음. (《宋史》 孔文仲傳) 鼎立은 鼎의 세 발처럼 나라의 안정을 줄 인물이라는 뜻. 黃魯直의 詩에 "二蘇相聯璧, 三孔分立鼎"이라 함.

【五張】唐代 張知塞 형제 다섯. 모두 학식이 뛰어났으며 특히 科擧 明經科에 급제하여 그 이름을 날림. (《舊唐書》 張知塞傳) 明經은 당대 과거제도로 유가 경전의 내용의 해석 실력으로 인재를 뽑았으며 進士科와 같은 등급이었음.

313

사랑과 공경은 의당 사마광司馬光을 법으로 삼고, 공손과 겸양은
양춘楊椿을 스승으로 삼을 지니라.

愛敬宜法溫公, 恭讓當師延壽.

【溫公】宋代 司馬光을 가리킴. (前出) 溫國公에 봉해졌었음. 그는 형 伯康과 우애가 깊었으며 형이 여든이 넘자 어버이 모시는 태도로 봉양하였다 함. 《小學紺珠》

【延壽】北魏의 楊椿, 자는 延壽. 그는 형인 播(延慶)로, 아우 津(羅漢)과 우애가 지극히 깊어 당시 널리 알려졌다 함. (《北史》 楊播傳)

- 四海之內, 猶是同胞; 一本所生, 尤宜友愛.
- 式相好, 無相尤, 歡言一室; 旣有義, 尤有禮, 推重一鄕.
- 兄弟如左右手, 夙有名言; 兄弟雖旁系親, 究爲同産.
- 憂喜推誠, 傲弟猶封有庫; 始終守義, 讓兄莫若延陵.
- 與弱弟同臥起, 方百川期慰二親; 事伯兄如嚴師, 韓慕廬允精三禮.
- 同宗有孤苦者, 最近親等, 負扶養之責, 兄弟與焉; 遺産無遺囑者, 直系親屬, 有承受之權, 兄弟次之.
- 大抵家庭有至樂; 須知枝葉勿相殘.

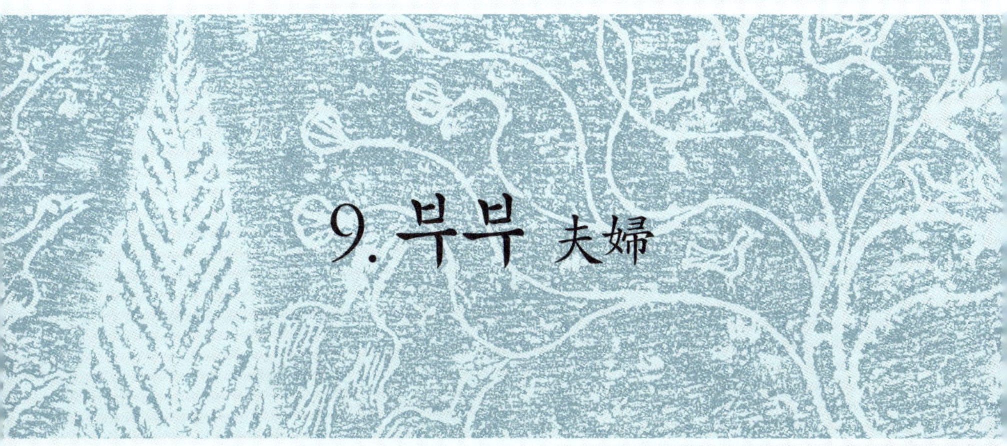

9. 부부 夫婦

본 장은 부부간의 사랑과 예절 그리고 서로의 직분은 물론, 나아가 부부 화합의 중요성을 강조하였으며 아울러 역대 부부의 일화와 고사를 들어 부부로서 갖추어야 할 예를 상세히 설명하고 있다. (총 27연)

314

음은 홀로 생육을 할 수 없다. 양도 홀로는 자랄 수 없다. 그러므로 천지가 음양으로써 짝을 이루었다.

남자는 여자로써 '실室'을 이루고, 여자는 남자로써 '가家'를 이룬다. 그러므로 사람은 부부로써 짝을 이룬다.

孤陰則不生, 獨陽則不長, 故天地配以陰陽;
男以女爲室, 女以男爲家, 故人生偶以夫婦.

【陰陽】남녀를 상징하는 말로 쓰였음.
【室家】室은 남자가 여자를 맞아 가정을 이루는 것을 일컫는 말. 《禮記》曲禮에 "三十日 壯, 有室"이라 함. 家는 여자가 출가하여 가정을 이루는 것을 일컫는 말. 《詩經》周南 桃 夭에 "之子于歸, 宜其室家"라 함.

315

음과 양이 조화한 이후에야 비의 혜택이 내린다.
부부가 화합한 이후에야 가정의 도가 이루어진다.

陰陽和, 而後雨澤降;
夫婦和, 而後家道成.

【陰陽】우주 기상의 음과 양.

지아비가 아내를 부를 때 '졸형拙荊'이라 하고 혹 '내자內子'라 하기도 한다.

아내가 지아비를 부를 때 '고침藁砧'이라 하고 혹 '양인良人'이라 하기도 한다.

夫謂妻曰拙荊, 又曰內子;
妻稱夫曰藁砧, 又曰良人.

【拙荊】자신의 아내를 낮추어 부르는 말. 東漢 때 隱士 梁鴻의 아내 孟光은 생활이 검박하여 荊枝(가시나무 가지)로 비녀를 삼고 거친 베로 치마를 해 입었음. (《太平御覽》 718에 인용된 列女傳 및 328, 441, 444, 983 참조) 그래서 자신의 아내를 拙樸한 가시나무 비녀를 한 사람이라는 뜻으로 부르는 말.

【內子】아내의 낮춤말. 《左傳》僖公 24년에 "以叔隗爲內子, 而己下之"라 함.

【藁砧】稿椹과 같음. 원래 짚으로 만든 刑具. 고대 죄인을 참형할 때 밑에 깔던 기구로 이를 '부(鈇)'라 했는데 음이 '부(夫)'와 같아 隱語로 남편을 지칭하는 말이 되었다 함. 周祈의 《名義考》卷5에 "古有罪者, 席稿伏於椹上, 以鈇斬之; 言稿椹則兼言鈇矣. 鈇與夫同音, 故隱語稿椹爲夫也"라 함.

【良人】여자가 자신의 남편을 부르는 말. 《孟子》離婁(下)에 "良人者, 所仰望而終身也"라 함.

317

아내를 얻음을 축하할 때 '항려伉儷가 영화롭게 해로하십시오'라 하고,

물건을 남겨두었다가 아내에게 갖다 주는 것을 '돌아가 세군細
君에게 준다'라 한다.

賀人娶妻, 曰榮諧伉儷;
留物與妻, 曰歸遺細君.

【伉儷】 부부를 함께 칭하는 말. 대등하다는 뜻을 지니고 있음. (《左傳》成公 11년)
【細君】 漢 武帝가 신하들에게 고기를 하사하고자 할 때 東方朔이 먼저 이를 들고 집으
로 감. 무제가 책하자 細君에게 갖다 주고자 했다 함. 일설에 '세군'은 동방삭의 아내 이
름이라고도 하며, 혹 동방삭이 자신을 제후에 비유하여 아내를 小君(細君)이라 지칭했다
고도 함. (《漢書》東方朔傳)

318

'수실受室'이란 아내를 맞아들이는 것이요, '납총納寵'이란 남
이 첩을 들인 것을 두고 하는 말이다.

受室卽是娶妻, 納寵謂人娶妾.

【受室】 고대 嫡妻만을 室이라 하였음. (《左傳》桓公 6년)
【納寵】 첩을 맞아들이는 것. 아내와 달리 부모의 허락 없이 맞아들일 수 있었다 함. (《四
賢記》開演)

319

정처를 일러 '적嫡'이라 하고, 여러 첩을 '서庶'라 한다.

正妻謂之嫡, 衆妾謂之庶.

【嫡】 '대등하다(敵)', 혹은 '正'의 뜻을 가지고 있음. 《釋名》 釋親屬에 "妻者, 齊也. 與
夫敵體也"라 함.
【庶】 '旁支, 여럿, 무리, 일반'의 뜻을 가지고 있음. 《爾雅》 釋親에 "長婦爲敵婦, 衆婦爲
庶婦"라 함.

320

남의 처를 칭하여 '존부인尊夫人'이라 하고, 남의 첩을 칭하여
'여부인如夫人'이라 한다.

稱人妻曰尊夫人, 稱人妾曰如夫人.

【如夫人】 원래 '부인과 같다'는 말. 《左傳》 僖公 17년에 "齊侯好內, 多內寵, 內嬖如夫
人者六人"이라 함.

321

'결발結髮'은 초혼을 말하는 것이요, '속현續弦'은 재취를 말하

는 것이다.

　結髮, 係是初婚; 續弦, 乃是再娶.

【結髮】성례를 치른 날 저녁에 남자는 왼쪽으로 여자는 오른쪽으로 머리를 묶어 부부가 됨을 말하는 예를 올림. 이를 ‘결발’이라 하며 흔히 原配夫人을 뜻함. 蘇武의 詩에 “結髮爲夫婦, 恩義兩不疑”라 함.

【續弦】續絃으로도 쓰며 거문고의 줄(혹은 활줄)이 끊어져 다시 잇는다는 뜻. 이에 따라 喪妻를 斷弦이라 함. 《通俗編》婦女 續弦에 “今俗謂喪妻曰斷弦, 再娶曰續弦”이라 함. 한편 鄒聖脈 주에 《漢書》를 인용하여 “武帝令鉤弋夫人趙氏彈琴, 弦忽斷. 趙氏泣曰: ‘斷弦者, 凶兆.’ 帝曰: ‘可續.’ 以外國所進鸞血作膠續之”라 함.

322

부인이 거듭 결혼하는 것을 ‘재초再醮’라 하고,
남자로서 짝이 없는 것을 ‘환거鰥居’라 한다.

　婦人重婚, 曰再醮;
　男子無偶, 曰鰥居.

【再醮】고대 결혼식에서 부모가 신랑 신부에게 술을 주는 의식을 醮라 함. 이에 따라 남녀 모두 재취나 중혼을 再醮라 함. (《孔子家語》本命解)

【鰥居】鰥은 물고기가 눈을 감을 수 없어 늘 뜨고 자는 것처럼 아내가 없어 고통받는다는 뜻. (《北里志》附錄 鄭合敬先輩)《孟子》梁惠王(下)에 “老而無妻曰鰥; 老而無夫曰寡; 老而無子曰獨; 幼而無父曰孤”라 함.

슬금琴瑟을 연주함과 같다 함은 부부가 잘 어울림을 말한 것이요,
금슬이 조화를 이루지 못함은 부부가 반목함을 말한 것이다.

如鼓瑟琴, 夫婦好合之謂;
琴瑟不調, 夫妻反目之謂.

【瑟琴】琴瑟과 같음. 부부를 상징하는 말. 《詩經》小雅 常棣에 "妻子好合, 如鼓瑟琴"이
라 한 데서 비롯됨.
【反目】《周易》小畜에 "夫妻反目, 不能正室也"라 함.

'암탉이 새벽을 지킨다'는 것은 부인이 일을 주관함을 비유한
것이요,
'하동의 사자후'란 남자가 아내를 두려워함을 기롱한 것이다.

牝雞司晨, 比婦人之主事;
河東獅吼, 譏男子之畏妻.

【牝雞司晨】'암탉이 새벽을 지킨다'는 뜻. 《書經》牧誓에 "牝鷄無晨, 牝鷄之晨, 惟家之
索"이라 함.
【河東獅吼】河東은 柳氏를 지칭하는 말(유씨의 貫籍이 하동이었음. 柳宗元을 柳河東이
라 부름). 여기서는 唐나라 陳慥의 아내가 유씨였으므로 칭한 말. 獅吼는 獅子吼. 즉 불

교에서 부처가 설법을 하는 위엄을 뜻함. 당대 陳慥(自稱 龍丘居士)라는 사람은 불교를 화제로 토론하기를 좋아하였으므로 蘇東坡가 이 말을 詩에 사용한 것임.

진조는 빈객을 불러들이기를 좋아하였고 게다가 이들을 위해 많은 聲妓(노래하는 기생)도 두었는데 그 아내 유씨가 질투가 많아 손님들이 올 때마다 아내의 꾸짖음과 질투의 싸움 소리만을 듣게 되었다 함. 이에 宋代 蘇軾이 "龍丘居士亦可憐, 談空說有野不眠, 忽聞河東獅子吼, 拄杖落手心茫然"이라는 시를 지음. (洪邁 《容齋隨筆》 卷3)

325

아내를 죽여 장군 자리를 얻은 것은 오기吳起가 한 짓으로 어찌 그토록 잔인한 마음인가?

배를 익히지 않았다고 아내를 내쫓았으니 이는 증자曾子가 효도를 온전히 하고자 함이었다.

殺妻求將, 吳起何其忍心;

蒸梨出妻, 曾子善全孝道.

【吳起】 전국시대 吳起가 齊나라에서 魯나라를 칠 것을 주장하면서 자신이 장군직을 맡겠다고 했지만 마침 오기의 처가 노나라 사람이라는 것을 이유로 제나라 조정이 머뭇거리자 오기는 아내를 죽여 영향을 미치지 않을 것임을 보였음. 이에 따라 자신의 영달을 위해 수단을 가리지 않는다는 뜻으로 殺妻求將이라는 말이 생김. 《史記》 孫子吳起列傳)

【曾子】 曾參(曾子의 본명)의 아내가 시어머니에게 제대로 익히지 않은 배를 드리자 이를 안 증자가 아내를 내쫓아버림. 《孔子家語》 七十二弟子解에 "參後母遇之無恩, 而供養不衰, 及其妻以藜烝不熟, 因出之. 人曰: '非七出也.' 參曰: '藜烝, 小物耳, 吾欲使熟而不用吾命, 況大事乎?' 逐出之, 終身不取妻, 其子元請焉, 告其子曰: '高宗以後妻殺孝己, 尹吉甫以後妻放伯奇, 吾上不及高宗, 中不比吉甫, 庸知其得免於非乎?'"라 함.

326

　장창張敞은 아내를 위해 눈썹을 그렸다 하니 아름답게 보이려는
태도가 가히 웃을 만하고,

　동씨董氏가 남편에게 베로 머리를 묶도록 하여 정절을 지켰으니
자랑할 만하도다.

　張敞爲妻畫眉, 媚態可哂;

　董氏對夫封髮, 貞節堪誇.

【張敞】張敞은 아내와 정분이 두터웠으나 아내를 위해 눈썹을 그려 화장을 해주자 아내
가 정에 겨워 나무랐다 함. 이에 부부간의 아름다운 정을 畫眉라 함. (《漢書》張敞傳)
【董氏】唐代　賈直言이 嶺南으로 유배를 가면서 아내 董氏에게 "지금 떠나고 나면 생사
를 기약할 수 없으니 다른 곳으로 시집을 가라(生死不可期, 吾去, 汝可嫁)"고 하자 아내
는 끈과 베로 자신을 머리를 묶은 다음 "그대 손이 아니면 풀지 않으리(非君手不解)"라고
함. 20년 후 그가 돌아왔을 때 아내는 약속을 지키고 있었으며 이를 벗기고 머리를 감기
자 머리카락이 모두 빠졌다 함. (《新唐書》列女　賈直言妻董傳)

327

　기읍冀邑의 각결卻缺 부부는 서로 존경함이 마치 손님 대하듯 깍
듯하였고,

　진중자陳仲子의 부부는 남의 정원에 물을 주는 일을 하면서 그
힘으로 먹고사는 것에 만족하였다.

冀卻缺夫妻, 相敬如賓;

陳仲子夫婦, 灌園食力.

【冀卻缺】 춘추시대 晉나라 臼季가 다른 나라에 사신으로 가다가 冀邑을 지나게 되었는데 마침 들에서 일하던 卻缺이라는 자가 있어 그 아내가 밥을 날라 왔는데 서로의 태도가 마치 손님 대하듯 깍듯이 부부의 예를 다하는 것을 보고 이를 晉文公에게 추천하여 大夫로 삼았다 함. (《左傳》僖公 33년)

【陳仲子】 춘추시대 齊나라 사람. 어느 날 楚王이 많은 예물로 그를 재상으로 삼고자 사신을 보내자 아내와 함께 먼 곳으로 가서 남의 정원에 물을 주는 일을 하면서 종신토록 숨어 살았다 함. (《列女傳》齊靈仲子)

328

'조강糟糠의 아내를 버리지 못한다' 함은 송홍宋弘이 광무제光武帝에게 대답한 말이며,

'눈썹 높이까지 밥상을 들고 지아비를 공경한 것'은 양홍梁鴻의 배필 맹광孟光의 어짊이었다.

不棄糟糠, 宋弘回光武之語;

擧案齊眉, 梁鴻配孟光之賢.

【糟糠】 등겨와 술지게미. 부부가 가난을 겪어냄을 뜻함. 後漢 光武帝의 누이 湖陽公主가 과부가 되자 광무제가 군신들과 상의하여 공주의 의도를 묻자 공주가 "宋弘 정도라면 좋겠다"고 말하였다. 이에 병풍 뒤에서 지켜보도록 한 후 송홍을 불러 "富易交, 貴易妻, 人情乎?"라 넌지시 묻자 송홍은 대뜸 "貧賤之交不可忘, 糟糠之妻不下堂"이라 하였다

한다. (《後漢書》宋弘傳)

【齊眉】 밥상을 눈썹 높이까지 들고 남편을 모심. 後漢 때 孟光이라는 여자는 못생겼으나 덕행이 뛰어났으며 서른이 되도록 시집을 가지 않았음. 아버지가 묻자 가난한 梁鴻이라는 사내를 지칭하여 그에게 시집을 보냄. 양홍은 가난하여 남의 방아를 찧어주는 일을 생업으로 하였으나 맹광은 자신의 남편에게 밥상을 올릴 때 눈썹 높이까지 들고 공경을 다 하였다 함. (《後漢書》梁鴻傳 및 316, 441, 444, 983 참조)

329

소혜蘇蕙는 비단에 회문시廻文詩를 지어 멀리 남편에게 보냈고, 낙창공주樂昌公主는 거울을 반으로 쪼개어 가졌으니 이는 부부가 생이별함이요,

장첨張瞻이 확에 밥을 짓는 꿈을 꾸었고, 장자는 분盆을 두드리며 노래를 불렀으니 이는 부부의 사별을 말한 것이다.

蘇蕙織廻文, 樂昌分破鏡, 是夫婦之生離;

張瞻炊臼夢, 莊子鼓盆歌, 是夫婦之死別.

【蘇蕙】 晉나라 때 竇滔라는 자가 襄陽으로 벼슬을 가면서 첩만 데려가고 소식을 끊자 아내 蘇蕙(자는 若蘭)가 남편을 그리워하는 詩를 비단에 적어 보냄. 내용이 매우 아름다우며 무려 840자에 이르러 縱橫首尾 어느 곳으로 읽어도 200여 수의 시가 되는 回文詩임. 《晉書》列女 竇滔妻蘇氏傳)

【破鏡】 남조 때 徐德言은 樂昌公主(陳 後主의 여동생)를 아내로 맞았는데 나라가 망하는 것을 보고 "國破汝必入豪家, 倘情分未斷, 尚冀相見乎?"라 하면서 가지고 있던 거울을 반으로 깨어 나중에 정월보름날(元宵節) 모처에서 다시 만나면 증거로 삼자고 약속을 하고 헤어짐. 천신만고 끝에 이들은 다시 만나 옛정을 이루었다 함. (孟棨 《本事詩》情感)

그 뒤 부부가 어쩔 수 없이 헤어짐을 破鏡이라 하며 헤어졌던 부부가 다시 합하는 것을
破鏡重圓이라 함. 오늘날의 '파경'과는 다름. 그러나 '흉한 짐승 이름(破玃)'이라고도
함. (《漢書》郊祀志,《顔氏家訓》文章篇)
【張瞻】 옛날 張瞻이라는 사람이 행상을 나섰다가 확(臼, 절구)으로 밥을 짓는 꿈을 꾸어
이를 해몽자에게 묻자 이는 솥(釜)이 없다는 뜻으로 釜는 婦와 음이 같아 아내를 잃을 것
(君歸不見妻矣. 臼中炊, 無釜也. 釜與婦同音)이라 함. 이에 급히 집으로 돌아와보았더
니 아내가 죽었더라 함. (《酉陽雜俎》前集 夢)
【鼓盆】 莊子의 아내가 죽어 惠施가 문상을 갔더니 장자는 분(盆, 질그릇)을 두드리며 노
래를 부르고 있었다 함. 이로써 鼓盆은 喪妻를 대신하는 말로 쓰임. (《莊子》至樂)

330

한漢나라 포선鮑宣의 아내는 물동이를 이고 즉시 물 길러 나섰
으니 아름다운 순종의 도를 보여준 것이요,

제齊나라 안자晏子 마부의 처는 문틈으로 남편을 보고 격려하였
으니 내조의 현명함이라 칭할 만하다.

鮑宣之妻, 提甕出汲, 雅得順從之道;
齊御之妻, 窺御激夫, 可稱內助之賢.

【鮑宣】 漢나라 때 鮑宣은 집이 무척 가난하였지만 선생님이 그의 재능 있음을 알고 딸
(桓少君)을 주어 사위로 삼으면서 혼례에 많은 재물을 실어주었음. 이에 포선이 "汝父富
家, 吾貧賤不敢當"이라 하자 환소군은 즉시 거친 베옷으로 갈아입고 함께 鹿車(아주 작
은 수레)를 밀고 포선의 집으로 향함. 집에 닿자 시부모에게 婦道의 예를 마친 후 즉시
물동이를 이고 물을 길어 왔다 함. (《後漢書》列女傳)
【齊御之妻】 晏子가 齊나라 재상일 때 그 마부의 아내가 문틈으로 남편이 신분에 맞지

않게 의기양양함을 보고 돌아온 후 헤어질 것을 요구하면서 잘못을 바로잡아주자 이를
알게 된 안자가 추천하여 大夫로 삼았다 함. (《史記》管晏列傳, 《晏子春秋》)

331

    탓할 만한 것은 주매신朱買臣의 아내이니 가난을 참지 못해 떠나
갔지만 엎질러진 물 다시 담기 어려움을 생각지 못하였다.
    추하기는 사마상여司馬相如의 아내이니 한밤중에 도망하였지만
그래도 거문고의 뜻을 알아차렸도다.

    可怪者買臣之妻, 因貧求去, 不思覆水難收;

    可醜者相如之妻, 宵夜私奔, 但識絲桐有意.

【買臣之妻】漢代 朱買臣은 현달하기 전 아내가 가난을 견디지 못하여 떠나고 말았다.
뒤에 주매신이 성공하여 會稽郡守가 되어 어느 날 순시 중에 아내와 그 남편을 보고 불
쌍히 여겨 太守府에 와서 살도록 하였으나 그 아내는 목을 매어 자살하고 말았다. 그러
나 후대 사람들은 주매신이 성공한 후 아내가 다시 합칠 것을 청하자 "엎질러진 물을 다
시 주워담을 수 없다(覆水難收)"며 거절했다고 한다. (《漢書》朱買臣傳)

【相如之妻】한대 司馬相如는 젊은 시절 부잣집에서 악기를 연주하며 생활하였음. 그가
臨邛의 부자 卓王孫의 집에 갔을 때 〈鳳求鳳〉(사랑을 구하는 내용)이라는 곡조에 반한
그의 딸 卓文君이 사마상여와 함께 도주하여 成都에서 술집을 열었음. 이에 그의 아버지
가 부끄럽게 여겨 도움을 주었으며 뒤에 그는 子虛賦 上林賦 등을 지어 武帝에게 사랑
을 받았고 한대 제일의 辭賦 작가로 성공하게 되었음. (《史記》司馬相如列傳 및 621 참
조) 본문의 宵夜는 한밤중을 뜻하며, 絲桐은 거문고로 사마상여가 〈鳳求鳳〉을 연주한 것
을 가리킴.

332

수신身修을 하고 나서 제가齊家를 알고자 하라. 지아비가 의로우
면 아내는 자연히 순종하게 된다.

要知身修而後家齊, 夫義自然婦順.

【身修家齊】修身齊家와 같음. 《大學》에 "欲齊其家者, 先修其身"이라 함.

〈夫婦〉편 '增文' 8聯

333

《시詩》에는 '해로偕老'라는 말이 있고, 《역易》에는 '가인家人'이
라는 말이 기록되어 있다.

詩稱偕老, 易著家人.

【偕老】부부가 탈 없이 함께 늙음. 《詩經》 鄭風 女曰鷄鳴에 "宜言音註, 與子偕老"라
하였으며 邶風 擊鼓에는 "死生契闊, 與子成說. 執子之手, 與子偕老"라 하는 등 많은
구절이 있음.
【家人】《周易》家人卦에 "象曰: 風自火出, 家人"이라 하고 孔穎達의 疏에 "火出之初,
因風方熾; 火旣熾盛, 還復生風. 內外相成, 有似家人之義"라 함.

334

벽에 구멍을 내어 손님을 훔쳐본 여자도 있고, 혹 베틀의 짜던
베를 끊고 학문을 격려한 아내도 있다.

或穿墉以窺賓, 或斷機而勸學.

【窺賓】竹林七賢 중 山濤가 嵇康, 阮籍과 집 안에서 술을 마시며 함께 자게 되었을 때
산도의 아내가 담장의 구멍으로 이들의 행동을 지켜본 후 남편에게 "그대는 저들만 못하
니 더욱 흉금을 터놓고 사귈 것"을 권유함.
《世說新語》賢媛篇에 "山公與嵇阮一面, 契若金蘭. 山妻韓氏, 覺公與二人異於常交,
問公. 公曰: '我當年可以爲友者, 唯此二生耳!' 妻曰: '負羈之妻, 亦親觀狐趙; 意欲窺
之, 可乎?' 他日, 二人來, 妻勸公止之宿, 具酒肉, 夜穿墉以視之, 達旦忘反. 公入, 曰:
'二人何如?' 妻曰: '君才殊不如, 正當以識度相友耳.' 公曰: '伊輩亦常以我度爲勝.'"
라 함.
【斷機】孟子의 어머니가 학업을 중단하고 돌아온 맹자를 깨우치기 위하여 짜던 베를 끊
은 이야기로 매우 널리 알려져 있음. 斷機之敎, 孟母斷機 등의 성어를 낳음. (《列女傳》
鄒孟軻母) 그러나 여기서는 부부 사이를 뜻하는 것으로 보아 漢나라 樂羊子 처의 고사
로 보임. 악양자의 처가 역시 짜던 베를 끊으며 남편에게 학업을 권유하여 뒤에 장군으로
성공시켰다 함. (《後漢書》樂羊子妻傳)

335

가대부賈大夫가 꿩을 쏘아 잡자 그제야 아내가 웃었다니 부부의
정이 아직 즐거웠던 것이 아니요,
백리해百里奚는 아내가 암탉을 잡아주었으면서 어찌 만나지 못

함을 혐의하는고?

賈大夫之射雉, 未足歡娛;
百里奚之烹雌, 何嫌寂寞?

【賈大夫】 춘추시대 賈大夫는 매우 못생겨 아내를 맞았을 때 아내는 불만을 품고 웃지도
않고 말도 하지 않았음. 어느 날 함께 수레를 타고 나갔을 때 가대부가 마침 날아가는 꿩
을 활로 쏘아 잡자 그제야 웃기 시작하였다 함. 《左傳》昭公 28년에 "昔賈大夫惡, 娶妻
而美, 三年不言不笑. 御以如皐, 射雉, 獲之, 其妻始笑而言. 賈大夫曰:'才之不可以
已. 我不能射, 女遂不言不笑夫!' 今子少不颺, 子若無言, 吾幾失子矣. 言之不可以已
也如是! 遂如故知"라 함. (549 참조)
【百里奚】 춘추시대 秦나라 穆公 때의 재상. 다섯 마리 양가죽 값으로 진나라 목공에게
팔려가서 재상이 되었다고 하여 五羔大夫로 불림. 젊은 시절 가족과 헤어져 소식을 몰랐
다가 뒤에 재상이 되어 어느 날 그가 아는, 남의 빨래로 살아가는 여인에게서 "백리해여,
다섯 마리 양가죽에 팔려갔지. 헤어질 때 암닭을 잡아주었고 대문 빗장을 때어 밥을 해주
었네. 지금 그대는 부귀해졌다고 어찌 나를 잊고 있단 말인가?(百里奚, 五羊皮. 臨別時,
烹伏雌, 吹扊扅. 今富貴, 忘我爲)"라는 노래를 부른다는 어느 손님의 이야기를 듣고 자
신의 아내와 가족을 찾았다고 함. (《能改齋漫錄》炊扊扅, 《風俗通》 및 920 참조)

336

여전히 옛 칼을 찾겠다고 한 것은 한漢나라 선제宣帝가 허후許后
와 오랜 정분을 잊지 않은 것이요,
갑자기 새옷을 입도록 한 것은 환충桓沖의 지나친 고집을 아내
가 하루아침에 고쳐준 것이다.

仍求故劍, 宣帝不忘許后於多年;

忽著新衣, 桓沖頓化成心於一旦.

【許后】漢 宣帝(劉洵)는 戾太子의 아들로 巫蠱의 亂에 휩쓸려 민간에서 성장하였으며 뒤에 昭帝가 죽고 나서 霍光의 힘으로 제위에 올랐음. 그가 민간에 묻혀 있을 때 이미 許廣漢의 딸을 아내로 맞았었으나 즉위 후 대신들이 곽광의 딸을 皇后로 삼을 것을 논하자 선제는 "求微時故劍(옛 미천할 때 쓰던 칼을 찾는다)"이라는 조서를 내림. 이를 알아차린 대신들이 허씨를 황후로 삼았다 함. (《漢書》外戚傳上)

【桓沖】東晉 때 桓沖(328~384)은 새옷으로 갈아입기를 지극히 싫어하였음. 어느 날 참다 못한 아내가 목욕 후 고의로 새옷을 바치자 크게 화를 내는 그에게 "새옷을 입지 않으면 어찌 헌옷이라는 것이 생겨나겠소?"라 하여 깨우쳤다 함.《世說新語》賢媛에 "桓車騎不好箸新衣, 浴後, 婦故送新衣與; 車騎大怒, 催使持去. 婦更持還, 傳語云: '衣不經新, 何由而故?' 桓公大笑, 箸之"라 함. (611 참조)

337

오은지吳隱之의 아내는 훌륭하였으니 직접 땔감을 지고 다니는 것이 어찌 부끄러웠겠으며,

사마의司馬懿의 아내는 어질어 직접 부엌일을 맡아 아궁이에 불을 땜을 마다하지 않았다.

吳隱之得淑女, 奚惜負薪;

司馬懿有賢妻, 勿辭執爨.

【吳隱】晉나라 吳隱之는 晉陵太守였음에도 그의 아내는 스스로 땔감을 지고 날랐고

다시 左衛將軍까지 올랐을 때도 아내는 스스로 빨래를 해 입었으며 겨울에는 솜옷도 없
이 살았다 함. (《晉書》良吏 吳隱之傳)
【司馬懿】司馬仲達(179~251). 삼국시대 魏나라의 重臣. 그가 한때 병을 핑계로 사직하
고 집에 있을 때 마침 폭우가 쏟아지자 널려 있던 빨래를 직접 모두 거두어들임. 여종이
이를 본 것을 안 그의 아내가 여종을 죽여 그런 사실이 밖에 나가지 못하게 하면서 부엌
일을 직접 하였다 함. (《晉書》宣穆張皇后傳) 그의 손자 司馬炎이 뒤에 晉나라를 세우고
조부 司馬懿를 宣帝로 추존함.

338

죽을 각오를 한 병사를 모아 적을 물리친 것으로 이간李侃의 아
내 양씨楊氏의 견결함만 한 이가 누가 있겠으며,

몇몇 기마병만으로 포위를 뚫고 남편을 구출해 낸 여자로 유하
劉遐의 처 소희邵姬의 용맹한 나섬만 한 경우가 있겠는가?

募死士以拒敵, 誰同楊氏之堅持；
提數騎以拔圍, 孰比邵姬之勇往.

【楊氏】唐나라 德宗 때 叛軍 李希烈이 項城을 공격하자 그곳 현령 李侃이 자신의 성
이 너무 작아 버틸 수 없을 것이라 여겨 미리 도망하고자 함. 이에 그의 처 楊氏가 이를
말리면서 장사들을 모아 지켜내었다 함. (《新唐書》列女傳)
【邵姬】西晉 劉遐의 처는 邵續의 딸로서 아버지를 닮아 俠氣가 있었는데 남편이 石崇
에게 포위되자 즉시 몇몇 기마를 이끌고 수만의 무리를 헤치고 들어가 남편을 구출해 내
었다고 함. (《晉書》劉遐傳)

339

이익李益은 의처증이 심하여 방비할 계획으로 항상 문 앞에 식
은 재를 뿌려 드나드는 사람을 점검하였고,
　양지견楊志堅은 헤어지자는 아내에게 시를 주어 보내면서 마음
대로 새로운 신랑에게 가라고 읊었다.

　李益設防妻之計, 常撒冷灰 ;
　志堅摛送婦之詞, 任撩新髮.

【李益】唐나라 李益은 의처증이 너무 심하여 항상 문 앞에 재를 뿌려놓고 누가 드나들었
는가를 점검하여 당시 사람들이 妬癡라 불렀다 함. (《新唐書》李益傳)
【志堅】당나라 楊志堅이라는 사람은 집이 너무 가난하여 그의 아내가 헤어지면서 증거가
될 詩를 한 수 지어달라고 하자 "金釵任意撩新髮, 鸞鏡從他別畫眉. 此去便同行路客,
相逢卽是下山時"라 지어주었음. 이를 가지고 州刺史 顔魯公에게 가서 증거로 제시하며
이혼을 허락해 달라고 하자 공은 태장 20대를 치며 임의로 개가해도 좋다고 함. 이에 양
지견은 그 여인에게 곡식과 비단을 주면서 서명을 하고 자신은 군대에 입대하였음. 당시
이를 들은 사람들이 모두 잘한 일이라 여겼다 함. (《雲溪友議》) 新髮은 새롭게 結髮하여
비녀를 사용하라는 뜻. 改嫁를 뜻함.

340

진실로 예기 내칙內則의 내용에 부끄럽지 않도록 하고, 집안에
서 밥을 지으라는 임무를 잘한다는 말을 듣도록 하라.

苟內則之無忝, 自中饋之稱能.

【內則】《禮記》의 편명. 부녀자의 행동규범과 가정생활에 대한 내용으로 되어 있음. 忝은
'부끄럽다'는 뜻.
【中饋】여자가 집안에서 밥을 짓는 임무.《周易》家人에 "無攸遂, 在中饋, 貞吉"이라 함.

참고〈夫婦〉편 '續增' 4聯

- 男女有相感之義, 夫婦爲一體之親.
- 樂而不淫, 關雎正國風之始; 甘與同夢, 鳴鷄傳戒旦之詩.
- 前耕後鋤, 陶靖節得妻同志; 脫鞋易履, 程鵬擧因婦成名.
- 汪冷妻抗義辭金, 與夫偕隱; 沈夫人血書求救, 爲夫解圍.

10. 숙질 叔侄

본 장은 삼촌과 조카, 즉 숙질간의 아름다운 관계를 강조하였으며, 아울러 역사 속에 알려진 이들의 일화와 고사를 모아 설명하고 있다. (총 12연)

341

‘제부諸父’라 하고 ‘아부亞父’라 하는 것은 모두가 숙부나 백부
의 항렬을 말하며,

‘유자猶子’라 하고 ‘비아比兒’라 함은 모두가 조카를 두고 칭하
는 것이다.

曰諸父, 曰亞父, 皆叔伯之輩;
曰猶子, 曰比兒, 俱侄兒之稱.

【亞父】 아버지에 버금간다는 뜻. 項羽가 范增을 이렇게 불렀음. 《史記》 項羽本紀)
【猶子】 아들과 같다는 뜻. 《禮記》 檀弓에 “兄弟之子, 猶子也”라 함.
【比兒】 조카를 가리킴. 생김이 아버지 어머니와 같다는 뜻. 李漁의 《蜃中樓》에 “常語道:
比兒猶子類椿萱”이라 함.

342

‘아대阿大’, ‘중랑中郎’은 사도언謝道韞이 숙부를 아름답게 칭한
말이며,

우리 집 용마라는 것은 양소楊素가 조카를 아름답게 칭찬한 말
이다.

阿大中郎, 道韞雅稱叔父;
吾家龍文, 楊素比美侄兒.

【道韞】謝道韞을 가리킴. 東晉 때 謝奕의 딸이며 王凝之의 아내로 詩賦와 玄談에 능한 걸출한 여인으로 그는 숙부를 阿大, 中朗이라 불렀음. (《晉書》列女傳)
【楊素】北齊 때 楊愔이 어려서 매우 총명하여 그의 삼촌(사촌 형) 楊昱이 "此兒乳牙未落, 已是吾家龍文, 十年後, 當求之千里之外"라 함. (《北史》楊愔傳) 龍文은 龍馬와 같음.

343

오의항烏衣巷의 여러 낭군이란 강동에서 왕씨 집안과 사씨 집안의 자제를 칭하는 말이었으며,

우리 집의 천리 말 망아지란 부견苻堅이 조카 부랑苻朗을 부러워한 말이다.

烏衣諸郎君, 江東稱王 · 謝之子弟;
吾家千里駒, 苻堅羨苻朗爲侄兒.

【烏衣】검은색의 옷. 육조시대 權門이었던 王氏들과 謝氏들은 江東(建康, 지금의 南京)의 한곳에 살았는데 모두 화려한 검은 비단을 입어 그 거리를 烏衣巷이라 불렀으며 그들 자제를 烏衣諸郎이라 하였음. 당시 이 두 가문은 대단하여 王敦, 王導 등과 謝安, 謝玄 등 재상과 장군들이 모두 이 두 집안에서 배출되었음. (《世說新語》, 《晉書》, 《南史》) 江東은 지금의 남경 지역을 중심으로 한 南朝를 일컫는 말.
【苻堅】오호십육국시대 당시 前秦의 황제. 그는 당형의 아들 苻朗을 "吾家千里駒也"라 하였음. (《晉書》苻朗傳) 駒는 잘 달리는 건장하고 어린 말을 뜻함.

'죽림竹林'은 숙질간의 칭함이요,
'난옥蘭玉'은 자질간에 자랑함이다.

竹林, 叔侄之稱;
蘭玉, 子侄之譽.

【竹林】 晉나라 때 竹林七賢 중에 阮籍과 阮咸은 숙질간이었지만 서로 격의 없이 지냈음. 《世說新語》 任誕)
【蘭玉】 芝蘭玉樹의 줄인 말. 이는 東晉 때 謝玄이 숙부 謝安에게 한 말. 《晉書》 謝安傳)

조카를 살리고 아들을 버렸으나 백도伯道의 후손 없음이 안타깝고,
숙부를 아버지처럼 모신 유공작柳公綽은 관직이 높았으니 그를 부럽게 여긴다.

存侄棄兒, 悲伯道之無後;
視叔猶父, 羨公綽之居官.

【伯道】 晉나라 때 鄧攸(자가 伯道). 그는 난리가 일어나자 아들과 조카를 함께 데리고 다

넀는데 어쩔 수 없어 결국 아들을 포기하고 조카를 살려냄. 뒤에 그 아내가 더 이상 아이를 낳지 못해 대가 끊어졌음. 《世說新語》賞譽에 "謝太傅重郗僕射, 常言: '天地無知, 使伯道無兒!'"라 함.

【公綽】唐代 柳公綽(765~832). 그는 높은 관직이었음에도 평소 숙부를 아버지처럼 모셔 視叔如父라는 말을 들었으며 그가 죽고 나서 그 아들 仲郢 역시 아버지가 한 대로 그 숙부를 모셨다 함. (新舊《唐書》柳公綽傳)

346

노매盧邁는 아들이 없자 조카가 자신이 죽은 후 뒷일을 처리할 것이라 하였고,

장범張範이 도적에게 아들과 조카가 잡혀가자 아들 대신 조카를 살려달라 하여 모두 살려내었다.

盧邁無兒, 以侄而主身之後;

張範遇賊, 以子而代侄之生.

【盧邁】當나라 때 中書侍郞을 지낸 인물로 두 번 장가를 들었으나 후사가 없어 다른 사람이 다시 첩을 들일 것을 권하자 "조카가 있으니 됐다. 조카는 아들과 같다. 그에게 뒷일을 맡기면 된다(兄弟之子, 猶子也, 可以主後)"라 하였다 함. (《新唐書》盧邁傳)

【張範】삼국시대 魏나라 사람으로 그의 아들과 조카가 도적에 잡혀감. 그의 애걸에 도적이 아들만 보내겠다고 하자 "아들 대신 조카를 살려달라(吾憐侄小, 請以子代之)"고 하여 적이 감동해 둘 모두를 풀어주었다 함. (《三國志》魏志 張範傳)

347

사밀謝密은 숙부가 이미 아름다운 인물이 될 것이라 칭찬하였
고, 유유劉孺는 삼촌이 집안의 명주라 부를 만하다고 하였다.

謝密能成佳器, 劉孺可號明珠.

【謝密】東晉 때 인물로 자는 弘微. 그는 어려서 아주 신중하여 이를 본 숙부 謝混이 "이
아이는 뒤에 큰 인물이 될 것이다. 이런 아들 하나 있었으면 족하겠다(此兒深中夙敏, 必
成佳器, 有子如此, 足矣)"라 칭찬함. (《南史》謝弘微傳)
【劉孺】남조 梁나라 때 인물로 7세 때 이미 글을 지었음. 이를 본 숙부 劉瑪이 친구들에
게 항상 "이 아이는 우리 집안의 명주(此兒吾家明珠也)"라 자랑했다 함. (《南史》劉孺傳)

348

어떤 조카는 〈범호도泛湖圖〉를 숙부에게 바치고, 어떤 조카는
초은사招隱寺보다 숙부 집 대청이 더 아름답다고 하였다.

或獻泛湖之圖, 或稱招隱之寺.

【泛湖圖】춘추시대 말기 范蠡(905, 922 참조)가 호수에 배를 띄워놓고 노는 모습을 그린
그림. 陳恭公이 생일을 맞자 친척들이 모두 〈壽星圖〉를 바쳤으나 조카 世修만은 〈范蠡
游五湖圖〉를 그려 바쳤다 함. (《倦游錄》)
【招隱寺】원래 杭州에 있는 절 이름. 唐代 李約이 숙부 李錡와 한담하면서 숙부가 招隱
寺 모습을 자랑하고는 "초은사와 도성 안이 어떻게 다른가?"라고 묻자 "저는 많은 곳을

구경하진 못했지만 아무리 좋다 해도 숙부님의 집 대청만은 못할 것입니다(約所賞疏野
耳, 若遠山將翠幕遮, 古松用彩幅裡, 腥鱣涴鹿, 跑泉音樂, 亂山鳥聲, 實不如在叔父大
廳也)"라 하여 숙부에게 기쁨을 주었다 함. (《因話錄》)

349

육납陸納은 좋은 음식을 재상에게 대접하는 조카를 소박한 가풍
을 허물었다 꾸짖었고,
　양위楊暐는 구리 쟁반에 좋은 음식을 담아 조카에게 주면서 여
러 조카들보다 더욱 그를 아꼈다.

陸家精飯, 有損素風;
楊氏銅盤, 獨逾諸子.

【陸家】東晋 때 宰相 謝安이 陸納의 집을 방문했을 때 육납의 조카가 훌륭한 음식으로 사
안을 대접하면서 매우 명랑한 것을 보고 육납이 도리어 "우리 집안의 소박한 가풍을 어지럽
히고 너무 좋은 음식을 마련하다니"라고 하면서 곤장 40대를 쳤다 함. (《晉書》 陸納傳)
【楊氏】北齊의 楊愔은 어려서 재주가 있어 숙부 楊暐의 지극한 사랑을 받았다. 숙부는
심지어 그를 위해 竹林에 따로 집을 지어 그곳에서 공부하도록 마련해 주고 좋은 음식을
구리 쟁반에 담아 날라주면서 다른 조카들이 본받아 학업에 정진토록 하였다 함. (《北史》
楊愔傳)

사안謝安은 동산東山에 저택을 짓고 조카들을 위해 수백 금을 썼고, 완함阮咸은 숙부 완적阮籍에 비해 북쪽 가난한 동네에 살았다.

謝安石東山之費, 阮仲容北都之貧.

【謝安石】東晉 때 유명한 재상 謝安(前出)의 자가 安石이었음. 그는 會稽의 東山에 큰 저택을 지어놓고 조카들을 불러 놀면서 맛있는 음식을 해주느라 수백 금씩 썼다 함. 이에 다른 사람들이 비난했지만 그는 전혀 개의치 않았다 함. 《晉書》謝安傳)
【阮仲容】竹林七賢의 하나인 阮咸. 阮籍의 조카로 자가 仲容이었으며 당시 阮氏 일족은 모두 거리 남쪽에 살아 부유하였으나 완함은 북쪽의 가난한 동네에 살았음. 《世說新語》任誕)

'도독이 될 인물이라' 한 것은 왕혼王渾이 조카 왕준王浚의 재능을 미리 예견한 말이요,
'네가 성공하지 못하면 우리 집안이 깨지리라' 한 것은 종병宗炳이 조카 종각宗慤의 큰 뜻을 헤아린 말이다.

可爲都督, 王渾預評猶子之詞;
必破吾門, 宗炳先料比兒之語.

【王渾】晉나라 때 王渾의 조카 王浚(자가 彭祖)은 어릴 때 제대로 알려지지 않았지만 숙

부 왕혼만은 동생 王深(왕준의 아버지) 등에게 "너희들은 왕준을 가볍게 보지 마라. 평시에는 방백 정도는 할 것이요, 전시에는 도독이나 삼공을 할 인물이다(卿等莫輕彭祖, 此兒平世不減方州牧伯, 亂世可爲都督三公)"라 칭찬함. 뒤에 과연 왕준은 幽冀都督에 오름. (《晉書》王渾傳, 王浚傳)

【宗炳】남조 宋나라 때 인물(375~443). 宗炳이 조카 宗愨에게 장래 뜻을 물었을 때 "큰 바람을 타고 만리의 풍랑을 깨뜨리겠습니다(願乘長風破萬里浪)"라 하자 종병이 "너 같은 재능으로 부귀를 누리지 못한다면 우리 집안이 깨지리라(汝不富貴, 必破吾門)" 하여 높이 보았다 함. 뒤에 과연 종각은 豫州, 雍州 등의 刺史를 지냄. (《宋書》宗愨傳)

352

아무리 조카라도 능력이 없으니 파 가게로 돌아가야 한다고 했고, 똑똑한 조카는 금도金刀를 가지고 삼촌을 찾아내었다.

愚者宜歸蔥肆, 賢者得返金刀.

【蔥肆】파를 파는 채소 가게. 남조 梁나라 때 呂僧珍은 출신이 미천하여 파 장사를 하였으나 학업에 정진하여 벼슬길에 오름. 뒤에 조카가 벼슬 자리를 부탁하자 그는 "너희들은 너희들대로 마땅한 분수가 있다. 어서 파 가게로 돌아가라(汝等自有常分, 但當速歸蔥肆)"고 꾸짖었다 함. (《梁書》呂僧珍傳)

【金刀】오호십육국의 前秦 苻堅이 前燕을 공격하여 慕容德의 아우 慕容垂의 여러 아들을 죽여 모용수만 멀리 피하여 만날 수가 없게 됨. 그때 모용수의 조카 慕容超는 겨우 열 살이었는데 할머니 公孫氏가 임종에 金刀를 주면서 천하가 태평해지거든 숙부(모용수)를 찾아 이 칼을 보여주면 조카임을 알 것이라 유언함. 그는 거지 행세를 하며 모용수를 찾아 그 칼을 전해주어 숙질이 다시 만났다 함. (《晉書》載記 慕容超前)

- 兄弟之子, 謂同産子; 叔侄之親, 卽旁系親.
- 王家叔半生隱德, 名士何痴; 鄧氏侄三載持喪, 伯道無憾.
- 李密陳情, 悲無叔伯; 任瑰足智, 免爲保傭.
- 事叔如事父, 施愚山輒肅衣冠; 尋叔如尋親, 李汝恢不辭跋涉.

11. 사생 師生

본 장은 스승과 제자의 관계를 중심으로 하여 교육의 발생과 학문의 승계, 나아가 사제간에 얽힌 아름다운 일화와 고사를 제재로 하여 교육과 사제간 존경의 중요함을 설명하고 있다. (총 17연)

마융馬融은 붉은 장막을 치고 앞에는 생도들이 앉고 뒤에는 여자 악대를 세워놓고 가르쳤으며,

공자는 행단杏壇에서 가르쳤으며 제자가 삼천 명이었으며 그중 뛰어난 현인은 칠십 인이었다.

馬融設絳帳, 前授生徒, 後列女樂;

孔子居杏壇, 賢人七十, 弟子三千.

【馬融】東漢의 대학자(79~166). 항상 학생이 천여 명이었으며 鄭玄과 盧植 등이 그 문하였음. 그는 강의할 때 붉은색 장막(絳帳)을 치고 앞에는 생도를 앉히고 뒤에는 미인을 배치하여 노래와 음악을 연주하도록 하였다 함. (《後漢書》馬融傳). 이에 設帳은 뒤에 가르치는 장소를 뜻하는 말로 쓰임.

【杏壇】공자는 제자가 3천 명이었으며 그 가운데 뛰어난 제자가 70(혹 72)명이었다 함. (《史記》孔子世家, 仲尼弟子列傳. 《孔子家語》七十二弟子解) 그는 늘 은행나무 아래에서 강학했다고 함. 《莊子》漁父에 "孔子遊於緇帷之林, 休坐乎杏壇之上. 弟子讀書, 孔子絃歌鼓琴, 奏曲未半. 有漁父者, 下船而來, 須眉交白, 被髮揄袂, 行原以上, 距陸而止, 左手據膝, 右手持頤以聽"라 함. 한편 杏壇에 대하여 지금의 山東 曲阜 孔廟의 大成殿 앞의 나무를 지칭하나 실제 이 나무는 宋 建興(1022년) 때 심은 것이라 함. (1318 참조)

배움터를 만들어 가르치는 것을 '설장設帳' 혹은 '진탁振鐸'이라 하고,

자신이 배움터를 만들어 가르침을 겸손히 말할 때는 '호구糊口'
혹은 '설경舌耕'이라 한다.

稱敎館曰設帳, 又曰振鐸;
謙敎館曰糊口, 又曰舌耕.

【振鐸】 고대 법령을 선포할 때 방울을 울려 이를 알렸으며 문사의 경우 목탁을, 무사의
경우 금탁을 쳤다 함. (《周禮》夏官 大司馬)
【糊口】 직접 농사를 짓지 아니하고 가르치는 업으로만 먹을 것을 해결한다는 뜻. 선생님
(교사)을 가리킴. 원래 기식의 뜻. (《左傳》隱公 11년)
【舌耕】 입으로 농사를 짓는다는 뜻. 말로 남을 가르침을 뜻함. 王嘉 《拾遺記》前漢(下)에
"世所謂舌耕也"라 함.

355

스승을 '서빈西賓'이라 하고 스승의 자리를 '함장函丈'이라 하
며, 배움을 '가숙家塾'이라 하고 배움의 값을 드림을 '속수束脩'라
한다.

師曰西賓, 師席曰函丈, 學曰家塾, 學俸曰束脩.

【西賓】 옛날 주인을 東主, 東家라 칭하여 동쪽이 주인이 거하는 장소로 보았으며 이들은
주로 재물을 대거나 후원하는 사람들이었음. 이에 그들의 후원으로 제자를 모아 가르치는
선생님을 서쪽의 빈객이라는 뜻의 西賓이라 하였음. (《稱謂錄》師友)
【函丈】 고대 선생님이 앉는 자리(서쪽) 앞에 상자(函)를 두었음. 이에 따라 선생님을 지칭

하는 말이 되었다 함. 《禮記》曲禮에 "若非飮食之客, 前布席, 席間函丈"이라 하였음.

【家塾】 개별적인 학교. 개인 선생님에게 배우는 학당을 뜻함. 《禮記》學記에 "古之敎者: 家有塾, 黨有庠, 鄕有序, 國有學"이라 하여 塾, 庠, 序, 學으로 구분하였음.

【束脩】 束脩는 '다듬어 말린 고기 묶음'을 뜻함. 선생님에게 배우고자 할 때 드리는 선물이나 학비를 밀함. 《論語》述而篇에 "自行束脩以上, 吾未嘗無誨焉"이라 함.

356

'도리桃李가 그대 문하로다' 한 것은 제자가 많음을 칭하는 것이요,

'밥상에 항상 목숙苜蓿 나물뿐이로다' 한 것은 선생님께 드리는 음식이 초라함을 말한 것이다.

桃李在公門, 稱人弟子之多;
苜蓿長蘭干, 奉師飮食之薄.

【桃李】 선발되거나 추천된 인재, 혹은 가르쳐 이름을 날린 제자를 뜻함. 唐代 狄仁傑은 인재 선발에 뛰어난 안목이 있어 그가 추천한 桓彦, 范辛 등은 모두 뒤에 名臣이 되었음. 이에 사람들이 그에게 "天下桃李, 盡在公門矣"라 칭함. (《資治通鑑》唐測天皇后久視元年)

【苜蓿】 거여목, 개자리라는 풀. 豌豆라고도 하는 荳科 식물. 옛날 선생님은 청빈하여 이를 나물로 먹었으며 뒤에 선생님을 지칭하는 말로 쓰였음. 唐 薛令之가 東宮侍講이 되어 음식이 초라함을 보고 "盤中無所有, 苜蓿長闌干"이란 詩를 지었다 함. (王定保《唐摭言》) 長은 常과 같음.

357

얼음은 물에서 생기지만 물보다 차다 함은 학생이 선생님보다
나음을 비유한 것이요,

푸른색은 쪽이라는 풀에서 나오지만 풀보다 낫다 함은 제자가
선생님보다 우수함을 말한 것이다.

氷生於水而寒於水, 比學生過於先生;

靑出於藍而勝於藍, 謂弟子優於師傅.

【靑出於藍】 제자가 선생님보다 뛰어남(뛰어나야 함)을 말한 것으로 《荀子》 勸學篇에
"靑, 取之於藍而靑於藍; 氷, 水爲之而寒於水"라 한 데서 유래됨. 藍은 쪽풀로 푸른색
물감을 얻는 식물.

358

그 문 안으로 들어가보지 않아 학문을 제대로 알지 못함을 '궁
장외망宮牆外望'이라 하고,

스승이 비결을 넘겨주어 제자가 이어받는 것을 '의발진전衣鉢眞
傳'이라 한다.

未得及門, 曰宮牆外望;

稱得秘授, 曰衣鉢眞傳.

【宮牆外望】 선생님의 학문은 높은 담장 안의 들여다볼 수 없는 집의 물건 같아 직접 들어가보지 않고는 알 수 없다는 뜻. 《論語》 子張篇에 "叔孫武叔語大夫於朝曰: '子貢賢於仲尼.' 子服景伯以告子貢. 子貢曰: '譬之宮牆, 賜之牆也及肩, 窺見室家之好. 夫子之牆數仞, 不得其門而入, 不見宗廟之美, 百官之富. 得其門者或寡矣. 夫子之云, 不亦宜乎!'"라 함.

【衣鉢眞傳】 스님의 袈裟와 鉢釪. 禪宗에서 師徒 사이에 이를 전수함을 道法을 계승하는 것으로 여겼음. (《傳燈錄》 834 참조) 한편 五代 때 范質이 진사에 급제할 때 당시 시험관 和凝이 그의 문장을 좋아하여 13명을 합격키면서 범질에게 "그대의 문장은 13명을 굴복시킬 정도였고. 그대에게 이 늙은이의 의발을 넘겨주고 싶소(君文宜冠多士, 屈居十三. 欲君傳老夫衣鉢也)"라 하였으며, 얼마 후 화응은 재상이 되었고, 뒤에 범질 역시 재상 자리에 올랐다 함. (《五代通錄》)

359

한漢나라 때 사람들은 양진楊震을 '관서부자關西夫子'라 불렀고, 진晉나라 때 세상에는 하순賀循을 '당세유종當世儒宗'이라 불렀다.

人稱楊震爲關西夫子, 世稱賀循爲當世儒宗.

【楊震】 東漢 弘農 華陰 사람(?~124), 자는 伯起. 학문에 뛰어나 따르는 자가 천여 명이었으며 당시 그를 關西夫子, 혹은 關西孔子라 불렀음. (《後漢書》 楊震傳 및 289, 674, 707 참조)

【賀循】 晉나라 會稽 사람(260~319). 晉 元帝 司馬睿를 지지하여 江南의 領袖가 되었으며 종묘제악의 문물제도에 대하여 자문 역할을 하여 당시 儒宗이라는 칭함을 받음. (《晉書》 賀循傳)

360

책 보따리를 짊어지고 천 리를 찾아간 소장은 선생님을 따르겠
다는 심정이 간절했던 것이요,

눈이 한 자나 쌓이도록 선생님 문 앞에서 기다린 유초游酢와 양
시楊時는 선생님을 존경함이 이토록 지극하였던 것이다.

負笈千里, 蘇章從師之殷;

立雪程門, 游·楊敬師之至.

【負笈】笈은 책을 담은 대나무 상자. 이를 짊어지고 스승을 찾아감을 뜻함. 負笈千里, 負
笈越海 등의 성어를 낳음.

【蘇章】漢나라 때 인물. 책을 담은 상자를 지고 천 리를 멀다 않고 선생님을 찾아가 학문
을 이루었다 함. (《文苑》)

【立雪程門】宋나라 때 理學의 대가인 程頤의 제자로 游酢와 楊時가 있었는데 마침 선
생님께 배우러 갔을 때 선생님이 수면을 취하고 있었음. 이에 두 사람은 차마 선생님을
깨우지 못한 채 문 앞에서 기다렸는데 그동안 눈이 한 자나 왔다고 함. (《宋史》楊時傳)
程頤(1033~1107, 伊川)는 북송 이학 중의 대가로 형 程顥(明道)와 함께 二程으로 불렸
으며, 游酢(1053~1123, 廣平), 楊時(1054~1135, 龜山), 謝良佐, 呂大臨이 그들 제자였
음. 이 넷을 흔히 程門四先生이라 하여 程氏正宗으로 여겨 朱熹에게 학문이 이어져 程
朱學이라 함.

361

제자로서 선생님께서 잘 가르쳐줌을 '마치 봄바람 속에 앉아 있
는 듯하다'라 표현하고,

학업에 선생님께서 이루어주신 것을 감사할 때 '때맞추어 오는 비의 은택을 앙모한다'라 말한다.

弟子稱師之善教, 曰如坐春風之中;
學業感師之造成, 曰仰沾時雨之化.

【春風】 宋代 朱光庭이 程顥에게 학문을 배우고 돌아와 사람들에게 "光庭在春風中坐了一月"이라 한 것에서 如坐春風之中은 훌륭한 선생님에게 배운 것을 영광스럽게 여기는 말로 쓰임. (《二程全書》 外書十二)
【時雨】 비가 때맞추어 내려 만물이 흡족하게 은택을 입음을 비유함. 《孟子》 盡心(上)에 "有如時雨化之者"라 함.

362

사람으로 태어나 사람 구실을 함에 똑같이 여겨 모셔야 할 대상이 셋이요, 선생님으로서 지녀야 할 기술은 네 가지이다.

民生在三, 師術有四.

【三生】 君師父一體와 같은 말. 세상에 태어나 세 사람 때문에 인간 구실을 하는 것이니 이 셋은 똑같이 모셔야 할 대상이라는 뜻. 《國語》 晉語(一)에 "欒子曰: 民生於三, 事之如一: 父生之, 師敎之, 君食之"라 함.
【四術】 선생님으로서 갖추어야 할 네 가지 기술과 태도 및 능력. 《荀子》 致士篇에 "師術

有四: 尊嚴而憚, 耆艾而信, 誦說而不凌犯, 知微而論”이라 함.

363

경서를 붙잡고 그 뜻을 물으니 스승을 모시기를 어버이 모시듯
해야 하고,

책 상자를 열고 책 보따리를 메고 다니니 식견 좁은 선비가 찾
아와도 선생님으로서는 거절할 수 없는 것이다.

執經問義, 事若嚴君;
鼓篋擔囊, 不辭曲士.

【事若嚴君】 아버지처럼 모심. 《呂氏春秋》 勸學에 “事師之猶事父也”라 하였고, 《魏書》
常爽傳에는 “弟子事之若嚴君焉”이라 하였음.
【鼓篋擔囊】 鼓는 開와 같음. 책 상자를 열고 책 보따리를 메고 다님. 학업을 뜻함. 《禮
記》 學記에 “入學鼓篋, 孫其業也”라 함.
【不辭曲士】 아무리 식견이 좁은 선비라도 찾아와 배움을 청하면 이를 거절하지 않음. 柳
宗元 〈與太學諸生書〉에 “師儒之席, 不拒曲士”라 함.

364

역사책을 왼쪽에 경서를 오른 쪽에 두고 치우침이 없이 공부함
은 선비가 진정한 학문을 닦는 것이요,

나의 도가 남쪽으로 가고, 내 가르친 《역易》이 동쪽으로 갔다 함

은 다른 사람도 그 가르침의 은택을 입게 됨을 말한 것이다.

　史居左, 經居右, 士得眞修;
　道已南, 易已東, 人沾敎澤.

──────

【左右】左史右經, 朝經暮史와 같음. 왼쪽에는 역사책을, 오른쪽에는 경서를 끼고 균형을 이루어 공부함을 뜻함. 張載(橫渠)가 제자들에게 "左史右經, 朝弦暮誦"이라 하였다 함.
【南東】宋代 楊時가 程頤에게 학문을 배워 기한에 이르러 고향(남쪽)으로 돌아가겠다고 하자 정이가 "내 학문이 남쪽으로 가겠구나(吾道南矣)"라 하며 흡족히 여겼다 함. (《宋史》道學 楊時傳) 그리고 漢代 丁寬이 田何(杜陵, 서쪽)에게 《易經》을 배운 후 고향(梁, 동쪽)으로 돌아가게 되자 "역경이 이미 동쪽으로 가게 되었구나(易已東矣)"라 하였다 함. (《漢書》儒林傳)

365

월지月池에서 잔치를 열어 스승을 모신 자리에서 제자가 황제가 된 것은 자랑할 만한 것이요,

　군영 막사에서 태연히 독서를 하였으니 반란의 불길이 있다고 해서 어찌 책읽기라는 것이 그칠 일이겠는가

　賜宴月池之上, 翼贊堪誇;
　誦書帷帳之中, 烽煙奚避?

──────

【賜宴月池】唐 高祖 李淵이 太原을 진수하고 있을 때 張復胤을 스승으로 삼았었는데

이연이 당을 세워 즉위한 후 그 아들 太宗(李世民)이 月池에서 잔치를 열어 아버지의 스승을 모시면서 "오늘 우리 집안이 어떻소?"라 묻자 장부윤은 "옛날 공자 제자가 삼천이라 하나 公侯伯子男 중에 子男의 지위조차 얻은 자가 없었소. 그런데 지금 신이 한 사람 가르쳐 천하의 왕이 되었으니 나의 공이 공자보다 나은 것이 아닌가 하오(昔孔子門人三千, 達者無子男之位, 臣翼贊一人, 乃王天下, 計臣之功過于宣聖)"이라 하였다 함. (《合璧》, 《譚賓錄》 및 421, 517, 739 참조) 翼贊은 원래 '보좌'의 뜻, 여기서는 '가르치다'라는 뜻으로 쓰임.

【帷帳】군영의 막사. 漢代 張奐이라는 자가 변방에 출사하여 갔을 때 그곳 민족이 반란을 일으켜 사방이 불길에 솟아 군사들이 동요하자 장환은 막사에서 태연자약하게 제자들과 독서를 하며 토론하여 그들을 진정시켰다 함. (《東觀漢記》)

366

증공曾鞏이 《충신록忠臣錄》과 《효자록忠臣錄》을 교재로 삼은 것은 삼강오륜을 함께 진작시켜야 함을 뜻한 것이요,

호원胡瑗이 '경의재經義齋', '치사재治事齋'라는 교실을 지어 가르친 것은 근본과 응용을 함께 온전히 터득해야 함을 뜻한 것이다.

忠臣錄, 忠臣錄, 綱常互振;

經義齋, 治事齋, 體用兼全.

【綱常】三綱五倫을 뜻함. 宋代 曾鞏이 일찍이 역대 충신과 효자의 일을 모아 이를 제자 가르침에 사용하면서 "忠孝, 綱常之最大者, 汝曹具知之"라 하였다 함. (《曾南豐集》)

【體用】體는 본체, 用은 응용의 뜻. 北宋 胡瑗이 經義齋와 治事齋라는 교실을 지어놓고 제자들에게 '義를 근본으로 삼아 일을 처리해야 한다'는 뜻을 전했다 함. (《名臣言行錄》 胡瑗)

‘동쪽 집 공구’라 하였지만 더 이상 공자만 한 이가 없었으니 도덕이 그 문장으로 빛을 발하게 된 것이며,

‘북두 이남으로는 적인걸’이라 하였으니 일을 공적이 학술로부터 나왔음을 뜻하는 것이다.

東家之外更無丘, 道德由文章炫出;
北斗以南應有傑, 事功從學術做來.

【東家】 동쪽 집에 사는 공자. 공자가 살아 있을 당시 서쪽 이웃 사람들은 공자의 위대함을 모른 채 그저 ‘동쪽 집 저 孔丘(彼東家丘)’라 불렀다 함. 《顔氏家訓》 慕賢에도 “魯人謂孔子爲東家丘”라 함. 한편 漢 말 魏 초의 邴原이 孫崧이라는 자를 스승으로 모시고자 찾아갔더니 손숭이 “그대 고향에 鄭君이란 분은 학자들이 스승의 모범으로 여기고 있소. 그대는 그런 분을 버리고 왔으니 이를 일러 소위 東家丘라는 것이요(君鄕里鄭君, 學者師模也. 君乃舍之, 所謂以鄭爲東家丘也)”라 하자 병원이 “사람마다 뜻이 있고 지향하는 바가 다른데 그대는 정군을 동가구라 한다면 나를 서쪽 이웃 어리석은 자라 여기는 거요?(人各有志, 所向不同, 君謂鄭爲東家丘, 以僕爲西家愚夫耶?)”라 하였다 함. (《三國志》 魏志 邴原傳)
【北斗】 唐代 유명한 재상 狄仁傑(630~700)을 두고 한 말. 그는 정치가이면서 학문에 뜻이 깊어 당시 사람들이 “狄公之賢, 北斗以南, 一人而已”라 함. (《新唐書》 狄仁傑傳) 北斗는 황제를 뜻하며 以南은 황제 이외의 천하 사람을 지칭함.

변소邊韶는 늘어진 모습에 배가 뚱뚱하여 한때 제자들의 조롱을

받았고,

한유韓愈는 고고한 생각으로 우리 유가들의 앙모를 받고 있다.

　邊孝先便便大腹, 曾見嘲於弟子;
　韓退之表表高標, 宣共仰於吾儒.

【邊孝先】邊韶, 東漢 때 사람으로 자가 孝先이었음. 그가 처음 공부할 때 뚱뚱하면서 낮
잠을 즐겨 사람들이 "邊孝先, 腹便便, 五經笥, 但好眠"이라 비웃었다 함. (《後漢書》邊
韶傳)
【韓退之】唐宋八大家의 하나인 韓愈. 唐代 대문장가. 그는 〈論佛骨表〉를 지어 尊儒抑
佛을 주장하였음. (《新唐書》韓愈傳)

369

응소應劭는 홀로 자신의 관직을 들먹였으니 어찌 선생 모시는
예라 할 수 있겠는가?
이고李固는 아버지의 관직을 자랑하지 아니하였으니 이것이 바
로 제자로서 훌륭하다 칭하는 것이다.

　應生獨擧官銜, 豈事先生之禮;
　李固不矜父爵, 乃稱弟子之良.

【應生】漢나라 때 應劭(자는 仲遠). 《風俗通》이라는 저술을 남김. 그가 泰山太守를 그만
두고 鄭玄의 문하에 들어 공부하고자 하면서 첫 대면에 "내가 태산대수를 지낸 응소요.

북면하여 그대가 제자라 칭하면 어떻겠소?(故泰山太守應仲遠, 北面稱弟子何如)"라 하자 정현이 "공자 제자는 넷을 잘하는 이들이 있었으나 안회나 자사 같은 이도 그 관직을 들먹이지 않았소(仲尼之門, 分以四科, 回賜之徒, 不稱官銜)"라 하여 부끄러움을 느꼈다 함. 《後漢書》鄭玄傳) 官銜은 관직의 직함.

【李固】 漢代의 李固(94~147). 그는 자신의 아버지(李郃)가 司徒라는 높은 벼슬임에도 자신의 이름을 바꾸고 몰래 太學에 공부하면서 전혀 신분을 밝히지 않아 아무도 알 수 없도록 하였다 함. 뒤에 刺史, 太守, 太尉 등 높은 벼슬을 지냄. 《後漢書》李固傳)

참고 〈師生〉편 '續增' 8聯

- 先生施敎, 弟子是則.
- 十聖六賢, 尊師不怠; 三年一晛, 事師獨誠.
- 西河受業, 田子方之屬, 爲王者師; 北面受書, 文中子之徒, 皆人中杰.
- 尊聞行知, 憶龍門之垂誡; 講學論性, 循鹿洞之遺規.
- 前姚江, 後蕺山, 學徒稱盛; 北孫李, 南顧陸, 宗派不同.
- 顏習齋力崇實學, 剛主從游; 江愼修夙號經師, 東原就業.
- 橫山門下有詩人, 盛傳吳會; 隨園弟子多女士, 藻繪西湖.
- 古設膠庠, 生徒濟濟; 今興學校, 士子莘莘.

12. 붕우빈주 朋友賓主

본 장은 친구 사귐의 중요성과 손님 대접의 예의와 절차, 그리고 사회생활에서 인간관계의 아름다운 일화와 고사를 모아 설명하고 있다. (총 34연)

370

선善을 취하고 인仁으로 서로 이끌어줌은 모두가 친구로서 해야
할 일이요,
왕래하고 교제함에는 서로 차례로 주인과 손님이 되어야 한다.

取善輔仁, 皆資朋友;
往來交際, 迭爲主賓.

【取善輔仁】《論語》述而篇에 “子曰:‘三人行, 必有我師焉: 擇其善者而從之, 其不善
者而改之.’”라 하였고, 顔淵篇에는 “曾子曰:‘君子以文會友, 以友輔仁.’”이라 함.
【迭爲主賓】차례로 주빈이 됨. 한쪽이 일방적으로 주인 노릇을 하거나 손님 노릇을 해서
는 안 됨. 《孟子》萬章(下)에 “舜尙見帝, 帝館甥于貳室, 亦饗舜, 迭爲賓主, 是天子而
友匹夫也”라 함.

371

너와 내가 한마음인 것을 ‘금란金蘭’이라 하고,
친구 사이 서로 바탕이 되어줌을 ‘여택麗澤’이라 한다.

爾我同心, 曰金蘭;
朋友相資, 曰麗澤.

【金蘭】《周易》繫辭(上)에 “二人同心, 其利斷金; 同心之言, 其臭如蘭”이라 함.
【麗澤】麗는 連과 같음. 두 못의 물이 서로 연결되어 주고받아 정화되고 만물을 윤택하게

함. 《周易》兌卦에 "麗澤, 兌, 君子以朋友講習"이라 함.

372

동쪽 집을 '동주東主'라 하고, 선생님을 '서빈西賓'이라 한다.

東家曰東主, 師傅曰西賓.

【東主】 옛날 동쪽은 주인의 위치이며 서쪽은 손님의 위치였음. 그러나 여기서 東主는 재물을 대어 학교를 설립해 선생이 학생을 가르치도록 마련해 주는 사람을 뜻함. 따라서 西賓은 선생님을 뜻함. (355 참조)

373

아버지의 친구는 '부지父執'의 예로 존경하여 모시고,
자신과 같이 일을 하는 친구를 '동포同袍'라 한다.

父所交遊, 尊爲父執;
己所共事, 謂之同袍.

【父執】 아버지를 대할 때와 같은 예로 모심을 뜻함. '부지'로 읽음. 《禮記》 曲禮(上)에 "見父之執, 不謂之進, 不敢進; 不謂之退, 不敢退; 不問, 不敢對, 此孝子之行也"라 함.
【同袍】 옷을 함께 입을 정도로 친한 친구. 《詩經》 秦風 舞衣에 "豈曰舞衣, 與子同袍"라 함.

마음과 뜻이 서로 맞아 사귀면 '막역지우莫逆之友'가 되는 것이
요, 나이에 관계없이 사귐을 '망년지교忘年之交'라 한다.

心志相孚爲莫逆, 老幼相交曰忘年.

【莫逆】 어떠한 경우라도 거역하지 아니함. 《莊子》 大宗師에 "琴牢與子桑戶孟之反三人
爲友, 相視而笑, 莫逆於心, 遂相與爲友"라 함.
【忘年】 나이 차이를 잊을 정도로 아주 가까움. 나이에 관계없이 친구로 사귐. 漢나라 때
彌衡은 20이 채 되지 않았고 孔融은 이미 50이었지만 둘은 서로 '너나' 하면서 忘年之
交로 사귀었다 함. (《後漢書》 孔融傳) 그리고 남조시대 范雲과 何遜 역시 忘年交로 사
귐. (《南史》 何遜傳)

'문경지교刎頸之交'는 인상여藺相如와 염파廉頗의 고사에서 비롯
되었고,
'총각지호總角之好'라 함은 손책孫策과 주유周瑜의 사귐에서 비
롯되었다.

刎頸交, 相如與廉頗;
總角好, 孩策與周瑜.

【刎頸】 藺相如와 廉頗의 고사에서 비롯됨. 전국시대 趙나라가 秦나라에게 和氏之璧으

로 고통을 받을 때 인상여가 이를 완벽하게 되돌려 오자(完璧歸趙) 이를 시기한 염파와
알력이 생김. 이에 兩虎相鬪의 설득으로 염파를 깨우치자 염파가 肉袒負荊의 죄를 빌어
서로가 목을 베어도 후회하지 않을 친구(刎頸之交)의 의를 맺음. (《史記》廉頗藺相如列
傳 및 219, 529, 723, 738, 888, 1303 참조)

【總角】 원래 머리를 뿔처럼 묶었다는 뜻으로 미혼의 남자를 뜻함. (《詩經》齊風 甫田) 여
기서는 삼국시대 孫策(吳나라 군주로 孫堅의 아들. 175~200)과 周瑜(자는 公瑾, 175~
210)가 어린 시절부터 아주 친한 친구였으며, 손책이 나중에 "周公瑾與孤有總角之好,
骨肉之分"이라 함을 뜻함. (《三國志》吳志 周瑜傳)

376

아교와 옻칠같이 투합하는 친구란 진중陳重이 뇌의雷義에게 한
일을 두고 하는 말이며,

닭을 잡고 기장밥을 만들어 함께하기로 한 약속을 지킨 것은 장
소張劭와 범식范式의 우정을 두고 하는 말이다.

膠漆相投, 陳重之與雷義;

鷄黍之約, 元伯之與巨卿.

【膠漆】 아교와 옻. 이 두 가지를 가구의 접착제와 칠로 사용하면 어떠한 경우에라도 벗겨
지거나 떨어지지 않음. 그 때문에 '떨어질 수 없는 친구'라는 뜻으로 쓰임. 東漢의 雷義라
는 자가 茂才(인재선발과목)에 추천되자 친구 陳重이 대신 뽑히기를 청원하였지만 刺史
가 허락하지 않자 瘋病을 핑계로 도망하여 뒤에 둘이 함께 孝廉科에 합격하여 모두 尙書
郎을 역임함. 이에 당시 사람들이 "膠漆自謂堅, 不如雷與陳"이라 함. (《後漢書》雷義傳)
【鷄黍之約】 원래 손님을 대접함을 뜻함. 《論語》微子篇에 "丈人止子路宿, 殺鷄爲黍而

食之"라 함. 여기서는 漢나라 때 張劭(元伯)와 范式(巨卿)의 고사를 말함. 두 사람은 아주 친한 친구로 함께 太學에서 공부를 마치고 서로 먼 고향으로 헤어지면서 범식이 "2년 후 그대 고향을 방문하여 어머니께 인사를 드리리라"라고 약속을 함. 그때가 되어 장소의 어머니가 닭을 잡고 기장밥을 준비하면서 "2년 전 일에다 천 리 먼 길인데 과연 오겠는가?"라 묻자 장소는 "거경은 믿음을 가진 선비입니다. 틀림없이 약속을 지킬 것입니다(巨, 信士也. 必不違約)"라 하였는데 그때 과연 범식이 나타나 어머니께 인사드리고 기쁨을 나누었다 함. (《後漢書》獨行傳) 한편 《搜神記》卷11에 전하는 바에 따르면 그 뒤 장소가 먼저 죽고, 그 사실을 꿈에서 본 범식이 그 먼 길을 달려 장소의 관 앞에 도착하자 그제야 땅에서 떨어지지 않아 묻을 수 없던 관이 움직여 묻을 수 있었다고 한다.

377

착한 사람과 사귐은 마치 난초가 있는 집 안으로 들어간 것과 같아 오래 지나면 그 향기를 맡지 못하지만 향내는 배어 있는 것이다.

나쁜 사람과 사귐은 마치 어물전에 들어가 있는 것 같아서 오래 지나면 그 악취를 맡을 수는 없는 것 같지만 악취에 배게 마련이다.

與善人交, 如入芝蘭之室, 久而不聞其香;
與惡人交, 如入鮑魚之肆, 久而不聞其臭.

【芝蘭】《孔子家語》六本篇에 "與善人居, 如入芝蘭之室, 久而不聞其香, 卽與之化矣. 與不善人居, 如入鮑魚之肆, 久而不聞其臭, 亦與之化矣"라 하였으며 《說苑》雜言篇에도 실려 있음.

378

간과 쓸개가 서로 비춰주듯 함을 '복심지우腹心之友'라 하고,
의기가 서로 부합되지 못함을 '구두지교口頭之交'라 한다.

肝膽相照, 斯爲腹心之友;
意氣不孚, 謂之口頭之交.

【肝膽相照】간과 쓸개가 서로 비춰주듯 서로의 성의를 다하는 친구 사이. (《史記》老莊
申韓列傳 司馬貞 索隱)

【腹心】心腹과 같음. 뱃속의 마음처럼 지극히 통하는 친구. 唐나라 때 杜審言과 李嶠,
崔融, 蘇味道 등 네 사람이 우정이 깊어 당시 心腹四友라 하였다 함.

【意氣不孚】의기가 서로 통하지 않음. 이를 흔히 입으로만 친구인 척하다의 뜻인 口頭之
交라 함. 孟郊의 〈擇友〉詩에 "面結口頭交, 肚裡刺荊棘"이라 함.

379

피차간에 서로 화합하지 못함을 일러 '삼상參商'이라 하고,
너와 내가 서로 원수가 됨은 마치 '빙탄冰炭'과 같아지는 것이다.

彼此不合, 謂之參商;
爾我相仇, 如同冰炭.

【參商】둘 모두 별 이름으로 28宿의 하나. 參星은 서쪽, 商星은 동쪽으로 두 별을 동시
에 볼 수 없음. 서로 아주 멀리 떨어져 있음을 비유함. (《左傳》昭公 元年 및 17 참조)

【冰炭】얼음과 숯은 함께 섞을 수 없음. 서로 용납할 수 없음을 뜻함. 冰炭不相容이라
함. 《韓非子》顯學篇에 "冰炭不同器而久, 寒暑不兼時而至"라 하였고, 蘇軾은 "君子小
人, 勢如冰炭, 同處必爭"이라 하였고 用人篇에는 "冰炭不合形"이라 함.

380

백성(친구)이 덕을 잃으면 하찮은 찬밥을 두고 서로 원망하고,
다른 산의 돌도 나의 옥을 다듬는 데는 쓸 수 있는 법이다.

民之失德, 乾餱以愆;
他出之石, 可以攻玉.

【乾餱】마른밥. 하찮은 것이란 뜻으로 쓰였음. 《詩經》小雅 伐木에 "民之失德, 乾餱以
愆. 有酒湑我, 無九酤我"라 함.

【他山之石】다른 산의 돌도 자신의 옥을 다듬는 기구로 쓸 수 있다는 말. 그러나 흔히 남
의 일을 두고 자신의 잘못을 고치거나 수양거리로 삼을 수 있다는 뜻으로 쓰임. 《詩經》
小雅 鶴鳴에 "鶴鳴于九皐, 聲聞于天. 魚在于渚, 或潛在淵. 樂彼之圓, 爰有樹檀, 其
下維穀. 它山之石, 可以攻玉"이라 함.

381

'떨어지는 달이 지붕에 가득함'은 두보杜甫가 이백李白의 얼굴
을 그리워함을 읊은 것이요,
'저녁 구름 봄 나무'는 두보가 이백의 아름다운 모습을 그리워

한 시 구절이다.

落月屋梁, 相思顔色;
暮雲春樹, 想望丰儀.

【落月屋梁】杜甫의〈夢李白〉詩에 "落月滿屋梁, 猶疑見顔色. 水深波浪闊, 無使蛟龍
得"이라 하여 흔히 친구를 그리워하는 뜻으로 쓰임.
【暮雲春樹】역시 杜甫의〈春日憶李白〉시에 "渭北春天樹, 江東日暮雲. 何時一樽酒,
重與細論文"이라 함.
【丰儀】훌륭한 儀表나 자태, 모습을 말함.

382

왕양王陽이 벼슬길에 오르자 공우貢禹는 갓을 털며 자신을 추천
하리라 기대하였고,
　두백杜伯이 죄 없이 죽게 되었을 때 좌백左儒은 차라리 죽을지언
정 임금의 뜻은 따를 수 없다고 하였다.

王陽在位, 貢禹彈冠以待薦;
杜伯非罪, 左儒寧死不徇君.

【王陽】漢나라 때 王陽과 貢禹는 아주 친한 사이로 왕양이 먼저 益州刺史의 벼슬길에 오
르자 공우가 갓을 털며 그가 곧 자신을 추천할 것이라 기대를 걸었다 함. (《漢書》王吉傳)
【杜伯】西周 宣王 때 신하 杜伯이 죄가 없이 죽음을 당하게 되자, 그 친구 左儒가 간언
을 하면서 "臣寧明君之過, 以正杜伯之無罪"라 하였으나 왕이 결국 두백을 죽이자 좌유

도 따라 죽음. 《竹書紀年》周宣王 箋)

383

‘분수分首’, ‘판메判袂’란 이별을 뜻하는 말이요,

빗자루를 들고 대문을 쓴다는 것은 손님을 공경히 맞는다는 뜻
이다.

分首 · 判袂, 敍別之辭;

　擁篲掃門, 迎迓之敬.

【分首 · 判袂】 모두 헤어짐을 표현한 말. 머리를 돌려 갈 길을 가고 옷깃을 분리함. (杜甫
〈直到錦州更分首〉詩) 그리고 唐代 蕭鳳이 玉門關으로 出任하자 그 아우 蕭頻이 전
별해 주며 “취한 술기운에 이별하면 슬프지 않으리(醉中分袂庶不悲)”라 함.
【擁篲掃門】 빗자루를 들고 대문 앞을 쓸어 손님 맞을 준비를 함. 손님을 공경함을 뜻함.
杜甫의 〈客至〉詩에 “花徑不曾緣客掃, 蓬門今始爲君開”라 함.

384

육개陸凱는 매화를 꺾어 역사를 만나자 이를 강남江南의 봄소식
이라고 친구에게 보냈고,

왕유王維는 버들을 꺾어 멀리 떠나는 친구에게 주어 드디어 양
관陽關의 악부 노래로 세 번 부르는 절창이 되었다.

陸凱折梅逢驛使, 聊寄江南一枝春;

王維折柳贈行人, 遂唱陽關三疊曲.

【陸凱】남조 梁나라 陸凱는 范曄과 아주 친한 친구로 그가 멀리 江南에 있을 때 마침 우연히 長安으로 공문을 가지고 가는 驛使를 만나자 그에게 매화 한 가지를 꺾어 詩 한 수와 함께 장안의 범엽에게 전해줄 것을 청하였다 함. 그 시는 "折梅逢驛使, 寄與隴頭人. 江南無所有, 聊贈一枝春"이었음. (盛弘之 《荊州記》)

【王維】唐나라 詩人 王維(699~761)의 〈渭城曲(送故友元二使安西)〉 시에 "渭城朝雨浥輕塵, 客舍靑靑柳色新. 勸君更進一杯酒, 西出陽關無故人"이라는 구절이 있음. (《新唐書》文藝傳 中 王維傳)

【陽關三疊】고대 악곡에서 한 번 연주함을 一疊이라 함. 陽關은 甘宿 敦煌 남쪽의 관문으로 흔히 중국과 서역의 경계 관문으로 여겼음.

385

자주 와도 싫지 않은 친구를 '입막지빈入幕之賓'이라 하고,

청하지 않았는데도 오는 친구를 '불속지객不速之客'이라 한다.

頻來無忌, 乃云入幕之賓;

不請自來, 謂之不速之客.

【入幕之賓】東晉 때 郗超가 桓溫의 참모였는데 마침 대신 謝安 등이 그의 집에 이르러 중요한 일을 의논하게 되었음. 이때 환온이 치초에게 몰래 장막 뒤에서 엿듣도록 함. 그런데 바람이 불어 장막이 걷히자 이를 본 사안이 "치초 정도라면 우리 막사 안의 손님이 되어도 되지"라 하여 믿을 만한 幕僚를 入幕之賓이라 함. (《晉書》郗超傳) 여기서는 '비밀

스러운 일에 참여하여도 꺼릴 것이 없는 사람'을 뜻함.
【不速之客】남의 집에 와서 어서 떠나지 않고 있는 손님. 《周易》需卦에 "維不速之客三人來, 敬之, 終吉"이라 함.

386

　단술을 준비하지 아니했음은 초楚나라 왕 유무劉戊가 선비를 대접하는 성의가 게을러진 것이요,

　수레바퀴 빗장을 뽑아 우물에 던진 것은 한漢나라 진준陳遵이 손님을 떠나지 못하도록 한 간절한 마음속 성의였다.

　醴酒不設, 楚王戊待士之意怠;
　投轄於井, 漢陳遵留客之心誠.

【楚王戊】漢나라 楚 元王(劉交)은 穆生과 친한 사이로 목생이 술을 마시지 못하자 늘 그를 위해 단술(醴酒)을 준비하였음. 그러나 그 아들 劉戊가 왕위를 이어받아 역시 목생을 위해 주연을 베풀면서 단술을 준비하지 않자 "可以逝矣, 醴酒不設, 王之意怠, 不去, 楚人將鉗我於市"라 화를 내며 돌아섰다고 함. (《漢書》楚元王傳) 이에 따라 대접이 소홀해지는 것을 醴酒不設이라 함. (761 참조)
【漢陳遵】한나라 때 陳遵은 친구들을 좋아하여 그의 집에 많은 친구를 불러놓고 술을 마실 때면 그들이 타고 온 수레의 바퀴 빗장(車轄)을 뽑아 우물에 던져 넣어 친구들이 가지 못하게 했다. (《漢書》陳遵傳)

387

채옹蔡邕은 나막신을 거꾸로 신고 손님을 맞았고,
주공周公은 감던 머리를 쥐고 선비를 대하였다.

蔡邕倒屣以迎賓, 周公握髮而待士.

【蔡邕倒屣】東漢 말 蔡邕(132~192)은 자신의 집에 어떤 손님이 와도 그저 덤덤히 맞았
으나 어느 날 王粲이 온다는 소리를 듣자 왕찬이 어리고 작은 키에 볼품 없는 모습임에
도 신발을 거꾸로 신을 정도로 급히 나서서 맞이함. 모두들 놀라 이유를 묻자 "왕찬은 기
이한 인물이다. 내가 그만 못하다(此王公孫有異才, 吾不如也)"라 함. 《三國志》魏志
王粲傳)
【周公握髮】周初 周公(旦은) 아들 伯禽을 魯나라 封地로 자신 대신 보내면서 "나는 머
리 한 번 감을 때도 세 번이나 감던 머리를 틀어쥐고, 한 번 밥을 먹다가도 세 번이나 수
저를 놓으면서 일어나 찾아온 손님을 맞으며, 도리어 그렇게 하기까지 하면서도 천하의
현인을 놓치면 어쩌나 걱정하였다(我文王之子, 武王之弟, 成王之叔父, 我於天下亦不
賤矣. 然我一沐三捉髮, 一飯三吐哺, 起以待士, 猶恐失天下之賢人)"라 하였음. 《史
記》魯周公世家) 이에 따라 吐哺握髮이라는 고사가 생김.

388

동한東漢 진번陳蕃은 서치徐穉를 중히 여겨 그만을 위한 자리를
내려 서로 맞이하였고,
공자孔子는 길에서 정생程生을 만나자 수레를 비스듬히 세워놓
고 종일 이야기를 나누었다.

陳蕃器重徐穉, 下榻相延;

孔子道遇程生, 傾蓋而語.

【下榻相延】東漢 때 陳蕃은 豫章太守로 명성이 대단했으나 손님 맞기를 즐겨하지 않으나 오직 당시 은사 徐穉만은 대단히 중히 여겨 그를 위해 따로 자리를 마련하여 모셨으며 그가 가고 나면 그 자리를 다시 벽에 걸어둘 정도였다 함. (《後漢書》 徐穉傳)

【傾蓋而語】孔子가 郯 땅에 가는 길에 평소 흠모하던 程子(程本子, 子華子)를 만나자 길가에 수레를 비스듬히 세워놓고 종일토록 담소를 나누었다 함. 이를 傾蓋而語라고 함. (《孔叢子》 雜訓, 《韓詩外傳》 卷二, 《說苑》 尊賢篇, 《孔子家語》 致思篇, 《子華子》 등)

389

백아伯牙가 현을 끊어버린 것은 종자기鍾子期를 잃고 나서 더 이상 음을 알아주는 무리가 없음이요,

관녕管寧이 자리를 베어 화흠華歆과 절교한 것은 뜻을 같이하는 사람이 아님을 말한 것이다.

伯牙絶弦失子期, 更無知音之輩;

管寧割席拒華歆, 謂非同志之人.

【伯牙絶弦】伯牙(俞伯牙)는 거문고 연주의 대가였는데 그가 악상을 떠올리며 연주하는 것을 鍾子期는 모두 알아들었음. 이에 知音이라는 말이 생겼음. 뒤에 종자기가 죽자 백아는 더 이상 자신의 음악을 알아줄 사람이 없다고 여겨 거문고 줄을 끊어버림. (《列子》 湯問篇)

【管寧割席】管寧과 華歆이 함께 글을 읽고 있을 때 마침 밖에 高官의 행렬이 지나가자

화흠이 부러워하며 나가서 구경을 하고 돌아옴. 이에 관녕이 함께 깔고 앉았던 자리를 잘라버리면서 "너는 이제 내 친구가 아니다"라 함. 따라서 割席은 뜻이나 포부가 달라 함께 할 수 없는 친구와의 절교를 뜻함. 《世說新語》德行에 "管寧·華歆共園中鋤菜, 見地有片金, 管揮鋤與瓦石不異, 華捉而擲去之. 又嘗同席讀書, 有乘軒過門者, 寧讀書如故, 歆廢書出看. 寧割席分坐曰: '子非吾友也!'"라 함.

390

장사한 이익을 더 많이 차지하는 관중管仲을 보고 포숙鮑叔은 집이 가난하기 때문이라 이해하였고,

비단옷을 내려주었던 수가須賈는 범저范雎의 궁함을 심히 가련하게 여겼던 것이다.

分金多與, 鮑叔獨知管仲之貧;
綈袍垂愛, 須賈深憐范叔之窮.

【鮑叔】 춘추시대 齊 桓公을 도와 패자로 만들었던 管仲의 친구로 管鮑之交의 고사를 낳음. 함께 장사를 하였을 때 관중이 그 이익을 더 차지함을 보고 "집은 가난한데 늙으신 어머니를 모시고 있기 때문"이라 하였음. (《列子》, 《史記》齊太公世家, 《韓詩外傳》 등)
【須賈】 전국시대 范雎는 원래 魏나라의 신하였는데 당시 大臣 須賈에게 지극히 미움을 받아 견딜 수 없게 되자 이름을 張祿으로 바꾸고 秦나라로 들어가 재상이 되었다. 수가는 이를 모른 채 범저가 죽은 줄로만 알아 진나라에 사신으로 갔을 때 범저가 초라한 모습으로 나타난 것을 보고 그에게 가지고 온 비단 옷을 주었다. 이에 범저가 재상의 도장을 보여주자 수가는 머리를 조아리며 지난날의 잘못을 빌었고 범저는 도리어 그가 자신에게 비단 옷을 줄 정도로 옛 정을 가지고 있다고 여겨 그를 죽이지 않았다. (《史記》范雎蔡澤列傳) 이에 따라 綈袍 혹은 綈袍垂愛는 원수를 졌더라도 옛사람의 정을 잃지 않음을 뜻함.

391

손님과 주인의 정을 서로 연결함을 알고자 하면 모름지기 동남 지미東南之美를 다할 것이요,

붕우 사이에 의로써 합하고자 하면 의당 절시切偲의 정성을 펼쳐 보여야 한다.

要知賓主聯以情, 須盡東南之美;
　　朋友合以義. 當展切偲之誠.

【東南之美】 東은 주인의 자리. 南은 南面(제왕)의 자리를 상징하는 것으로 주인과 손님이 모두 귀한 신분으로 정이 아름다운 것을 칭송한 것. 唐初 王勃의 〈滕王閣序〉에 "臺隍枕夷夏之交, 賓主盡東南之美"라 함.
【切偲】《論語》子路篇에 "子路問曰: ‘何如斯可謂之士矣?’ 子曰: ‘切切偲偲, 怡怡如也, 可謂士矣. 朋友切切偲偲, 兄弟怡怡.’"라 함. 切偲는 서로 責善하는 모습을 뜻함.

〈朋友賓主〉편 ‘增文’ 12聯

392

공자孔子와 노자老子는 가히 ‘통가通家’라 할 만하고,
관자管子와 포숙鮑叔은 족히 ‘지기知己’라 할 만하다.

仲尼 · 老子, 可謂通家;
管子 · 叔牙, 足稱知己.

【通家】 서로 통하여 사귄 집안. 世交, 혹은 두 사람 사이. (465 참조) 孔子(仲尼)가 老子(李耳)를 찾아가 예를 물은 것으로 서로 소통했던 관계라는 뜻. 《史記》老莊申韓列傳) 孔融이 겨우 열 살 때 李膺을 찾아갔을 때 한 말. 《後漢書》孔融傳)

한편 《世說新語》言語篇에 "孔文擧年十歲, 隨父到洛; 時李元禮有盛名, 爲司隷校尉; 詣門者皆雋才淸稱, 及中表親戚乃通. 文擧至門, 謂吏曰: '我是李府君親.' 旣通, 前坐. 元禮問曰: '君與僕有何親?' 對曰: '昔先君仲尼, 與君先人伯陽, 有師資之尊; 是僕與君奕世爲通好也.' 元禮及賓客莫不奇之. 太中大夫陳煒後至, 人以其語語之. 煒曰: '小時了了, 大未必佳!' 文擧曰: '想君小時, 必當了了!' 煒大蹴踏"라 함.

【知己】 서로의 고통이나 생각을 잘 알아주는 친구. 管仲과 鮑叔의 관계를 말함. 《史記》管晏列傳, 《列子》, 《韓詩外傳》)

393

백도伯桃는 자신의 식량을 모두 친구에게 주어 홀로 떠돌다 죽음을 달게 여겼고,

자여子輿는 밥을 싸서 친구에게 보내어 그의 가난함을 모른 체 하지 않았다.

伯桃倂糧於共事, 甘殞流離;

子輿裏飯於同儕, 不忘貧賤.

【伯桃】 춘추시대 羊角哀와 左伯桃가 楚王이 어질다는 소문을 듣고 찾아가기로 하여 함께 길을 떠났으나 중간에 폭설을 만나 옷과 먹을 것이 모자라자 좌백도가 자신의 옷과 먹을 것을 모두 양각애에게 주고 자신은 홀로 버드나무 숲으로 가서 죽었다 함. 《太平御覽》409에 인용된 烈士傳)

【子輿】 子桑과 子輿는 친구 사이로 어느 날 열흘간 비가 그치지 않자 자여가 자상이 먹

을 것이 없어 굶고 있으리라 여겨 음식을 싸서 찾아갔더니 그는 노래를 부르고 있다 함.
(《莊子》大宗師)

394

학문 연구에 깊었던 상수向秀와 혜강嵇康은 단짝이 되어 버드나무 아래에서 토론을 벌였고,

문장으로 서로 놀며 즐기던 원진元稹과 백거이白居易는 꽃 아래에서 술잔을 기울이며 시를 지었다.

鈞錘道義, 向 · 嵇偶鍛於柳中;
遊戲文章, 元 · 白啣杯於花下.

【向 · 嵇】 晉나라 向秀(상수, 227~272)와 嵇康(224~262)은 모두 竹林七賢으로 아주 친한 사이였음. 鈞錘는 '철을 단련하다', 즉 학문 연구에 지극히 열중함을 뜻함. 두 사람은 늘 단짝이 되어 혜강의 집 마당에 있는 버드나무 아래에서 늘 함께 玄學을 토론했다 함. (《晉書》嵇康傳) 向은 성씨일 경우 '상'으로 읽음.

【元 · 白】 唐나라 때 元稹(779~831)과 白居易(772~846)는 둘 모두 당대 유명한 詩人으로 서로 친하여 당시 元白이라 불렸으며 늘 서로 만나 꽃 아래에서 詩를 읊고 술을 마셨다 함. 백거이가 원진에게 준 시에 "花時同醉破春愁, 醉折花枝當酒籌. 忽遇故人天際去, 計程今日到涼州"라 함. (《本事詩》徵異)

395

정보程普는 주유周瑜를 깔보았으나 그가 끝까지 용납함을 '순한 술을 마셔도 취하고 만다'고 하였고,

주거周擧는 황헌黃憲을 좋아하여 그를 보면 '솜옷을 입지 않아도 저절로 따뜻해지는 것 같다'라 하였다.

程普見容於周瑜, 若飮醇醪自醉;

周擧得親於黃憲, 不披綿纊猶溫.

【程普】 삼국시대 吳나라 사람(?~215)으로 孫堅을 도와 江南을 다스렸음. 그는 늘 자신이 周瑜보다 나이가 많다고 주유를 깔보았으나 주유는 이에 개의치 않고 잘 대해줌. 나중에 程普는 이를 알고 "주유와 사귀고 있으면 마치 순한 술을 마시는 것과 같아 취하는 줄을 모른다(與周瑜交, 如飮醇醪, 不覺自醉)"라 함. 《三國志》 吳志 周瑜傳)

【周擧】 漢나라 때 周乘(자는 子居)이라는 인물로 그는 늘 친구 黃憲(자는 叔度)을 두고 "그를 잠시 몇 달만 보지 못해도 비루한 마음이 생긴다. 그를 만나기만 하면 마치 솜옷을 입지 않아도 저절로 따뜻해지는 것 같다(吾時月不見黃叔度, 則鄙吝之心已復生矣. 一見黃叔度, 令人不綿自暖)"라 하였다. 《世說新語》 德行, 謝承 《後漢書》, 《女南先賢傳》)

396

귀천이 달라져도 잊지 않기로 함에 흰 개와 붉은 닭을 잡아 우정을 약속하고,

유비劉備와 관우關羽는 생사를 함께하기로 함에 검은 소와 백마를 잡아 그 마음을 맹세하였다.

貴賤不忘, 素犬丹雞定約;

死生與共, 烏牛白馬盟心.

【素犬丹雞】흰 개와 붉은색의 닭. 越나라 사람들은 서로 친구가 됨을 약속할 때는 흰 개와 붉은 닭을 잡아 그 피로써 맹약하되 "卿乘車, 我戴笠, 他日相逢下車揖. 我步行, 卿乘馬, 他日相逢當下馬"라 하여 귀천이 달라져도 이 언약을 절대 어기지 않기로 한다 함. (《侯鯖錄》)

【烏牛白馬】검은색의 소와 흰 말. 劉備와 關羽가 桃園에서 結義할 때 백마를 잡아 하늘에 제를 올리고 검은 소를 잡아 땅에 제를 올리며 생사를 함께할 것을 맹약했다 함. (《三國志演義》)

397

면전에서 사람을 잃은 예는 유파劉巴가 장비張飛와 말도 나누지 않은 경우요,

일이 지나고 나서 친구를 그리워한 예는 주의周顗가 왕도王導를 잃고 슬퍼한 경우이다.

面前便失人, 劉巴不與張飛語;

事後方思友, 周顗還厓王導悲.

【劉巴 · 張飛】劉巴는 張飛가 대단한 인물인 줄 모르고 늘 그를 무시하며 말도 걸지 않았음. 諸葛亮이 이유를 묻자 "大丈夫處世, 當友四海英雄, 如何與兵子共語?"라 함. (《三國志》蜀志 劉巴傳) 장비(?~221)는 삼국시대 때 劉備를 도와 蜀을 세웠으며 關羽와 함께 萬人敵이라 칭해질 정도였음.

【周顗·王導】周顗(자는 伯仁. 269~322)와 王導(276~339)는 모두 東晉 때 함께 벼슬한 동료로 王敦(왕도의 사촌 형)이 반란을 일으켰을 때 왕도가 연루되자 주의에게 자신을 구제해 주도록 부탁하였음. 이에 주의는 얼른 대답하지는 않았으나 곧 상서를 올려 왕돈의 죄를 지적하면서 왕도는 무죄라 주장함. 뒤에 왕돈이 建康(서울, 지금의 南京)에 입성하여 주의를 죽이고자 할 때 왕도가 주의를 살려줄 것을 왕돈에게 건의하지 않아 결국 주의는 피살됨. 뒤에 왕도가 中書省에서 상소문을 점검하다가 주의가 자신을 살려내었음을 알고 "내 주의를 죽이지는 않았으나 주의가 나 때문에 죽었구나(吾雖不殺伯仁, 伯仁由我而死)"라 울면서 탄식함. 《世說新語》尤悔,《晉書》周顗傳)

398

　여안呂安은 멀리 있는 친구 혜강嵇康이 그리워 천 리를 멀다 않고 그를 찾아 수레를 몰았고,
　왕자유王子猷는 눈 오는 밤 친구 대안도戴安道가 그리워 야반 삼경에 배를 저어 그를 찾아갔다.

　呂安動遐思, 千里命尋嵇之駕;
　子猷懷雅興, 三更泛訪戴之舟.

【呂安】삼국시대 魏나라 인물(?~263). 그는 嵇康을 심히 좋아하여 천 리 먼 거리에 살면서도 그가 보고 싶을 때면 수레를 몰고 찾아갔음. 그런데 어느 날 혜강이 집에 없고 그 아들 嵇喜가 맞이하자 '鳳(凡鳥)'이라 써놓아 오기를 부리고 왔음. 《世說新語》簡傲篇에 "嵇康與呂安善, 每一相思, 千里命駕. 安後來, 値康不在, 喜出戶延之; 不入, 題門上作 '鳳'字而去. 喜不覺, 猶以爲欣, 故作. '鳳'字, 凡鳥也"라 함. (705 참조)
【子猷】王徽之(?~388). 王羲之의 아들이며, 王凝之의 아우. 王子猷가 겨울 밤 큰 눈이

내리자 친구 戴安道가 보고 싶어 그가 있는 먼 섬 땅까지 밤새도록 작은 배를 저어 찾아
갔으나 아침에 그 집 대문에 이르러 감흥이 사라지자 그대로 돌아왔다고 함. 《世說新語》
任誕篇에 "王子猷居山陰, 夜大雪, 眠覺, 開室, 命酌酒, 四望皎然. 因起仿偟, 詠左思
招隱詩; 忽憶戴安道. 時戴在剡, 卽便夜乘小船就之. 經宿方至, 造門不前而返. 人問其
故? 王曰: "吾本乘興而行, 興盡而返, 何必見戴!"라 전함

399

윤민尹敏과 반표班彪는 어찌 그저 얼굴만 아는 친구 사이이겠으며,
산도山濤와 완적阮籍은 이를 일러 정신이 통하는 친구 사이라
한다.

尹敏 · 班彪, 豈曰面友;
山濤 · 阮籍, 是謂神交.

【尹敏 · 班彪】尹敏은 東漢 때 인물로 《古文尙書》와 《毛詩》에 뛰어났음. 班彪(3~54)
역시 동한의 사학가로 《後漢書》를 쓰기 시작하였으며 그의 아들 班固가 이를 완성함. 두
사람은 친한 친구로 서로 만나면 학문 토론에 빠져 밥 먹는 것도 잊고 밤을 새웠다 함.
《後漢書》儒林傳, 《東觀漢記》) 面友는 그저 얼굴만 알고 지내는 친구 사이라는 뜻.
【山濤 · 阮籍】두 사람 모두 竹林七賢으로 서로 정신까지 통하는 친구 사이(神交)였음.
《世說新語》, 《晉書》嵆康傳)

400

공융孔融은 그의 집에 항상 친구가 가득하였으니 이는 틀림없이

반드시 예를 갖추어 이들을 불렀기 때문일 것이며,

　왕모중王毛仲은 당상의 높은 지위였음에도 집안에 찾아오는 손
님이 없었던 것은 남의 재능을 인정하여 고맙다고 하여 객이 찾도
록 함이 적었기 때문이리라.

　孔融座中常滿, 必然有禮招徠;
　毛仲堂上全無, 定是乏才感召.

【孔融】竹林七賢의 하나로 자는 文擧(158~303). 그의 집에는 항상 친구들이 모여들어
가득 차 있었다 함. (《後漢書》孔融傳)
【毛仲】王毛仲(?~732). 唐 玄宗 때 인물로 高句麗 사람이라 함. 그의 아버지가 포로가
되어 李隆基(현종)의 家奴였으나 그가 황제로 즉위하자 아들인 왕모중이 총애를 받아 大
將軍에 올랐으며 霍國公에 봉해짐. 환관 高力士 등은 그를 매우 두려워했다 함. 그러나
그는 자신의 출신 때문에 사람 사귀기를 꺼려하여 비난과 원망을 샀다 함. (新舊 《唐書》
王毛仲傳, 《語林》方正)

401

　음식의 대접이 동등하지 않자 이에 감히 생선 반찬이 없다고 하
였으나,

　주인과 손님이 서로 공경을 다했다면 어찌 자신의 개를 꾸짖는
일이 있었겠는가.

　式飮式食, 敢曰無魚;

必敬必恭, 何嘗叱狗.

【無魚】전국시대 孟嘗君(田文)의 식객 중에 馮諼(馮驩)이라는 자가 자신의 밥상에 생선 반찬이 없다고 "長鋏歸來乎! 食無魚"라 투덜대었던 유명한 고사를 말함. (《戰國策》齊策 四, 《史記》孟嘗君列傳 및 746 참조)

【叱狗】《禮記》曲禮에 "尊客之前不叱狗"라 하여 손님이 왔을 때는 개를 꾸짖지 않음을 뜻함.

402

한기韓琦의 집 선비는 풍류 태도가 멋져 그에게 여자 노비를 주었고,

이항李沆의 문하에는 어떤 이가 있었던가? 새롭게 멋진 대련對聯을 지어 천자天子를 만날 수 있었네.

韓魏公堂前有士, 風流態度, 得贈女奴;

李文定門下何人, 新巧時聯, 乃逢天子.

【韓魏公】北宋의 유명한 재상 韓琦(1008~1075). 范仲淹과 함께 西夏와의 전쟁에 공을 세워 韓范이라 불림. 知州, 樞密使, 재상 등을 지냈으며 魏國公에 봉해짐. 그의 식객 중 하나가 밤에 담을 넘어 妓女의 집을 드나들자 한기가 〈種竹〉이라는 詩 "은근히 잘 씻어 심은 대나무, 그중 미친 가지가 담을 넘어가지 않도록 하라(殷勤洗濯加培植, 莫遣狂枝亂出墙)"를 지어 나무라자 그 식객은 도리어 "주인께서 선비의 고절을 불쌍히 여긴다면 그 미친 가지를 도끼 든 자에게 바치지 말라(主人若肯憐高節, 莫爲狂枝贈斧戕)"라 함. 이에 한기는 그에게 여자 노비 하나를 주었다고 함. (《靑瑣高議》名公詩話)

【李文定】李文靖의 오기. 宋初의 李沆을 가리킴. 당시 王奇라는 자가 이문정의 문객이

되었는데 이문정이 죽어 황제가 직접 조문을 왔다가 병풍에 "雁聲不到歌臺上, 秋色偏欺 客路中"이라는 쓰인 對聯을 보고 심히 감탄하여 그를 불러 殿試를 보도록 허락하자 왕 기는 다시 "不拜春官爲座主, 親逢天子作門生"이라는 聯句를 썼다 함. (《贛州府志》, 厲 鶚 《宋詩紀事》)

403

'곰이 아니라 하여 위수渭水 가에서 강태공姜太公을 만났으니 어 찌 늦은 것이겠는가?'라는 시구는 무한한 감탄을 자아내고,

'마음에 두고 사는 그 사람은 때가 되어도 오지 않는구나'라 한 시구는 그 안타까움이 얼마나 크겠는가.

熊飛淸渭逢何暮, 無任悽愴;
客有可人期不來, 豈勝慨嘆?

【熊飛淸渭逢何暮】石曼卿의 詩句. 飛熊과 같음. 이는 周 文王이 사냥을 나가면서 점을 치자 "오늘 만날 것은 용도 이무기도 아니며 호랑이도 곰도 아니요, 천자를 도와 왕업을 이룰 사람"이라 하여 姜太公을 渭水 가에서 만났다 함. (《史記》周本紀) 원래 非虎非羆 였으나 와전되어 非熊이 되었음. 한편 본 장의 내용은 宋代 趙平叔이 어릴 때 涎水에 있을 때 郡守에게 사랑을 받아 그 문하가 되었을 때의 이야기로 보임. 뒤에 그 조평숙이 涎水郡守가 되어 부임하자 당시 石曼卿이 감탄하여 "熊飛淸渭逢何暮, 龍臥南陽去不 還, 年少客遊今君守, 蔚然疑在立談間"이라 함. 본문의 悽愴은 지극히 감탄함을 뜻함. (劉攽 《中山詩話》)
【客有可人期不來】이는 송대 陳師道의 "書當快意讀易盡, 客有可人期不來. 世事相逢 但如此, 好懷百歲幾時開?"라는 시구의 일부. 可人은 마음속에 늘 두고 살 만한 친구를 뜻함.

- 君子之交淡如水, 同心之言臭如蘭.
- 靑松示盟, 白水旌信.
- 願爲東道主, 供行李之往來; 同傾北海樽, 喜賓朋之雜沓.
- 孟嘗慢客, 馮鋏常彈; 公瑾乞糧, 魯困慨贈.
- 范巨卿白馬奮喪, 不忘死友; 戴弘正金蘭訂簿, 幸得良朋.
- 龍門開宴, 相邀不外知交; 虎阜飛觴, 勝會無非遺侶.
- 踏月屢敲門, 造訪免行賓主禮; 重城休上鑰, 過從恒爲竟夕談.
- 是皆聲氣應求, 聯爲益友; 豈其酒食游戲, 比之匪人.

13. 혼인 婚姻

본 장은 고대 혼인의 유래와 혼례의식의 예식과 내용, 그리고 부부간 인
연의 중요함을 그 일화와 고사를 들어 설명하고 있다. (총 26연)

404

좋은 인연으로 부부가 됨은 이미 일찍이 맺어져 있는 것이며,
훌륭한 짝은 하늘로부터 이루어진 것이다.

良緣由夙締, 佳偶自天成.

———————

【夙締】 이미 맺어져 있음.
【天成】 하늘이 이루어준 것.

405

‘건수蹇修’와 ‘가인柯人’은 모두 중매쟁이를 일컫는 말이요,
‘빙인冰人’과 ‘장판掌判’도 모두 혼인 성사를 위해 말을 전달해
주는 사람을 말한다.

蹇修與柯人, 皆是媒妁之號;
冰人與掌判, 悉是傳言之人.

———————

【媒妁·柯人】 중매쟁이의 별칭. 〈離騷〉에 “解佩纕以結言兮, 吾令蹇修以爲理”라 하였
고, 《詩經》 豳風 伐柯에 “伐柯如何, 匪斧不克. 娶妻如何, 匪媒不得”이라 하였음.
【冰人·掌判】 역시 중매쟁이의 별칭. 冰人은 晉나라 때 令狐策이라는 사람이 자신이 얼
음 위에 서서 얼음 밑에 있는 사람과 대화를 하는 꿈을 꾸었는데 스스로 점을 쳐 “얼음
위는 양이고 얼음 아래는 음이다. 詩에 ‘士如歸妻, 迨冰爲泮’이라 하였으니 이는 음양
을 매개하는 것이다. 따라서 중매쟁이의 일을 하라는 뜻이리라”하였다 함. 그 뒤 冰人은

중매쟁이를 뜻하는 말로 쓰임. (《晉書》索紞傳) 掌判은 《周禮》地官 媒氏에 "媒氏掌萬民之判, 令男子三十而娶, 女子二十而嫁也"라 한 데서 비롯됨.

406

혼례는 반드시 육례六禮를 두루 실행해야 하고, 이성二姓의 화합을 잘 이루어야 한다.

禮須六禮之周, 好合二姓之好.

【六禮】혼인 성사의 수속과 과정. 納采, 問名, 納吉, 納徵, 請期, 親迎의 여섯 단계를 거침. 納采는 남자 집에서 媒妁을 세워 여자 집에 혼인 의사를 물어 논의할 허락을 받으면 예물을 준비하여 보내는 것. 問名은 여자 쪽의 이름과 자, 생년월일을 물어 이를 점치는 것. 納吉은 남자 쪽에서 점으로 길함을 얻은 후 정식으로 혼인 의사를 쌍방이 체결하는 것. 納徵은 납길 후에 예물을 보내는 것. 請期는 남자 집에서 결혼 날짜를 정하여 여자 집에 알려 동의를 얻는 것. 親迎은 사위 될 자가 정식으로 여자 집에 가서 신부를 데려와 혼인의식을 거행하는 것. (《儀禮》士婚禮)
【好合二姓之好】《禮記》哀公問에 "公曰: '寡人願有言. 冕而親迎, 不已重乎?' 孔子愀然作色而對曰: '合二姓之好, 以繼先聖之後, 以爲天地宗廟社稷之主, 君何謂已重乎?'"라 함.

407

여자가 시집가는 것을 '우귀于歸'라 하고, 남자가 혼례를 마침을 '완취完娶'라 한다.

女嫁曰于歸, 男婚曰完娶.

【于歸】여자의 출가를 뜻함. 《詩經》周南 桃夭에 "之子于歸, 宜其室家"라 함.
【完娶】혼례의 모든 과정을 마침. 남자가 장가들었음을 뜻함. (《水滸傳》32회)

408

혼인에 재물을 논하는 것은 오랑캐나 호로 집안의 도요,
같은 성씨는 혼인하지 않음은 주례에 그렇게 되어 있다.

婚姻論財, 夷虜之道;
同姓不婚, 周禮則然.

【婚姻論財】《文中子》事君에 "婚姻論財, 夷虜之道也, 君子不入其鄉. 古者男女之族各
擇德焉, 不以財爲禮"라 함.
【同姓不婚】주에 "《周禮》同姓不婚, 敎親也"라 하였으나 지금의 《주례》에는 이 구절이
없으며 《禮記》曲禮(上)에 "取妻不取同姓"이라 하였고, 〈坊記篇〉에는 "子云:'取妻不
取同姓, 以厚別也. 故買妾不知其姓, 則卜之. 以此坊民, 魯春秋猶去夫人之姓曰吳, 其
死曰孟子卒.'"이라 함.

409

여자 집에서 빙례를 받아들이는 것을 '허영許纓'이라 하고,
신부가 조상의 사당에 가서 배례를 올리는 것을 '묘견廟見'이라

한다.

女家受聘禮, 謂之許纓;
新婦謁祖先, 謂之廟見.

【許纓】여자가 붉은색 허리띠(纓)를 매어 이미 남에게 매였음을 표시함.《禮記》曲禮(上)
에 "女子許嫁, 則繫以纓, 示有所繫屬也"라 함.
【廟見】혼인을 치르고 석 달이 지나 신부가 신랑 조상의 사당(祖廟)에 가서 배례를 하여
정식으로 그 집안 사람이 되었음을 알리는 의식.《禮記》曾子問에 "三月而廟見, 稱來婦
也. 擇日而祭於禰, 成婦之義也"라 하여 고대에는 '成婚之禮' 보다 '成婦之禮'를 더 중
시하였음.

410

'문정文定'과 '납채納采'는 모두가 빙례를 행함을 뜻하는 말이요,
아들딸 모두 혼례를 마침은 자평子平이 원하던 일 끝냈음을 말
한 것이다.

文定納采, 皆爲行聘之名;
女嫁男婚, 謂了子平之願.

【文定】納徵과 訂婚을 묶어서 일컫는 말.《詩經》大雅 大明에 "文定厥祥, 親迎於渭"라
하였으며, 朱熹의 주에 "文, 禮也; 祥, 吉也. 言卜得吉而以納幣之禮定其祥也"라 함.
【子平】韓나라 때 向長이란 자는 자가 子平으로 그가《周易》의 損卦와 益卦를 읽고 나
서 "今吾已知富不如貧, 貴不如賤, 但未知死何如生耳"라 탄식하고 집안의 아들딸을 모

두 혼인시킨 후 "내 소원은 다 끝냈다"라 하며 집을 떠나 五嶽 名山을 유람하다가 어떻게 죽었는지 모른다 함. (《後漢書》逸民傳)

411

빙의를 '안폐雁幣'라 하고, 아내가 혼인 점을 치는 것을 '봉점鳳占'이라 한다.

聘儀曰雁幣, 卜妻曰鳳占.

【雁幣】 기러기는 평생 짝을 바꾸지 아니한다고 하여 이를 혼례에 상징으로 여겼음. 楊衡의 〈夷陵郡内敍別〉에 "雁幣任野薄, 恩愛緣義深"이라 함.
【鳳占】 춘추시대 陳敬仲이 齊나라로 도망하여 와 제나라 대부 懿氏가 그와 인척을 맺었으면 하자 그 아내가 점을 쳐보고는 "吉, 是謂鳳凰于飛, 和鳴鏘鏘"이라 하였음. 이에 '鳳占'은 혼인 의사를 점친다는 뜻으로 쓰임. (《左傳》莊公 22년)

412

성혼의 날을 '성기星期'라 하고, 숙명을 전해주는 사람을 '월로月老'라 한다.

成婚之日曰星期, 傳命之人曰月老.

【星期】 결혼식을 올리는 날. 《詩經》唐風 綢繆에 "綢繆束薪, 三星在天. 今夕何夕, 見

此良人"이라 함.

【月老】月下老人의 줄인 말. 唐 韋固라는 사람이 혼인을 위해 밤길을 나섰다가 우연히 한 노인을 만났는데 큰 자루에 기대어 달을 향해 책을 보고 있었음. 위고가 묻자 노인은 "천하의 혼인 장부(天下之婚牘)"라 함. 이에 그 자루 속의 물건을 물었더니 "붉은 실로 부부의 다리를 묶는 것이지요. 비록 원수 집안이라도, 혹 귀천이 전혀 다르다 해도, 천 리 밖 멀리서 벼슬을 한다 해도, 吳楚와 같이 전혀 다른 곳에 산다 해도 이 끈으로 한번 묶이면 벗어날 수가 없습니다(赤繩子, 以繫人夫婦之足, 雖仇敵之家, 家貧懸隔, 天涯從宦, 吳楚異鄕, 此繩一繫, 終不可逭)"라 함. (《續幽怪錄》) 이에 따라 '월하노인'은 '부부의 연을 맺어주는 宿命'을 뜻하며 '중매쟁이'라는 뜻으로 쓰임. (418 참조)

413

'하채下采'는 납폐納幣를 말함이요, '합근합쫄'은 교배交杯를 말한다.

下采卽是納幣, 合쫄係是交杯.

【納幣】納徵의 다른 말. (前出)

【合쫄】원래 호로박을 반으로 잘라 붉은 실로 연결하여 만든 두 개의 술잔을 말함. 혼인식(親迎)이 끝난 후 이 잔으로 신랑 신부가 동시에 술을 마셔 합심동체가 됨을 상징하는 의식. (《儀禮》士婚禮) 뒤에 '合쫄', 혹 '合쫄之禮'는 혼인을 대신하는 말로 쓰임.

414

수건과 빗을 들었다 함이나 키와 빗자루로 받든다 함은 모두가

여자 집안에서 시집보낼 자신의 딸에 대하여 겸손히 하는 말이요,
결혼 전 교육을 잘 받았다고 하거나 내칙의 공부를 잘했다고 함
은 남자 집안에서 며느리 될 자를 칭찬하는 말이다.

執巾櫛, 奉箕箒, 皆女家自謙之詞;
嫻姆訓, 習內則, 皆男家稱女之說.

【巾櫛】 수건과 빗. 남자가 목욕을 하고 나올 때 아내 된 자가 수건과 빗을 들고 기다림.
아내가 자신을 낮추어 쓰는 말. 《左傳》僖公 32년에 "寡君之使婢子侍執巾櫛"이라 함.
【箕箒】 箕帚로도 쓰며 키와 빗자루라는 뜻으로 역시 남의 아내가 됨을 낮추어 쓰는 말.
《史記》高祖本紀에 呂叔平(劉邦 高祖의 장인)이 처음 유방을 만났을 때 그 관상을 보고
"僕閱多人矣, 無如季相, 僕有弱女, 願爲箕帚妾"이라 함.
【姆】 고대 50이 되도록 자식이 없는 여자가 오직 시집가기 전의 남의 딸에게 婦道를 가
르치는 일을 직업으로 하는 자를 姆라 함.
【內則】 《禮記》의 편명으로 부도에 대한 것을 기록한 것.

415

'녹창綠窗'은 가난한 집 딸을 뜻하고, '홍루紅樓'는 부잣집 딸을
말한다.

綠窗是貧女之室, 紅樓是富女之居.

【綠窗·紅樓】 白居易의 〈秦中吟·議婚〉 詩에 "綠窗貧家女, 寂寞二十餘"라 하였고, 다

시 "紅樓富家女, 金縷繡羅襦"라 함.

416

'도요桃夭'는 혼인의 시기가 왔음을 말하는 것이요,
'표매摽梅'는 혼기가 이미 지났음을 말하는 것이다.

桃夭, 謂婚姻之及時;
摽梅, 謂婚期之已過.

【桃夭】《詩經》周南 桃夭篇을 말함. 혼인을 비유하여 읊은 내용임. "桃之夭夭, 灼灼其華. 之子于歸. 宜其室家"라 함.
【摽梅】여자가 혼기에 이르렀으나 시집을 가지 못함을 뜻함. 매실이 익어 떨어질 때가 됨을 말함. 《詩經》召南 摽有梅에 "摽有梅, 其實七兮. 求我庶士, 迨其吉兮"라 함.

417

궁궐 도랑으로 시詩를 써 보내자 우우于祐가 이를 인연으로 궁궐의 예쁜 여자를 배필로 얻게 되었고,
수놓은 장막 뒤에 숨은 재상 딸의 실을 잡아당겨 곽원진郭元振은 미녀를 얻는 행운을 누렸다.

御溝題葉, 于祐始得宮娥;

繡幕牽絲, 元振幸獲美女.

【御溝題葉】唐 僖宗 때 궁녀 韓氏가 붉은 나뭇잎에 詩를 지어 이를 궁전 도랑에 띄워 밖으로 내보냈는데 마침 于祐라는 선비가 이를 주워 읽고는 자신도 답시를 지어 그 궁궐로 들어가는 물 상류에서 띄워 보냈다 함. 이에 다시 그 궁녀가 답시를 주어 보았고 뒤에 재상 韓泳이 이를 알고 중매를 서서 두 사람을 혼인시켰다 함. 이에 따라 '紅葉題詩', '御溝流葉' 등의 고사가 생김. (《北夢瑣言》, 《雲溪友議》)

【繡幕牽絲】당나라 재상 張嘉貞에게는 딸이 다섯이었는데 마침 荊州都督 郭元振을 사위로 삼기로 하고 딸을 각각 장막 뒤에 숨겨 실을 하나씩 내놓고 있도록 하여 그중 하나를 곽원진에게 당기게 함. 곽원진이 당긴 붉은 실은 셋째 딸의 실이었고 그녀는 자색이 뛰어났다 함. (《開元天寶遺事》)

418

한漢 무제武帝는 아버지 경제景帝가 자신에게 아내를 얻어준다는 논의에 대하여 장차 '금으로 집을 가득 채우겠다'라 하였고,

위고韋固와 월하노인月下老人은 혼사를 논하다가 비로소 '붉은 실로 두 사람의 발을 묶는다'는 것을 알게 되었다.

漢武對景帝論婦, 欲將金屋貯嬌;
韋固與月老論婚, 始知赤繩繫足.

【漢武】漢 武帝(劉徹, 景帝의 아들)가 어릴 때 그의 고모 長公主(경제의 누이)가 "장가들고 싶으냐?"라 묻자 그렇다고 대답하였다. 그러자 자신의 딸(阿嬌)을 가리키며 "어떠

냐?"라 다시 묻자 "아교 정도라면 금으로 가득 집을 채워드리겠어요(若得阿嬌, 當以金屋
貯之)"라 하였다 함. 《漢武故事》) 본문의 '경제가 무제의 아내에 대한 논의를 하자 이에
대하여 무제는'은 잘못되었음.
【韋固】月下老人의 고사를 낳은 이야기. (412 참조)

419

주씨朱氏와 진씨陳氏는 한동네 살면서 좋은 인척 관계를 맺었고,
춘추시대 진秦과 진晉 두 나라는 자주 인척 관계를 맺어 혼인을 이
루었다.

朱 · 陳一村而結好, 秦 · 晉兩國以成婚.

【朱 · 陳】중국 옛날에 朱氏와 陳氏는 한동네 살면서 대대로 혼인하여 좋은 인척이 됨.
《事文類聚》에 "朱陳兩姓, 世爲婚姻"이라 함.
【秦 · 晉】춘추시대 秦나라와 晉나라는 늘 혼인 관계를 맺어 인척국가가 됨. 이로 인해 두
나라가 인척 관계이거나 집안의 성혼을 秦晉之好, 秦晉之匹이라 표현함. (《世說新語》
言語篇 주 《別傳》)

420

남전藍田에 옥을 심어 신부를 얻었으니 옹백雍伯의 인연이요,
　보창寶窗을 통해 사위를 골랐으니 이는 이임보李林甫의 딸들이
었다.

藍田種玉, 雍伯之緣;

寶窗選婿, 林甫之女.

【藍田種玉】옛날 楊雍伯이라는 자가 길 가는 행인에게 밥을 주자 그중 하나가 씨앗을 주며 이를 심으면 옥이 날 것이요 신부도 얻게 된다고 하였다. 과연 백옥이 자라 밭에 가득하였고 뒤에 옹백이 서씨의 딸을 사모하여 구혼하자 백옥을 구해 오면 허락하겠다고 하여 이에 자신의 백옥 다섯 쌍을 바쳐 소원을 이루어 신부를 얻었다 하며 임금이 이를 듣고 기이하게 여겨 그를 대부로 삼고 그 땅을 '玉田'이라 하였다 한다. (《搜神記》卷11, 886 참조) '藍田'은 지명으로 보이나 《수신기》에는 언급되어 있지 않음.

【林甫】唐 李林甫(?~752). 당 玄宗의 총애를 입어 19년간 재상을 지냈으며 권력을 농단하여 안록산의 난을 유발시킨 인물. 그가 자신의 대청에 창문(이를 寶窗이라 하였음)을 만들어 비단으로 가리고, 여섯 딸로 하여금 집을 방문하는 젊은이를 몰래 그 창으로 살펴보고 택하도록 하였다 함. (《開元天寶遺事》 및 530, 735 참조)

421

오작교烏鵲橋를 놓아 은하를 건넘은 견우와 직녀의 만남이요,

병풍에 그려진 공작의 눈을 쏘아 맞추어 당唐 고조高祖는 아내를 얻게 되었다.

駕鵲橋以渡河, 牛·女相會;

射雀屏而中目, 唐高得妻.

【鵲橋】烏鵲橋. 옛날 하늘나라 견우와 직녀가 사랑을 나누자 이를 못마땅히 여긴 천제의 부인(娘娘)이 둘 사이에 은하수를 두고 서로 만나지 못하게 함. 이에 천제가 이를 불쌍히

여겨 매년 7월 7일 한 차례만 만나는 것을 허락함. 이날 까마귀와 까치들이 모두 날아올라 그 은하수에 다리가 되어 두 사람이 은하수를 건너도록 도와준다 함. (《風俗通》 및 017 참조)

【雀屛】唐나라를 세운 高祖 李淵(566~635)이 젊을 때 당시(隋나라) 竇毅의 딸이 매우 현숙하여 사위를 고르면서 병풍에 공작을 그려놓고 눈을 맞추는 자를 택하겠고 하였음. 이에 이연이 두 눈을 모두 맞추어 그 딸을 아내로 맞았으며 이가 太穆竇皇后로 아들 李世民을 낳음. (《新唐書》太穆竇皇后傳 및 365, 517, 739 참조)

422

친영親迎이 이처럼 중요한 예라 함은 인륜을 바르게 하는 시작이기 때문이요,

《시詩》에 '호구好逑'를 첫 구절로 삼은 것은 왕도의 교화를 숭상하는 근원이기 때문이다.

至若禮重親迎, 所以正人倫之始;
　　詩首好逑, 所以崇王化之原.

【親迎】六禮 중의 親迎禮. 신랑이 신부 집에 가서 직접 신부를 맞아 오는 것. (前出)

【好逑】《詩經》國風 周南 關雎의 첫 구절 "關關雎鳩, 在河之洲. 窈窕淑女, 君子好逑"를 말하며 이는 文王이 太姒를 배필로 삼은 것을 축하하는 노래라 하며 왕도정치 교화의 시작이라 여겼음.

423

물고기와 물이 서로 즐거움을 나누니 정이 얼마나 아름답고 긴
밀한가?

토사와 여라 넝쿨 의탁할 곳이 있으니 그 뜻이 심히 빈틈없도다.

魚水合歡, 情何款密;
絲蘿有托, 意甚綢繆.

【魚水】물고기와 물의 관계처럼 필수적인 부부를 뜻함. 《管子》 小問에 "浩浩者水, 育育
者魚, 未有室家, 召我何爲?"라 함.
【絲蘿】兔絲와 女蘿. 모두 기생 식물 이름으로 넝쿨이 지며 서로 엉겨 떨어지지 않음. 부
부를 뜻함. 《古詩十九首》에 "與君爲新婚, 兔絲附女蘿"라 하였으며, 《詩經》 頍弁에 "蔦
與女蘿, 施于松柏. 未見君子, 憂心奕奕. 旣見君子, 庶幾說懌"이라 함.

424

검은 염소 한 마리를 끌고 이를 예로 삼은 것은 예로부터 내려
오는 풍속이요,

푸른 황새 같은 사위를 골라 혼인을 치른다 함은 진실로 좋은
배필이라는 뜻이다.

牽烏羊以爲禮, 自是古風;
選碧鸞以成婚, 正爲佳匹.

【烏羊】검은 염소. 남조 宋나라 孔淳之는 성품이 고고하여 친구 王敬弘의 딸을 며느리로 맞으면서 오직 검은 염소 한 마리와 술 한 주전자만으로 예를 삼았다. 이에 '예가 너무 박하다'라고 하자 '옛날 예는 덕을 중히 여기되 재물은 가볍게 여겼다. 이것이 농부로서의 예이다(重德輕財, 此田父之禮也)'라 하였다. (《南史》 孔淳之傳)

【碧鸛】唐나라 때 韋詵이 裴寬을 사위로 맞았는데 그는 홀쭉하고 키가 컸다. 혼인식에 푸른 옷을 입히자 그 모습을 본 친척들이 "푸른 황새(碧鸛)"라 불렀다 한다. (《新唐書》 裴寬傳)

425

친척을 배필로 정하고자 온교溫嶠는 옥경대를 선물로 보냈고,
검소함을 따르고 사치함을 없애려고 범중엄范仲淹은 비단 장막을 태워버리겠다고 하였다.

因親作配, 溫嶠曾下鏡臺;
從簡去華, 仲淹欲焚羅帳.

【溫嶠】東晉 때 인물로 자는 太眞(288~329). 자신의 고모가 딸을 보낼 신랑감을 구해달라고 하자 溫嶠는 거짓으로 이미 구하였다 하고 자신이 玉鏡臺를 선물로 보내어 친척과 결혼하였다. 《世說新語》 假譎에 "溫公喪婦, 從姑劉氏, 家値亂離, 唯有一女, 甚有姿慧, 姑以屬公覓婚. 公密有自婚意, 答云:'佳婚難得, 但如嶠比云何?' 姑云:'喪破之餘, 乞得粗相存活, 便足慰吾餘年; 何敢希汝比?' 却數日, 公報姑云:'已得婚處, 門地粗可, 壻身不減嶠.' 因下玉鏡臺一枚. 姑大喜. 旣婚, 交禮, 女以手披紗扇, 大笑曰:'我固疑是老奴. 果如所卜.' 玉鏡臺, 是公爲劉越石長史, 北征劉聰所得"라 하였다. (425 참조)

【仲淹】宋代 范仲淹이 아들을 장가보낼 때 어떤 사람이 신부가 좋은 비단 휘장을 가지

고 시집올 것(사치를 부림)이라 하자 그는 대뜸 "그런 것을 가지고 오면 내 마당에서 당장 불살라 버리리라(吾家素淸儉, 安得亂吾家法, 若有持來, 吾當火之于庭焉)"라 함. 《事文類聚》 및 220, 783 참조)

426

유경劉景이 마부 두광杜廣을 사위로 택했으니 마부가 어찌 부끄러운 것이리요,

지순摯恂이 제자 마융馬融을 자신의 딸 배필로 삼으니 제자로서 영광이었다.

劉景擇婿杜廣, 廝卒何慚;

摯恂定配馬融, 門徒有幸.

【劉景】唐나라 때 자사 벼슬의 劉景이 자신의 마부 杜廣과 이야기를 나누어보고 그의 재덕에 감복하여 집으로 돌아와 아내에게 "딸을 위해 사위를 3년을 찾았지만 우리 마구간에 천리마가 있는 줄 몰랐네(吾爲女求夫三年, 不意廐中有騏驥)"라 하며 사위로 삼았다 함. 《三十國春秋》)

【摯恂】漢나라 때 摯恂은 馬融의 선생님으로 일체 벼슬에 나가지 아니하고 南山 아래에서 제자만 가르치고 있었다. 그가 마융의 재주를 보고 그를 사위로 삼았다. 《後漢書》馬融傳) 마융은 한대 유명한 학자. (前出)

427

의가 중하고 은혜가 깊어 임금의 여동생이 혼인으로 보답하였고,

정이 두텁고 의가 새겨지니 한漢나라 광무제는 뱃속의 아이와
혼인을 약속하였다.

義重恩深, 禁女因婚報德;
情孚意契, 漢君指腹連姻.

【義重恩深】 춘추시대 吳나라 군대가 楚나라 서울까지 쳐들어오자 楚 昭王이 피신하였
다. 이 大夫 鍾建이 왕의 어린 여동생 季羋를 업고 함께 나섰다. 뒤에 초 소왕이 돌아와
계미가 시집갈 나이가 되었을 때 "여자는 남자를 멀리해야 하나 종건이 나를 업었던 적이
있습니다(所以爲女子, 遠丈夫也, 鍾建曾負我矣)"라 하여 종건에게 시집을 갔음. 《左
傳》定公 5년) '禁女'는 궁궐의 여자를 말함.
【情孚意契】 西漢 말 劉秀(뒤에 東漢 光武帝가 됨)의 수하에 賈復이라는 장수가 있었는
데 전투 중에 그만 심한 상처를 입고 말았다. 마침 그의 아내가 임신 중임을 안 유수가
"그대가 딸을 낳으면 내 며느리를 삼을 것이요, 아들을 낳으면 내 사위로 삼으리라. 처자
에 대한 걱정이 없도록 하리라(復如生女, 我子娶之, 生男, 我女妻之. 不令憂妻子也)"라
하여 장주를 안심시켰다 한다. (《後漢書》賈復傳)

428

가난하여 시집갈 화장대도 없어 오은지吳隱之의 노비는 개를 끌
고 팔러 나섰고,

사위가 모두 뛰어나 환언桓焉의 두 딸 사위들을 '승룡乘龍'이라
하였다.

貧乏奩儀, 吳隱之婢賣犬;

婿皆賢士, 叔元之女乘龍.

【吳隱之】晉나라 謝石이 吳隱之를 衛將軍主簿로 데리고 있었는데 오은지가 딸을 시집 보낼 때 그 집이 가난함을 알고 사석이 사람을 보내어 돕도록 하였다. 그 사자가 돌아와 "그 집 노비가 개를 끌고 팔러 가더이다. 그 외에는 아무것도 없이 가난하더이다"라 하였 다. (《晉書》吳隱之傳) 奩儀는 시집갈 때 화장으로 쓰는 물건과 돈.
【叔元】東漢 때의 桓焉(?∼143), 자는 叔元. 그의 사위 둘은 모두 司徒에 올라 집안이 대단하였음. 이에 당시 "叔元兩女具乘龍"이라 칭하였음. (《楚國先賢傳》 및 467 참조) 이 에 乘龍은 훌륭한 사위를 뜻하는 말로 쓰임.

429

멋지게 생긴 배항裴航은 남교藍橋에서 옥절구로 신선약을 다 찧 고 나서 운영을 만났고,

멋진 사나이 소사蕭史는 퉁소를 잘 불어 농옥弄玉을 만나 진秦나 라 누각에서 신선이 되어 봉황을 타고 사라졌다.

俊逸裴航, 藍橋搗殘玉杵;

風流蕭史, 秦樓吹徹瓊簫.

【裴航】唐代 裴航이라는 자가 우연히 雲翹夫人(신선)을 만났는데 그가 "경장(신선의 약) 을 한 번 마시면 온갖 감회가 생겨나고, 현상(역시 신선의 약)을 다 빻으면 운영을 배필로 맞으리. 남교가 곧 신선으로 가는 길이니 하필 힘들게 옥경(신선 세계의 궁전)으로 갈 필 요가 있으리요?(一飮瓊漿百感生, 玄霜搗盡見雲英. 藍橋便是神仙路, 何必崎嶇上玉

京)"이라는 詩를 주었다. 뒤에 배항이 藍橋라는 다리를 지날 때 한 늙은 부인이 있어 그에게 물을 얻어 마시겠다고 하였더니 그 부인이 雲英이라는 아이를 불러 물 심부름을 시키는 것이었다. 이에 자초지종을 이야기하고 그를 아내로 맞아 함께 신선이 되었다 한다. (《太平廣記》50)

【蕭史】춘추시대 蕭史라는 자는 퉁소를 잘 불어 秦 穆公이 자신의 딸 弄玉을 주어 사위로 삼았다. 뒤에 부부가 함께 퉁소를 불자 봉황이 나타나 그를 태우고 날아가 신선이 되었다고 한다. 진 목공은 그들이 살던 곳에 鳳臺라는 누각을 지었다 한다. (《列仙傳》)

- 男子三十壯有室, 女子許嫁笄而字.
- 三星在戶, 幸見良人 ; 六轡如琴, 欣來碩女.

14. 여자 女子

본 장은 전통적인 고대 가족 관계에서 딸과 부인으로서의 직분과 위치를
역대 이래 교훈이 될 아름다운 일화와 고사를 모아 설명하고 있다. (총 33연)

430

남자는 건乾의 강함을 타고났고, 여자는 곤坤의 순함을 타고났다.

男子稟乾之剛, 女子配坤之順.

【乾 · 坤】乾은 하늘(天), 陽, 剛, 남자를 상징함. 坤은 땅, 陰, 順, 여자를 상징함. 《周易》
說卦에 "乾, 健也; 坤, 順也"라 하였고 〈繫辭(下)〉에는 "乾道成男, 坤道成女"라 함.

431

어진 황후를 '여자 중의 요순'이라 하고, 의지가 센 여자를 '여
자 중의 장부'라 한다.

賢后稱女中堯舜, 烈女稱女中丈夫.

【賢后】덕이 있고 어진 황후. 宋나라 哲宗이 열 살에 즉위하자 高太后가 수렴청정을 하
면서 私恩의 배제하고 新法을 폐기하였으며, 司馬光을 등용하고 呂惠卿 등을 축출하자
천하가 그를 女中堯舜이라 칭함.
【烈女】매우 의지가 센 여자. 女丈夫.

432

'규수閨秀'니 '숙원淑媛'이니 하는 것은 모두 어진 여자를 칭하

는 말이요,

‘곤범閫範’이니 ‘의덕懿德’이니 하는 것은 모두 아름다운 여자를 일컫는 말이다.

曰閨秀 · 曰淑媛, 皆稱賢女;
曰閫範 · 曰懿德, 並美佳人.

【閨秀】집안에서 곱고 재능 있게 자란 여자. 閨中之秀의 줄인 말.
【淑媛】정숙한 여자. 才媛.
【閫範】집안에서 교양을 길러 아름답게 자란 여자.
【懿德】아름다운 덕. 《詩經》烝民에 “好是懿德”이라 함.

433

‘부주중궤婦主中饋’란 부인이 집안에서 음식을 삶고 조리를 하는 것이요,

‘여자귀녕女子歸寧’이란 여자가 친정으로 가서 부모님께 문안드림을 말한다.

婦主中饋, 烹治飮食之名;
女子歸寧, 回家省親之謂.

【中饋】집안에서 밥을 짓는 일. 여자의 임무를 뜻함. 《周易》家人에 “無攸遂, 在中饋, 貞

吉"이라 함.

【歸寧】 여자가 친정에 들러 부모에게 문안드리는 것. 《詩經》 周南 葛覃에 "歸寧父母"
라 함.

434

무엇을 '삼종三從'이라 하는가? 아버지를 따르고 남편을 따르며
아들을 따름이다.

무엇을 '사덕四德'이라 하는가? 아내로서의 덕, 아내로서의 말,
아내로서의 재능, 아내로서의 표정이다.

何謂三從? 從父, 從夫, 從子;

何謂四德? 婦德, 婦言, 婦工, 婦容.

【三從】 여자로서 어려서는 아버지의 명령을 따르고 결혼해서는 남편을 따르며 늙어 남편
이 죽고 나서는 자식을 따르는 것. 《儀禮》 喪服에 "婦人有三從之義, 無專用之道, 故未
嫁從父, 旣嫁從夫, 夫死從子"라 함.

【四德】 여자로서 갖추어야 할 네 가지 덕과 기능. 《周禮》 天官 九嬪에 "九嬪, 掌婦學之
法, 以敎九御. 婦德, 婦言, 婦容, 婦功"이라 하였고, 漢代 班昭의 《女誡》 事夫에 구체
적으로 자세히 설명되어 있음.

435

주周나라 집안의 어머니로서 훌륭한 이들은 태왕太王의 아내 주

강周姜, 왕계王季의 아내 태임太妊, 문왕文王의 아내 태사太姒였다.

　삼대에 나라를 망친 여자들로는 하夏나라 걸왕桀王의 말희妺喜, 상商나라 주왕紂王의 달기妲己, 주周나라 유왕幽王의 포사褒姒였다.

　周家母儀, 太王有周姜, 王季有太妊, 文王有太姒;
　三代亡國, 夏桀以妺喜, 商紂以妲己, 周幽以褒姒.

【周家】周나라 姬氏의 집안 부인들을 말함. (《史記》周本紀, 《列女傳》)
【三代】중국 고대 三代(夏, 殷, 周) 때 나라를 망친 여자들을 말함. 商나라는 중국 은나라의 처음 이름. (《史記》夏本紀, 殷本紀, 周本紀, 《國語》晉語, 《說苑》, 《列女傳》 및 783 참조)

436

　'난혜질蘭蕙質'이나 '유서재柳絮才'는 모두가 여자의 아름다운 재능을 칭찬하는 말이요,

　'빙설심冰雪心'이나 '백주조柏舟操'는 모두가 과부의 깨끗함을 칭찬하는 것이다.

　蘭蕙質, 柳絮才, 皆女人之美譽;
　冰雪心, 柏舟操, 悉嫠婦之淸聲.

【蘭蕙質】난초와 향초. 아름다운 여자를 지칭함. 남조 宋 鮑照의 〈蕪城賦〉에 "東都妙姬, 南國麗人. 蘭心蕙質, 玉貌絳脣"이라 함.

【柳絮才】버들솜. 봄에 버드나무 꽃에서 나오는 것으로 솜처럼 흼. 《世說新語》言語篇에 "謝太傅寒雪日內集, 與兒女講論文義; 俄而雪驟, 公欣然曰: '白雪紛紛何所似?' 兄子胡兒曰: '撒鹽空中差可擬.' 兄女曰: '未若柳絮因風起.' 公大笑樂. 卽公大兄無奕女, 左將軍王凝之妻也"라 하여(《晉書》王凝之妻謝氏傳도 같음) 여자로서 재치가 있고 詩才가 있음을 뜻함. 흔히 詠絮才, 柳絮才라 함.

【氷雪心】얼음이나 눈같이 깨끗한 정절. 여자가 수절함을 뜻함. 晉나라 蔣順怡의 처 周氏는 남편이 죽고 나서 시부모가 개가할 것을 권하자 "요지(월궁)는 빙설처럼 희고 깨끗하니 나의 심장과 간으로 삼으리라(瑤池故氷雪, 爲妾作心肝)"라는 詩를 지었다 함.

【柏舟操】춘추시대 衛나라 共姜이라는 여인이 남편이 죽고 나서 "泛彼柏舟, 在彼中河. 髧彼兩髦, 實維我儀"라는 詩를 지어 수절할 것을 맹세했다 함. (《詩經》鄘風 柏舟序)

437

여자의 미모가 아름다움을 일러 '우물尤物'이라 하고,
부인의 용태가 아름다운 것을 가히 '경성傾城할 만하다' 라 한다.

女貌嬌嬈, 謂之尤物;
婦容嫵媚, 實可傾城.

【尤物】특출하게 뛰어난 여자. 《左傳》昭公 28년에 "夫有尤物, 足以移人. 苟非德儀, 則必禍及"이라 함. 嬌嬈는 여자의 아름다움을 표현한 말. 疊韻連綿語.

【傾城】傾國之色과 같음. 성이나 나라를 기울일 만한 절세미인을 말함. 漢代 李延年의 누이가 매우 아름다웠는데 어느 날 武帝와 술을 마시면서 "北方有佳人, 絕世而獨立. 一顧傾人城, 再顧傾人國"이라 자랑하자 무제가 불러 궁인으로 삼음. (《漢書》孝武李夫人傳) 嫵媚는 여자의 아름다움을 표현한 말. 雙聲連綿語.

438

반비潘妃의 걸음은 송이송이 연꽃이 피어났고,

소만小蠻의 허리는 가늘고 가는 버들가지였다.

潘妃步, 朵朵蓮花;

小蠻腰, 纖纖楊柳.

【潘妃】남조 齊나라 마지막 임금 廢帝(東昏侯)의 비. 폐제가 황음하여 연꽃을 땅에 뿌리
도록 하고 그 위를 반비로 하여금 걷게 하면서 "此步步生蓮花也"라 함. (《南史》齊東昏
侯紀 및 545 참조)

【小蠻】唐代 白居易(白樂天)에게 두 첩이 있었는데 樊素는 노래를 잘 불렀고 小蠻은
춤을 잘 추었다. 이에 "櫻桃樊素口, 楊柳小蠻腰"라는 시를 지었다. (《本事詩》事感 및
553 참조)

439

장려화張麗華의 아름다운 머리카락은 가히 거울처럼 비춰볼 정
도요,

오강선吳絳仙의 뛰어난 미색은 가히 먹을 수 있겠다 느낄 정도
였다.

張麗華髮光可鑒, 吳絳仙秀色可餐.

【張麗華】남조 陳 後主의 총비. 머리카락이 일곱 자였으며 매우 윤택이 나서 거울처럼

비춰볼 수 있었다 함. (《南史》陳 張貴妃傳)

【吳絳仙】隋 煬帝의 총비. 자색이 뛰어나 양제가 내시에게 "옛사람의 표현에 아름다운 미색은 먹을 수 있다 했으니 강선 같은 여자라면 허기를 달랠 수 있겠다(古人謂秀色可餐, 若絳仙者, 可以療飢矣)"라 함. (《山堂肆考》美色) 한편 陸機의 〈日出東南隅行〉에는 "鮮膚一何潤, 秀色若可餐"이라 함. (《文選》)

440

여연麗娟의 몸에서 나는 향기는 난초와 같아 몸에 불어보는 곳마다 향내의 안개를 이루고,

양귀비太眞의 눈물은 피보다 붉어 방울져 떨어져 다시 붉은 얼음덩어리를 맺었다.

麗娟氣馥如蘭, 呵處結成香霧;

太眞淚紅於血, 滴時更結紅冰.

【麗娟】後漢 光武帝의 궁인. 몸에서 천연적인 난초 향기가 났다고 함. (《洞冥記》)

【太眞】楊貴妃를 가리킴. 唐 玄宗의 귀비로 자가 太眞이었음. 양귀비의 눈물은 피보다 붉었다 함. 주에 "初承玄宗恩召入宮時, 別父母, 滴淚下成紅冰"이라 하였으나 출처는 알 수 없음. 오히려 魏 文帝의 비 薛靈芸이 입궁하면서 부모와 헤어질 때 흘린 눈물이 붉은 얼음이 되었다 함. (《拾遺記》)

441

맹광孟光은 힘이 세어 돌확도 들어 던질 수 있었고,

조비연趙飛燕은 몸이 가벼워 손바닥 위에서 춤을 출 수 있었다.

孟光力大, 石臼可擎;

飛燕身輕, 掌上可舞.

【孟光】漢나라 때 梁鴻의 처로 힘이 세어 돌확도 들어 던질 수 있었다 함. (《太平御覽》
服用에 인용된 皇甫謐 《列女傳》 및 316, 328, 444, 983 참조)
【飛燕】한 成帝의 비로 몸이 제비처럼 가벼워 손바닥 위에서 춤을 출 수 있었다 함. (《趙
飛燕外傳》, 《西京雜記》)

442

제영緹縈 같은 딸은 상서를 올려 아버지를 구해내었고, 노씨盧氏
는 강도의 칼날을 무릅쓰고 시어머니를 보위했으니 이런 여인들
은 효성스러운 자이다.

도간陶侃의 어머니는 머리카락을 잘라 손님을 대접하였고, 백곡
촌柏谷村의 노파는 닭을 잡아 손님에게 사과하였으니 이런 여인들
은 현명한 자들이다.

至若緹縈上書而救父, 盧氏冒刀而衛姑, 此女之孝者;

　　侃母截髮以延賓, 村嫗殺雞而謝客, 此女之賢者.

【緹縈】漢나라 文帝 때 淳于意에게는 딸만 다섯이었다. 순우의가 죄를 지어 문제에게

형을 받게 되었을 때 "生女不生男, 緩急無有益"이라 한탄하자 딸 제영이 궁중의 비녀가 될 테니 아버지를 사면해 달라고 상소함. 이에 문제가 불쌍히 여겨 풀어주었다 함. (《漢書》刑法志)

【盧氏】唐나라 때 鄭義宗의 처. 집에 강도가 들어 모두 피했지만 그의 처는 시어머니를 붙들고 대신 강도의 채찍을 맞아 거의 죽음에 이르렀으나 피하지 아니하고 지켜냈다 함. (《新唐書》列女傳)

【侃母】晉나라 때 陶侃의 어머니 湛氏가 마침 范逵라는 인사가 집을 방문하자 아들을 위해 자신의 머리를 잘라 음식을 마련하여 대접함. 이에 범규는 "非此母不生此子也"라 감동하여 도간을 孝廉으로 추천, 太尉에 이르게 됨. (《晉書》列女傳)

【村媼】한나라 武帝가 평복으로 민간을 시찰할 때 밤에 柏谷村이라는 곳에 이르자 사람들이 도적으로 의심하여 그를 잡으려 함. 그때 한 노파가 "이는 평범한 사람이 아닌 듯하다(客非常人)"라 하면서 닭을 잡아 대접하고 용서를 빌었다 함. (《漢武故事》)

443

한구영韓玖英은 강도의 더럽힘을 피해 변소로 뛰어들어 모면하였고, 진중陳仲의 처는 겁탈로 몸을 더럽힐 수 없다고 절벽에 뛰어내려 목숨을 버렸으니 이들은 여인들 중에 정절을 지킨 자들이다.

왕응王凝의 처는 팔이 잡혀 끌려나오자 그 팔을 잘라 땅에 던졌으며, 조령曹令이라는 여자는 수절을 맹세하여 코를 베어버렸으니 이들은 여인들 중의 열녀들이다.

韓玖英恐賊穢而自投於穢, 陳仲妻恐隕德而寧隕於崖, 此女之貞者;

王凝妻被牽, 斷臂投地; 曹令女誓志, 引刀割鼻, 此女之烈者.

【韓玖英】唐나라 韓仲成의 딸로 이름이 玖英이었음. 강도가 그를 겁탈하려 하자 변소로 뛰어들어 인분을 먹어 도적이 도망가게 하였다 함.

【陳仲】역시 당나라 사람으로 그의 처 張氏는 강도의 겁탈을 피해 절벽으로 뛰어내려 죽었다 함.

【王凝】五代 사람으로 그의 처 李氏가 王凝이 객지에서 죽어 장례를 치르기 위해 아들과 시신을 집으로 가져오는 길에 어느 집에 투숙하게 되었는데 집주인이 투숙을 거부하며 그의 팔을 잡고 밖으로 끌어내자 그에게 잡혔던 팔을 도끼로 잘라버렸다 함. 《五代史》雜傳序)

【曹令】〈復旦本〉에는 文叔으로 되어 있음. 삼국시대 魏나라 焦郡사람인 夏侯文寧의 딸로 이름은 令이며 曹文叔의 아내가 됨. 문숙이 죽어 자식 없이 과부가 되자, 가족이 개가를 종용할 것에 대비해 귀를 잘라 수절을 맹세하였으나 뒤에 친정에서 다시 개가를 권하자 이번에는 코를 잘랐다 함. 《列女傳》)

444

조대고曹大家 반소는 한서 한 질을 완성하였고, 서혜비徐惠妃는 붓을 들면 문장을 이룰 정도였으니 이들은 여인들 중에 재능이 있는 자들이었다.

대량戴良의 딸들은 거친 비단 치마에 대나무 상자 정도의 결혼 예물이었으나, 맹광孟光은 가시나무로 비녀를 삼고 베옷으로 치마를 할 정도였으니 이들은 여인들 중에 검소한 자들이었다.

曹大家續完漢帙, 徐惠妃援筆成文, 此女之才者;
戴女之練裳竹笥, 孟光之荊釵裙布, 此女之貧者.

【曹大家】漢나라 때 여인 班昭(49∼120). 曹大姑와 같으며 '조대고'로 읽음. 曹壽에게 시집갔으나 일찍 과부가 됨. 오빠 班固가 《漢書》를 마치지 못하고 죽자 이를 완성함. 和帝 때 궁중에 드나들며 황후와 비빈의 선생님이 되어 여인의 예법을 가르쳐 《女誡》(前出)를 지었으며 '조대고'로 불림. (《後漢書》列女傳)

【徐惠】唐나라 徐孝德의 딸로 네 살에 이미 《論語》와 《詩》에 통달했으며 여덟 살에 시를 지을 줄 알아 당나라 太宗이 이를 듣고 궁중으로 불러 才人으로 삼았음. (《唐書》后妃列傳)

【戴女】한나라 戴良의 딸 다섯은 모두 뛰어났으나 사위를 고를 때 귀천을 가리지 않고 오직 才德만 중시하였으며 결혼 예물도 그저 거친 비단 치마와 대나무 상자 정도로 검소하게 했다 함. (《後漢書》逸民傳)

【孟光】한나라 때 여인으로 梁鴻의 처. (316, 328, 441, 983 참조)

445

유씨柳氏는 남편에게 내린 두 미인의 머리를 깎아버렸고, 곽씨郭氏는 남편의 후사를 끊어버렸으니 이들은 여인들 중에 질투가 많았던 자들이었다.

가녀賈女는 한수韓壽에게 향을 훔쳐 선물하였고 제녀齊女는 천묘祆廟를 불사르게 하였으니 이들은 여인들 중에 음란한 이들이었다.

柳氏禿妃之髮, 郭氏絶夫之嗣, 此女之妒者;
賈女偸韓壽之香, 齊女致祆廟之燬, 此女之淫者.

【柳氏】唐나라 尙書 任瓌의 처. 당나라 太宗이 임괴에게 미녀 둘을 하사하자 분에 못이겨 그들의 머리를 깎아 대머리를 만들었다 함. (《太平廣記》任瓌妻)

【郭氏】 晉나라 賈充의 아내. 가충이 자신의 아들이 유모에게 안겨 재롱을 피우자 가까이 다다가 이를 귀여워하는 것을 남편이 유모와 사통하는 것으로 착각하고 유모를 죽여버림. 아들이 유모를 그리워 울다가 죽었으며 그로 인해 가충은 후사가 없음. 《世說新語》惑溺)

【賈女】 진나라 賈充의 딸이며 가충의 부하 韓壽의 아내. 그 딸이 한수와 사통하면서 마침 진 무제가 가충에게 주었던 서역의 향을 한수에게 주어 가충에게 발각됨. 가충은 이에 소문을 막기 위해 급히 한수에게 시집을 보냄. 《世說新語》惑溺)

【齊女】 北齊의 공주. 그는 어릴 때 유모 陳氏의 아들과 함께 자라면서 정이 들어 뒤에 환궁할 때 정월 초하룻날 祆廟(拜火敎의 페르시아 종교 사원)에서 만나기로 약속함. 그날 진씨 아들이 먼저 도착하여 마침 낮잠이 들었는데 뒤에 공주가 이를 보고 그에게 어릴 때 함께 가지고 놀던 玉環를 품에 던져놓고 돌아가자 잠에서 깬 진씨 아들이 화가 나서 그 사원을 불질러버렸다 함. 《異苑》)

446

동쪽 이웃 추녀가 서시西施를 흉내내었으나 추하기는 마찬가지요, 무염無鹽을 자세히 그린다 해도 난감하기는 마찬가지라 하였으니 이는 여인들 중에 못생긴 자들이다.

東施效矉而可厭, 無鹽刻畫以難堪, 此女之醜者.

【東施】 옛날 西施가 가슴이 아파 눈썹을 찡그리자 남들은 모두 그를 불쌍히 여겼는데 이웃집 추녀는 그것이 예쁘게 보이는 표정인 줄 알고 자신도 흉내내었다 함. 《莊子》天運篇) 이를 東施效矉이라 함. (561 참조)

【無鹽】 齊나라 무염 땅의 鍾離春이라는 추녀로 마흔이 되도록 시집을 가지 못했으나 스스로 제 宣王을 찾아가 정책을 설명하여 왕후가 된 인물. 《列女傳》) 한편 본 장의 이야기는 晉나라 庾亮이 周顗에게 "사람들이 그대를 樂廣에 비교합디다"라 하자 "어찌 무염을 자세

하게 그려 서시에게 당돌하게 맞서려 하오?"라 한 것을 두고 이른 말. 《晉書》周顗傳

447

자고로 정숙함과 음란함은 각각 다르고 사람이 태어나 잘생기고 못생김도 같지 않다.

이 까닭으로 '생보살生菩薩', '구자모九子母', '구반도鳩盤荼'라 하는 것은 부인으로서 모습이 변해감을 두려워하는 것이다.

그리고 '전수자錢樹子', '일점홍一點紅', '무염치無廉恥'라 하는 것은 홍등가의 기녀에 대하여 이름을 달리 부르는 것뿐이다.

이들은 사람들 무리에 넣을 수 없고 그저 널리 웃음거리로 삼는데 덧붙일 뿐이다.

自古貞淫各異, 人生姸醜不同.
是故生菩薩, 九子母, 鳩盤荼, 謂婦態之變更可畏;
錢樹子, 一點紅, 無廉恥, 謂靑樓之妓女殊名.
此固不列於人群, 亦可附之以博笑.

【生菩薩 · 九子母 · 鳩盤荼】唐代 裴炎이 여인들이 결혼하여 나이 들면서 변해가는 모습을 걱정스럽게 표현한 말로, "젊어서는 생보살같이 너무 아름다운 것, 중년에 이르러 아이들이 많아 마치 아홉 아들의 어미처럼 변하는 것, 늙어 화장이 떨어져 푸르고 검은 모습이 마치 鳩盤荼 같아지는 것(人妻有三可畏: 少時如生菩薩, 中年兒女滿前, 如九子母, 及老脂粉凋謝, 或靑或黑, 如鳩盤荼)"이라 하였다. 《朝野僉載》
生菩薩은 활보살과 같으며 아름다운 모습, 九子母는 아홉 아들을 가진 어머니처럼 전혀

꾸밀 겨를이 없어 추한 모습, 혹은 자신의 아이만을 위해 물불을 가리지 않는 鬼女 女神
이라고도 함. 鳩盤茶는 지극히 못생긴 모습을 한 魔女라 함.

【錢樹子·一點紅·無廉恥】 모두 기녀를 가리키는 말. 錢樹子는 고대 기방에서 보모(犕
母, 기녀를 관리감독하는 노파)들이 기녀를 搖錢樹라 불렀다 하는 데서 유래됨.《樂府雜
錄》一點紅은 劉邦 詩에 "座上若有一點紅, 斗筲之器盛千鍾. 座上若無油水梳, 烹龍
炮鳳都是虛"라 하였는데 여기서 일점홍과 유수소는 모두 기생 이름이라 함.《書言故事》
二에 인용된《壬齋詩話》無廉恥는 전혀 부끄러움을 모르는 이들이라는 뜻으로《敎坊
記》에 "蘇吳奴妻善歌舞, 具姿色, 有邀迓者, 五妓輒隨之. 觀此, 則無廉恥可知矣"라
함.《書言故事》二에 인용된《敎坊記》)

【靑樓】 妓院, 紅燈街를 가리킴.《玉臺新詠》劉邈의 雜詩에 "倡妾不勝愁, 結束下靑樓"
라 함.

〈女子〉편 '增文' 15聯

448

채염蔡琰은 '호가십팔박胡笳十八拍'을 읊어 가보笳譜에 전해졌고,
설희薛姬는 바느질을 잘하여 '침신鍼神'이라 불렸다.

蔡女詠吟, 曾傳笳譜;
薛姬裁製, 雅號鍼神.

【蔡女】 蔡琰. 자는 文姬. 東漢 말 蔡邕의 딸로 흉노에게 잡혀가 12년을 살면서 흉노왕의
아내가 됨. 뒤에 曹操가 대속금을 물고 귀환시켰으며 〈胡笳十八拍〉이라는 유명한 詩를
남김.《後漢書》列女傳) 笳譜는 음악의 악보. 笳는 서역에서 전래된 악기 이름. 한대에
매우 유행하였음.

【薛姬】薛靈芸. 魏文帝의 비로 바느질에 뛰어나 당시 사람들이 鍼神(針神)이라 불렀음.
《拾遺記》

449

미인들 중에 장원이 있으니 황숭하黃崇嘏의 문장은 시원하였고,
　역시 미인들 중에 박사가 있으니 한난영韓蘭英의 재주는 날개를
치는 것 같았다.

蛾眉隊裏狀元, 崇嘏文章洒洒;
紅粉班中博士, 蘭英才思翩翩.

【蛾眉】눈썹을 나방 모습처럼 그린 예쁜 여인을 뜻함. 미인의 다른 말. 아래의 紅粉도
같음.
【崇嘏】黃崇嘏라는 여류 시인. 글을 매우 잘 지었다 함. 《升庵詩話》
【蘭英】韓蘭英. 역시 여류 시인. 남조 宋·齊 간의 인물. 《江寧府志》, 《詩品》

450

주서周序의 어머니가 부인성夫人城을 쌓으니 깨뜨릴 수 없이 견
고하였고,
　이연李淵의 딸이 낭자군娘子軍을 이끄니 예리하기가 꺾을 수가
없었다.

城號夫人, 牢不可破;

軍稱娘子, 銳而莫摧.

【城號夫人】東晉 周序가 襄陽을 진수할 때 前秦의 황제 苻堅의 군대가 성을 에워쌌다. 그러자 주서의 어머니 韓氏가 성에 올라 적정을 살펴본 후 자신들이 서북쪽이 약한 것을 알고 성안의 부녀들을 모아 그쪽을 20장이 높도록 올려 쌓았다. 그리하여 성을 지켜낼 수 있었고 이를 夫人城이라 하였다 함. (《晉書》周序傳)
【軍稱娘子】娘子軍을 말함. 唐 李淵이 황제가 되기 전 딸(平陽公主)이 柴紹의 아내였는데 이연이 隨나라와 싸울 때 낭자군 7만을 이끌고 後鎭部隊로 참가하였다 함. (《新唐書》諸公主列傳)

451

누가 튀긴 침을 아름답기가 꽃 같다 하였는가? 바로 조비연趙飛燕이로다.

누가 얼굴을 두고 아름답기가 옥 같다 하였는가? 진문란秦文鸞이로다.

是誰佳冶唾如花, 趙家飛燕;

孰個娉婷顏似玉, 秦氏文鸞.

【趙飛燕】漢 成帝의 비. 그가 여동생 合德과 앉아 있을 때 잘못하여 그 소매에 침이 튀자 합덕이 얼른 "언니의 침이 내 옷을 푸른색으로 물들여 돌 위에 꽃을 피운 것 같소(姊唾染衣組碧, 正似石上花)"라 하였다 함. (《飛燕外傳》)
【秦文鸞】기생의 이름. 唐 劉長卿의 〈贈文鸞妓〉에 "文鸞瀟灑美如玉, 眉畫春山螺黛

綠"이라 함. 娉婷은 아름다움을 표현한 疊韻連綿語.

452

서현비徐賢妃는 천자가 부르자 새로운 시를 써서 임금의 노기를
말끔히 풀어주었고,

사도온謝道韞은 도련님의 토론이 막히자 이를 나서서 풀어주어
그 웅변을 대신하였다.

徐賢妃卻天子召, 露沁新詩;
謝道韞解小郎圍, 風生雄辯.

【徐賢妃】徐孝德의 딸. 唐 太宗의 비. 徐惠妃. (앞 장 참조) 태종이 詩를 잘 짓는다는 서
현비를 불렀으나 나타나지 않았다. 왕은 기다리다 지쳐 화를 내고 말았다. 이에 서혜비는
얼른 "아침에 경대에 앉아 화장을 마치고는 홀로 서성였지요. 천금이 있어야 웃음 한 번
살 수 있다던데 한 번 불렀다고 어찌 바로 오리요?(朝來臨鏡臺, 妝罷獨徘徊. 千金買一
笑, 一召豈能來)"라는 시를 써서 바쳤다. 이에 왕이 화가 풀렸다 함.
【謝道韞】東晉 王獻之가 빈객들과 토론을 벌이다가 그만 지고 말았다. 그러자 형수 謝
道韞(王凝之의 아내)이 나서서 대신 풀어주어 도련님(小郎)의 권위를 높여주었다. (《晉
書》王凝之妻謝氏傳)

453

사람들은 '여희驪姬를 나라를 제멋대로 한 국색이다' 라 하였고,

원재元載는 '나는 설녀薛女를 향기로운 구슬이라 한다'라 하였다.

人說驪姬專國色, 我云薛女是香珠.

【驪姬】춘추시대 晉 獻公의 부인으로 미색이 뛰어나 당시 나라에 많은 혼란을 초래하였음. 《公羊傳》僖公 10년, 《史記》晉世家)
【薛女】唐代 元載의 첩으로 이름은 薛瑤英. 그가 어릴 때 어머니가 그에게 香丸(알로 된 향)을 주었는데 자라서도 말을 할 때면 입에서 향내가 났다고 함. 이에 원재는 늘 그를 香珠라 불렀음. (蘇鶚《杜陽雜編》)

454

혜희慧姬는 아버지의 가르치는 업을 이어받아 엄한 사부가 되어 '건괵선생巾幗先生'이라 불렸고,

조운朝雲은 노파로 분장하여 지篪라는 악기를 연주하여 젊은 군사의 일을 대신하여 '군채장사裙釵將士'라 불렸다.

慧姬振鐸爲嚴傅, 頗稱巾幗先生;

老婦吹篪當健兒, 須謂裙釵將士.

【慧姬】前秦 韋逞의 어머니 宋氏 慧姬는 아버지가 사람을 가르치는 학자였는데 그 업을 이어받아 강당을 세워놓고 얇은 휘장을 치고 가르쳤음. 그때 제자가 수백 명이나 되었다 함. (《拾遺記》) 振鐸은 선생님을 뜻함. (前出) 巾幗은 얇은 휘장. 여인이었기 때문에 휘장을 치고 그 뒤에서 가르침.
【老婦】後魏의 河間王의 婢 朝雲은 篪라는 악기를 잘 연주하였는데 마침 羌族이 반란

을 일으키자 왕이 그에게 노파로 분장시켜 이를 연주하게 함. 강적이 그 연주를 듣고 모두 눈물을 흘리면서 항복했다 함. 이에 사람들이 "快馬健兒不如老嫗吹篪"라 함. 《洛陽伽藍記》) 篪는 대나무로 만든 橫吹 管樂器의 일종. 裙釵는 '치마 입고 비녀를 꽂았다'는 말로 여성을 뜻함.

455

위부인衛夫人은 칼춤을 보고 서법에 능하게 되었으니 이는 마음에 영험을 얻은 것이요,

채염蔡琰은 끊어지는 거문고 줄을 알아맞혔으니 음감이 지극히 예민했던 것이다.

看舞劍而工書字, 必是心靈;
聽彈琴而辨絶弦, 無非性敏.

【舞劍書字】 晉나라 衛夫人은 유명한 서예가로 그는 검무를 보고 영감을 얻어 서예를 터득해 경지에 이르렀다 함. 《法書苑》)

【彈琴絶弦】 蔡琰(文姬)이 여섯 살 때 아버지 蔡邕이 어느 날 밤 불을 밝히지 아니하고 거문고를 연주하다가 줄 하나가 끊어지자 즉시 그것이 두 번째 줄이라 하였다. 이에 채옹이 고의로 다시 줄 하나를 끊자 이번에는 넷째 줄이라 하였다. 채옹이 "우연히 맞추었겠지"라 하자 채염은 "계찰은 그 나라 음악을 관찰하고 나라의 흥망을 알았고, 사광은 운율 소리를 듣고 남풍의 노래가 태평 시대의 음악이라 알아차렸습니다. 이로 보건대 어찌 알 수 없다는 것입니까?(季札觀樂而知興亡之國, 師曠吹律而識南風之不競, 由此觀之, 何故不知)"라 하였다 함. 《世說新語補》)

애욕의 바다라 해도 남자가 몸을 다 빠뜨려서는 안 될 것이요,

온유향溫柔鄕이라 한들 어찌 늙은 임금이 뼈를 묻을 수 있겠는가?

愛慾海, 未可沈埋男子軀;

溫柔鄕, 豈應老葬君王骨.

【愛慾海】 애욕의 바다. 불교에서 미색에 탐련함을 일컫는 말. (《唐譯華嚴經》)

【溫柔鄕】 따뜻하고 부드러운 고향이라는 뜻. 漢 成帝가 趙飛燕의 동생 合德에게 빠졌을 때(《漢書》에는 조비연에게 한 말로 되어 있음) 합덕을 두고 "吾當老死溫柔鄕中, 不效武帝求白雲鄕也"라 함. (《飛燕外傳》,《漢書》成帝紀)

왕헌지王獻之의 첩 도엽桃葉의 눈흘김이 가장 아름다웠다 함에 놀랄 일이요,

손수아孫壽娥의 타마계墮馬髻 모습으로 사랑을 받았음을 생각해 보게 된다.

還訝桃葉女, 橫波眼最好;

更思孫壽娥, 墮馬髻偏妍.

【桃葉女】 晉나라 王獻之가 자신의 첩 桃葉을 두고 "도엽아, 도엽아, 너의 횡파(눈흘김의

아름다움)의 강을 건넘에 노를 사용하지 않아도 되겠지(桃葉復桃葉, 渡江不用楫)"라 하여 그의 눈흘김(橫波眼)이 아름다웠음을 표현함. 《古今樂府》

【孫壽娥】東漢 梁冀의 처로 '타마계(당시 유행한 머리 모습으로 머리를 옆으로 땋아 아름답게 꾸미는 것)'의 치장을 하여 남편에게 교태를 부렸다 함. 《後漢書》梁冀傳에 "梁冀妻孫壽娥, 善爲妖態, 作墮馬髻, 折腰步, 齲齒笑, 以爲媚悅"이라 함. 본 장의 내용은 여자를 경계하라는 뜻인 듯하다.

458

이정李靖의 호걸다움에 반한 홍불紅拂이 밤중에 그의 숙소를 찾아와 문을 두드렸고,

구준寇準이 노래 부른 기생에게 비단을 값으로 주자 천도가 시를 지어 비단 짜는 고통으로 응답하였도다.

李子豪雄, 紅拂頓生敲戶念;
寇公費用, 蒨桃應有惜綀心.

【李子】李靖(571~649). 唐나라 초기의 무인으로 兵部尙書 등의 관직을 거쳐 衛國公에 봉해짐. 그가 젊은 시절 친구 楊素를 방문했을 때 紅拂이라는 기생이 반해 밤중에 그의 숙소를 찾아 결국 함께 太原으로 도망하였다는 애정 고사를 남김. 《豪異秘纂》

【寇公】北宋 재상 寇準(前出)이 어느 날 잔치를 열어 歌妓를 불러 노래를 시키고 나서 비단 한 속(束)을 값으로 주자 가기가 대가가 너무 적다고 불만을 표시함. 이에 구준의 첩 蒨桃가 "노래 한 곡 불러 비단 한 묶음, 미인은 어찌 값이 적다 여기는 것인가. 비단 짜는 직녀가 차가운 냉방 창 아래서 그 몇 번 바디를 던져야 이만큼 짜는지 알기나 하는가?(一曲淸歌一束綾, 美人何事意嫌輕. 不知織女寒窓下, 幾度抛梭織得成)"이라 하여 쫓아버렸다 함. 《侍兒小名錄拾遺》 및 139, 215, 509, 585, 659, 727, 808 참조)

원진元稹은 늙어 죽고 나서도 〈앵앵전鶯鶯傳〉은 남아 있으니 그 사랑 이야기가 아름답기 그지없네.

장공자張公子가 찾아오면 조비연趙飛燕은 바빴으니 그 사사로운 정이 깊기도 하였어라.

詩人老去鶯鶯在, 情意綢繆;

公子歸來燕燕忙, 私情款洽.

【詩人】唐나라 詩人 元稹을 빗대어 蘇軾이 지칭한 것. 원진은 崔鶯鶯과 張生의 연애 고사를 바탕으로 《鶯鶯傳》을 지었으며 이것이 《西廂記》의 근원 설화가 됨.

【公子】漢나라 成帝를 가리킴. 성제가 河陽主의 집에서 趙飛燕을 처음 보고 반하여 張公子라 이름을 바꾸고 그 집에 드나들어 당시 "燕燕尾涎涎, 張公時相見"이라는 동요가 널리 세간에 퍼졌다 함. (《後漢書》 外戚傳) 北宋 때 張子野라는 자가 나이가 들어 첩을 들이려 하자 蘇軾(소동파)이 "詩人老去鶯鶯在, 公子歸來燕燕忙"이라 한 詩를 근거로 한 것임. (《石林詩話》 下)

기생 '단단端端'은 몸매가 과연 단정하였겠으며, '교교皎皎'는 자태가 어찌 교교하였겠는가?

端端體態果然端, 皎皎姿容何等皎.

【端端·皎皎】端端은 唐나라 때 기녀 이름. 당시 崔徽와 張祐는 시를 잘 짓기로 소문이 나 있었는데 자주 창가의 집에 들러 그들을 시제로 하였다 함. 그중 단단을 두고 시를 짓자 그가 더 아름답게 표현해줄 것을 애걸하여 고쳐 지었다는 고사가 있음. 《雲溪友議》 皎皎 역시 당나라 때 기녀 阿軟의 딸. 아연이 딸을 낳아 白居易에게 그 이름을 지어줄 것을 부탁하자 "이 아이는 심히 희고 깨끗하니 이름을 교교라 하라" 함. 이는 그 아이의 아버지를 알 수 없다는 뜻으로 "皎皎河漢女"의 古詩 구절을 인용하여 비꼰 것이라 함.

461

'말은 앵무새의 혀를 훔쳤다' 함은 노래가 사람을 감동시킴을 말하고,

'문장은 봉황새의 깃털처럼 빛난다' 함은 그 내용의 아름다움이 세속을 떠났음을 말한 것이다.

語言偸鸚鵡之舌, 聲律動人;
文章炫鳳凰之毛, 英華絶俗.

【鸚鵡舌·鳳凰毛】노래도 잘하고 글도 잘 지음을 뜻함. 唐나라 元稹이 당시 蜀의 유명한 기생이며 여류 시인이었던 薛濤에게 "錦江滑膩峨眉秀, 幻出文君與薛濤. 言語巧偸鸚鵡舌, 文章分得鳳凰毛. 紛紛詞客多提筆, 個個公侯欲夢刀. 別後相思隔烟霧, 菖蒲花發五雲高"라는 그리움의 시를 보냈음. 《全唐詩話》卷二

462

두목杜牧은 기녀에게 준 시에 '노래 부를 때 마치 꽃이 눈앞에 있는 것 같더니, 매번 춤이 끝나면 비단을 머리에 두르누나'라 하였다.

可謂笑時花近眼, 每看舞罷錦纏頭.

【纏頭】 옛날 기녀(歌妓)들이 노래를 부르고 나서 이를 머리띠처럼 둘러 자랑함을 뜻함. 기녀가 받는 선물을 말함. (887 참조)
본 장은 唐나라 詩人 杜牧이 기녀에게 준 詩에 "百寶妝腰帶, 珍珠絡臂鞲. 笑時花近眼, 舞罷錦纏頭"의 구절임.

참고 〈女子〉편 '續增' 10聯

- 黃唐虞夏, 由母發祥; 姚姒姬姜, 因女得姓.
- 莫謂無才便是德, 須知有女足興家.
- 漆室女倚柱長吟, 有心憂國; 北宮女撤瑱不家, 矢志養親.
- 敢扼虎頭, 楊香奮身以救父; 獨叩馬首, 楊姬涕泣以訴冤.
- 荀灌突圍, 十三歲乞援却敵; 木蘭代戍, 十二年裹甲從軍.
- 趙娥盡孝, 袖劍刺仇; 謝女善謀, 托傭誅盜.
- 服戎裝而執鼓桴, 梁夫人躬親督戰; 謝裙釵而晉冠帶, 秦良玉功足封侯.
- 爲國殺賊, 則有費宮人; 代主充邊, 則有李家婢.
- 伯商仲商, 時稱越秀; 德蓉德蕙, 輝映祁家.
- 女校應知取法, 女史固已揚芬.

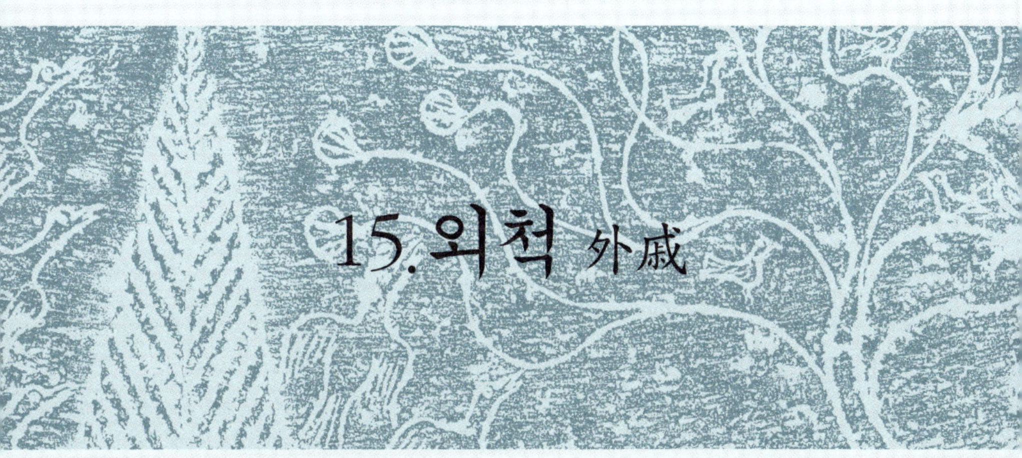

15. 외척 外戚

본 장은 혼인을 통하여 맺어진 인척, 외척 등에 관한 것으로 칭위와 유래, 그리고 서로간의 존경과 보살핌 등에 관한 일화와 고사를 모아 설명하고 있다. (총 21연)

463

황제의 딸은 공후公侯에게 시집을 간다. 그 때문에 '공주公主'라
는 칭호를 쓴다.

황제의 사위는 정가正駕의 수레를 타지 못한다. 이에 '부마駙馬'
의 직책인 셈이다.

帝女乃公侯主婚, 故有公主之稱;
帝婿非正駕之車, 乃是駙馬之職.

【公主】天子가 자신의 딸을 시집보낼 때 자신은 지존으로 혼인을 주재할 수 없어 公侯에
게 이를 주관토록 한다고 하여 公主라 함. (《公羊傳》莊公 元年)
【駙馬】漢나라 武帝 때 처음 둔 관직으로 뒤에 임금의 사위를 뜻하는 말로 쓰임. (《晉書》
職官志) 한편 《搜神記》(16)에 이 駙馬都尉의 유래에 관한 일화가 실려 있음.
"隴西辛道度者, 遊學至雍州城四五里, 比見一大宅, 有靑衣女子在門. 度詣門下求殆.
女子入告秦女, 女命召入. 度趨入閣中, 秦女于西榻而坐. 度稱姓名, 敍起居, 旣畢, 命
東榻而坐. 卽治飮饌. 食訖, 女謂度曰:'我秦文王女, 出聘曹國, 不幸無夫而亡. 亡來已
二十三年, 獨居此宅. 今日君來, 願爲夫婦.'經三宿三日後, 女卽自言曰:'君是生人,
我鬼也. 共君宿契, 此會可三宵, 不可久居, 當有禍矣. 然玆信宿, 未悉綢繆; 旣已分飛,
將何表信于郎?'卽命取床後盒子開之, 取金枕一枚, 與度爲信. 乃分袂泣別, 卽遣靑衣
送出門外. 未逾數步, 不見舍宇, 惟有一冢. 度當時荒忙出走, 視其金枕在懷, 乃無異
變. 尋至秦國, 以枕于市貨之. 恰遇秦妃東遊, 親見度賣金枕, 疑而索看, 詰度何處得
來? 度具以告. 妃聞, 悲泣不能自勝. 然尙疑耳. 乃遣人發冢, 啓柩視之, 原葬悉在, 唯
不見枕. 解體看之, 交情宛若, 秦妃始信之. 歎曰:'我女大聖, 死經二十三年, 猶能與生
人交往, 此是我眞女婿也.'遂封度爲駙馬都尉, 賜金帛車馬, 令還本國. 因此以來, 後
人名女婿爲'駙馬'. 今之國婿, 亦爲駙馬矣."

464

‘군주郡主’나 ‘현군縣君’이란 모두 황족의 딸을 일컫는 말이요,

‘의빈儀賓’이나 ‘국빈國賓’이란 모두 황족의 사위를 지칭하는

말이다.

郡主·縣君, 皆宗女之謂;

儀賓·國賓, 皆宗婿之稱.

【宗女】황족의 딸.

【宗婿】황족의 사위를 말함.

465

옛날부터 잘 사귀어 지내는 것을 ‘통가通家’라 하고, 친척으로

잘 지낸 사이를 ‘의척懿戚’이라 한다.

舊好曰通家, 好親曰懿戚.

【通家】세세 대대로 통교한 집안. (392 참조)

【懿戚】황실의 外戚. 懿親과 같음. 《左傳》僖公 24년에 "周襄王將以狄伐鄭, 富辰諫曰:
‘召穆公糾合宗族於成周, 作棠棣之詩, 曰: 兄弟鬩于墻, 外御其侮. 如是則兄弟雖有小
忿, 不廢懿親.’"이라 함. 여기서는 좋고 긴밀한 친척 관계를 말함.

466

빙청冰淸, 옥윤玉潤이란 장인과 사위가 모두 영화롭게 이름이 남
을 말하고,

태수泰水, 태산泰山은 장모와 장인을 부르는 다른 칭호이다.

冰淸玉潤, 丈人女婿同榮;

泰水泰山, 岳母岳父兩號.

【冰淸玉潤】 晉나라 때 衛玠와 그의 장인 樂廣은 모두 당시 이름을 날려 위개는 冰淸, 악
광은 玉潤이라 불림. 이에 흔히 장인과 사위를 함께 일러 冰玉이라 함. (《晉書》 衛玠傳)

【岳母岳父】 泰岳에 丈人峯이 있어 장인을 岳父, 혹 泰山이라고도 하며 장모를 岳母, 혹
泰水라고도 함. (《晁氏客語》) 鄒聖脈 주에 歐陽修의 말을 인용하여 "泰山有丈人峰, 故
稱妻父爲泰山, 若稱妻母爲泰水, 不知何義"라 함.

467

새로 얻은 사위를 '교객嬌客'이라 하고, 귀한 사위를 '승룡乘龍'
이라 한다.

新婚曰嬌客, 貴婿曰乘龍.

【嬌客】 교태로운 귀한 손님이라는 뜻. (《老學庵筆記》 三)

【乘龍】 東漢 때의 桓焉(?~143)의 사위 둘은 모두 司徒에 올라 집안이 대단하였음. 이에
당시 "叔元兩女具乘龍"이라 칭하였음. (《楚國先賢傳》) 이에 乘龍은 훌륭한 사위를 뜻하
는 말로 쓰임. (428 참조)

468

췌서贅婿를 '관생館甥'이라 하고, 똑똑한 사위를 '쾌서快婿'라
한다.

贅婿曰館甥, 賢婿曰快婿.

【贅婿】 원래 후사가 없는 집에서 母姓을 따르되 사위에게 집안을 잇게 함을 뜻함. 따라서
고대에는 천하게 보았음. (《史記》 秦始皇紀 集解) 한편 館甥은 《孟子》 萬章에 "舜尙見
帝, 帝館甥於貳室"이라 함.
【快婿】 마음에 드는 현명한 사위. (《北史》 劉延明傳) 劉延明이 나이 열넷에 郭瑀에게 학
문을 배우고 있었는데 어느 날 곽우가 자리를 하나 마련해 놓고 "吾有女, 欲覓一快婿,
誰坐此者, 吾當妻焉"이라 하자, 그 제자 5백여 명 중에 연명이 과감하게 나가 앉아 곽우
가 그를 사위로 삼았다 함. (鄒聖脈 주에는 後漢 때 일로 되어 있음)

469

사위를 '동상東牀'이라 하기도 하고, '반자半子'라고도 한다.

凡屬東牀, 俱稱半子.

【東牀】 동쪽 침대에 앉아 있는 자. 사위를 말함. 晉나라 郗鑑이 王導의 집에 사람을 보내
어 사위를 구하자 왕도는 자신의 아들들 중에 마음대로 고르도록 함. 이를 들은 아들들이
관심을 보였으나 한 명만은 동쪽 침대에 앉아 무관심하게 있었음. 갔던 자가 돌아와 "모
두 잘생기고 젊은 자들이었는데 한 명만은 동쪽에 배를 드러내어 놓고 호떡을 먹으면서
못 들은 척하더이다(王氏諸少並佳, 有一人在東牀坦腹, 食胡餠, 獨若不聞者)"라 보고

를 하자 직접 찾아가 "바로 좋은 사윗감이로다(此佳婿也)" 하면서 사위로 삼음. 이가 바로 王羲之였다고 함. (《晉書》 王羲之傳) 이에 東牀은 훌륭한 사윗감이라는 뜻으로 쓰임. 【半子】 半은 아들이라는 뜻. 劉禹錫의 글에 "乃命家嗣爲君半子"라 함.

470

여자를 '문미門楣'라 부른 것은 당唐나라 양귀비楊貴妃가 부모의 집안을 빛냄을 두고 한 말이요,

외질을 '택상宅相'이라 함은 진晉나라 위서魏舒가 외가에게 보답하기를 기약한 것을 두고 한 말이다.

女子號門楣, 唐貴妃有光於父母;
外甥稱宅相, 晉魏舒期報於母家.

【門楣】 문의 위쪽 횡목으로 그 집의 신분을 나타냄. 여기서는 가문을 빛낼 귀한 여자라는 뜻. 玄宗이 楊貴妃를 책립할 때 민간에는 "生女勿悲酸, 生男勿喜歡. 男不封侯女爲妃, 君看女郎作門楣"라는 노래가 있었다 함.
【唐貴妃】 양귀비(719~756). 楊太眞, 자는 玉環. 원래 현종(李隆基)의 아들 壽王(李瑁)의 비였으나 뒤에 현종의 눈에 들어 입궁하여 貴妃가 됨. (《資治通鑑》 唐玄宗) 白居易의 〈長恨歌〉는 이들의 사랑과 비극을 읊은 것임.
【晉魏舒】 晉나라 魏舒가 어려서 고아가 되어 외갓집에서 자람. 그때 풍수가가 "재상이 날 집"이라 하자 "외가를 위해 이 집의 풍수를 성공시키리라" 하여 노력 끝에 성공하여 뒤에 과연 司徒가 됨. 이에 宅相(풍수에 의한 집에 대한 상)은 외조카를 일컫는 말로 쓰임.

서로 옛 인척을 말할 때 원래 '과갈瓜葛의 친척이었다'라 하고,
자신을 겸손히 못난 친척으로 말할 때는 '하부葭莩의 끝이 폐를
끼치고 있다'라고 말한다.

共敍舊姻, 曰原有瓜葛之親;
自謙劣戚, 曰忝在葭莩之末.

【瓜葛】 오이와 칡. 서로 엉겨 떨어질 수 없는 관계.
【葭莩】 갈대 속의 얇은 속껍질 薄膜. 비교적 소원한 친척 관계를 말함.

'대교大喬'니 '소교小喬'니 하는 것은 모두 이부(남자 동서)의 칭
호이며,
'연금連襟'이니 '연메連袂'니 하는 것도 역시 남자 동서 사이에
부르는 칭호이다.

大喬小喬, 皆姨夫之號;
連襟連袂, 亦姨夫之稱.

【大喬小喬】 삼국시대 吳나라 孫策과 周瑜가 함께 皖(지금의 안휘성)을 공격하여 그곳에
있는 교씨 두 자매를 얻었는데 아주 미인이었다 함. 이에 손책이 대교를 아내로, 주유는

소교를 아내로 맞아 동서지간이 되었다 함.

【連襟連袂】남자 동서 사이를 말함. 李晉卿이라는 사람에게 두 딸이 있었고, 그 아들은 마침 王樂道와 滕元發 등과 친한 사이였다. 이에 이진경이 죽음에 이르러 집안 사람들에게 "큰 딸은 왕악도에게, 작은 딸은 등원발에게 주어라. 이 두 사위라면 족하다(長女配樂道, 次女配元發, 得此二壻足矣)"하여 두 사람은 連襟連袂의 관계가 되었으며 함께 翰林에 들어갔다 함. (鄒聖脈 주)

473

'갈대가 옥수에 기대었다' 함은 자신이 친척의 영광에 힘입고 있음을 겸손히 말할 때 쓰는 말이요,

'조라蔦蘿가 높은 소나무에 걸쳐 살고 있다'는 것은 자신이 귀한 친척의 덕택에 영광을 누림을 표현하는 말이다.

蒹葭倚玉樹, 自謙借戚屬之光;

蔦蘿施喬松, 自幸得依附之所.

【蒹葭倚玉樹】'갈대가 옥수에 기대었다'는 표현으로 두 사람의 미추가 너무 차이 남을 비유함. 《世說新語》容止에 "毛曾與夏侯玄共坐, 時人謂蒹葭倚玉樹"라 함.

【蔦蘿施喬松】女蘿와 兔絲라는 넝쿨의 기생 식물로 다른 식물을 덮음. 댕댕이덩굴. 《詩經》小雅 頍弁에 "蔦與女蘿, 施於松柏"이라 함. 한편 白樂天의 詩에 "君爲女蘿草, 妾作兔絲花. 咫尺托遠松, 纏綿成一家"라 함.

474

노륜盧綸과 이익李益은 동서간이었으며, 소식蘇軾과 정덕유程德孺
는 이종사촌간이었다.

盧李之親, 蘇程之戚.

【盧李】盧綸(737~799)과 李益(748~827). 모두 唐나라 大曆十才子에 들며 동서간으로
매우 친밀한 관계였음. 《容齋隨筆》

【蘇程】蘇軾과 程德孺. 정덕유는 소식의 이종사촌(表弟) 동생이었음. 소식의 〈上表弟程
德孺生日詩〉에 "仗下千官散紫庭, 微聞偶語說蘇程. 長身自昔傳甥舅, 壽骨遙知是兄
弟"라 함.

475

왕도王導의 집을 찾아온 처조카 하충何充을 주미塵尾로 불러 앉
힐 정도로 가까웠고, 양여사楊汝士가 동천東川으로 벼슬 갈 때 아내
를 같은 수레에 태워 가는 아름다운 모습을 백거이白居易는 시로
축하하였다.

王茂弘呼何充以塵尾, 楊沙哥引崔嫂以油幢.

【王茂弘】王導. 東晉의 재상. 자는 茂弘. 何充(292~346)은 왕도 처제의 아들로 둘 사
이가 아주 가까워 하충이 왕도의 집을 방문하자 왕도가 塵尾(사슴 꼬리로 만든 총채와

비슷함. 당시 이를 손에 들고 현담을 나누는 것이 유행이었음)로 자리를 가리키며 앉도록
함. 《世說新語》賞譽에 "何次道往丞相許, 丞相以塵尾指坐, 呼何共坐曰: ‘來! 來! 此
是君坐.’"라 함.
【楊沙哥】楊汝士. 어릴 때 이름이 沙哥였으며 白居易(白樂天)의 처형으로 東川에서 벼
슬하고 있었음. 백거이가 아내를 대신하여 쓴 〈賀兄嫂〉에 "劉綱與婦共昇仙, 弄玉隨夫
亦上天. 何似沙哥令崔嫂, 碧油幢引向東川"이라 함. 《白樂天集》 油幢은 기름 먹인 베
로 만든 수레 휘장. 崔嫂는 양여사의 아내.

476

　곽태郭泰는 처형에게 돈을 꾸어 쓰면서도 어찌 가난을 부끄러워
할 필요가 있었겠으며,

　유언달庾彦達은 자신의 봉록을 누나에게 나누어 주었으니 부귀
를 자신의 사사로운 것으로 여기지 않은 것이다.

　林宗貸錢, 寧以貧窮爲病;
　彦達分秩, 不將富貴自私.

【林宗】郭泰(128~169). 東漢 때 사람으로 자는 林宗. 그는 처형에게 돈을 타서 공부하
면서도 전혀 부끄러움을 느끼지 않았음. 그 뒤 학문을 이루어 經學의 영수가 되었으며 제
자가 수천 명에 이르렀다 함. (《郭林宗別傳》 및 281, 751, 931 참조)
【彦達】남조 宋나라 때의 庾彦達. 그가 益州刺史였을 때 누이를 모시고 가서 자신의 봉
록 반을 나누어 주며 살도록 했다 함. (《宋書》朱脩之傳) 秩은 봉록, 봉급을 뜻함.

477

황간黃榦은 과연 친척의 정을 중히 여겨 자주 친척과 인척을 불러 잔치를 열었고,

반악潘岳은 친척 완첨阮瞻의 탄금을 칭찬하여 매번 그로 하여금 거문고를 연주하도록 격려하였다.

直卿果重親情, 相邀會食;

潘岳能敦戚誼, 每令彈琴.

【直卿】 黃榦(1152~1221). 南宋의 학자로 자는 直卿, 호는 勉齋. 朱熹에게 수업을 받았으며 학문을 인정받아 주희의 사위가 됨. 그 뒤 수시로 이조부 집안의 형제와 처 등을 불러 자주 잔치를 열어 허물없이 지냈다 함. 白鹿洞書院에서 《周易》을 맡아 강의하였으며 주희가 죽을 때 원고를 그에게 넘겼다 함. (《宋史》黃榦傳)
【潘岳】 西晉 때의 문인. 그와 阮瞻은 고종사촌간으로 완첨이 학업에는 관심이 없고 彈琴에 뛰어나자 늘 칭찬하며 격려해 주었다 함. (《晉書》阮瞻傳 및 203, 572 참조)

478

왕통王通은 외사촌 아우가 죽자 그 상중에 술과 고기를 입에 대지 않았으며, 원행충元行沖은 위술韋述로부터 '외갓집의 보물'이라는 칭찬을 들었다.

中子執內弟之喪, 行沖稱外家之寶.

【中子】王通(584~617). 隋나라 때의 학자로 벼슬을 버리고 河汾으로 귀향하여 제자를
가르침. 그 제자를 河汾門下라 하며 그를 文中子로 불렀음. 그는 외사촌 아우가 죽자 酒
肉을 먹지 않았으며, 이를 두고 사람들이 예에 어긋난다고 비난하였다 함. (《事文合璧》)
고대에는 이종간의 상례에는 이를 지키지 않아도 되었다고 함.
【行沖】唐나라 元行沖(652~729). 이름은 澹. 北魏 황족의 후예로 여러 벼슬을 거쳤으
며 당시 儒宗으로 추앙받았음. 그의 이종사촌 동생의 아들인 韋述이 학업에 지나치게 열
중함을 보고 그를 外家之寶라 칭찬했다 함. (《舊唐書》韋述傳)

479

완함阮咸은 나귀를 타고 선비족 비녀를 뒤쫓아가면서 어머니 장
례도 뒤돌아보지 않았다.

얼굴 가렸던 부채를 열고 웃으며 그럴 줄 알았다고 한 것은 온
교溫嶠가 고종사촌 동생을 아내로 맞이한 고사이다.

騎驢以追胡婢, 仲容不顧居喪;
披扇而笑老奴, 溫嶠自爲媒妁.

【仲容】阮咸. 자는 仲容. 그는 고모 집에 있는 鮮卑族 婢女를 사랑하여 비녀가 그의 아
이를 임신하였는데 자신의 어머니 상중일 때 마침 고모가 그 비녀를 멀리 보내려 하자 상
복을 입은 채로 나귀를 타고 달려가 "내 씨는 버릴 수 없다" 하며 다시 데려옴.《世說新
語》任誕에 "阮仲容先幸姑家鮮卑婢, 及居母喪, 姑當遠移, 初云當留婢; 旣發, 定將
去. 仲容借客驢箸重服自追之, 累騎而返; 曰: ‘人種不可失!’ 卽遙集之母也"라 함.
【溫嶠】晉나라 때 인물로 고모가 자신의 딸 중매를 부탁하자 자신이 나서서 그 고종사촌
여동생을 아내로 맞음. 이에 혼인식에 신부가 부채로 가렸던 얼굴을 내밀며 "내 그럴 줄
알았어"라고 반겼다 함. (425 참조)《世說新語》假譎에 "溫公喪婦, 從姑劉氏, 家値亂

離, 唯有一女, 甚有姿慧, 姑以屬公覓婚. 公密有自婚意, 答云: ‘佳婚難得, 但如嶠比云何?’ 姑云: ‘喪破之餘, 乞得粗相存活, 便足慰吾餘年; 何敢希汝比?’ 卻數日, 公報姑云: ‘已得婚處, 門地粗可, 壻身不減嶠.’ 因下玉鏡臺一枚. 姑大喜. 旣婚, 交禮, 女以手披紗扇, 大笑曰: ‘我固疑是老奴. 果如所卜.’ 玉鏡臺, 是公爲劉越石長史, 北征劉聰所得”라 함.

480

개부介婦와 가부家婦는 감히 나란히 걸을 수 없고,
선생先生과 후생後生은 원래 같은 남편을 모심에서 나온 것이다.

介婦 · 家婦, 不敢幷行;
先生 · 後生, 原爲同出.

【介婦 · 家婦】고대 적장자의 처를 家婦라 하며 그 밖의 아들의 처는 介婦라 불러 지위의 고하를 두었음. 《禮記》 內則에 “介婦請於家婦. ……介婦毋敢敵耦於家婦, 不敢幷行, 不敢幷命, 不敢幷坐”라 함.
【先生 · 後生】같은 남편을 모시는 첩이 여럿일 때 나이에 따라 서로 부르는 호칭. (《爾雅》 釋親)

481

지혜는 능히 친정을 구하고자 보물을 마당에 내다 놓아버렸으니 이는 조카가 군대를 버리고 도망왔기 때문이요,
점을 쳐서 환난을 당하리라 하니 이 때문에 헌공獻公의 딸 백희

伯姬가 시집가면서 조카가 따라나서게 되었다.

智能散寶, 爲姪棄軍;
兆卜張弧, 因姬遣家.

【散寶】漢代 呂祿의 고모(呂嬃)는 樊噲의 아내였는데 조카 여록이 군대를 버리고 도망을 쳐 자신에게 오자 크게 노하여 집에 있던 보물을 모두 꺼내어놓고 "남을 위해 이를 가지고 있을 필요는 없다(無爲它人守也)" 하여 여씨 집안을 지킬 것을 부탁했다 함. (《漢書》高后紀)

【兆卜】점을 쳐서 알아봄. 춘추시대 晉 獻公이 딸 伯姬를 秦나라에 시집보내면서 점을 쳤더니 점복자가 "歸妹睽弧, 寇張之弧, 姪其從姑 (귀매괘가 규괘로 변하니 위에서 고립되어 도움이 없어 불길하다. 환난이 닥칠 것이니 조카가 고모를 따라가 보살피게 되리라)"라는 풀이가 나왔다. 과연 뒤에 秦・晉 두 나라 사이에 교전이 일어나 晉나라가 패하였고, 晉 惠公(獻公의 손자, 子圉)이 인질이 되어 고모가 있는 秦나라로 가게 되었다. (《左傳》僖公 15년)

482

섭정聶政은 어진 누이가 없을 수 없었고, 굴평屈平도 역시 다독거리며 가르쳐준 누이가 있었다.

聶政非無賢姊, 屈平亦有女嬃.

【聶政】전국시대 韓나라 자객으로 嚴遂를 위해 俠累를 죽인 후 자신의 얼굴을 알아볼 수 없도록 자해를 하고 죽음. 뒤에 그의 시신을 내어놓고 천하에 아는 자를 물었을 때 그

의 누이가 이를 알고 달려가 "내가 살기 위해 동생의 훌륭한 이름이 세상에 알려지지 않
도록 그대로 둘 수는 없다(妾奈何畏殺身之誅, 滅賢弟之名)"하였음. 《史記》 刺客列傳,
《戰國策》)

【屈平】 전국시대 楚나라 屈原. (101, 616, 670, 752 참조) 그의 누이(女嬃)가 자신을 잘
다독거리며 길러주고 가르쳐주었다 함. 그의 〈離騷〉에 "女嬃之嬋媛兮, 申申其詈予"라
함. '여수'는 초나라 말로 '누나'를 뜻하는 어휘라 함.

483

소씨蕭氏가 문벌이 낮다고 혼인에 혐의를 둔 일을 배우지 말고
의당 학씨郝氏부인의 법을 배울지니라.

莫嫌蕭氏之姻, 宜學郝家之法.

【蕭氏】唐 高宗이 딸을 薛氏 집안으로 시집보낼 때 太后가 그 집안 薛顗의 아내 蕭氏
와 薛緒의 아내 成氏가 귀족 집안이 아니라는 것에 혐의를 두자 어떤 이가 "소씨는 蕭瑀
의 侄孫女로 역시 皇室의 인척이라 할 수 있습니다"라 하여 허락했다 함. 《資治通鑑》
唐紀 高宗)

【郝家】晉나라 때 王渾의 처 鍾氏와 그 아우 王湛의 처 郝氏는 모두가 덕행이 있었다.
당시 종씨(鍾琰)의 집안은 대단한 문벌이었지만 귀천을 뛰어넘어 동서 郝氏와 우의가 깊
어 사람들이 "鍾夫人之禮, 郝夫人之法"이라 하였다. 《世說新語》賢媛에 "王司徒婦, 鍾
氏女, 太傅曾孫, 亦有俊才女德. 鍾郝爲姊姒, 雅相親重. 鍾不以貴陵郝, 郝亦不以賤下
鍾. 東海家內, 則郝夫人之法; 京陵家內, 範鍾夫人之禮"라 함.

- 母之昆弟爲舅, 其姊妹爲姨; 妻之父爲外舅, 其母爲外姑.
- 謂我舅者, 吾謂之甥; 謂我姑者, 吾謂之姪.
- 送爲婚姻, 乃稱婚媾; 屬在中表, 最見情親.
- 王筠風韻, 絶類袁公; 李繪端凝, 奚慚宅相.
- 見舅不忘母, 源子恭刮目相看; 奉姨若所生, 何叔度推情致敬.
- 李氏女郎多貴婿, 劉家妹婿盡才郎.

16. 노수유탄 老壽幼誕

본 장은 사람이 태어나 늙고 장수하는 등 일생의 문제에 대한 것으로 역시 칭위稱謂와 전설 등에 대한 일화와 고사를 모아 설명하고 있다. (총 34연)

484

범상하지 않은 아들은 태어남에 반드시 기이한 징조가 있고,
큰 덕을 가진 사람은 그 임무를 다하도록 수를 누리게 한다.

不凡之子, 必異其生;
大德之人, 必得其壽.

【不凡之子】漢代 陳蕃이 나이 열다섯에 당시 功曹 薛勤에게 아버지의 편지를 가지고 심부름을 가자 설근이 그를 자세히 살펴보고는 이튿날 진번의 아버지를 찾아왔다. 진번의 아버지가 영접을 하자 설근은 "그대 집에 비범한 아들이 있어 이를 보러 온 것이지 그대를 뵙고자 온 것이 아니라오(足下有不凡子, 吾來候之, 不從卿也)"라 하였다 함. 《先賢錄》
【必得其壽】《中庸》에 "故大德者, 必得其壽"라 함.

485

사람이 처음 태어난 날을 '초도지신初度之辰'이라 하고,
　열 살이 되었을 때 이를 축하하는 말로는 '생신령단生申令旦'이
라 한다.

稱人生日, 曰初度之辰;
賀人逢旬, 曰生申令旦.

【初度】생일의 다른 말. 《離騷》에 "皇覽揆余初度兮, 肇錫余以嘉名"이라 함.
【生申令旦】《詩經》 大雅 嵩高에 "嵩高維嶽, 峻極於天. 維嶽降神, 生甫及申"이라 함.

'하늘이 甫侯와 申伯이라는 신하를 태어나게 하여 周나라를 보좌토록 하였다'라는 뜻으로 남의 아이의 열 살 생일을 축하하는 말로 쓰임.

486

사흘째 되는 아침에 아이를 씻겨 잔치를 하는 것을 '탕병湯餅의 모임'이라 하고,
한 돌이 되어 물건을 잡도록 하는 것을 '수반晬盤의 때'라 한다.

三朝洗兒, 曰湯餅之會;
周歲試周, 曰晬盤之期.

【湯餅】중국 민간 습속으로 아이를 낳은 지 사흘째 되는 날 국과 떡을 마련하여 이웃을 불러 잔치를 하는 것. (741 참조) 이때 아이를 처음 씻기므로 이를 洗兒라고도 함.
蘇軾의 〈洗兒〉 詩에 "人皆養子望聰明, 我被聰明誤一生. 但願吾兒魯且陋, 無災無難到公卿"이라 하였음. 이를 湯餅宴, 湯餅筵이라 함. 《金史》 忠義傳(四)에 "提控王祿湯餅會, 軍中宴飮"이라 함.
【晬盤】'晬'는 아이가 만 백 일이나 한 돌이 되었음을 말함. 이는 백일잔치, 혹은 돌잔치와 같음. 아이 앞에 여러 가지 물건을 진열해 놓고 그중 어느 것을 잡는가를 보고 아이의 장래를 예측한다 함. 이를테면 文房四友를 잡으면 文運, 완구를 잡으면 武運 등을 말하며 이를 抓周, 試兒, 혹은 晬盤이라 함. (《顏氏家訓》 風操)

487

사내아이 낳은 아침을 '현호령단懸弧令旦'이라 하고,
여자아이를 낳은 날을 '설세가신設帨佳辰'이라 한다.

男生辰, 曰懸弧令旦;
女生辰, 曰設帨佳辰.

【懸弧·設帨】《禮記》內則에 "子生, 男子設弧於門左, 女子設帨於門右"라 하여 남아를
낳으면 문 왼쪽에 활을 걸어두고, 여아를 낳으면 문 오른쪽에 수건을 걸어둔다 함. 令旦
과 佳辰은 좋은 아침이란 뜻으로 생일을 말함.

488

남이 아들을 낳음을 축하하여 '숭악강신嵩嶽降神'이라 하고,
딸을 낳았을 때 겸손히 하기를 '완급비익緩急非益'이라 한다.

賀人生子, 曰嵩嶽降神;
自謙生女, 曰緩急非益.

【嵩嶽降神】《詩經》大雅 嵩高篇의 구절. 앞장 참조.
【緩急非益】평소나 급할 때나 아무런 쓸모가 없음. 자신의 딸을 겸손히 하여 남에게 이르
는 말. 漢代 淳于意는 딸만 다섯이었는데 그가 죄를 지어 잡혀갈 때 "生女不生男, 緩急
無可使"라 하여 그 딸 중 緹縈이 순우의를 살려낸 고사가 있음. (前出, 女子篇)

아들을 낳았을 때 '농장弄璋'이라 하고, 딸을 낳았을 때는 '농와
弄瓦'라 한다.

生子曰弄璋, 生女曰弄瓦.

【弄璋·弄瓦】璋은 구슬로, 사내는 구슬과 같은 품덕을 가질 것을 뜻하는 것이며 瓦는
고대 紡錘車, 즉 瓦器로 만든 옷감을 짤 때 쓰는 기구를 말함. 이로써 뒤에 옷감을 잘
짜는 등 부인으로서의 일을 잘 해낼 것을 바라는 뜻이 들어있음.《詩經》小雅 斯干에
"乃生男子, 載寢之床, 載衣之裳, 載弄之璋. 乃生女子, 載寢之地, 載衣之褐, 載弄之
瓦"라 함.

490

꿈에 곰이나 비(큰곰)를 보면 남자아이를 낳을 징조요,
용이나 뱀을 꿈꾸면 여자아이를 낳을 상서로움이다.

夢熊夢羆, 男子之兆;
夢虺夢蛇, 女子之祥.

【夢熊夢羆·夢虺夢蛇】《詩經》小雅 斯干에 "吉夢維何, 維熊維羆, 男子之祥. 維虺維
蛇, 女子之祥"이라 하였고 鄭玄의 주에 "熊羆在山, 陽之祥也, 故爲生男. 虺蛇爲陰, 故
爲生女"라 함.

491

난초 꿈 길몽의 도움을 얻어 정문공鄭文公의 첩이 목공穆公을 낳는 기이함이 있었고,

영물이라 기특하게 칭찬한 온교溫嶠의 말을 듣고 환온桓溫의 이름이 정해진 기이한 일도 널리 알려졌다.

夢蘭叶吉, 鄭文公妾生穆公之奇;
英物稱奇, 溫嶠聞聲知桓公之異.

【鄭文公】 춘추시대 鄭文公의 첩 燕姑가 천사가 난초를 내려주는 꿈을 꾸고 穆公(蘭)을 낳음. 마은 協과 같음. 《左傳》 宣公 3년)

【溫嶠】 桓溫이 한 돌이 되지 않았을 때 溫嶠가 그 울음소리를 듣고 "英物이로다"라 하여 아버지 桓彝가 아들 이름을 溫으로 지었음. 《晉書》 桓溫傳)

492

강원姜嫄은 후직后稷을 낳을 때는 대인의 발자국을 밟고 임신하였으며,

간적簡狄이 설契을 낳을 때는 제비가 머금고 떨어뜨려주는 알을 삼키고 잉태하였다.

姜嫄生稷, 履大人之跡而有娠;
簡狄生契, 呑玄鳥止卵而叶孕.

【姜嫄生稷】姜嫄(姜原)은 有邰氏의 딸로 거인의 발자국을 따라갔다가 임신하여 后稷(周나라의 시조)을 낳음. 《史記》周本紀에 "周后稷, 名棄. 其母有邰氏女, 曰姜原. 姜原爲帝嚳元妃. 姜原出野, 見巨人迹, 心忻然說, 欲踐之, 踐之而身動如孕者. 居期而生子, 以爲不祥, 棄之隘巷, 馬牛過者皆辟不踐; 徙置之林中, 適會山林多人, 遷之; 而棄渠中冰上, 飛鳥以其翼覆薦之. 姜原以爲神, 遂收養長之. 初欲棄之, 因名曰棄"라 함.

【簡狄生契】簡狄(有娀氏의 딸)이 玄鳥(제비) 알을 삼키고 임신하여 契(설, 商나라 시조)을 낳음. 《사기》殷本紀에 "殷契, 母曰簡狄, 有娀氏之女, 爲帝嚳次妃. 三人行浴, 見玄鳥墮其卵, 簡狄取呑之, 因孕生契"라 함.

493

기린이 옥서玉書를 토해내어 하늘이 공자孔子가 태어날 징조를
알려주었고,

옥으로 된 제비가 품에 떨어져 장설張說을 잉태하는 기이한 꿈
도 있었다.

麟吐玉書, 天生孔子之瑞;

玉燕投懷, 夢孕張說之奇.

【麟吐玉書】孔子가 태어나기 전 麒麟이 玉書를 闕里(공자가 출생한 마을)에 토해내었는데 "水精之子, 繼衰周而素王"이라 쓰여 있었다 함. (《拾遺記》)

【玉燕投懷】唐나라 재상이며 문학가인 張說(667~731)의 어머니가 옥으로 된 제비가 품에 떨어지는 꿈을 꾸고 장설을 낳았다 함. (《開元天寶遺事》)

494

유불릉劉弗陵이 태자였을 때 열넉 달 만에 태어났고,

도사의 우두머리 노자老子는 잉태한 지 81년 만에 비로소 태어

났다.

弗陵太子, 懷胎十四月而始生;

老子道君, 在孕八十一年而始誕.

【弗陵】 漢 昭帝의 이름. 劉弗陵. 한 武帝의 아들로 그 어머니 趙婕妤가 14개월 만에 낳

았다 함. (《漢書》外戚傳)

【老子】 老子(李耳)의 어머니가 노자를 임신한 지 81년 만에 오얏나무 아래에서 옆구리로

낳았는데 머리가 이미 백발이었다 함. 그래서 '노자'라 불렸으며 성을 李氏로 하였다 함.

(《史記》老莊申韓列傳 正義)

495

만년에 아이를 얻음을 '노방생주老蚌生珠'라 하고,

늙어 과거에 급제함을 '용두속로龍頭屬老'라 한다.

晚年生子, 謂之老蚌生珠;

暮歲登科, 正是龍頭屬老.

【老蚌生珠】 늙은 조개가 진주알을 낳음. 늙어 자식을 얻었을 때 축하하는 말로 쓰임. 漢

나라 때 韋元將와 韋仲將 형제가 모두 뛰어나 孔融이 그들 아버지에게 보낸 글에 "元將

淵才亮茂, 濟世之品也; 仲將文敏篤誠, 保家之主也. 不意雙珠竟出老蚌"이라 함. 한편 蘇軾의 〈虎兒〉詩에 "舊聞老蚌生明珠, 未省老兎生於菟"라 함. (於菟는 '오도', 楚나라 말로 호랑이를 뜻함)

【龍頭屬老】늙어 과거에 급제함. 宋代 梁灝가 82세에 壯元에 급제하자 〈謝恩〉 시에 "소년시절 등제함이 좋은 줄은 알지만 용의 머리가 노숙한 나에게 주어질 줄은 뜻밖이었네(也知少年登科好, 不意龍頭屬老成)"라 함. (陳正敏 《遯齋閑覽》)

496

늙도록 장수함을 축하할 때 '남극성휘南極星輝'라 하며,
여자가 장수함을 축하함에는 '중천무환中天婺煥'이라 한다.

賀老壽, 日南極星輝;
賀女壽, 日中天婺煥.

【南極星輝】南極星은 노년을 상징하는 별로 그것이 밝아 노년이 더욱 화려하기를 바라는 뜻으로 쓰임. 《晉書》 天文志에 "老人星在弧南, 一日南極"이라 함.
【中天婺煥】하늘 가운데 婺星이 환하게 비침. 婺星은 여자를 상징하는 별(女宿). 여자의 장수, 혹 여자를 칭송하는 말로 쓰임. (《漢書》 天文志) 한편 邱濬의 詩에 "南極星輝映紫宸, 大開壽城在紫宸"이라 함.

497

'송백절조松柏節操'는 장수하면서 온갖 고통을 모두 참아낸 것을 칭송하는 말이요,

‘유상모경桑楡暮景’은 늙어 여생이 얼마 남지 않았음을 겸손히
여기는 말이다.

松柏節操, 美其壽元之耐久;
桑楡暮景, 自謙老景之無多.

───────

【松柏節操】소나무와 잣나무는 歲寒不凋(《論語》)의 굳센 기개를 가지고 있듯이 사람도
늙어 더욱 강건하기를 바라는 頌壽의 뜻으로 쓰임.《世說新語》言語에 “顧悅與簡文同
年, 而髮蚤白. 簡文曰:‘卿何以先白?’對曰:‘蒲柳之姿, 望秋而落; 松柏之質, 凌霜猶
茂’”라 함. (1298 참조)
【桑楡暮景】桑楡는, 해가 지는 곳은 桑樹와 楡樹 사이라 하는 전설이 있어 이를 사람의
만년에 비유한 것. 鄒聖脈의 주에《淮南子》를 인용하여 “日拂于扶桑, 是謂晨明. 若日
晡, 則天影上照于桑楡”라 하였고,《文選》曹植〈贈白馬王彪〉에 “年在桑楡間”이라 함.

498

‘확삭矍鑠’은 남의 건강을 칭송하는 말이며,
‘외모聵眊’는 자신이 늙어 쇠약하고 뒤뚱거림을 겸손히 표현하
는 말이다.

矍鑠, 稱人康健;
聵眊, 自謙衰頹.

───────

【矍鑠】‘확삭’으로 읽음. 疊韻連綿語. 늙을수록 강건하고 의지가 굳음을 뜻함.《後漢書》

馬援傳에 마원이 光武帝를 섬기면서 蠻夷의 난을 진압하고자 자신이 나서겠다고 하였음. 그때 나이 이미 62세였는데 그 모습과 결의가 젊은이 못지않음을 보고 황제가 "矍鑠哉! 是翁也"라 감탄하였다 함.
【聵眊】 귀가 어두워지고 눈이 침침해짐. 늙어감. 《四朝見聞錄》 慶元黨에 "而臣聵眊, 初罔聞知"라 함.

499

머리가 다시 누렇게 되면서 어린아이처럼 이가 나면 이는 장수할 징조요,

행동이 민활하지 못함은 나이가 들었을 때의 상태이다.

黃髮兒齒, 有壽之徵;
龍鍾潦倒, 年高之狀.

【黃髮兒齒】 노인으로 머리가 백발에서 누렇게 변하고 빠진 이가 다시 나면 장수할 징조라 하였음. (《詩經》 魯頌 閟宮)
【龍鍾潦倒】 龍鐘은 행동이 민활하지 못한 모습. 疊韻連綿語. 潦倒는 쇠약한 모습. 역시 疊韻連綿語. 李華의 〈臥疾舟中相里范二侍御先行贈別序〉라는 글에 "潦倒龍鐘, 百疾叢體"라 함.

500

'일월유매日月逾邁'는 한갓 슬퍼함을 말하는 것이요,
'춘추기하春秋幾何'는 남의 나이를 묻는 말이다.

日月逾邁, 徒自傷悲;

春秋幾何, 問人壽算.

【日月逾邁】세월의 흐름이 점점 빨라짐. 늙어가면서는 시간의 흐름이 매우 빠르게 느껴
짐을 뜻함. 《書經》 秦誓에 "我心之憂, 日月逾邁"라 함.

【春秋】어른의 나이를 높여 부르는 말. 《戰國策》 秦策(五)에 "王之春秋高"라 함. 《新序》
에 楚丘先生이 나이 일흔에 孟嘗君을 찾아오자 맹상군이 "先生老矣, 春秋高矣, 多遺忘
矣, 何以敎之?"라 함.

501

소년을 칭찬할 때는 '춘추정성春秋鼎盛'이라 하고,

나이 든 이를 부러워할 때는 '치덕구존齒德俱尊'이라 한다.

稱少年, 曰春秋鼎盛;

羨高年, 曰齒德俱尊.

【春秋鼎盛】나이가 안정된 시기이며 한창 성한 때임을 말함. 《漢書》 賈誼傳에 "天子春
秋鼎盛"이라 함.

【齒德俱尊】나이에 걸맞게 덕도 높음. 《孟子》 公孫丑(下)에 "朝廷莫如爵, 鄕黨莫如齒,
輔世長民莫如德"이라 함.

502

오십이 넘도록 행동해 본 다음에야 49세까지의 일이 그릇되었음을 알게 되고,

세상에 백 년을 살아보았어도 어찌 365일 모두가 즐거웠겠는가?

行年五十, 當知四十九年之非;

在世百年, 那有三萬六千日之樂.

【行年五十】《淮南子》原道訓에 있는 구절. "蘧伯玉年五十而知四十九年非"라 함. 蘧伯玉은 춘추시대 賢人. 《論語》憲問篇 주에 "按莊周稱‘伯玉行年五十, 而知四十九年之非.’ 又曰:‘伯玉行年六十, 而六十化.’ 蓋其進德之功, 老而不倦"라 하였고, 《莊子》則陽篇에는 "蘧伯玉行年六十而六十化, 未嘗不始於是之而卒詘之以非也, 未知今之所謂是之非五十九非也"라 함.
【在世百年】사람의 일생은 길어야 백 년에 불과함. 李白의 〈襄陽哥〉에 "百年三萬六千日, 一日須傾三百杯"라 함.

503

백 세를 ‘상수上壽’라 하고, 80을 ‘중수中壽’라 하며, 60을 ‘하수下壽’라 한다.

80을 ‘질耋’이라 하고, 90을 ‘모耄’라 하며, 백 세를 ‘기이期頤’라 한다.

百歲曰上壽, 八十曰中壽, 六十曰下壽.

八十曰耋, 九十曰耄, 百歲曰期頤.

 《莊子》盜跖篇에 "今吾告子以人之情, 目欲視色, 耳欲聽聲, 口欲察味, 志氣欲盈. 人上壽百歲, 中壽八十, 下壽六十, 除病瘦死喪憂患, 其中開口而笑者, 一月之中不過四五日而已矣. 天與地无窮, 人死者有時, 操有時之具而托於无窮之間, 忽然无異騏驥之馳過隙也. 不能說其志意, 養其壽命者, 皆非通道者也"라 함.

【耋·耄】 《說文》에 "年八十曰耋"이라 하였고, 《禮記》曲禮(上)에는 "人生十年曰幼, 學. 二十曰弱, 冠. 三十曰壯, 有室. 四十曰强, 而仕. 五十曰艾, 服官政. 六十曰耆, 指使. 七十曰老, 而傳. 八十九十曰耄, 七年曰悼, 悼與耄, 雖有罪, 不加刑焉. 百年曰期, 頤"라 함.

【期頤】 頤는 養의 뜻. '턱을 받쳐 먹여줄 것을 요구해도 되는 나이'라는 뜻. 《예기》 곡례에 "百年曰期頤"라 함.

504

아이가 열 살이면 밖으로 선생님께 배우러 가고 열세 살이면 피리에 맞추어 춤을 추고 아이로 다 자라면 '상상'이라는 무악舞樂을 춘다.

노인으로 예순이면 향鄕에서 지팡이를 짚어도 되고 일흔이면 나라에서 지팡이를 짚어도 되며 여든이면 조정에서 지팡이를 짚어도 된다.

童子十歲就外傅, 十三舞勺, 成童舞象;
老者六十杖於鄕, 七十杖於國, 八十杖於朝.

【童子】《禮記》內則에 "六年, 敎之數與方名. 七年, 男女不同席, 不共食. 八年, 出入門 戶及卽席飮食, 必後長者, 始敎之讓. 九年, 敎之數日. 十年, 出就外傅, 居宿於外, 學 書計, 衣不帛襦袴, 禮帥初, 朝夕學幼儀, 請肄簡諒. 十有三年, 學樂, 誦詩, 舞勺, 成童 舞象, 學射御"라 하였음. 勺은 일종의 관악기 피리(籥). 象은 舞樂의 일종.

【老者】《예기》王制에 "五十杖於家, 六十杖於鄕, 七十杖於國, 八十杖於朝, 九十者, 天子欲有問焉, 則就其室, 以珍從"라 함. 鄕은 옛날 행정단위로 백 가를 하나의 '향'이 라 하였음. 國은 봉건의 제후국. 朝는 천자의 조정.

505

뒤에 난 사람은 진실로 두렵게 여겨야 하며, 나이가 높은 사람 은 당연히 존경해야 한다.

後生固爲可畏, 而高年猶是當尊.

【後生可畏】《論語》子罕篇에 "後生可畏, 焉知來者之不如今也"라 함.

【高年】나이가 많은 사람. 연장자.《孔子家語》正論解에 "哀公問於孔子曰: '二三大夫 皆勸寡人使隆敬於高年, 何也?' 孔子對曰: '君之及此言, 將天下實賴之, 豈唯魯哉!' 公曰: '何也? 其義可得聞乎?' 孔子曰: '昔者, 有虞氏貴德而尙齒, 夏后氏貴爵而尙 齒, 殷人貴富而尙齒, 周人貴親而尙齒. 虞·夏·殷·周, 天下之盛王也, 夫有遺年者 焉. 年者, 貴於天下久矣, 次于事親, 是故朝廷同爵而尙齒, 七十杖於朝, 君問則席, 八 十則不仕朝, 君問則就之, 而悌達乎朝廷矣. 其行也肩而不並, 不錯則隨. 斑白者, 不以 其任於道路, 而悌達乎道路矣. 居鄕以齒, 而老窮不匱, 强不犯弱, 衆不暴寡, 而悌達乎 州巷矣. 古之道, 五十不爲甸役, 頒禽隆之長者, 而悌達乎蒐狩矣. 軍旅什伍, 同爵則尙 齒, 而悌達乎軍旅矣. 夫聖王之敎, 孝悌發諸朝廷, 行於道路, 至於州巷, 放於蒐狩, 循 於軍旅, 則衆感以義死之, 而弗敢犯.' 公曰: '善哉! 寡人雖聞之, 弗能成.'"이라 함. 한

편 《漢書》 武帝紀에 "於鄉里, 先耆艾, 奉高年, 古之道也"라 함.

506

예장豫章의 나무가 작다고 깔보지 말라. 이미 동량의 재목감의
모습을 갖추고 있다.

漫道豫章之小, 已具樑棟之觀.

【漫道】 깔보고 말을 함.
【豫章】 나무 이름. 樟木. 어린 싹은 작으나 매우 큰 나무로 자람.
【樑棟】 棟樑(棟梁)과 같음. 대들보. 王儉이 어린 袁粲을 보고 "松柏豫章雖小, 實有棟樑
之用也"라 칭찬함.

507

항탁項橐은 어린 나이에 공자孔子의 스승이 되었으니 그 지혜가
풍부했음을 알 수 있고,
감라甘羅는 말을 잘해 재상이 되었으니 나이가 작다고 논하지
말라.

項橐童牙作師, 卻知學富;

甘羅屠口爲相, 勿論年雛.

【項橐】 전설상의 신동으로 일곱 살 때 孔子의 스승이 되었다 함. 《史記》 甘茂列傳) 秦나라에서 張唐을 燕나라 재상으로 보내고자 할 때 장당이 가기를 꺼려 하자 甘羅가 "項橐七歲爲孔子師. 今臣生十二歲矣, 君其使臣"이라 설득함.
【甘羅】 감무의 아들로 매우 뛰어난 기지를 가지고 있었음. 열세 살 때 진나라 재상 장당을 설득시킨 뒤 상경으로 발탁된 일로 유명함. 《史記》 甘茂列傳, 《戰國策》 秦策)

508

예물을 상에 차려놓는 일을 흉내내며 예의를 배웠으니 맹자孟子는 어머니의 영향으로 어린 나이에 이미 그와 같았고,

무기를 들고 나라를 지켜내었으니 왕기汪踦는 어린 나이에 능히 그런 일을 해낼 수 있었다.

列俎豆而習禮儀, 孟氏沖年乃爾;

執干戈以衛社稷, 汪踦小子能然.

【孟氏】 孟子(孟軻). 처음 맹자가 무덤가에 살 때 장례를 흉내내는 것을 보고 다시 시장으로 옮겼다가 학당 근처로 옮기자 맹자가 예를 배우는 것을 흉내내어 상에 물건을 차리는 놀이를 했다 함. 孟母三遷의 고사를 말함. 《列女傳》(1)에 "鄒孟軻之母也, 號孟母. 其舍近墓, 孟子之小也, 嬉遊爲墓間之事: 踊躍築埋. 孟母曰: ‘此非吾所以居處子也.’ 乃去, 舍市傍, 其嬉戲爲賈人衒賣之事. 孟母又曰: ‘此非吾所以居處子也.’ 復徙舍學宮之傍, 其嬉遊乃設俎豆揖讓進退. 孟母曰: ‘眞可以居吾子矣.’ 遂居之. 及孟子長, 學六

藝, 卒成大儒之名. 君子謂孟母善以漸化"라 함.

【汪踦】齊나라가 魯나라를 칠 때 노나라 어린이 汪踦가 싸움에 나섰다가 전사하자 노나라 사람들이 成人의 예에 맞추어 장례를 치르고자 孔子에게 물음. 이에 "能執干戈以衛社稷, 雖欲勿殤也, 不亦可乎!"라 하였음. (《禮記》檀弓 下)

509

구준寇準은 일곱 살 때 화산을 보고 시를 지으니 이미 누구나 우러러볼 높은 지위의 기상을 점칠 수 있었다.

사마광司馬光은 다섯 살 때 물동이를 깨어 아이를 구해내었으니 이미 장래 백성을 구할 재능을 가지고 있었음을 미리 알 수 있었다.

寇公七歲詠山, 已卜具瞻氣象;

司馬五齡擊甕, 卽占拯溺才猷.

【寇公】北宋나라 유명한 재상 寇準. (前出) 그가 7세 때 華山을 보고 "只有天在上, 更無山與齊. 擧頭紅日近, 回首白雲低"라는 詩를 짓자 그 스승이 "어찌 재상이 되지 않으리요!" 하며 감탄했다 함. (139, 215, 458, 585, 659, 727, 808 참조) 원문의 具瞻은 모두가 우러러본다는 뜻. 《詩經》小雅 節南山에 "赫赫師尹, 民具爾瞻"이라 함.

【司馬】司馬光. (前出) 그가 5세 때 아이들과 함께 놀다가 한 아이가 물동이에 빠지자 모두 도망쳤지만 사마광은 곧바로 이를 깨어 살려내었다 함. (《冷齋夜話》)

510

한 걸음도 걷기 전에 시를 짓는 민첩함을 보인 유공권柳公權은

조식의 칠보시보다 낫다고 할 수 있고,

　앉은자리에서 스스로 구별됨을 말했으니 사람들은 사상謝尙을 '안회顔回로다' 한 것이다.

　步處敏於詩, 我道公權過子建;

　坐問言自別, 人稱謝尙是顔回.

【公權】唐代 서예가이자 문인인 柳公權(778~865)이 열두 살 때 당 文宗이 그를 불러 詩를 짓도록 하였을 때 미처 韻자를 부르기도 전 세 발자국에 이미 시를 완성하였다 함. 이에 문종이 "子建七步, 子乃三步耳. 子過子建多矣"라 칭찬했다 함. 《舊唐書》 柳公權 傳 및 610, 791 참조) 子建은 曹子建, 즉 曹植 〈七步詩〉를 가리킴. (前出. 298, 786, 1002, 1308 참조)

【謝尙】東晉 때 인물(308~357). 謝尙이 여덟 살의 나이로 손님의 술자리 곁에 있게 되었는데 마침 어떤 사람이 "이 아이는 우리 자리의 顔回로다"라 하자 대뜸 "여기에 孔子가 없는데 어찌 안회를 알아보리요?"라 하였다 함. 《世說新語》 言語篇에 "謝仁祖年八歲, 謝豫章將送客, 爾時語已神悟, 自參上流, 諸人咸共歎之曰: '年少一坐之顔回!' 仁祖曰: '坐無尼父, 焉別顔回?'"라 함. 안회는 공자의 제자.

511

　탓하지 말라. 노동盧소의 아들이 책상 위의 새로 지은 시를 까맣게 먹물로 엎어버린 것을.

　도리어 양호羊祜는 이웃집 뽕나무 아래에서 금팔찌를 찾아낸 것이 가상하도다.

勿謂盧家兒, 案上翻殘墨汁;

尙嘉羊氏子, 桑中探出金環.

【盧家兒】 唐代 詩人 盧仝이 개구쟁이 아들에게 "갑자기 책상 위 먹물을 엎어 방금 새로 지은 시를 까마귀로 칠했구나(忽來案上翻墨汁, 塗抹新詩如老鴉)"라는 詩 〈示子〉를 지어 주었음. (649, 763, 789 참조)

【羊氏子】 西晉 때 羊祜가 겨우 다섯에 유모와 놀다가 유모에게 자신이 가지고 놀던 팔찌를 내놓으라 하더니 없다고 하자 이웃 이씨 집 뽕나무 아래에서 이를 찾아내었다. 그러자 이씨 부인이 이는 자신의 죽은 아들이 가지고 놀던 것으로 이 아이는 틀림없이 자신의 아들이 환생한 것이라 여겼다. 《晉書》羊祜傳)《搜神記》卷15에 "羊祜年五歲時, 令乳母取所弄金鐶. 乳母曰: '汝先無此物.' 祜卽詣鄰人李氏東垣桑樹中, 探得之. 主人驚曰: '此吾亡兒所失物也. 云何持去?' 乳母具言之. 李氏悲惋. 時人異之"라 함.

512

맥구麥丘의 노인에게 물었더니 나이가 적지 않다고 하였고,

강현絳縣의 노인은 자신의 나이를 갑자로 얼마나 된다고 하였다.

畝丘人, 問年不少;

絳縣老, 歷甲何多.

【畝丘人】 麥丘 선생을 말함. 《韓詩外傳》(10)에 춘추시대 齊 桓公이 麥丘라는 곳의 노인에게 나이를 묻자 83세라 하여 그에게 정치의 도리를 듣고 감탄한 내용이 있음. "齊桓公逐白鹿, 至麥丘之邦, 遇人, 曰: '何爲者也?' 對曰: '臣, 麥丘之邦人.' 桓公曰: '叟年幾何?' 對曰: '臣年八十有三矣.' 桓公曰: '美哉!' 與之飮. 曰: '叟盍爲寡人壽也?' 對

曰: '野人不知爲君王之壽.' 桓公曰: '盍以叟之壽祝寡人矣?' 邦人奉觴再拜曰: '使吾君固壽, 金玉之賤, 人民是寶.' 桓公曰: '善哉! 祝乎! 寡人聞之矣: 至德不孤, 善言必再. 叟盍優之?' 邦人奉觴再拜曰: '使吾君好學士而不惡問, 賢者在側, 諫者得入.' 桓公曰: '善哉! 祝乎! 寡人聞之, 至德不孤, 善言必三. 叟盍優之?' 邦人奉觴再拜曰: '無使羣臣百姓得罪於吾君, 無使吾君得罪於羣臣百姓.' 桓公不說, 曰: '此言者. 非夫前二言之祝. 叟其革之矣.' 邦人潸然而涕下, 曰: '願君熟思之, 此一言者, 夫前二言之上也. 臣聞子得罪於父, 可因姑姊妹謝也, 父乃赦之. 臣得罪於君, 可使左右謝也, 君乃赦之. 昔者, 桀得罪於湯, 紂得罪於武王, 此君得罪於臣也, 至今未有爲謝也.' 桓公曰: '善哉! 寡人賴宗廟之福, 社稷之靈, 使寡人遇叟於此.' 扶而載之, 自御以歸, 薦之於廟, 而斷政焉. 桓公之所以九合諸侯, 一匡天下, 不以兵車者, 非獨管仲也, 亦遇之於是"라 함. 그 외에 《新序》(4), 《晏子春秋》(諫上), 《藝文類聚》(18), 《新論》(桓譚) 袪蔽篇, 《初學記》(29), 《太平御覽》(736, 906) 등에 아주 널리 실려 있음.

【絳縣老】《左傳》襄公 30년에 絳縣에서 어떤 노인의 나이를 묻자 "臣. 小人也, 不知紀年. 臣生之歲, 正月甲子朔, 四百有四十五甲子矣"라 함. 이를 계산하면 73세가 됨.

513

소를 타고 함곡관函谷關을 넘어선 이이李珥는 《도덕경道德經》 오천여 자의 비결을 풀어썼고,

위수渭水 가에서 고기 잡던 강태공姜太公은 팔백 넌 주周나라 국운을 낚은 셈이다.

函谷跨牛, 李耳演道德五千之秘;
渭川躍鯉, 子牙釣乾坤八百之秋.

【函谷跨牛】老子가 늙어 靑牛를 타고 函谷關을 나서자 關尹喜가 글을 써달라고 부탁하

여 《老子(道德經)》 5천여 자를 써주었다 함. 《史記》 老莊申韓列傳에 "老子脩道德, 其
學以自隱無名爲務. 居周久之, 見周之衰, 迺遂去. 至關, 關令尹喜曰: '子將隱矣, 彊爲
我著書.' 於是老子迺著書上下篇, 言道德之意五千餘言而去, 莫知其所終"이라 함.
【渭川躍鯉】姜太公(呂尙, 子牙)이 여든이 넘어 위수에서 낚시할 때 周 文王을 만남.
(《史記》 周本紀) 八百之秋는 주나라 歷年이 8백 년임을 말함.

514

늘어 진인이 되어 아이를 낳으면 그 아이는 햇빛 아래 그림자가
없다고 하였으니 누구의 아이일까?
　만약 신선이 되는 법을 익혀 성공하여 단약을 남겨두었더니 개
와 닭도 이를 먹고 승천하였다면 과연 그럴까?

是誰運動老陽, 生子欲無日影;
若個學成玄法, 燒丹臍有霞光.

【老陽】늙음의 양기. 漢나라 때 陳留라는 곳에서 어떤 90세의 노인이 젊은 아내를 다시
얻어 아들을 낳았다. 뒤에 재산 문제가 생기자 전처 소생의 장자가 이는 친생자가 아닐
것이라 하여 소송을 제기하였다. 그러자 당시 재상 丙吉이 "그대 아버지는 眞人일 것이
다. 내 듣기로 진인이 낳은 아이는 그림자가 없고 추위를 이겨내지 못한다더라" 하면서
같은 또래 아이들을 불러 옷을 벗겨 추위에 세웠더니 그 아이만은 춥다고 울었고 햇빛 아
래 뛰게 했더니 과연 그림자가 나타나지 않았다고 한다. (《韻府群玉》)
【成玄法】한나라 淮南王 劉安(淮南子)은 여덟 노인에게 신선술을 배워 단약을 만들어
신선이 될 때에 마침 그 남은 약을 닭과 개들도 먹고 함께 승천하였다고 한다. 이를 흔히
鷄犬昇天이라 한다. (《神仙傳》 劉安) 成玄法은 신선술을 성취하는 법이라는 뜻. 霞光은
승천을 뜻함.

영계기榮啓期는 거친 옷을 걸치고도 길을 걸으며 자신이 낙원에 살고 있다고 노래하였고,

소광疏廣은 해골이나 거두게 사직을 허락해 달라고 하니 사람들이 모두 떠나는 길에 모여 전별해 주었다.

榮啓期能擴襟懷, 行歌樂土;

疏太傅乞歸骸骨, 飮餞都門.

【榮啓期】榮啓期라는 사람은 거친 옷을 입고 가난하게 살면서도 자신의 즐거움 세 가지를 말함. 《列子》天瑞篇에 "孔子遊於太山, 見榮啓期行乎郕之野, 鹿裘帶索, 鼓琴而歌. 孔子問曰: '先生所以樂, 何也?' 對曰: '吾樂甚多: 天生萬物, 唯人爲貴. 而吾得爲人, 是一樂也. 男女之別, 男尊女卑, 故以男爲貴. 吾旣得爲男矣, 是二樂也. 人生有不見日月‧不免襁褓者, 吾旣已行年九十矣, 是三樂也. 貧者士之常也, 死者人之終也, 處常得終, 當何憂哉?' 孔子曰: '善乎! 能自寬者也.'"라 함.
【疏太傅】漢나라 疏廣. 《春秋》에 밝아 宣帝 때 博士로서 太子太傅가 되었으며 그 조카 疏受가 太子少傅가 되었음. 이에 5년 만에 두 사람 모두 병을 핑계로 사직을 청하자 모든 사람들이 도성문에 모여 성대하게 전별식을 해주었다 함. (《漢書》疏廣傳) 乞歸骸骨(乞骨)은 '해골이나 돌아가게 해달라'는 뜻으로 나이 들어 사직을 청하는 뜻으로 쓰임.

험윤玁狁이 주周나라를 침범하자 방숙方叔은 늙은 나이에 나가 싸워 한 해에 세 번 승전보를 알려왔고,

강족羌族 선령부先零部가 한漢나라를 배반하자 조충국趙充國은

늙은 나이에 자신이 토벌에 나서겠다고 자청하였다.

　獫狁侵周, 方叔邁年秦三捷;
　先零叛漢, 充國頹齡請一行.

【獫狁】 고대 중국 북방 이민족 이름으로 匈奴의 전신. 西周 宣王 때 대신 方叔이 늙은 나이에 獫狁을 토벌하면서 한 달에 세 번 승전의 소식을 알려왔음. (《詩經》 小雅 采芑)
【趙充國】 漢나라 宣帝 때 西羌族 先靈部가 반란을 일으키자 선제가 재상 丙吉에게 누구를 장군으로 삼을 것인가를 묻자 이를 들은 趙充國이 일흔이 넘은 나이에 자청하여 전장으로 나감. (《漢書》 趙充國傳) 頹齡은 이가 다 빠진 나이를 뜻함.

517

이백약李百藥은 늙을수록 재능이 새로웠고, 노포별盧蒲嫳은 늙어 머리가 빠질수록 못된 심보가 더욱 커지기만 했다.

　李百藥才新而齒則宿, 盧蒲嫳髮短而心甚張.

【李百藥】 唐代 사학가이며 詩人으로 어릴 때 병이 많아 할머니가 百藥으로 이름을 지었다 함(545~648). 그가 일흔이 넘어 〈帝京賦〉라는 글을 완성하자 高祖가 감탄하며 "齒則宿而才甚新也"라 함. (《舊唐書》 李百藥傳, 《唐才子傳》)
【盧蒲嫳】 춘추 齊나라 사람으로 반란에 연루되어 거 땅으로 귀양을 갔음. 뒤에 齊侯가 그곳에 사냥하러 들렀을 때 이미 나이도 많고 머리도 빠져 더 이상 쓸모가 없는 사람이니 풀어달라고 하자 제후의 아들 子雅가 "머리카락은 짧아졌지만 못된 심보는 더 늘어났다(彼其髮短而心甚長)"고 하면서 더 먼 北燕 땅으로 추방하였다 함. (《左傳》 昭公 3년)

- 樂易者壽常長; 秀徹者神自異.
- 林類百歲, 拾穗行歌; 孔融四齡, 讓梨知法.
- 白香山七旬致仕, 九老成圖; 齊榮顯九歲知兵, 千戶代任.
- 唐制有童子科, 淸室有千叟宴.
- 薄滋味, 少慍怒, 丁總管果得壽徵; 曉文義, 解音聲, 張幼孫驟邀寵錫.
- 壽康者半由人事, 幼慧者悉本天成.

17. 신체 身體

본 장은 신체 각 부위에 관련된 재미있는 일화와 그에 얽힌 고사, 전설 등
에 대한 설명이다. (총 74연)

518

몸은 피와 살로 갖추어져 있고, 오관五官은 귀천의 차별이 있다.

百體皆血肉之軀, 五官有貴賤之別.

【百體】 인체의 각 부위는 백여 가지가 된다 함. (《禮記》 樂記)
【五官】 耳目鼻口形. 《荀子》 天論에 "耳·目·鼻·口·形, 能各有接而不相能也, 夫是之謂天官. 心居中虛, 以治五官, 夫是之謂天君"이라 함.

519

요堯임금의 눈썹은 여덟 가지 문채로 나뉘어 있었고, 순舜임금의 눈은 눈동자가 겹이었다.

堯眉分八彩, 舜目有重瞳.

【堯眉·舜目】 堯임금의 눈썹은 여덟 가지 색깔이었음. (《春秋元命苞》) 舜임금의 눈동자는 각각 두 개씩 겹쳐 있었다 함. (《史記》 項羽本紀贊)

520

우禹임금의 귀는 귓구멍이 셋으로 기이한 형상이었고,
탕湯임금의 팔은 팔꿈치가 넷으로 기이한 모습이었다.
耳有三漏, 大禹之奇形;

臂有四肘, 成湯之異體.

【三漏】 禹임금(大禹)의 귀는 귓구멍이 세 개씩이었다 함. (《論衡》 骨相)
【四肘】 湯임금(成湯)의 팔에는 팔꿈치가 네 개였다 함. (《論衡》 骨相)

521

문왕文王은 용의 얼굴에 호랑이눈썹이었으며, 한漢 고조高祖는 가슴이 넓고 콧잔등이 높았다.

文王龍顔而虎眉, 漢高斗胸而龍準.

【龍顔】 文王의 얼굴은 용과 같고 어깨는 호랑이와 같았다 함. (《帝王世紀》) 虎眉는 虎肩의 오기.
【斗胸】 漢 高祖(劉邦)는 가슴이 넓고 코가 매우 높았다고 함. 龍準은 콧잔등이 매우 높은 모습. (《河圖》)

522

공자孔子의 이마는 움푹 패였었고, 문왕文王의 가슴에는 네 개의 젖꼭지가 있었다.

孔子之頂若圩, 文王之胸四乳.

【圩】 孔子의 이마는 움푹 패여 이마가 넓고 사방이 튀어나온 상태였다 함. (《史記》 孔子

世家에 "孔子生魯昌平鄕陬邑. 其先宋人也, 曰孔防叔. 防叔生伯夏, 伯夏生叔梁紇. 紇
與顔氏女野合而生孔子, 禱於尼丘得孔子. 魯襄公二十二年而孔子生. 生而首上圩頂,
故因名曰丘云. 字仲尼, 姓孔氏"라 함. 圩는 凹와 같음.
【四乳】文王은 가슴에 네 개의 젖꼭지가 있었다 함. (《淮南子》脩務訓)

523

주공周公은 손바닥을 뒤로 젖힐 수 있어 주周나라를 흥하게 할
상이었고,

중이重耳는 옆구리 갈비뼈가 붙어 있어 패자가 될 상이었다.

周公反握, 作興周之相;

重耳駢脅, 爲覇晉之君.

【反握】周公의 손은 매우 부드러워 손바닥을 뒤로 젖힐 수 있었다 함. (《相法》)
【駢脅】重耳(춘추시대 晉 文公)의 옆구리 갈비뼈는 붙어 있었다 함. 《左傳》僖公 23년에
중이가 曹나라에 이르렀을 때 "及曹, 曹共公聞其駢脅, 欲觀其裸. 浴, 薄而觀之. 僖負
羈之妻曰: '吾觀晉公子之從者, 皆足以相國. 若以相, 夫子必反其國. 反其國, 必得志
於諸侯. 得志於諸侯, 而誅無禮, 曹其首也. 子盍蚤自貳焉!' 乃饋盤飧, 實璧焉. 公子受
飧反璧"이라 함. (637 참조)

524

이는 모두가 옛 성인의 뛰어난 모습으로, 범상하지 않은 귀한
생김이었다.

此皆古聖之英姿, 不凡之貴品.

525

몸과 머리카락 한 올 다치거나 상하게 해서는 안 된다 하였으니
이는 증자曾子가 항상 몸을 지키는 것을 큰 임무로 삼은 것이요,
　사람을 대하면서 도량이 커야 하나니 남이 얼굴에 침을 뱉아도
저절로 마를 때가지 기라려라 함은 누사덕婁師德이 귀하게 여긴 태
도이다.

至若髮膚不可毀傷, 曾子常以守身爲大;
　　待人須當量大, 師德貴於唾面自乾.

【曾子】효성으로 이름난 公子의 제자. 曾參. 그가 지은 것으로 알려진 《孝經》 첫머리에
"身體髮膚, 受之父母, 不敢毀傷, 孝之始也"라 함.
【師德】婁師德(630~699). 唐代 장수로 武則天 때 재상을 지냄. 그의 아우가 代州를 진
수하러 떠날 때 인내를 제일로 삼도록 당부하면서 "남이 침을 뱉더라도 그것이 얼굴에서
저절로 마를 때까지 기다려라(唾面自乾)"라 함. (《舊唐書》 婁師德傳 및 245, 310 참조)

526

참언의 말이 사람을 중상함은 쇠붙이도 녹이고 뼈도 녹일 수
있다.
　학정과 가렴주구는 그 살갗을 두드리고 그 골수를 빨아먹는다.

讒口中傷, 金可鑠而骨可銷;

虐政誅求, 敲其膚而吸其髓.

【讒言】衆口鑠金(衆口爍金)을 말함. 많은 입은 쇠도 녹임. (《戰國策》, 《史記》張儀列傳)
【虐政】鼓骨吸髓라 함. 가혹한 정치는 백성의 뼈를 두드리고 골수를 빨아먹는 일과 같음. 馮桂芬의 〈請減蘇松太浮糧疏〉에 "向來暴斂橫征之吏, 所謂鼓骨吸髓者, 至此而亦無骨可鼓, 無髓可吸矣"라 함.

527

남이 끌어당기는 것을 '체주掣肘'라 하고,
부끄러움을 모르는 것을 '후안厚顔'이라 한다.

受人牽制, 曰掣肘;

不知羞愧, 曰厚顔.

【掣肘】팔꿈치를 끌어당겨 불가함의 의견을 몰래 알리는 것. (《戰國策》)《新序》(2)에 "魯君使宓子賤爲單父宰, 子賤辭去, 因請借善書者二人, 使書憲書敎品, 魯君予之. 至單父, 使書, 子賤從旁引其肘, 書醜, 則怒之; 欲好書, 則又引之. 書者患之, 請辭而去. 歸以告魯君. 魯君曰: '子賤苦吾擾之. 使不得施其善政也.' 乃命有司, 無得擅徵發單父, 單父之化大治"라 하였으며, 《孔子家語》屈節解篇과 《呂氏春秋》具備篇에도 실려 있음.
【厚顔】厚顔無恥와 같음. 얼굴이 두꺼워 부끄러움을 모름. (《荀子》解蔽) 한편 唐나라 때 王光遠이라는 자가 권세를 부리며 백성을 괴롭히자 당시 사람들이 "光遠顔厚如千重鐵甲"이라 함.

528

의론을 잘 만들어내는 것을 '요순고설搖脣鼓舌'이라 하고,

마음속을 터놓고 이야기하는 것을 '촉슬담심促膝談心'이라 한다.

好生議論, 曰搖脣鼓舌;

共話衷腸, 曰促膝談心.

【搖脣鼓舌】 말로 선동이나 유세를 잘 하는 것. 《莊子》 盜跖에 "搖脣鼓舌, 擅生事非"
라 함.

【促膝談心】 무릎을 맞대고 마음을 터놓고 이야기함. (《抱朴子》 疾謬) 衷腸은 진실한 감
정을 뜻함.

529

'노발충관怒髮衝冠'은 인상여藺相如의 영웅스러운 기운이 드날리
는 모습이요,

'자수가열炙手可熱'은 당唐나라 최현崔鉉의 권세가 불꽃 같음을
말하는 것이다.

怒髮衝冠, 藺相如之英氣勃勃;

炙手可熱, 唐崔鉉之貴勢炎炎.

【藺相如】 전국시대 趙나라 藺相如가 完璧歸趙할 때 벽을 머리에 대고 궁궐 기둥에 함
께 부수겠다고 하면서 '怒髮衝冠(노한 기운이 관을 뚫고 나옴)'하였다 함. (《史記》廉頗
藺相如列傳 및 219, 375, 723, 738, 888 참조)

【崔鉉】唐나라 때 인물로 魏國公에 봉해졌으며 대단히 권세를 부렸던 인물이라 함. 《新唐書》崔鉉傳에 "崔鉉所善者鄭魯, 楊紹復, 段瓌, 薛蒙. 頗參議論, 時語曰: ‘鄭楊段薛, 炙手可熱; 欲得命通, 魯紹瓌蒙.’"이라 함. 炙手可熱은 원본에는 灸手可熱로 잘못되어 있음. 손을 델 정도로 뜨겁다는 뜻.

530

‘모습은 수척하나 천하가 살찔 것’이라 한 것은 당唐 현종玄宗이 자신을 두고 한 말이요,

‘입에는 꿀이지만 배에는 칼을 품고 있다’라 한 것은 이임보李林甫의 사람됨을 표현한 것이다.

貌雖瘦而天下肥, 唐玄宗之自謂;

口有蜜而腹有劍, 李林甫之爲人.

【唐玄宗】唐 玄宗이 어느 날 거울을 보고 있을 때 좌우가 "지난날보다 여위셨습니다"라고 하자 현종이 "나는 비록 여위었으나 천하는 반드시 살이 찔 것이다(吾貌雖瘦, 天下必肥)"라 함. 《新唐書》韓休傳)
【李林甫】당나라 현종 때의 재상으로 음험하여 口蜜腹劍의 고사를 낳음. 《資治通鑑》唐玄宗天寶元年 및 420, 735 참조)

531

조자룡趙子龍의 몸 전체는 담으로 되어 있어 담이 큼을 말한 것이요, 주周 영왕靈王은 태어나면서 바로 수염이 있었다 하니 천하

가 태평할 징조였다.

趙子龍一身都是膽, 周靈王初生便有鬚.

【趙子龍】趙雲(?~229). 삼국시대 蜀漢의 대장으로 자는 子龍. 일찍이 수십 騎의 군사로 曹雲의 대군에 맞서자 조조가 "몸 전체가 모두 膽이로다"(大膽한 자를 뜻함)라고 칭찬했다 함. (《三國志》蜀志 趙雲傳 주)
【周靈王】周 靈王은 태어날 때 이미 수염이 나 있어 이로써 천하가 태평할 징조라 하였음. (《左傳》昭公 26년)

532

내준신來俊臣은 죄인의 코에 식초를 부어 고문했으니 법 밖의 흉악한 짓을 한 것이요,

엄광嚴光은 황제의 배에 발을 올려놓았으니 그가 귀한 신분임을 잊었던 것이다.

來俊臣注醋於囚鼻, 法外行凶;
嚴子陵加足於帝腹, 忘其尊貴.

【來俊臣】唐나라 때 酷吏 (651~697). 그는 죄수의 코에 식초를 부어 자백하도록 고문했다 함. (《新唐書》來俊臣傳)
【嚴子陵】嚴光. 자가 子陵이었음. 劉秀가 황제(東漢 光 武帝)가 되자 은거하던 중 광 무제가 여러 차례 불렀으나 응하지 않다가 겨우 낙양에 가서 만나 밤새도록 옛정을 나누게 되었을 때 그날 밤 잠자리에서 다리를 광 무제의 배에 올려놓았음. 이튿날 太史(점치는

관리)가 "객성이 황제의 별자리를 범하더이다(客星犯帝座)"라 하자 광 무제가 "어젯밤 친구 엄광과 잠자리를 함께 했었을 뿐이오(朕與故人子陵共臥耳)"라 하였다 함. 《後漢書》逸民傳 및 89, 620 참조)

533

남에게 무릎을 꿇어보지 않았으니 곽자의郭子儀는 재상보다 높았던 것이요,

오두미五斗米를 위해 허리를 꺾지 않겠다 하여 도연명陶淵明은 관리를 위해 머리를 숙이지 않았다.

久不屈茲膝, 郭子儀尊居宰相;

不爲米折腰, 陶淵明不拜吏胥.

【郭子儀】唐나라 때 장군. (前出) 당시 田承嗣가 魏 땅을 점거하고 있을 때 郭子儀가 사람을 보내자 전승사가 사신이 오는 서쪽을 향해 절을 하면서 "나의 이 무릎이 남에게 꿇어보지 않은 지 십여 년 만에 처음으로 곽자의를 향해 무릎 꿇고 절을 하는구나(茲膝不屈于人十年矣, 今乃爲郭公拜)"라 함. 《新唐書》郭子儀傳)

【陶淵明】陶潛(356~427). 東晉의 유명한 전원詩人. 시호는 靖節. 그가 彭澤令이었을 때 군의 督郵(공문 전달자)가 와서 "정복을 차려입고 맞이해야 합니다(當束帶見之)"라 하자 "내 어찌 오두미의 작은 봉록을 위해 향리의 소아에게 허리를 꺾으리오?(吾安能爲五斗米, 折腰向鄕里小兒邪)"라 하며 그날 즉시 관직을 버리고 고향으로 돌아오며 〈歸去來辭〉를 지음. 《晉書》陶潛傳 및 20, 614, 793 참조)

534

'이제 떠나면 이 늙은이 보지 못하리'라 한 것은 양박楊璞이 처에게 받은 시이며,

'막 벗긴 닭머리 같은 살이 보이는구나'라 한 것은 당唐 현종玄宗이 양귀비楊貴妃 젖을 두고 한 말이다.

斷送老頭皮, 楊璞得妻送之詩;
新剝雞頭肉, 明皇愛貴妃之乳.

【楊璞】宋代 隱士로 眞宗이 그를 불러, 올 때 누가 詩를 지어주지 않았는가를 묻자 자신의 아내가 시를 지어 보내주었다면서 "더 이상 술에 빠지지도 말고, 더구나 미친 듯이 시 잘 짓는다고 뽐내지도 마시오. 오늘 잡혀 궁중으로 가고 나면 이번이 이 늙은이 얼굴 끝인가 하오(更無落魄眈杯酒, 切莫猖狂愛作詩. 今日捉將宮裡去, 這回斷送老頭皮)"라 하자 진종이 웃으며 돌아가게 해 주었다 함. 《東坡志林》, 《仇池筆記》)
【明皇】楊貴妃가 목욕을 끝내고 화장을 하면서 치마가 흘러 젖꼭지 하나가 노출되자 玄宗이 "부드럽고 따뜻한 계두육이 벗겨져 나왔구나(軟溫新剝鷄頭肉)"라 하였다 함. 鷄頭肉은 물속 鷄頭蓮이라는 연붉은 연꽃이 물 위로 처음 올라올 때 모습이 마치 젖꼭지 같다는 뜻. 《楊貴妃外傳》)

535

가늘고 예쁜 손가락을 '봄 죽순竹筍 같다'고 하고, 아름다운 눈길을 '추파秋波 같다'고 한다.

纖指如春筍, 媚眼若秋波.

【春筍】 봄의 여린 죽순. 여자의 예쁜 손가락을 말함. 《剪燈新話》 連理樹記에 "春筍纖纖
玉鏡前"이라 함. 王履道의 詩에 "供盤春筍楊妃指, 薦酒紅鰲西子脣"이라 함.
【秋波】 여인의 아름다운 눈동자나 눈길. 가을 물에 비친 맑은 햇빛을 뜻함. 뒤에 유혹이
라는 뜻으로 바뀜. 蘇軾의 〈百步洪〉에 "佳人未肯回秋波"라 하였으며, 黃山谷의 시에
"新婦磯頭眉黛愁, 女兒蒲口眼秋波"라 함.

536

어깨를 '옥루玉樓'라 하고, 눈을 '은해銀海'라 한다.

肩曰玉樓, 眼名銀海.

【玉樓·銀海】 도가에서 어깨를 玉樓라 하고, 눈동자를 銀海라 한다 함. 蘇軾의 〈雪後書
北臺壁〉에 "凍合玉樓寒起栗, 光搖銀海眩生花"라 함.

537

눈물을 '옥저玉筯'라 하고, 정수리를 '주정珠庭'이라 한다.

淚曰玉筯, 頂曰珠庭.

【玉筯】 玉箸와 같음. 옥으로 된 젓가락. 미녀의 눈물을 말함. 李白의 〈閨情〉에 "玉筯日
夜流"라 하였고, 《六帖》에 "魏甄后面白, 淚雙垂如玉箸"라 함.
【珠庭】 정수리. 《陳書》 高祖紀에 "珠庭日角, 龍行虎步"라 하였으며, 唐 李絳이 華州刺
史로 출임할 때 李班이 만나보고 "日角珠庭, 非庸人相"이라 함.

538

짐을 내려놓고 쉬는 것을 '식견息肩'이라 하고, 굴복하지 않는
것을 '강항强項'이라 한다.

歇擔曰息肩, 不服曰强項.

【息肩】어깨를 쉬게 함.《左傳》襄公 2년에 "鄭成公疾, 子駟請息肩於晉. 公曰:'楚君
以鄭故, 親集矢於其目, 非異人任, 寡人也. 若背之, 是棄力與言, 其誰曜我? 免寡人,
唯二三子.' 秋七月庚辰, 鄭伯睔卒"이라 함.
【强項】목이 뻣뻣함. 전혀 굽히지 않음을 뜻함. (《後漢書》楊震傳 및 289, 674, 707 참조)

539

정위丁謂는 남의 수염에 묻은 음식을 털어주었으니 그 아첨이
대단하였고,
　팽락彭樂은 칼을 맞아 삐져나온 창자를 잘라버리고 계속 전투를
하였으니 역시 용감하지 않은가?

丁謂爲人拂鬚, 何其詔也;
彭樂截腸決戰, 不亦勇乎.

【丁謂】宋나라 때 인물(966~1037). 眞宗을 섬기며 처음 寇準과 친한 사이였으나 뒤에
틈이 생김. 그가 참정이었을 때 어느 날 구준과 회식을 하면서 국물이 구준의 수염에 묻
자 이를 나서서 닦아줌. 그러자 구준이 "참정 정도면 나라의 대신인데 남의 수염이나 닦
아주어서야 되겠소?(參政, 國之大臣, 乃爲人拂鬚耶)"라고 핀잔을 주자 그때부터 사이가

멀어져 결국 구준을 밀어내고 재상이 되었다고 함. (《宋史》寇準傳 및 139, 215, 458, 509, 585, 659, 727, 808 참조)

【彭樂】北齊 때의 대장으로 그가 周文과 전투를 벌일 때 상처를 입어 창자가 배 밖으로 나오자 칼로 이를 자르고 계속 싸웠다 함. (《北史》彭樂傳)

540

제 살을 베어 아픈 상처를 때움은 눈앞의 급한 것을 우선 해결하고 보자는 것이요,

가슴을 다쳤는데 발을 만지는 것은 여러 군사를 안심시키려는 계책이었다.

剜肉醫瘡, 權濟目前之急;

傷胸捫足, 計安衆士之心.

【剜肉醫瘡】제 살을 베어 아픈 데를 때움. 뒷일을 생각지 아니하고 우선 급한 것을 처리함. 唐 聶夷中의 〈傷田家〉詩에 "이월에는 미리 길쌈 돈을 꾸어 쓰고 오월에는 새로 날 곡식 주기로 하고 꾸어먹네. 눈앞에 난 상처 고치겠다고 가슴속의 살을 베는 꼴일세(二月 賣新絲, 五月糶新穀; 醫得眼前瘡, 剜却心頭肉)"라 함. (924 참조)

【傷胸捫足】가슴을 다쳤는데 발을 만지고 있음. 楚漢戰에서 劉邦이 項羽와 대전 중에 가슴에 활을 맞자 유방이 허리를 굽혀 발을 만지며 군사를 안심시켰다 함. (《史記》高祖 本紀)

541

한漢나라 장량張良은 고조高祖의 발을 밟고 귀를 잡아당겨 한신韓

信의 요구를 들어줄 것을 일러주었고, 동방삭東方朔이 만난 팔천 년
살았다는 황미옹黃眉翁은 골수를 씻고 털을 뽑아 몸을 바꾸었다.

漢張良躡足附耳, 黃眉翁洗髓伐毛.

【張良】 楚漢戰에서 劉邦이 한창 불리할 때 韓信이 편지를 보내어 자신을 齊王으로 봉
해줄 것을 요구하자 유방이 크게 화를 내었음. 이때 張良이 유방의 발을 밟고 귀를 잡아
당겨 "허락하여 그를 안심시키십시오. 반란하도록 두어서는 안 됩니다"라 함. 《史記》淮
陰侯列傳)
【黃眉翁】 눈썹이 노란 노인이라는 뜻. 어느 날 東方朔이 바닷가에 이르러 어떤 노파가
뽕을 따는 것을 보았는데 곁에 있던 黃眉翁이 "이는 옛날 내 아내라오. 나는 밥 대신 기
를 삼키는 도인술을 행하여 9천 살이 되었다오. 3천 년에 한 번 뼈를 뒤집어 골수를 씻고
2천 년에 한 번씩 살갗을 벗기고 털을 뽑는다오. 내 이미 3번 뼈를 씻었고 5번 털을 뽑았
다오(此昔爲吾妻, 吾却食呑氣, 九千餘歲. 三千年一返骨洗髓, 二千年一剝皮伐毛, 吾
已三洗髓五伐毛矣)"라 하였다 함. 《洞冥記》)

542

윤계륜尹繼倫은 얼굴이 검어 거란군이 '흑면대왕黑面大王'이라
불렀고,
부요유傅堯兪는 송宋 태후가 '금옥군자金玉君子'라 불렀다.

尹繼倫, 契丹稱謂黑面大王;
傅堯兪, 宋后稱謂金玉君子.

【尹繼倫】宋代 장군(947~996). 그의 얼굴이 검어 거란군이 그를 黑面大王이라 불렀음.
(《宋史》尹繼倫傳)

【傅堯俞】송대의 정치가(1024~1091). 감찰사와 중서시랑 등을 역임하면서 성질이 곧고
직간을 잘하여 태황태후가 "傅侍郎, 金玉君子也"라 하였다 함. (《宋史》傅堯俞傳)

543

'흙이나 나무처럼 그대로 둔 몸' 이란 전혀 꾸미지 않은 자신을
말하고,
　'철석 같은 심장' 이란 자신의 성품을 굳건하게 지킴을 말한다.

　土木形骸, 不自妝飾;
　鐵石心腸, 秉性堅剛.

【土木形骸】몸을 말함. 자연스럽게 흙이나 나무처럼 두어도 본래 타고난 품격이 있다는
뜻. 《晉書》嵇康傳에 "嵇康, 身長七尺八寸, 美詞氣, 有風儀, 而土木形骸, 不自藻飾,
而龍章鳳姿, 天質自然"이라 함.

【鐵石心腸】마음과 의지가 철석처럼 굳셈. 皮日休〈梅花賦序〉에 "余嘗慕宋廣平之爲
人, 貞姿勁質, 剛態毅狀, 疑其有鐵石心腸, 不解吐辭婉媚乃爾"라 함.

544

서로 모여 뜻이 합하는 회담을 '득파지미得抱芝眉' 라 하고,
멀리 떠나 만나기 어려움을 '구위안범久違顏範' 이라 한다.

敍會晤, 曰得挹芝眉;

敍契闊, 曰久違顏範.

【會晤】 모여서 같은 주제를 놓고 토론하여 의견에 화합을 이룸.

【得挹芝眉】 唐代 元德秀는 자가 紫芝였는데 관직을 버리고 은거하였다. 흉년에 먹을 것이 없어도 그저 거문고나 치면서 달래고 있을 뿐이었다. 마침 친구 房琯이 그를 만나 이야기를 해보고 감탄하여 "자지(원덕수)의 神彩를 보면 사람으로 하여금 명리에 대한 마음을 모두 사라지게 한다(見紫芝眉宇, 令人名利之心都盡)"라 하였다. (《新唐書》 卓行 元德秀傳) 眉宇는 눈썹에 나타나 보이는 신채를 말한다.

【契闊】 친구로서 멀리 헤어져 있으나 변함이 없는 우정을 가진 것을 말함. 《後漢書》 獨行 范冉傳에 "行路倉卒, 非陳契闊之所"라 함.

【久違顏範】 '오래도록 그대의 훌륭한 모습을 볼 수 없다'는 뜻. 顏範은 얼굴을 뜻하며 상대를 높여 부르는 말.

545

여자 손님을 청할 때 '봉아금련奉迓金蓮'이라 하고,
친구를 청할 때는 '감반옥지敢攀玉趾'라 한다.

請女客, 曰奉迓金蓮;

邀親友, 曰敢攀玉趾.

【奉迓金蓮】 '그대의 금련을 받들어 모십니다'의 뜻. 金蓮은 남조 齊나라 潘妃의 고사. (438 참조)

【敢攀玉趾】 玉趾는 '옥과 같은 걸음걸이'라는 뜻으로 남의 행차를 높여 일컫는 것. (655 참조) 《左傳》 僖公 26년에 "寡君聞君親舉玉趾, 將辱于敝邑"이라 함.

546

'주유侏儒'는 사람의 키가 작은 것을 말하는 것이요, '괴오魁梧'
는 모습이 아주 기이하게 생긴 것을 일컫는 말이다.

侏儒謂人身矮, 魁梧稱人貌奇.

【侏儒】 키가 아주 작은 사람. 주로 궁중의 광대나 배우 역할을 하였음. 《荀子》王霸) 한
편 漢나라 東方朔이 자신의 봉록이 적은 것에 불만을 품고 주유들을 불러 "임금이 너희
들을 죽이려 한다(上欲殺汝等)"고 거짓말을 하였다. 이에 놀란 이들이 임금에게 알리자
임금이 동방삭을 불러 물었다. 이에 동방삭이 "난쟁이는 키가 3척밖에 안되는데도 월급
이 곡식 한 자루요, 저는 키가 9척이나 되는데 똑같이 곡식 한 자루입니다. 난쟁이는 배가
터져 죽고 저는 배가 고파 죽게 되어 있습니다(侏儒長三尺, 月俸一囊粟; 臣九尺餘, 月
俸亦一囊粟. 侏儒飽欲死, 而臣飢欲死)"라 하여 임금이 그 골계를 높이 샀다 함.
【魁梧】 키가 아주 큰 거인. (《史記》留侯世家贊)

547

용의 무늬에 봉황새 자태는 조정에서 큰일을 할 사람이요,
노루 머리에 쥐 눈의 형상은 초야에 묻힐 하찮은 사람의 상이다.

龍章鳳姿, 廟廊之彦 ;

獐頭鼠目, 草野之夫.

【龍章鳳姿】 제왕이나 귀인의 용모를 두고 하는 말. 용의 무늬와 봉황의 상태. 《新唐書》
太宗紀에 太宗이 어릴 때 어떤 書生이 그를 보고 "龍鳳之姿, 天日之表, 其年弱冠, 必

能濟世安民"이라 하였다 함.
【廟廊】 조정을 말함.
【獐頭鼠目】 관상법에 얼굴이 노루처럼 생기거나 쥐 눈처럼 생긴 상은 매우 빈천하거나 교활한 것으로 보았음. 《新唐書》 李揆傳에 "龍章鳳姿之士不見用, 獐頭鼠目之子乃求官"이라 함.

548

겁을 너무 심하게 먹은 모습을 일러 '외수외미畏首畏尾'라 하고,
감복하여 잊지 못함을 일러 '각골명심刻骨銘心'이라 한다.

恐怯過甚, 曰畏首畏尾;
感佩不忘, 曰刻骨銘心.

【畏首畏尾】 발끝부터 머리끝까지 겁을 먹은 모습. 《左傳》 文公 17년에 "畏首畏尾, 身其餘幾"라 함.
【刻骨銘心】 뼛속 깊이 새겨 잊지 않음. 刻骨難忘과 같음. (李白 〈上李長史書〉)

549

못생기고 추한 것을 표현할 때 '불양不颺'이라 하고, 아름다운
모습을 말할 때 '관옥冠玉'이라 표현한다.

貌醜曰不颺, 貌美曰冠玉.

【不颺】용모가 누추한 모습. 不揚과 같음. 《左傳》昭公 28년에 "昔賈大夫惡, 娶妻而美, 三年不言不笑. 御以如皐, 射雉, 獲之, 其妻始笑而言. 賈大夫曰: '才之不可以已. 我不能射, 女遂不言不笑夫!' 今子少不颺, 子若無言, 吾幾失子矣. 言之不可以已也如是! 遂如故知"라 함. (335 참조)

【冠玉】모자에 수식한 옥. 남자의 아름다움을 뜻함. 《史記》陳丞相世家에 陣平이 너무 잘생겨 마치 冠上玉과 같았으며 이를 보고 張負가 자신의 손녀딸을 아내로 주면서 "豈有美如陳平而長貧賤者乎?"라 하였다 함. 뒤에 과연 陳平은 漢 高祖를 도와 曲逆侯에 봉해진다.

550

절름발이 걸음을 '만산蹣跚'이라 하고, 귀가 먹은 것을 '중청重聽'이라 한다.

足跛曰蹣跚, 耳聾曰重聽.

【蹣跚】걸음이 뒤뚱거림. 疊韻連綿語.

【重聽】청각을 잃어서 듣지 못함. 거듭 두 번씩 말해 주어야 함. 《漢書》循吏 黃霸傳에 黃霸가 潁川太守였을 때 그 부하 長史 벼슬에 許丞方이 있었는데 나이가 들어 귀가 멀었음. 이에 郡의 綠事가 내쫓기를 품계하자 황패가 "許丞廉吏, 重聽何傷!"이라 함.

551

'기기애애期期艾艾'는 말을 더듬는 것을 일컫는 것이요,

'첩첩편편喋喋便便'은 말이 많은 모습을 말하는 것이다.

期期艾艾, 口訥之稱;
喋喋便便, 言多之狀.

【期期艾艾】말을 더듬음. 期期는 漢 高祖가 태자를 바꾸려 하자 周昌이 "臣口不能言, 然臣期期知其不可. 陛下欲廢太子, 臣期期不奉詔"라 함. 《史記》周昌傳) 그리고 晉나라 鄧艾가 文帝 앞에서 말을 더듬으며 자신의 이름 艾를 반복하자 "卿云艾艾, 定是幾艾?"라 한 데서 유래됨. 《世說新語》言語篇에 "鄧艾口吃, 語稱'艾艾'. 晉文王戲之曰: '卿云艾艾, 爲是幾艾?' 對曰: 鳳兮, 鳳兮, 故是一鳳.'"이라 함.
【喋喋便便】말이 많은 모습.

552

조심하고 조심함은 칭찬받을 일이요, 말만 크고 부끄러움을 모르는 것은 비루하게 여길 일이다.

可嘉者小心翼翼, 可鄙者大言不慚.

【小心翼翼】매우 조심하는 모습. 《詩經》에 "維此文王, 小心翼翼"이라 함.

553

가는 허리를 '유요柳腰'라 하고, 몸이 작아 약한 것을 '계륵鷄

肋'이라 한다.

　腰細曰柳腰, 身小曰鷄肋.

【柳腰】 여자의 가는 허리. (438 참조)

【鷄肋】 닭의 갈비 부분. 원래 먹을 수도 없고 버리기도 아까운 것을 비유한 말이나 여기에서는 나약한 신체를 말함. 《晉書》 劉伶傳에 유령이 어떤 속인과 다툼이 벌어져 그가 옷을 벗고 덤벼들자 "鷄肋豈足以當老拳?"이라 함.

554

남의 이가 빠진 것을 놀려 ‘구두대개狗竇大開’라 하고,

어떤 일을 결정하지 못함을 놀려 ‘수서분사首鼠僨事’라 한다.

　笑人齒缺, 曰狗竇大開;

　譏人不決, 曰首鼠僨事.

【狗竇大開】 개구멍이 크게 열림. 晉나라 張 玄祖가 8세에 이가 빠져 사람들이 "君口何爲大開狗竇?"라 놀리자 대뜸 "正使君等從此中出入"이라 하였음.

【首鼠僨事】 쥐가 머리를 내밀고 오도 가도 못하며 망설임. 僨事는 일을 그르침을 뜻하며 《大學》에 "一言僨事"라 함.

‘구중자황口中雌黃’이란 사물에 대해 말을 해놓고 자꾸 고치는
것을 말하는 것이요,

‘피리춘추皮裏春秋’란 마음속에 칭찬과 비평이 다 들어 있음을
일컫는 것이다.

口中雌黃, 言事而多改移;

皮裏春秋, 心中自有褒貶.

【口中雌黃】雌黃은 광물질로 안료로 사용함. 고대 黃紙에 글씨를 쓰다가 착오가 나면 이
자황으로 지우고 고쳐 썼음. 晉나라 王衍이 玄談을 논할 때 주장을 펴다가 자신이 없으
면 얼른 이를 고쳐 말한 데서 口中雌黃이라는 성어가 유래됨. (《晉書》王衍傳)

【皮裏春秋】겉으로는 남의 의견에 전혀 평론을 하지 않지만 마음속에는 모든 포폄을 다
하고 있음을 말함. 《春秋》는 孔子가 지은 역사책으로 포폄의 기준을 微言大義에 두고 있
음을 뜻함. 진나라 褚裒(季野)는 남의 말에 대응이 없어 이를 두고 桓彝가 "季野有皮裡
陽秋"라 함. (《晉書》褚裒傳) 여기서 '양추'는 '춘추'와 같음.

‘순망치한脣亡齒寒’은 피차 서로 의지함을 잃을 때 쓰는 말이요,

‘족상수하足上首下’란 존비尊卑의 자리가 뒤바뀜을 말하는 것
이다.

脣亡齒寒, 謂彼此之失依;

足上首下, 謂尊卑之顚倒.

【脣亡齒寒】입술이 없으면 이가 시림. 《左傳》僖公 5년에 晉나라가 虞나라의 길을 빌려
虢나라를 칠 것이라 하면서 뇌물을 주자 이를 우나라 임금이 허락하려 함. 이에 신하 宮
之奇가 "우나라와 괵나라는 입과 입술 같은 사이로 하나가 망하면 다른 하나도 온전할
수 없다"고 한 말에서 유래됨.
【足上首下】상하의 尊卑가 뒤바뀜을 말함. 《儀禮》喪服에 "父子, 首足也"라 함.

557

하는 일에 득의했을 때 '토기양양吐氣揚眉'이라 말하고,
남을 성심으로 대할 때 '추심치복推心置腹'이라 말한다.

所爲得意, 曰吐氣揚眉;
待人誠心, 曰推心置腹.

【吐氣揚眉】오랫동안의 곤액에서 벗어나 활개를 폄을 뜻함. 李白의 〈與韓荊州書〉에 "何
惜階前盈尺之地, 不使白揚眉吐氣, 激昂靑雲耶?"라 함.
【推心置腹】진심으로 사람을 대접함을 뜻함. (《後漢書》光武帝本紀)

558

마음이 황란함을 '영대가 어지럽다'라 하고, 취하여 흐트러진
모습을 '옥산이 무너졌다'라 한다.

心慌曰靈臺亂, 醉倒曰玉山頹.

【靈臺】정신을 담고 있는 신체 부분. 심장. 《莊子》庚桑楚에 "不可內於靈臺"라 함.
【玉山】몸. 玉山頹는 술에 취하여 흐트러진 모습을 뜻함. 《世說新語》容止에 山濤가 嵇康을 두고 "岩岩若孤松之獨立. 其醉也, 如玉山之將頹"라 함.

559

잠을 '흑첨黑甜'이라 하고, 누워 쉬는 것을 '식언息偃'이라 한다.
睡曰黑甜, 臥曰息偃.

【黑甜】달콤한 잠. 蘇軾의 〈發廣州〉詩에 "三杯軟飽後, 一枕黑甜餘"라 하고 自注에 "俗謂睡爲黑甜"이라 함.
【息偃】누워서 휴식을 취함. 《詩經》小雅 北山에 "或息偃在牀"이라 함.

560

'구상유취口尚乳臭'란 세상에 나이가 어려 아는 것이 없음을 말하는 것이요,
'삼절기굉三折其肱'이란 의사가 노숙하여 경험이 많은 것을 일컫는 것이다.

口尙乳臭, 謂世人年小無知；

三折其肱, 謂醫士老成諳練.

【口尙乳臭】 '입에서 아직 젖비린내가 나다'의 뜻. 어린 나이를 뜻함. 《漢書》高帝紀에 魏王 豹가 반란을 일으키자 高祖가 韓信을 시켜 치도록 하면서 酈食其에게 "저쪽 위나라 장수가 누구냐?"라 물었다. 이에 "柏植이란 자입니다"라 하자 고조가 "이는 입에서 젖비린내가 나는 녀석이니 어찌 우리 한신을 당하겠는가!(是兒口尙乳臭, 安能當吾韓信)"라 한 데서 나온 말.

【三折其肱】 남의 팔을 세 번은 꺾어봐야 명의가 된다는 뜻으로 풍부한 경험이 중요함을 뜻함. 《左傳》定公 13년에 "三折肱, 知爲良醫"라 함.

561

서시西施가 아파서 가슴을 쳤더니 그 아름다움이 더욱 더한 줄 알고,

이웃집 못생긴 여자가 이를 흉내내니 잘하려다 오히려 졸렬하게 되었도다.

西子捧心, 愈見增姸；

醜婦效顰, 弄巧反拙.

【西子捧心】 西施(西子)가 가슴이 아파 이를 두드림. (446 참조)

【醜婦效顰】 效顰은 '얼굴 찡그림을 그대로 흉내내다'의 뜻.

562

혜안慧眼을 가져야 비로소 도골道骨을 알게 되고, 육안으로는 현
인賢人을 식별해 낼 수가 없다.

慧眼始知道骨, 肉眼不識賢人.

【慧眼】 불교 용어로 진리를 터득하고 나서의 눈. 《無量壽經》에 "慧眼見眞, 能度彼岸"이
라 함.
【肉眼】 육체적인 눈. 俗眼. (《涅槃經》純陀品)

563

노비의 무릎이나 얼굴처럼 하는 것은 그 아첨하는 얼굴이 가히
혐오스럽고,
어깨까지 들썩이며 웃으며 아첨하니 그 태도를 참아내기 어렵다.

婢膝奴顏, 詔容可厭;
脅肩詔笑, 媚態難堪.

【婢膝奴顏】 노비의 무릎과 얼굴. 비굴하게 굴어 남의 환심을 사려 함을 뜻함. 陸龜蒙 〈江
湖散人歌〉에 "奴顏婢膝眞乞巧, 反以正直爲癡狂"이라 함.
【脅肩詔笑】 어깨까지 들썩거리며 웃어 아첨을 하는 것. (《孟子》滕文公 下)

564

자신의 간을 펴 보이듯이 하는 충언은 임금의 약이 되는 것이요,
부인의 긴 혀는 재앙으로 올라가는 계단이다.

忠臣披肝, 爲君之藥;
婦人長舌, 爲厲之階.

【忠臣披肝】 충신은 진심을 다해 간언을 함이 마치 자신의 간을 펴 보이듯이 함. (司馬光
〈體要疏〉)

【婦人長舌】 여자가 말이 많음을 뜻함. '화를 불러오다'의 뜻. 《詩經》 大雅 瞻卬에 "婦有
長舌, 維厲之階"라 함.

565

일이 마음먹은 대로 완성되는 것을 일러 '여원如願'이라 하고,
부끄러운 일을 저질렀을 때 '한안汗顏'이라 한다.

事遂心, 曰如願;
事可愧, 曰汗顏.

【如願】 원하는 대로 됨. 원래 靑草湖 湖神 靑洪君의 婢女 이름. 盧陵의 상인 歐明이란
자가 청초호를 지나면서 늘 배에서 물건을 호수에 던져 水神에게 고마움을 표했다. 그러
던 어느 날 한 수신의 관리가 나타나 수신 청홍군이 그대를 모셔오도록 하였다 하면서
"어떤 물건을 주거든 받지 말고 단지 如願이라는 비녀를 달라고 하라(若有所贈, 君勿取,
但求如願耳)"고 일러주었다. 이에 청홍군이 여원이라는 비녀를 주자 그를 데리고 와서
큰 부자가 되었다 한다. (《錄異記》)

【汗顔】 부끄러운 일을 하여 얼굴에 땀을 흘림.

566

사람이 말이 많은 경우를 '요설饒舌'이라 하고,
사물 중에 먹을 만한 것을 '가구可口'라 한다.

人多言, 曰饒舌;
物堪食, 曰可口.

【饒舌】 말이 많아 소문을 잘 퍼뜨림. 《北齊書》 斛律金傳) 한편 唐나라 때 閭邱胤이 丹
陽牧이었을 때 갑자기 두통이 나자 豐干라는 자가 물을 품으며 기도하자 곧바로 나았다.
여구윤이 기이하게 여겨 가르쳐줄 것을 요구하자 풍우는 國淸寺에 가면 文殊菩薩과 普
賢菩薩을 뵙게 될 것이니 그리 찾아가라 하였다. 이에 여구윤이 가보았더니 두 스님이
화로를 끼고 앉아 있었는데 바로 寒山과 拾得이었으며 "풍우는 수다쟁이구만(豐于饒舌
也)"이라 하였다 함. 《傳燈錄》
【可口】 可於口의 줄인 말. 음식이 입에 맞음. 먹을 만함.

567

은혜가 마른 뼈에까지 미치니 이는 서백西伯의 깊은 어짊이요,
쑥뜸의 고통을 나누어 했으니 이는 송宋 태조太祖의 우애였다.

澤及枯骨, 西伯之深仁;

灼艾分痛, 宋祖之友愛.

────────

【澤及枯骨】周나라 西伯(文王) 昌이 연못을 파다가 죽은 사람 뼈가 나오자 제사를 지내
고 잘 묻어줌. 이에 사람들이 "그 은택이 마른 뼈에까지 미치게 하는데 하물며 산사람에
게랴?(西伯澤及枯骨, 況於人乎)"라 함. (《新序》)
【灼艾分痛】宋 太祖가 동생이 아파 뜸을 뜨게 되었을 때 고통스러워하자 자신도 곁에서
뜸을 뜨며 고통을 함께 나누었다 함. (300 참조)

568

당唐 태종太宗은 신하가 자신의 수염으로 병을 고칠 수 있다 하
자 직접 그 수염을 잘라주었고,

안고경顔杲卿은 적을 꾸짖기를 그치지 않자 적이 그의 혀를 잘라
버렸다.

唐太宗爲臣療病, 親剪其鬚;

顔杲卿罵賊不輟, 賊斷其舌.

────────

【唐太宗】唐나라 때 李勣이 병이 들어 의사가 龍鬚(황제의 수염)를 태워 가루를 약으로
써야 한다'라 하자 太宗이 자신의 수염을 잘라 보내었다 함. (《新唐書》 李勣傳)
【顔杲卿】당나라 때의 충신이며 顔眞卿의 종형(692~756). 그가 常山太守로 있을 때 安
祿山의 난이 일어나 안진경과 함께 군사를 이끌고 후미를 끊음. 뒤에 결국 상산이 함락되
어 잡히게 되자 그 앞에서 끝없이 안록산을 꾸짖어 참다 못한 안록산이 그의 혀를 잘라버
림. (《新唐書》 忠義 顔杲卿 및 752 참조)

569

황역을 따지지 않음을 '치지도외置之度外'라 하고,

적군의 사정을 모두 통찰하고 있음을 '이입장중已入掌中'이라

한다.

不較橫逆, 曰置之度外;

洞悉虜情, 曰已入掌中.

───────────

【置之度外】 도외시함. (《後漢書》隗囂傳)

【已入掌中】 적정을 아주 깊이 알고 있어 이미 손안에 있는 것과 같이 여김. (《資治通鑑》

眞安帝義熙五年) 한편 鄒聖脈 주에 《朱子綱目》을 인용하여 劉裕가 南燕을 정벌할 때

남연이 나오지 못하자 유유가 희색이 만면하였음. 이에 좌우가 묻자 "兵已過險, 士有必

死之志. 餘糧棲畝, 人無匱乏之憂, 賊已入吾掌中矣"라 함.

570

마량馬良은 눈썹이 희어 홀로 무리 중에 뛰어났었고,

완적阮籍이 푸른 눈으로 보면 이는 호감을 가진 자라는 뜻이다.

馬良有白眉, 獨出乎衆;

阮籍作靑眼, 厚待乎人.

───────────

【白眉】 삼국시대 馬良의 하얀 눈썹으로 가장 특출하였음. (300참조)

【靑眼】 '검은 눈동자(黑眼)'를 말함. 阮籍은 속된 사람을 보면 눈을 희게 하고(白眼), 의

견이 투합하는 사람을 보면 파랗게 하기도(靑眼) 하였다 함. 《晉書》阮籍傳

571

이를 갈 미운 놈이 옹치雍齒이기에 여러 장수를 안심시킬 계책으로 그를 활용하였고,

눈물을 머금고 정공丁公을 죽인 것은 배반한 신하를 바르게 처리하는 법을 세우고자 함이었다.

咬牙封雍齒, 計安衆將之心;
含淚斬丁公, 法正叛臣之罪.

【雍齒】高祖 劉邦이 가장 미워했던 인물. 고조가 천하를 평정한 후 혈족과 공신을 봉할 때 불만들이 터지자 張良이 평소 가장 미웠던 자가 누구냐고 물었다. 고조가 雍齒라는 놈이라 하자 그러면 그자를 먼저 봉하면 다들 안심할 것이라 하였다. 이에 장량의 계책을 실행하자 모두 "옹치 같은 자도 봉을 받는데 나야 당연하겠지"라 하였다. 《漢書》高帝紀, 《新序》)
【丁公】원래 項羽의 부하대장이었으나 항우가 죽고 나자 그를 버리고 유방에게 빌붙었다. 이에 유방이 아까워하면서도 "丁公爲項王臣, 不忠"이라 하며 참형에 처해버렸다. (《史記》季布欒布列傳)

572

수레에 과일이 가득하였음은 반악潘岳이 잘생겨 여인들의 인기

를 얻었기 때문이요,

돌만 잔뜩 싣고 돌아왔음은 장맹양張孟陽이 너무 못생겨 남의
미움을 샀기 때문이었다.

　擲果盈車, 潘安仁美姿可愛;

　投石滿載, 張孟陽醜態堪憎.

【潘安仁】 晉나라 때 유명한 詩人 潘岳. (203, 477 참조) 그는 아주 훤칠한 미남이었는데
그가 밖에 나서면 많은 여자들이 과일을 던져 타고 가는 수레에 과일이 가득하였다고 한
다. (《晉書》潘岳傳)
【張孟陽】 그는 매우 못생겨 거리에 나서면 많은 아이들이 그에게 돌을 던지며 놀려 되돌
아오곤 하였다고 한다. (《語林》)

573

일 중에 괴이한 것은 부인에게 수염이 난 것이요,
사람을 놀라게 하는 소문이란 남자가 아이를 낳았다는 것이다.

　事之可怪, 婦人生鬚;

　人所駭聞, 男人誕子.

【婦人生鬚】《搜神記》 등에 여자가 수염이 났다는 이야기는 상당히 많이 실려 있다. 한편
唐나라 때 李光弼의 어머니 이씨도 수염이 수십 개가 나서 5, 6촌이나 자랐다 한다. (《舊
唐書》李光弼傳)
【男人誕子】 이러한 괴담도 역시 《수신기》 등에 널리 실려 있으며, 《晉書》五行志(下)에
"光熙元年, 會稽謝眞生子"라 하였다.

574

물건을 구해 급한 데 쓰는 것을 일러 '연미지급燃眉之急'이라
하고,

후회만 하고 이룸이 없는 것을 '서제하급噬臍何及'이라 한다.

求物濟用, 曰燃眉之急;
悔事無成, 曰噬臍何及.

【燃眉之急】눈썹이 타는 급한 상황. 《五燈會元》法泉禪師에 "問如何是急切一句? 慧
日: '火燒眉毛.'"라 함.
【噬臍何及】이를 수 없는 일. 자신의 배꼽을 물 수는 없음. 後悔莫及과 같음. 《左傳》莊
公 6년에 "若不早圖, 後君噬齊(臍)"라 함.

575

사정이 서로 아무런 관련이 없는 것은 마치 '진秦나라 월越나라
사람이 서로 뚱뚱하건 메말랐건' 하고 보는 것과 같고,

일에 근본을 따져보아야 함은 마치 훌륭한 의사가 오직 그 질환
의 정신 문제를 알아보아야 하는 것과 같다.

情不相關, 如秦越人之視肥瘠;
事當探本, 如善醫者只論精神.

576

아무런 공도 없이 녹만 먹고 있는 것을 일러 '시위소찬尸位素餐'
이라 하고,
천박하여 무능한 것을 일러 '행시주육行尸走肉'이라 한다.

無功食祿, 謂之尸位素餐;
譾劣無能, 謂之行尸走肉.

577

늙을수록 더욱 건장하여야 하니 어찌 백발을 근심하고 있겠으며,
궁할수록 더욱 굳세어야 하니 그래야 청운의 뜻이 사라지지 않

으리라.

老當益壯, 寧知白首之心?
窮且益堅, 不墜靑雲之志.

【老當益壯】 늙을수록 더욱 건장함. 唐 王勃의 〈滕王閣序〉에 "所賴君子安貧, 達人知命. 老當益壯, 寧知白首之心? 窮且益堅, 不墜靑雲之志"라 함.

578

숨소리 하나만 남았어도 이 뜻을 조금도 해이하게 함을 용납할 수 없고,

열 손가락이 가리키고 있으니 어찌 스스로 자신의 마음을 속일 수 있겠는가?

一息尙存, 此志不容少懈;
十手所指, 此心安可自欺?

【一息尙存】 조그마한 숨소리 하나만 남아 있어도 세운 의지를 소홀히 할 수 없음. 《論語》 泰伯篇 "曾子曰: '士不可以不弘毅, 任重而道遠. 仁以爲己任, 不亦重乎? 死而後已, 不亦遠乎?'"의 朱熹 주에 "一息尙存, 此志不容少懈"라 함.
【十手所指】 모든 사람이 손가락으로 가리킴. 언행이 중요함을 뜻함. 《大學》에 "十目所視, 十手所指, 其嚴乎"라 함.

579

'고대高臺'란 머리를 일컫는 말이요, '광택廣宅'은 얼굴을 일컫
는 말이다.

高臺曰頭, 廣宅云面.

【高臺】 불경에서 머리를 高臺라 하고 얼굴을 雲宅이라 함. 廣宅은 '운택'과 같은 것이
아닌가 함. (《事物異名錄》 形貌에 인용된 《黃庭經》)

580

무리와 아주 다를 때 그 수염을 '우사于思라 부른다'라 하고,
보통 사람과 아주 다르게 생겼을 때 그 손가락이 '병모騈拇가
되었다'라 한다.

頓殊於衆, 鬚號于思;
迥異乎人, 指生騈拇.

【于思】 수염을 말함. 《左傳》 宣公 2년에 "華元多鬚, 伐鄭, 爲鄭敗. 宋人歌曰: 于思于
思, 棄甲復來"라 함.
【騈拇】 엄지와 집게손가락이 붙은 상태. 《莊子》 騈拇篇에 "騈拇枝指, 豈性也哉?"라 함.
본 장과 다음 장(581) 두 장은 《復旦大本》에는 누락되고 없음.

581

하안何晏의 얼굴은 분을 바른 듯이 하얗게 희었고, 진秦 장공莊公은 얼굴에 광채가 나는 붉은빛이었다.

何平叔面猶傅粉, 秦莊公顔若渥丹.

【何平叔】 何晏(?~249). 자는 平叔. 삼국시대 魏나라 사람으로 老莊에 밝았음. 그의 얼굴은 분을 바른 듯이 희어 사람들이 傅粉何郞이라 함. (《世說新語》 容止)
【秦莊公】 춘추시대 秦나라 임금. 그는 얼굴이 붉고 광택이 있었다 함. 渥丹은 광채가 나며 붉은 모습. 《詩經》 秦風 終南에 "顔如渥丹, 其君也哉"라 함. 그러나 이는 襄公을 두고 노래한 것이며 莊公이 아님.

582

고필古弼은 머리가 붓처럼 생겨 '필공筆公'이라는 영웅의 칭호로 불렸고,
장창張蒼은 배가 박만큼 커서 후세까지 좋은 명성을 남겼다.

古尙書頭尖似筆, 偏擅英稱;

張太僕腹大如瓠, 更垂好譽.

【古尙書】 古弼(?~452). 北魏 때 尙書를 지냄. 그의 생김은 머리가 마치 붓과 같아 筆公, 筆頭라 불렸다 함. (《北史》 後魏 古弼傳)
【張太僕】 張蒼(?~B.C.152). 西漢 때의 학자로 몸이 크고 배가 불룩하였다 함. (《漢書》 張蒼傳)

583

가히 백성의 임금이 될 상이었으니 바로 유요劉曜는 수염이 다
섯 자나 되었다.

능히 제왕의 스승이 될 자였으니 장량張良은 혀를 세 촌이나 뽑
을 수 있었다.

可作生民主, 劉曜垂五尺之鬚;
能爲帝者師, 張良掉三寸之舌.

【劉曜】 십육국시대 前趙의 군주(?~329). 흉노족이었음. 그는 생김이 특이하고 수염이 5
척이나 되었었다 함. 《晉書》載記 劉曜傳)
【張良】 西漢 劉邦을 도와 漢나라를 일으킨 명신. 留侯에 봉해짐. 《史記》 留侯世家) 掉
三寸之舌은 언변에 뛰어남을 뜻함.

584

상유한桑維翰은 얼굴이 한 척이라 하였는데 재상으로서 기이한
형상이요,

비간比干은 심장에 구멍이 일곱이라 하였으니 충신으로 특이한
내장을 가진 것이다.

維翰一尺面, 宰相奇形;
比干七竅心, 忠臣異蘊.

【維翰】桑維翰(898~947). 五代 때 洛陽 사람으로 詞賦에 능했으며 처음 石敬塘의 書記였음. 뒤에 권세가 극성하여 거만금을 모으기도 하였음. 매우 키가 작으면서 얼굴은 한 자나 되었다 함. 그가 거울을 보면서 "七尺之身, 不如一尺之面"이라 자신하였다 함. (《新五代史》桑維翰傳)

【比干】殷나라 말기의 귀족이며 紂王의 숙부. 심하게 간언을 하자 주왕이 "성인의 심장은 구멍이 일곱이라던데 한번 열어보자"라 하며 그의 심장을 해부하였다 함. (《史記》殷本紀)

585

영웅은 스스로 특별한 것이 있으니 모두들 '구준寇準의 코고는 소리는 마치 우레 같았다' 하였다.

준걸은 비범함이 있으니 '왕융王戎의 눈빛은 번개와 같다'라 하였다.

英雄當自別, 僉云寇萊公鼻息如雷;

俊傑卻非凡, 始信王濬沖目光若電.

【寇萊公】寇準(139, 215, 458, 509, 659, 727, 808 참조). 宋代의 재상. 거란이 침입하여 그가 출정할 때 眞宗이 시찰을 나왔더니 코를 심하게 골며 자고 있었다 함. 이에 임금이 "이렇게 편안히 잠을 자고 있는 걸 보니 틀림없이 이길 계산이 있는 게로군. 내 무엇을 걱정하겠는가!(渠安枕如此, 必有勝算也, 朕何憂!)"라 하였다 함. (《夢溪筆談》)

【王濬沖】王戎(234~305). 자는 濬沖. 竹林七賢의 하나. 그가 태어났을 때 생김이 준수하고 해를 보아도 눈이 부시지 않다고 하여 裴楷가 이상히 여겨 "戎眼爛爛如岩下電"이라 함. (《晉書》王戎傳)

586

유비劉備는 어깨를 덮을 정도의 큰 귀였으니 필경 왕이 될 상이었으며,

가슴에 난 털이 덥수룩하니 덕겸德謙선사는 스스로 성불할 만하였다.

　　垂肩耳大, 劉先主畢竟興王;
　　蓋膽毛深, 德謙師自當成佛.

【劉先主】劉備. 삼국 蜀漢의 임금. 그의 귀는 어깨를 덮을 정도로 컸다고 함. (《三國志》 蜀志 先主傳)

【德謙】고승 德謙大師. 《德謙大師語錄》에 어떤 스님이 배례를 하면서 "사흘만 보지 않아도 옛날 본 것으로 여기지 않아야 합니다(三日不相見, 莫作舊時看)"라 하자 덕겸선사가 가슴을 열어 보이며 "너는 나의 이 가슴 털이 몇 가닥이 있다고 말할 수 있는가?(你道我這裡有幾莖蓋膽毛)"라 하였다 함. 선문답의 일종임. 蓋膽毛는 가슴의 털을 말함.

587

악비岳飛는 등에 글씨를 새겼으니 충성을 다할 것을 더욱 보인 것이요,

영포英布는 이마에 묵형을 받은 흔적을 가지고 있으나 어찌 그것이 추하게 보였겠는가?

　　岳公刺背間之字, 愈見心忠;

英布黥面上之痕, 何嫌貌醜?

【岳公】岳飛(1103~1142). 金나라의 남침에 맞서 싸웠던 南宋의 명장. 그의 어머니가 그
의 등에 盡忠報國의 네 글자를 문신하였으며 그가 전공을 세우자 高宗이 精忠岳飛라는
비단 旗를 내려주었다 함. (《宋史》岳飛傳 및 707, 710 참조)
【英布】西漢의 명장으로 젊을 때 죄를 지어 이마에 묵형을 받아 黥布라 불림. 처음 項羽
를 따라 나서 九江王이 되었다가 劉邦에게 귀부하여 淮南王에 봉해짐. (《史記》黥布傳)

588

소칙蘇則은 정직하여 자신의 무릎을 어찌 간신배의 베개로 삼도
록 두었겠는가?

임온林蘊의 진실한 충성은 자신의 목이 못된 자의 숫돌로 삼도
록 하지는 않았다.

蘇生正直, 膝豈容佞士作枕頭;

林蘊精忠, 項不使頑奴爲砥石.

【蘇生】蘇則. 삼국 魏나라 때 인물로 董昭가 어느 날 그의 무릎을 베고 눕자 소칙이 이
를 내려놓으면서 "소칙의 무릎이 교활한 자의 베개가 될 수 없지(昭則膝非佞人枕)"라고
함. (《三國志》魏志 蘇則傳)
【林蘊】唐나라 때 인물로 劉闢이 반란을 일으키자 이를 심하게 꾸짖음. 이에 그를 회유
하고자 칼을 그의 목에 대고 가는 시늉을 하며 위협을 하자 도리어 "죽는 것은 죽는 것이
다. 그러나 내 목이 어찌 숫돌이겠는가?(死便死, 吾項豈砥石耶)"라 하였다 함. (《新唐書》
儒學 林蘊傳)

589

저연褚淵의 수염은 창과 같았으나 어찌 그것이 난을 일으키라는
것이었겠는가?

이담李瞻의 쓸개는 되만큼 컸으나 대절을 어그러뜨리는 데 쓰지
는 않았다.

彦回之鬚似戟, 豈爲亂階;
李瞻之膽如升, 不虧大節.

【彦回】褚淵(435~482). 남조 宋 文帝의 사위. 자는 彦回. 어느 날 저녁 늦도록 그가 관
서에 있을 때 공주가 찾아왔으니 전혀 움직이지 아니하자 공주가 "그대의 수염은 마치 창
처럼 날카로운데 어찌 장부의 기개는 없소?(公鬚如戟, 何得無丈夫氣)"라 함. 이에 저연
은 "내 비록 민첩하지 못하나 감히 먼저 나서서 계단을 뛰어넘을 수 없소(回雖不敏, 不
敢首爲亂階)"라 함. 결국 그는 蕭道成(남조 齊나라 첫 황제)과 모의하여 송나라를 멸하
고 제나라의 南康郡公의 봉을 받았음. 《南史》 褚淵傳)
【李瞻】남조 梁나라 侯景의 난 때 李瞻이 나서서 이를 막다가 결국 적에게 잡혀 살해되
었는데 그때 그의 배를 갈라보니 쓸개가 되(승)만한 크기였다 함. 《南史》 侯景傳)

590

장수양張睢陽의 매운 열기는 손을 쥐어 손톱이 뚫고 나올 정도
였고,

노중련魯仲連의 의를 위한 꾸짖음은 이빨을 물어 이가 잇몸을 뚫
을 정도였다.

張睢陽鼓烈氣, 握拳透爪;

　魯仲連噴義聲, 嚼齒穿齦.

【張睢陽】張巡. 그가 叛軍을 심하게 꾸짖어 손을 쥐어 그 손톱이 손바닥을 뚫고 나왔다
함. 그러나 《舊唐書》張巡傳에는 이런 기록이 없음.
【魯仲連】전국시대 魯仲蓮이 난신을 꾸짖으며 이를 갈아 이빨이 잇몸을 뚫고 들어갔다
하나 《史記》魯仲連鄒陽列傳, 《戰國策》 등에는 이런 기록이 없음. 그러나 蘇軾의 《東坡
志林》偶書에 "張睢陽生猶罵賊, 嚼齒穿齦; 顔平原死不忘君, 握拳透掌"이라는 표현이
있어 이를 인용한 것이 아닌가 함.

591

당진党進은 배만 불룩하였지 지모는 많지 못하였고,

　이위李緯는 한갓 수염이나 만지기를 좋아하였으니 그 나이에 맞
는 인물이라 하기에는 부족하였다.

　党進雖然大腹, 非多算之人也;

　李緯徒有好鬚, 不足齒之傖歟.

【党進】北宋 때 인물(약 929~약 979)로 都指揮使, 節度使 등을 지냈으며 힘만 세고 지
모는 없었다 함. (李燾 《長編》)
【李緯】唐 초 인물로 太宗이 李緯 尙書를 임명하려 하자 房玄齡이 "그는 수염이나 만지
기를 좋아하는 자입니다(此人好鬚)"라 하며 그의 무능함을 일러주자 할 수 없이 洛州刺
史로 보내버렸다 함. (《舊唐書》房玄齡傳) 傖은 남을 낮추어 부르는 말. '녀석' 정도에
해당함.

- 古謂思想本諸心, 今謂靈智原於腦.
- 大腦居小腦之前, 脊髓在延髓之下.
- 腦神經, 脊神經, 分布全體; 知覺系, 運動系, 各有專司.
- 骨胳爲撐拄之干, 肌肉有伸縮之能.
- 外部之作用, 五官四肢主之; 內部之機關, 五臟六腑司之.
- 消化器, 呼吸器, 循环器, 排泄器, 相助爲用; 多血質, 膽汁質, 神經質, 粘液質, 所稟不同.
- 爲健全之身體, 斯有健全之精神; 欲保衛其身家, 必先保衛其軀干.
- 故敎育家恒重體育, 而生理學兼及衛生.

18. 의복 衣服

본 장은 역대 이래 의복의 명칭과 유래, 그리고 인의예절을 위한 복식 제도에 대한 설명을 의복에 관련된 일화와 고사 등을 들어 설명하고 있다. (총 36연)

592

모자를 '원복元服'이라 하고, 옷을 '신장身章'이라 한다.

冠稱元服, 衣曰身章.

【元服】元은 頭와 같아 머리에 쓰는 모자를 元服이라 함. 《儀禮》士冠禮 《釋名》에 "冠居首, 故曰元服"이라 함.
【身章】몸을 장식하여 신분을 나타냄. 《身章撮要》에 "衣服, 身之章也"라 함. (635 참조)

593

'변弁', '후冔', '면冕'은 모두 모자에 대한 호칭이요,
'이履', '석舃', '사屣'는 모두가 신발에 대한 이름이다.

曰弁‧曰冔‧曰冕, 皆冠之號;
曰履‧曰舃‧曰屣, 悉鞋之名.

【弁‧冔‧冕】弁은 귀족의 모자로 皮弁(무관)과 爵弁(문관)의 구별이 있었음. 《尙書》金縢) 冔 역시 殷代의 모자로 《儀禮》士冠禮에 "周弁, 殷冔, 夏收"라 함. 冕은 제왕이나 제후 및 경대부들이 쓰던 모자. (《淮南子》主術)
【履‧舃‧屣】모두 신발의 명칭. 《身章撮要》에 "朝服曰履, 祭服曰舃, 燕服曰屣"라 함.

594

높은 벼슬하는 자의 명복命服에는 '구석九錫'이 있고, 선비가 처음 관례를 행할 때는 '삼가三加'라는 것이 있다.

上公命服有九錫, 士人初冠有三加.

【九錫】고대 帝王이 공이 있거나 권세가 있는 제후에게 내리던 9가지 물건. 《禮緯》에 "禮有九錫: 一輿馬, 二衣服, 三樂則, 四朱戶, 五納陛, 六虎賁, 七弓矢, 八斧鉞, 九秬鬯"이라 함. (《說苑》 등) 命服은 一命부터 九命까지의 관직 등급에 맞는 복장을 말함.
【三加】고대 남자가 冠禮(성년식) 때 바꾸어 쓰는 모자. 처음에는 緇布冠을 쓰며 다음으로 皮弁, 세 번째로 爵弁을 씀. (《儀禮》 士冠禮)

595

'잠영簪纓', '진신縉紳'은 벼슬하는 자를 칭하는 것이요,
'장보章甫', '봉액縫掖'은 유가들이 입는 복장을 말한다.

簪纓 · 縉紳, 仕宦之稱;
章甫 · 縫掖, 儒者之服.

【簪纓 · 縉紳】簪은 비녀, 纓은 갓끈. 고대 귀족의 장식. 縉紳은 허리띠로 笏을 꽂을 수 있도록 한 장식. 모두 귀족의 장식을 가리키며 귀족, 紳士라는 뜻으로 쓰임.
【章甫 · 縫掖】章甫는 모자. 《禮記》 儒行에 "孔子長居宋, 冠章甫之冠"이라 함. 縫掖은 逢衣라고도 하며 소매가 넓은 옷으로 儒者들이 입었음. 《예기》 유행에 "孔子少居魯, 衣縫掖之衣"라 함.

‘포의布衣’란 벼슬 없는 평민을 일컫는 말이며, ‘청금靑衿’이란 생원을 지칭하는 말이다.

布衣卽白丁之謂, 靑衿乃生員之稱.

【布衣】 아무런 벼슬이 없는 평민. 고대 평민은 마포로 짠 옷을 입게 되어 있었음. 《史記》 孔子世家에 “孔子布衣, 傳十餘世, 學者宗之”라 함.
【白丁】 역시 아무런 벼슬이 없는 평민. 평민은 흰색을 입게 되어 있었음. (《北史》 李賢傳)
【靑衿】 靑襟으로도 쓰며, 옷섶을 푸른색으로 하여 공부하는 젊은이들이 입었음. 《詩經》 鄭風 子衿에 “靑靑子衿”이라 한 데서 유래됨.
【生員】 唐代 學館에 정원이 있어 이에 선발된 학생을 뜻함. (《新唐書》 選擧志 上)

‘갈구이상葛屨履霜’이란 시의에 맞지 않게 검소하고 인색함을 꾸짖는 말이요,
‘녹의황리綠衣黃裏’란 귀천의 질서가 뒤바뀌었음을 기롱하는 말이다.

葛屨履霜, 誚儉嗇之過甚;
綠衣黃裏, 譏貴賤之失倫.

【葛屨履霜】 葛屨는 칡으로 만든 신발로 여름에 신게 되어 있음. 여기서는 이를 ‘겨울에

신고 서리를 밟는다'는 뜻으로 시의에 맞지 않음을 뜻함. 《詩經》魏風 葛屨에 "糾糾葛
屨, 可以履霜"이라 함.
【綠衣黃裏】녹색은 잡색으로 천한 신분이며 황은 정색으로 귀한 신분을 뜻함. 겉에 녹색
을 입고 속에 황색을 입어 귀천이 뒤바뀜을 뜻함. 《시경》邶風 綠衣에 "綠兮衣兮, 綠衣
黃裡. 心志憂矣, 曷維其已"라 함.

598

웃옷을 '의衣'라 하고, 아래옷을 '상裳'이라 하며,
옷의 앞단을 '금襟'이라 하고, 옷의 뒷단을 '거裾'라 한다.

上服曰衣, 下服曰裳;
衣前曰襟, 衣後曰裾.

【衣·裳】衣는 저고리, 裳은 치마. (《釋名》釋衣服)
【襟·裾】襟은 깃, 뒤에 옷의 앞쪽 폭을 말함. (《爾雅》釋器) 裾는 뒤쪽 폭. (《方言》四)

599

낡은 옷을 입은 것을 '남루襤褸하다'라 하고, 아름다운 옷을 입
은 것을 '화거華裾하다'라 한다.

敝衣曰襤褸, 美服曰華裾.

【襤褸】옷이 허름함을 표현하는 雙聲連綿語.《方言》(四)에 "以布而無緣, 敝而紩之, 謂之襤褸"라 함.
【華裾】화려하고 좋은 옷. 李賀의 〈高軒過〉에 "華裾纖翠靑如蔥"이라 함.

600

'강보襁褓'는 어린아이의 옷이요, '변모弁髦'는 어린아이의 장식이다.

襁褓乃小兒之衣, 弁髦亦小兒之飾.

【襁褓】어린아이를 싸는 포대기. (《玉篇》)
【弁髦】弁은 緇布冠으로 검은색의 베로 만든 고깔모자. 髦는 어린아이의 검은 머리카락.

601

'좌임左衽'은 오랑캐의 복장이요, '단후短後'는 무사의 복장이다.

左衽是夷狄之服, 短後是武夫之衣.

【左衽】옷을 왼쪽으로 여밈. 이를 이민족의 복장 풍습으로 여겼음.《論語》憲問에 "微管仲, 吾其披髮左衽矣"라 함.
【短後】뒤쪽 폭을 짧게 한 옷으로 무사들이 말을 타기에 편하도록 만든 옷을 말함. (《莊子》說劍)

602

존비가 질서를 잃음은 마치 '모자와 신발이 거꾸로 뒤바뀐 것과 같다'라 하고,

부귀해지고 고향에 돌아가지 않음은 마치 '비단옷 입고 밤길 다니는 것과 같다'라 한다.

尊卑失序, 如冠履倒置;

富貴不歸, 如衣錦夜行.

【冠履倒置】머리에 쓸 것을 발에 대고 신발로 신을 것을 머리에 씀. 존비나 귀천이 뒤바뀜을 비유한 것. 《史記》儒林列傳에 "冠雖敝, 必加於首; 履首新, 必關於足. 何者? 上下之分也"라 함.

【衣錦夜行】錦衣夜行과 같음. 項羽가 咸陽을 점령하고 나서 고향에 돌아가고 싶은 생각에 "부귀하고 나서 고향에 돌아가지 않는 것은 밤에 비단옷을 입고 다니는 것과 같다(富貴不歸故鄕, 如衣錦夜行)"라 한 데서 유래됨. (《史記》項羽本紀, 《漢書》項籍傳)

603

여우 외투를 삼십 년 입은 것은 안자晏子의 검소함을 칭한 것이요,

비단 휘장을 오십 리 둘렀다는 것은 석숭石崇의 부귀를 부러워함이다.

狐裘三十年, 儉稱晏子;

錦幛五十里, 富羨石崇.

【晏子】 춘추 말기 齊나라 대부 晏子(晏嬰)는 검소하여 검은 여우 가죽 외투를 30년이나 입었다 함. (《孔子家語》, 《晏子春秋》, 《史記》管晏列傳)
【石崇】 晉나라 때 큰 부자, 자는 季倫(249~300). 金谷園에 화려한 집을 짓고 살았으며 王愷와 사치를 다툰 일로 유명함. 왕개 등이 武帝의 지지를 받아 궁중 보물까지 가지고 와서 경쟁하였으며 왕개가 자주색 비단 휘장을 40리를 치자 石崇은 50리를 둘러쳤다 함. (《世說新語》汰侈 및 980 참조)

604

맹상군孟嘗君에게는 구슬 신발을 신은 식객이 삼천 명이나 되었고, 우증유牛僧孺에게는 금비녀를 꽂은 비첩이 열두 줄로 세울 만큼 많았다.

孟嘗君珠履三千客, 牛僧孺金釵十二行.

【孟嘗君】 田文. 戰國四孔子의 하나로 그의 문하에 3천 식객이 있었음. 그 식객이 모두 구슬 신발을 신었다 함은 春申君(黃歇)의 일화임. (《史記》孟嘗君列傳, 春申君列傳)
【牛僧孺】 唐代 정치가로 節度使, 兵部尙書 등을 지냄. 그가 자신은 鐘乳石(당시 丹藥으로 여겼음)을 먹고 비첩 미녀가 많다고 자랑하자 白居易가 "鐘乳三千兩, 金釵十二行"이라 詩를 써서 보냄. (《山堂肆考》魚集 23) 이에 '金釵十二行'은 금비녀 꽂은 미녀 비첩을 12줄이나 세울 수 있다는 뜻으로 많은 비첩을 거느리고 있음을 말함. (1197 참조)

605

천금 값의 비싼 외투는 여우 겨드랑이 털 하나로 만들 수 있는 것이 아니요,

온몸에 비단을 두르고 다니는 자는 누에 치는 자가 아니더라.

千金之裘, 非一狐之腋;
綺羅之輩, 非養蠶之人.

【千金之裘】이는 《史記》 劉敬叔孫通列傳에 실려 있음. 한편 《韓詩外傳》(7)에 "千羊之皮, 不若一狐之腋; 衆人諾諾, 不若一士之諤諤. 昔者, 商紂默默而亡, 武王諤諤而昌"이라 함. 《新序》(1), 《史記》 趙世家, 《藝文類聚》(58) 등에도 널리 전재되어 있음.
【綺羅之輩】이는 宋代 張俞 〈蠶婦〉 詩의 구절임. "어제 시내에 나갔다가 돌아올 때는 수건에 눈물 가득. 온몸 비단 두른 자, 누에 치는 자는 아니더라(昨日到城郭, 歸來淚滿巾. 遍身綺羅者, 不是養蠶人)"라 함.

606

귀한 자는 자리와 깔개를 두 겹으로 하지만, 가난한 자는 홑겹 베옷조차 온전한 것이 없다.

貴者重裀疊褥, 貧者短褐不完.

【重裀疊褥】裀은 茵과 같으며 두 겹의 깔개, 褥 역시 따뜻하게 깔고 앉는 자리를 말함. (《孔子家語》致思) 부자는 이를 두 겹씩 깔고 앉음.

【短褐不完】홑겹의 얇은 베옷. 매우 가난함을 뜻함. 가난한 이는 이것조차 온전한 것이
없음. 《漢書》貢禹傳에 "妻子糠豆不贍, 裋褐不完"이라 함.

607

복자하卜子夏는 너무 가난하여 꽁지 빠진 메추라기와 같은 옷을
백 군데나 꿰맨 것이요,
　공손홍公孫弘은 매우 검소하여 베옷을 십 년이나 입었다.

　卜子夏甚貧, 鶉衣百結;
　公孫弘甚儉, 布被十年.

【卜子夏】卜商. 공자의 제자로 문학에 뛰어났으며 매우 가난하게 살았다 함. 《荀子》大
略에 "卜子夏家貧, 徒有四壁, 衣若縣鶉"이라 함. 鶉衣의 鶉은 메추라기. 이 새는 꽁지
가 빠져 마치 백 군데를 꿰맨 것 같다 함.
【公孫弘】漢代 학자로 재상을 지냈으며 武帝 때 平津侯에 봉해짐(B.C.200~B.C.121).
그는 매우 검소하여 베 이불에 고기도 먹지 않았다 함. (《史記》平準書)

608

　'남주관면南州冠冕' 이란 사마휘司馬徽가 방통龐統이 여러 사람에
게 뛰어남을 칭찬한 표현이요,
　'삼하영수三河領袖' 란 최호崔浩가 배준裴駿의 출중함을 부러워서
한 말이다.

南州冠冕, 德操稱龐統之邁衆;

三河領袖, 崔浩羨裴駿之超群.

【德操】司馬徽(?~208). 東漢 때의 인물로 자는 德操. 사람을 보는 눈이 뛰어나 水鏡이라 불렸으며 諸葛亮과 龐統을 劉備에게 추천함. 방통(179~214)은 제갈량과 함께 鳳鶵라 불림. 《三國志》蜀志 龐統傳) 그가 젊을 때 사마휘를 찾아가자 말을 나누어본 사마휘가 그를 "生當爲南州士之冠冕"이라 칭찬함. 이에 재예가 뛰어난 자를 일컬어 南州冠冕이라 함.

【崔浩】北魏 때 인물로 서예와 천문 역법에 뛰어났던 학자(381~450). 裴駿 역시 북위인으로 위 太祖 때 中書博士를 지냄. 그가 태조의 마음에 들어 태조가 칭찬할 때마다 崔浩 역시 이를 칭찬하여 '삼하의 영수'라 칭하였음. 《北史》裴駿傳) '삼하'는 河東, 河內, 河南을 가리키며 당시 북위는 이 지역을 관할하고 있었음.

609

순舜임금이 처음으로 복장의 제도를 만들었으니 이는 그의 다스림에 덕이 있도록 명한 것이요,

소후昭侯는 낡은 바지를 갈무리해 두었으니 이는 공 있는 자를 기다리기 위함이었다.

虞舜製衣裳, 所以命有德;

昭侯藏敝袴, 所以待有功.

【虞舜】舜임금. 이름은 重華이며 有虞氏였음. 그가 처음으로 의복 제도을 제정하였다

함. 《尚書》益稷에 "帝曰: 予欲觀古人之象, 日月星辰, 山龍華蟲作會; 宗彝藻火粉米黼黻絺繡, 以五彩彰施於五色, 作服"이라 함.
【昭侯】 전국시대 韓나라 군주. 申不害를 등용하여 훌륭한 정치를 실현함. 그가 낡은 바지를 갈무리해 두도록 명하자 신하가 "어찌 좌우에게 주지 않습니까?(何不賜左右)"라 물었다. 이에 昭侯는 "吾聞明主愛一嚬一笑, 玆袴豈特嚬笑哉, 吾必待有功, 故藏之"라 하였다. (《韓非子》內儲說上)

610

당唐 문종文宗은 옷을 세 번 빨아 입었고, 진晉 문공文公은 비싼 외투를 귀하게 여기지 않았다.

唐文宗袖經三浣, 晉文公衣不重裘.

【唐文宗】 唐나라 文宗이 어느 날 신하들에게 자신의 옷을 들어 보이며 "此衣已三浣矣"라 하였다 함. (《新唐書》柳公權傳 및 510, 791 참조)
【晉文公】 춘추시대 晉나라 군주. 春秋五霸의 하나. 獻公의 아들로 이름은 重耳. 19년간 망명 생활 끝에 돌아와 즉위한 다음, 사치의 폐해를 바로잡아 스스로 화려한 가죽 외투는 입지 않았다 함. (《尹文子》大道)

611

'옷이나 신발이 헤어지지 않으면 바꾸지 말라' 했으니 세상에 요堯임금의 훌륭함을 칭하는 것이요,
    '새 옷을 입어 헌 옷이 되게 하지 않고서야 어찌 헌 옷이 있겠는

가'라 한 것은 환충桓沖의 부인이 권한 말이다.

衣履不敝, 不肯更爲, 世稱堯帝;
衣不經新, 何由得故, 婦勸桓沖.

【堯帝】堯임금. 그는 옷과 신발은 추위와 더위를 막기 위한 정도면 족하다 하였음. 《帝堯本紀》에 "布衣掩形, 鹿裘禦寒. 衣履不敝, 不更爲也"라 함.

【桓沖】東晉 때 인물(328~384)로 새 옷으로 갈아입기를 지극히 싫어하여 아내가 목욕 후 고의로 새 옷을 바치자 크게 화를 내는 것을 보고 "새 옷을 입지 않으면 어찌 헌 옷이라는 것이 생겨나겠소?"라 하여 깨우쳤다 함. 《世說新語》賢媛에 "桓車騎不好箸新衣, 浴後, 婦故送新衣與; 車騎大怒, 催使持去. 婦更持還, 傳語云: '衣不經新, 何由而故?' 桓公大笑, 箸之"라 함. (336 참조)

612

왕씨王氏의 딸이 미간을 꽃무늬 장식을 붙여 가린 것은 위고韋固의 칼에 찔린 자국 때문이요,
양귀비楊貴妃가 젖을 가리는 작은 속저고리를 입은 것은 안록산安祿山의 손톱 자국을 숨기기 위한 것이었다.

王氏之眉貼花鈿, 被韋固之劍所刺;
貴妃之乳服訶子, 爲祿山之爪所傷.

【韋固】중매쟁이(月下老人)를 만났던 唐나라 때 인물. (412, 418 참조) 그가 월하노인을

만나 나중에 자신의 처가 될 사람이 누구냐고 묻자 "그대 아내 될 사람은 지금 세 살로 성 북쪽에서 채소 장사를 하는 陳氏 할머니의 딸이다"라 하였다. 韋固가 그를 찾아가 보았더니 그 여아는 너무나 못생겨 차마 볼품이 없었다. 이에 위고는 노비를 시켜 몰래 그를 죽여버리도록 하였다. 그런데 그만 던진 칼이 그 아이의 미간에 맞아 상처만 내고 말았다. 14년 후 위고가 相州刺史가 되어 王泰의 딸을 아내로 맞았는데 아내는 언제나 미간에 꽃무늬 장식을 붙여 감추고 다니는 것이었다. 이를 묻자 아내는 "부친은 宋城 宰의 벼슬을 하다가 돌아가셨는데 집이 몰락하여 유모가 자신을 채소 장사를 하면서 길렀고 그 때 어떤 자가 칼을 던져 입은 상처가 지금까지 남아 있는 것"이라 하였다. (《續幽怪錄》)
【貴妃】 당 玄宗의 애첩이었던 楊貴妃. 그는 늘 젖을 가리는 작은 속저고리를 입었는데 이는 安祿山과 사통할 때의 손톱 자국이 남아 있어 이를 감추기 위한 것이었다 함. (《事物記原》 衣裘帶服) 안녹산(?~757)은 본성은 康氏, 어머니가 돌궐인 安延偃에게 개가하자 성을 安氏로 바꾸었으며 지략이 있고 여섯 나라의 말을 할 줄 알았다 함. 뒤에 현종에게 총애를 입어 현종이 양귀비의 양자로 삼도록 하였음. 그는 결국 755년 반란을 일으켜 (安史之亂) 당나라를 뒤흔들었으며 2년 뒤 그 아들과 함께 참수당함. (741 참조) 詞子는 '아들을 꾸짖다'는 뜻으로 젖을 더 먹지 못하도록 아들을 꾸짖으며 젖을 가리는 작은 저고리를 말함.

613

강굉姜肱은 아우들과 우애가 깊어 장가간 후에도 형제가 매일 밤 큰 이불을 함께 덮고 잤고,

왕장王章은 미천할 때 부부가 밤에 소 덮어주는 덕석을 이불 삼아 추위를 견뎠다.

姜氏翕和, 兄弟每宵同大被;
王章未遇, 夫妻寒夜臥牛衣.

【姜氏】姜肱. 後漢 때 인물로 아우 仲海, 季江과 우애가 너무 깊어 각기 장가를 들고도 함께 큰 이불을 만들어 덮고 잤다 하여 이를 '강씨 이불(姜被)'이라 하였다 함. (《後漢書》 江肱傳 및 300 참조)

【王章】西漢 때 인물(?~B.C.24). 그가 젊어 長安에서 공부할 때 牛衣를 덮고 추위를 견뎠음. 그러나 가난을 못 이겨 결국 아내와 헤어지자고 하자 아내는 "장안에 나에게 존중받기로 그대를 넘어서는 자가 누가 있소? 지금 용기를 내지 않고 도리어 눈물을 흘리다니 어찌된 일이요?(京師尊重, 誰逾君者? 今不激昂, 反涕泣何也)"라 격려하였다 함. 뒤에 그는 京兆尹의 높은 관직에 올랐음. (《漢書》王章傳) 牛衣는 '덕석'을 말하며 겨울에 추위를 막기 위해 소 등을 덮어주는 짚으로 짠 가마니나 멍석 따위로 牛被라고도 함.

614

허리띠만 띠고 가벼운 외투만 입고 싸움에 나서지 않았으니 양호羊祜는 '사문장군斯文將軍'이라 할 수 있었고,

칡 모자에 거친 복장을 하였으니 도연명陶淵明은 정말로 '육지의 신선陸地神仙'이었다.

緩帶輕裘, 羊叔子乃斯文主將;

葛巾野服, 陶淵明眞陸地神仙.

【羊叔子】羊祜(221~278). 자는 叔子. 西晉 때 인물로 그가 襄陽을 진수할 때 마침 晉 武帝가 魏나라를 없애고 吳나라를 칠 계획을 세우자 그는 吳나라 사람에게 은덕을 입었던 일이 있어 전쟁은 하지 않고 호위병 수십 명만 데리고 산수를 유람하며 詩를 짓고 있어 당시 그를 斯文將軍이라 불렀다 함. (《晉書》羊祜傳)

【陶淵明】陶潛. 그는 청빈하였으나 詩와 술로 살아 사람들이 陸地神仙이라 불렀다 함.

《宋書》陶潛傳 및 20, 533, 793 참조)

615

복장이 바르지 않으면 그 몸에 재앙을 불러오는 법이요,

　거친 옷을 입고도 부끄러워하지 않은 자로는 그 의지가 뛰어난
것이로다.

　服之不衷, 身之災也;

　緼布不恥, 志獨超歟.

【服之不衷】《左傳》僖公 24년에 鄭子臧이 羽毛로 모자를 만들어 쓰기를 즐겨하자 鄭伯
이 미워하여 죽여버림. 이에 사람들이 "복장이 옳지 않으면 그 몸에 재앙을 불러온다(服
之不衷, 身之災也)"라 하였음.
【緼布不恥】孔子가 子由(子路)를 칭찬한 말. 《論語》子罕篇에 "衣敝緼布, 與衣狐貉者
立 而不恥者, 其由也歟"라 함.

<衣服>편 '增文' 12聯

616

해치獬豸의 모습으로 만든 모자는 법관이 쓰는 것이요,

연꽃으로 해 입은 옷이란 은자의 복장을 말한다.

製豸作法冠, 裁荷爲隱服.

【豸】獬豸. 전설 상의 동물로 두 사람이 싸울 때 곁에 있다가 옳지 못한 자를 판별하여 뿔로 찌른다 함. 이에 따라 법원 앞에 이 형상을 만들어 세우고 법관은 獬豸冠의 모자를 씀. (《後漢書》輿服志)
【隱服】隱者의 복장. 屈原의 〈離騷〉에 "製菱荷以爲衣兮, 集芙蓉以爲裳"이라 함.

617

왕교王喬는 신선 세계의 벼슬아치로 그 신발이 하늘로 날아와 오리가 되었고,

이부인李夫人은 아름다운 여자로 선물 받은 비녀가 궁중에서 제비로 변하였다.

王喬屬仙令, 舃飛天外之鳧;
李后是嬌姝, 釵化宮中之燕.

【王喬】東漢 顯宗 때 인물로 신선술을 부릴 줄 알았던 方士. 그가 縣令이 되어 조정에 나타날 때면 그의 신발을 오리로 변하게 하여 하늘로부터 날아오게 하였다 함. (《後漢書》 方術傳, 《搜神記》 및 981, 1176 참조)
【李后】漢 武帝의 애첩이었던 李夫人. 어느 날 무제가 그에게 백옥의 비녀(白玉釵)를 선물하여 이를 화장갑에 넣어두었는데 나중에 열어보았더니 옥 제비(玉燕)로 변하여 날아가 버렸다 함. (《洞冥記》) 그러나 《洞冥記》에는 成帝가 趙婕妤(趙飛燕)에게 준 것으로 되어 있음. (889 참조)

618

'기생은속肌生銀粟'이란 추울 때 누가 따뜻한 자타니紫駝尼라는 모포를 보내줄까 하는 뜻이요,

'견용옥루肩聳玉樓'란 따뜻한 봄에 나들이 나가 기운 옷을 벗어 버림을 말한다.

肌生銀粟, 是誰寒贈紫駝尼;

肩聳玉樓, 有客暖捐紅衲襖.

【肌生銀粟】 너무 추워 피부에 닭살이 돋는 것.

【紫駝尼】 서북 소수 민족이 사용하는 모포의 일종으로 매우 따뜻하다 함. 黃庭堅 〈次陳榮緖惠示之字韻〉에 "飢餐靑秔飯, 寒贈紫駝尼"라 함.

【肩聳玉樓】 玉樓는 어깨를 뜻함. 張平子라는 자가 봄나들이를 가서 웃옷을 모두 벗자 친구가 "감기 조심하라"고 함. 이에 그는 "봄이 어깨로 들어오는데 옷을 벗지 아니하면 코로 나갈까 겁이 난다" 하였다 함.

619

충성을 다하여 황제에게 사랑을 받으니 적인걸狄仁傑은 금으로 글씨를 쓴 도포를 하사받았고,

몰래 덕을 베품을 하늘이 알았다 하니 배도裴度가 물소 무늬 귀한 허리띠를 되돌려준 일로 재상까지 올랐던 것이다.

精忠膺主眷, 狄仁傑披金字之袍;

　　陰德有天知, 裴晉公還紋犀之帶.

【狄仁傑】唐나라 때의 名臣. 武則天(측천무후)이 그를 매우 아껴 그에게 금으로 12자의
글씨를 쓴 외투를 내려 입혀주었다 함. 《新唐書》狄仁傑傳)
【裴晉公】裴度(765~839). 재상을 지냈으며 晉國公에 봉해짐. 젊을 때 그가 香山寺에
놀러 갔다가 마침 문 위에 물소 무늬의 귀한 옥대를 걸어놓고 기도하다가 이를 잊고 간
여인이 있어 이를 되돌려주었음. 그 여인은 마침 억울하게 옥살이를 하는 아버지를 위해
이것을 대속으로 쓰려던 것이었다 함. 뒤에 그가 재상까지 오른 것은 이 음덕 때문이라
여겼음. (《唐摭言》)

620

　　군영에서 여우가죽 모자를 쓰고 다녔다는 것은 심경지沈慶之가
그 용맹한 군사를 지휘한 것을 말함이요,
　　냇가에서 양가죽 외투를 입었다는 것은 엄광嚴光이 높은 벼슬을
오만하게 여긴 것을 말하는 것이다.

　　軍中狐帽, 沈慶之鎭壓貔貅;
　　灘上羊裘, 嚴子陵傲睨軒冕.

【沈慶之】남조 宋나라 때의 인물(386~465). 글자를 몰랐으나 지략이 있고 용병에 뛰어
나 남방 이민족을 평정하였으며 뒤에 司空을 거쳐 始興郡公에 봉해짐. 그는 두통이 심해
항상 여우가죽 모자를 쓰고 다녀 蒼頭公이라 불렸으며 겁이 많았다 함. 貔貅(豼貅)는 맹
수 이름으로 여기서는 戰士를 뜻함. (《宋書》沈慶之傳)
【嚴子陵】嚴光. 東漢 때 인물로 항상 양가죽 외투를 입고 富春江에서 낚시를 하던 은자.

한 光武帝(劉秀)와 함께 공부하였으나 뒤에 은자가 됨. (《後漢書》逸民傳 및 89, 532 참조) 軒冕은 높은 벼슬을 뜻함.

621

통천대通天帶라는 허리띠를 가진 배호裴皞에게 엄속嚴續은 도박에 져 미녀를 주었고,
숙상구鷫鸘裘는 사마상여司馬相如가 탁문군卓文君을 데리고 술집을 열어 술 심부름할 때 입은 옷이다.

通天帶, 頓輸嚴續之姬;
鷫鸘裘, 爲貰相如之酒.

【嚴續】南唐의 嚴續에게는 예쁜 미녀가 있었고, 裴皞에게는 通天犀帶라는 귀한 허리띠가 있었는데 두 사람이 도박을 하여 결국 엄속이 지자 미녀를 내놓고 말았다 함. (《南唐遺事》) 頓輸는 도박에 져서 머리를 숙여 이를 인정함을 말함.
【相如】司馬相如가 卓王孫의 딸 卓文君을 데리고 成都로 나와 鷫鸘裘라는 옷을 입고 술집을 차려 술 심부름을 하였다 함. (《西京雜記》卷2 및 331 참조) 숙상구는 숙상(오리의 일종)의 깃털로 짠 옷.

622

학식 높았던 도홍경陶弘景은 자신을 깨끗이 하고자 신무문神武門에 모자를 걸어놓고 표표히 떠나버렸으며,
신기한 것 보겠다고 어깨를 비집은 자들에게 마외역馬嵬驛의 양귀비 버선이 구경꾼들을 다투어 몰려들게 하였다.

高人能潔己, 飄飄掛神武之冠;

樂士共摩肩, 濟濟看馬嵬之襪.

【神武之冠】남조 梁나라 陶弘景은 수만 권의 책을 읽어 천문 역법은 물론 의약과 점술 도가에까지 통달하여 南齊 때 많은 왕들이 그에게 배웠음. 그러나 永明 10년(492) 그는 神武門에 자신의 관을 걸어놓고 句曲山으로 은거해 버림. 이에 梁武帝가 여러 차례 불렀으나 나오지 않자 국가 대사가 있을 때면 대신을 보내어 자문을 구했다 함. 이에 당시 그를 山中宰相이라 부름. (《南史》陶弘景傳)

【馬嵬之襪】양귀비가 馬嵬坡(馬嵬驛)에서 죽고 그 시신을 찾을 수 없었다 함. 그때 어떤 노파가 비단 버선을 주워 이를 양귀비의 유품이라 하자 많은 사람들이 이를 구경하였으며 노파는 한 번 보여주는 값으로 백 文씩 받아 큰 부자가 되었다 함. (《楊太眞外傳》)

623

진晉 회제懷帝는 노비의 복장으로 술을 따랐으니 만년을 두고 추한 사건이요,

광무제光武帝는 붉은 머리띠를 두르고 기병하였으니 그 이름이 천고에 아름답도다.

晉懷以靑衣行酒, 事醜萬年;

光武以赤幘起兵, 名芳千古.

【晉懷】晉 懷帝. 永嘉의 난 때의 일을 말함. 西晉 永嘉 5년(311) 劉曜(前趙의 개국 군주)가 洛陽을 함락하고 진 희제를 포로로 평양으로 끌고 가 잔치를 열 때 희제에게 靑衣(노예의 복장)를 입고 술 따를 것을 요구하였음. (《晉書》懷帝紀 및 583, 740 참조)

【光武】西漢 말 劉秀(光武帝)가 기병할 때 군사들이 모두 붉은 옷에 붉은 머리띠를 하였음. (《東觀漢記》)

624

왕몽王濛에게 새 모자를 주겠다는 여자들이 다투어 몰려들었으나, 소진蘇秦의 낡은 외투를 바꾸어준 자는 누구인가?

有女遺王濛之新帽, 誰人換季子之敝裘.

【王濛】東晉 때 인물(309?~347). 자는 仲祖. 그는 너무 잘생겨 거리에 나서면 많은 여자들이 달려들었으며 그의 모자가 찢어지자 서로 새 모자를 주겠다고 다투었다 함. (《晉書》 王濛傳)

【季子】蘇秦. 전국시대 때 유명한 유세가. 그가 유세에 성공하기 전 처음에는 많은 고생을 하여 검은 貂裘도 모두 다 떨어진 것을 입고 다녔다고 술회함. (《戰國策》 秦策 1 및 932 참조)

625

위수韋綬가 낮잠을 자자 황제가 황후의 힐포纈袍를 벗겨 덮어주었으니 그 영광이 이와 같았고,

제준祭遵은 가난 속에 베 바지로 살았으니 그 청렴함이 어떻다 하겠는가?

韋綬寢覆纈袍, 榮施若此;

祭遵貧衣布袴, 廉潔何如.

【韋綬】唐나라 때 翰林學士를 지냈는데 어느 날 德宗과 韋妃가 翰林院에 들렀을 때 마침 그는 낮잠을 자고 있었음. 날이 춥다고 여긴 덕종이 위비의 纈袍를 벗겨 그에게 덮어주었다 함. '힐포'는 蜀(四川)에서 생산되는 비단으로 짠 외투. (《新唐書》 韋綬傳)

【祭遵】東漢 초의 인물(?~33). 劉秀와 함께 기병하여 동한 건국에 공을 세웠으며 潁陽
侯에 봉해짐. 아주 검소하여 집안에는 사사로운 재물이 없었으며 베로 짠 옷으로 살았다
함. (《後漢書》祭遵傳)

626

진晉나라 혜제惠帝는 차마 군복을 씻지 못하였으니 이는 자신을
호위하다가 튄 혜소嵇紹의 피를 그대로 남겨두고자 함이었고,

당唐나라 한사언韓思彦은 효도의 복장으로 만들겠다고 비단을
그대로 두었으니 이는 효자 장승철張僧徹의 비단을 중히 여긴 때문
이었다.

晉君不忍浣征袍, 留彼嵇侍中之血;

唐士未須裁道服, 重他張孝子之縑.

【晉君】晉 惠帝(259~307). 八王의 난 때 永安 원년(304) 東海王(司馬越)이 혜제를 믿
고 成都王(司馬穎)과 蕩陰에서 교전을 벌였지만 혜제가 대패함. 이때 모두들 도망하였지
만 嵇紹만은 혜제를 호위하다가 피살되면서 그 피가 혜제의 옷에 튐. 나중에 신하가 그
옷을 세탁하려 하자 "이는 혜소의 피이다. 씻지 말라" 하였다 함. 혜소(259~304)는 嵇康
의 아들로 자는 延祖이며 侍中의 벼슬을 지냄. (《晉書》忠義傳)
【唐士】唐나라 韓思彦이 효자 張僧徹을 위하여 묘지명을 써주자 장승철이 그 값으로 비
단 2백 필을 보냄. 한사언은 이에 1필만 받고 되돌려 보내면서 집안 사람들에게 "효자의
비단이니 허투루 사용하지 말고 그대로 두어라"고 하였다 함. (《新唐書》韓思彦傳)

한漢 고조高祖는 대나무 순 껍질로 만든 관을 쓰고 다녔지만 그래도 위의는 남과 달랐고,

민자건閔子騫은 갈대 솜을 넣은 옷을 입었지만 효행은 지순하였다.

漢王製竹籜之冠, 威儀自別;
閔子衣蘆花之絮, 孝行純全.

【漢王】漢 高祖(劉邦)가 평민일 때 竹籜冠을 쓰고 다녔지만 그래도 남과 다른 풍모가 있었다 함. (《史記》 高祖本紀) '죽탁관'은 대나무 순이 나오고 떨어지는 부분을 재료로 만든 모자.

【閔子】閔子騫(閔損). 孔子의 제자로 덕행으로 이름이 났었음. 그가 어릴 때 계모가 겨울에 자신이 난 아들에게는 솜옷을 입히고 자신에게는 갈대 솜을 넣은 옷을 입혔음. 너무 추워하는 아들의 모습을 본 아버지가 이를 알고 계모를 내쫓으려 하자 민자건이 꿇어앉아 울면서 "어머니를 내쫓지 않으면 나 하나만 춥지만 내쫓고 나면 세 아들이 춥습니다"라 하였다 함. (《孝子傳》) 그러나 이와 같은 고사는 민자건 외에 매우 널리 퍼져 있음.

＊ 이상 616부터 627까지 12장은 《幼學故事瓊林》(復旦大學本)에는 누락되어 있음.

참고 〈身體〉편 '續增' 3聯

• 禮制更新, 服色易舊.
• 禮服有新章, 曰袿曰袍曰鞋帽; 織品有數種, 用絲用毛用棉麻.
• 布帛足以保體溫, 而御寒之衣, 以毛布綿布爲最勝; 顏色有關於光熱, 故當暑之服, 以灰色白色爲較良.

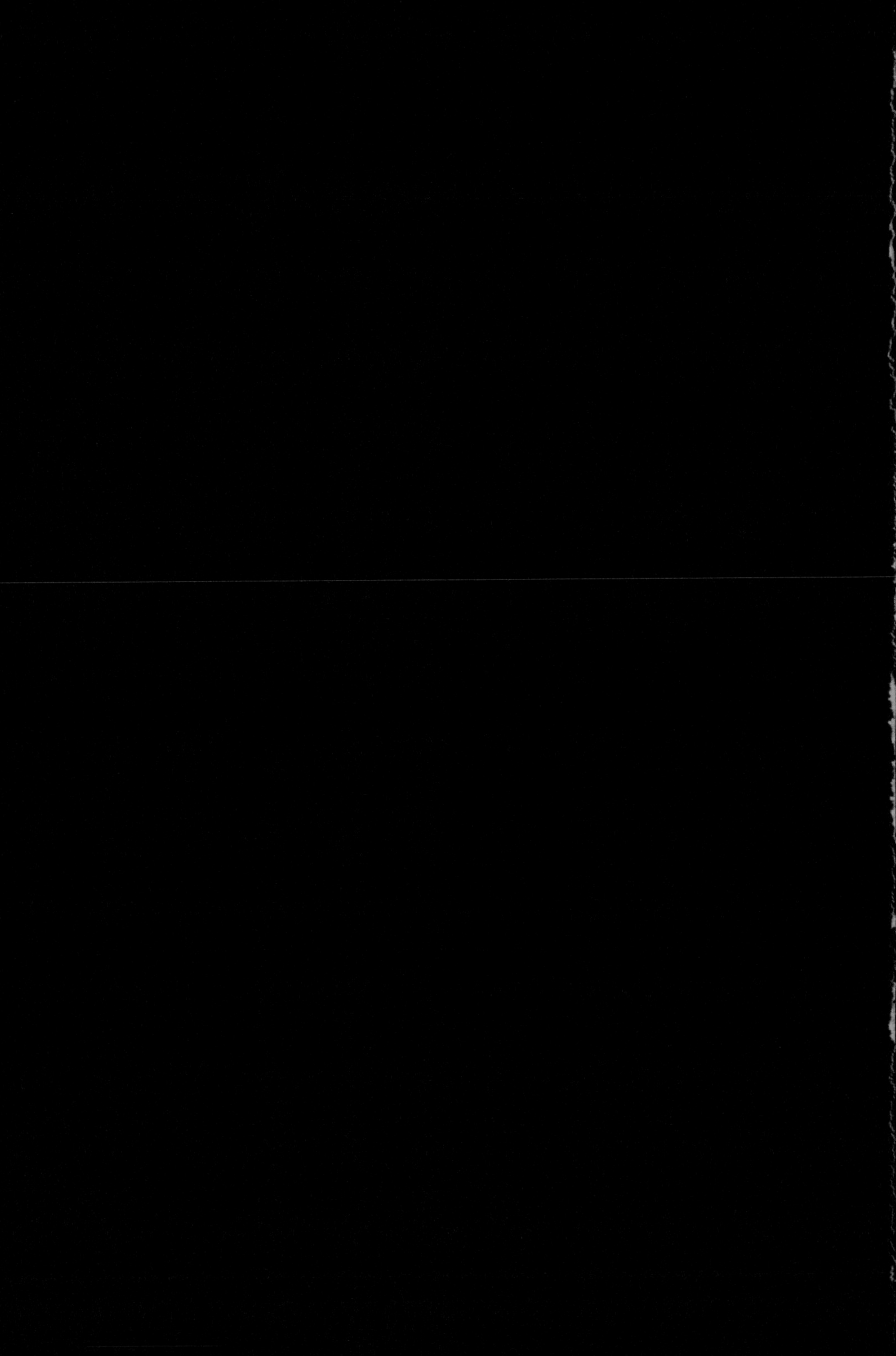